Kimberly McCreight es la autora del bestseller *Reconstruyendo Amelia*, nominado para el Premio Edgar y Premio Alex. Es graduada de Vassar College y de la escuela de derecho de la Universidad de Pennsylvania. Vive en Brooklyn con su esposo y dos hijas.

EXTRAÑOS

Kimberly McCreight

EXTRAÑOS

Traducción de **Verónica Canales Medina**

VINTAGE ESPAÑOL

Una divisíon de Penguin Random House LLC

Nueva York

PRIMERA EDICIÓN VINTAGE ESPAÑOL, NOVIEMBRE 2016

 Publicado en coedición con Penguin Random House Grupo Editorial, S.A., Barcelona, en los Estados Unidos de América por Vintage Español, una división de Penguin Random House LLC, Nueva York, y distribuido en Canadá por Random House of Canadá, una división de Penguin Random House Canadá Limited, Toronto. Originalmente publicado en inglés como *The Outliers* por HarperCollins Publishers, Nueva York, en 2016. Publicado en español por Penguin Random House Grupo Editorial, S.A.

Información de catalogación de publicaciones disponible en la Biblioteca del Congreso de los Estados Unidos.

Vintage Español ISBN en tapa blanda: 978-0-525-43331-6

Para venta exclusiva en EE.UU., Canadá, Puerto Rico y Filipinas.

www.vintageespanol.com

Impreso en los Estados Unidos de América
10 9 8 7 6 5 4 3 2 1

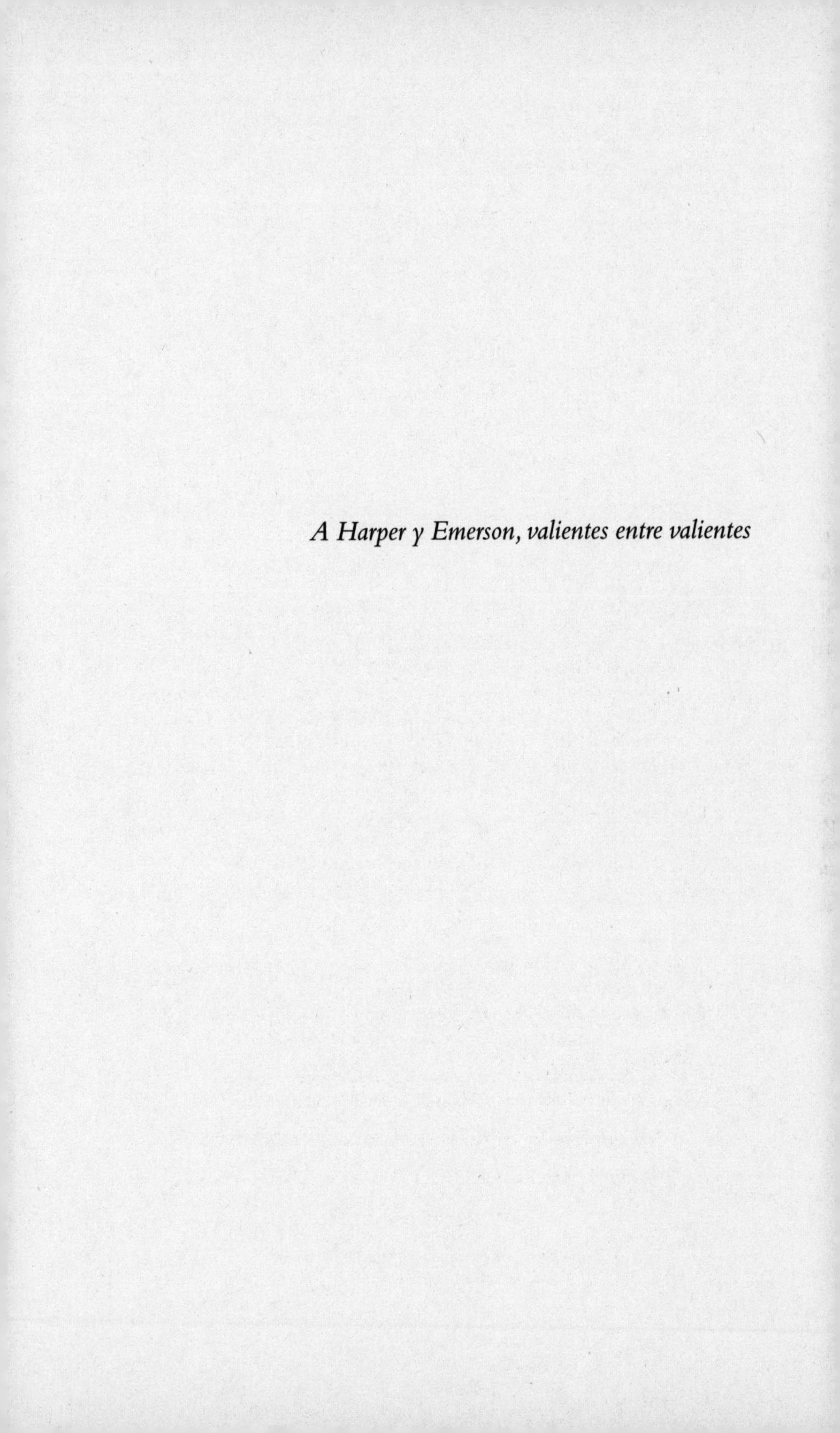

A Harper y Emerson, valientes entre valientes

Debemos creer que tenemos un don para hacer algo, y que ese algo merece toda nuestra atención, cueste lo que cueste.

Marie Curie

Prólogo

¿Por qué las cosas malas siempre me resultan mucho más fáciles de creer? No debería ser así, pero lo es; sea cual sea la situación. Dicen que es porque soy demasiado sensible y porque me preocupo más de la cuenta. Porque doy demasiada importancia a todo aquello que va mal. Alguien me susurra algo al oído, y las palabras se atropellan en mi mente como si las hubiera pensado yo. Si les presto demasiada atención, acaban grabándose en mi corazón.

Sin embargo, ahora mismo he conseguido olvidar cómo he llegado a aceptar que soy una persona destrozada. Sentada aquí, en esta habitación fría y oscura, hundida en la negra oscuridad de sus paredes de madera, mirando a los ojos de este ser desconocido que me miente, necesito pensar todo lo contrario sobre mí. Necesito creer que soy la persona que jamás supe que sería. Que en mis recovecos más profundos, oscuros e inútiles subyace un secreto. Un secreto que podría acabar siendo lo que me salve. Lo que nos salve.

Porque todavía hay muchas cosas que no entiendo sobre lo que está pasando. Demasiadas, en realidad. Ahora bien hay algo que sí sé: a pesar del miedo que he percibido en los ojos de esa mujer, nuestra única esperanza es haberla convencido de que nos ayude.

Porque nuestra vida depende de ello. Y de que logremos salir por esa puerta.

1

El teléfono de mi padre empieza a sonar con fuerza al tiempo que vibra y tiembla ligeramente sobre la mesa maltrecha de nuestro comedor. Él alarga una mano y lo apaga.

—Lo siento. —Sonríe al tiempo que se peina con los dedos el espeso pelo entrecano y se recoloca la montura de las gafas cuadradas de pasta negra. Son de estilo hípster, pero él no se las compró por eso. En el caso de mi padre, cualquier accesorio de ese tipo es mera casualidad—. Pensaba que estaba apagado. No debería estar sobre la mesa.

Es una norma de mi padre: nada de móviles en el comedor. Siempre ha sido una regla, aunque nadie le prestara demasiada atención cuando la impuso: ni mi madre, ni mi hermano mellizo, Gideon, ni yo. Pero eso era «antes». Ahora todo se clasifica en dos categorías: el antes y el después. Y en el oscuro y terrible punto medio se encuentra el accidente que sufrió mi madre hace cuatro meses. En el «después», la norma de «Nada de teléfonos» es mucho más revelante para mi padre. Muchos detalles han adquirido importancia. A veces da la sensación de que intenta reconstruir nuestras vidas como si fuera un castillo de naipes. Y yo lo quiero por eso. Sin embargo, querer a alguien no es lo mismo que entenderlo. Lo cual está bien, supongo, porque mi padre tampoco me entiende a mí. La verdad es que nunca lo ha hecho. Sin mi madre aquí, a veces pienso que nadie me entenderá jamás.

Pero mi padre no puede cambiar lo que es: un científico con una mente privilegiada, que vive totalmente guiado por la razón. Desde el accidente dice «te quiero» mucho más que antes y siempre está dándonos palmaditas de ánimo a Gideon y a mí, como si fuéramos soldados a punto de partir al campo de batalla. Sin embargo, es un gesto que resulta raro y violento. Y lo único que consigue es hacer que me sienta peor por todos nosotros.

El problema es que mi padre no tiene mucha práctica en lo de ser cariñoso y mostrarse afectivo. El corazón de mi madre siempre fue lo bastante grande para encargarse de ello por los dos. Y no es que ella fuera una persona precisamente «blanda». No podría haber sido fotógrafa profesional —en todos esos países, con todas esas guerras— de no haber tenido un fuerte carácter. Pero, para mi madre, las emociones solo existían de una forma posible: magnificadas. Lo cual era aplicable a sus propias emociones: lloraba como una loca cuando leía algunas de las tarjetas que Gideon o yo le escribíamos para darle la bienvenida a casa. Y lo aplicaba a lo que sentía con respecto a las emociones de los demás: siempre sabía si Gideon o yo estábamos disgustados, incluso antes de que entráramos por la puerta.

Fue ese inexplicable sexto sentido de mi madre lo que hizo que mi padre se interesase tanto por la inteligencia emocional, IE, para abreviar. Es investigador científico y profesor universitario, y podría decirse que ha dedicado toda su vida a estudiar una parte muy pequeña de la IE. No es un tema con el que vaya a hacerse rico, pero al doctor Benjamin Lang le interesa la ciencia, no el dinero.

Además, hay un aspecto positivo en el hecho de que mi padre sea el Hombre de Hojalata. No se desmoronó después del accidente de mi madre. Solo hubo una vez en que creí que iba a perder el control: estaba hablando por teléfono con el doctor Simons, su mejor y único amigo, su mentor y su consejero. Incluso en ese momento en que le vi tambalearse, mi padre fue capaz de contenerse con la suficiente rapidez como para no caer en el abismo. Con todo, en algunas ocasiones preferiría que se desmoronara y me diera un abrazo tan fuerte que me dejara casi sin respiración. Que me dedicara una mirada con la que expresara que entiende lo destrozada que estoy. Porque él también lo está.

—Puedes contestar al teléfono —le digo—. No me importa.

—A lo mejor a ti no te importa, pero a mí sí. —Mi padre se quita las gafas y se frota los ojos con un gesto que lo envejece mucho. Eso hace que la punzada de dolor que siento en la boca del estómago se intensifique un poco más—. Algo tiene que importar, Wylie, o acabará sin importarnos nada. —Es una de sus frases favoritas.

Me encojo de hombros.

—Vale, lo que tú digas.

—¿Has pensado un poco más en lo que te ha dicho la doctora Shepard en vuestra sesión telefónica de hoy? —me pregunta, intentando sonar despreocupado—. ¿Sobre lo de empezar a volver a ir a la escuela aunque sea hasta el mediodía?

Tengo claro que ha estado deseando sacar el tema desde que nos hemos sentado. La idea de que me olvide de la tutoría de estudios en casa y que termine el último curso en el instituto Newton Regional parece ser el tema favorito de mi padre. Cuando no hablamos sobre ello es porque se ha mordido la lengua en un vano intento por mantener la boca cerrada.

Mi padre tiene miedo de que, si no vuelvo pronto al centro de forma regular, ya no regrese nunca. Y no es el único. Mi terapeuta, la doctora Shepard, también está preocupada por el mismo motivo. Coinciden en la mayoría de las cosas, y seguramente es porque han estado intercambiando correos electrónicos. Les autoricé a hacerlo después del accidente. Mi padre estaba realmente preocupado por mí, y yo accedí a que estuvieran en contacto porque quería que creyeran que colaboraba con ellos y que estaba perfectamente bien de la cabeza. Sin embargo, la verdad es que sus charlas privadas nunca me han hecho ninguna gracia, sobre todo en este momento, cuando ambos parece que se han aliado para conseguir que regrese con normalidad a las clases. Creo que no ha ayudado mucho el hecho de que en las últimas tres semanas haya tenido que sustituir las sesiones presenciales por las consultas telefónicas porque no logro hacerme a la idea de salir de casa. En cierto sentido, eso demuestra la teoría de la terapeuta: evitar ir al colegio no es más que la punta de un iceberg muy profundo.

Al principio, la doctora Shepard estuvo a punto de no recomendar la tutoría a domicilio. Porque sabe que mis problemas con la asistencia normal a clases no empezaron hace cuatro meses, el día en que el coche de mi madre perdió el control sobre una placa de hielo y acabó destrozado.

—Me preocupa la forma en que pueda acabar esto, Wylie —me dijo la doctora Shepard durante nuestra última sesión presencial en su consulta—. La decisión de abandonar el instituto puede resultar contraproducente. Ceder al pánico que sientes lo empeora aún más. Eso es una realidad incluso en un momento tan doloroso como el que estás viviendo.

La doctora se removió en su enorme butaca roja, donde siempre se la veía perfecta y menuda, como Alicia en el País de las Maravillas reducida a un tamaño minúsculo. Hasta entonces yo había estado viendo de vez en cuando a la doctora —en ocasiones con mayor frecuencia— durante casi seis años, desde que empecé la secundaria. Algunas veces, todavía me preguntaba si de verdad sería psicóloga, porque me parecía demasiado pequeña, joven y guapa para serlo. Sin embargo, había conseguido que me sintiera mejor con el paso de los años y su remedio terapéutico especial: ejercicios respiratorios, técnicas de concentración y horas y más horas de conversación. Cuando empecé el instituto, yo era una chica normal algo nerviosa. Es decir, hasta que el accidente de mamá me abrió en canal y comenzó a rezumar todo cuanto estaba podrido en mi interior.

—Técnicamente, no voy a dejar el instituto, sino solo el edificio. —Esbocé una sonrisa forzada que hizo que las cejas perfectamente depiladas de la doctora dibujaran una tensa línea recta—. Además, me he esforzado por seguir en el centro.

Como prueba de lo dicho, debía constar que solo me había saltado dos días de clase: el día siguiente al accidente de mi madre y el día de su funeral. Incluso hice que mi padre llamara antes para asegurarse de que nadie me trataba de forma rara porque volvía enseguida a clase. Ese era mi plan: fingir que no había pasado nada. Y, durante un tiempo —una semana entera— funcionó. Entonces llegó el siguiente lunes —una semana, un día y cuatro horas después del funeral— y empecé a vomitar sin parar. Estuve vomitando durante horas. No paré hasta que me tomé el jarabe para las náuseas en urgencias. Mi padre se asustó tanto que cuando salimos del hospital accedió a que un tutor me diera clases a domicilio. Creo que habría accedido a cualquier cosa con tal de que yo estuviera mejor.

Pero ¿cómo podía volver a estar bien si no tenía a mi madre para ayudarme a ver el lado positivo de todo? El lado positivo de mí misma.

—Lo único que pasa es que eres una persona sensible, Wylie —me decía ella siempre—. El mundo necesita personas sensibles. —Y, en cierta forma, yo la creía.

A lo mejor, mi madre solo pasaba por una fase de negación. Al fin y al cabo, su madre —mi abuela— había muerto triste y sola en un hospital psiquiátrico. A lo mejor, mi madre se negaba a creer que esa historia estaba repitiéndose conmigo. O, a lo mejor, de verdad creía que no había nada malo en mí. Algún día podría habérmelo aclarado. Pero ahora ya no lo sabré nunca.

Bajo la vista hacia mi plato y evito la mirada de mi padre mientras empujo un montón de espárragos muy bien cocinados hacia un montículo de cuscús que acabo de esculpir. Cuando el camino se complica, el hambre es siempre lo primero que desaparece. Y, desde el accidente, mi vida es básicamente un largo camino complicado. Aunque es una lástima no tener hambre. La comida de mi padre es una de las pocas cosas que seguimos teniendo; él siempre ha sido el cocinillas de la familia.

—Dijiste que yo decidiría cuándo estaba lista para volver al instituto —le digo al final, aunque ya sé que jamás estaré lista, que no querré hacerlo o que no seré capaz de volver al instituto Newton Regional. Aunque no hay motivo para decírselo justo ahora a mi padre, al menos, no de momento.

—Y decidirás tú cuándo es el momento de volver al centro. —Pretende sonar muy relajado, pero tampoco ha tocado la comida. Y esa venita que se le ve en la frente está hinchada—. Pero no me gusta nada que estés sola en casa, aquí metida todo el día. Me hace sentir... No es bueno que pases tanto tiempo sola.

—Disfruto de mi propia compañía. —Me encojo de hombros—. Eso es bueno, ¿verdad? Vamos, tú eres el psicólogo. Es ese rollo de la autoestima alta y todo eso, ¿no?

¡Qué falsa me parece mi sonrisa cada vez que la fuerzo! Seguramente porque una parte de mí sabe que sería mejor perder esta discusión y que me obligaran a volver al instituto Newton Regional, aunque me resistiera pataleando y gritando.

—Venga ya, Wylie. —Mi padre me atraviesa con la mirada y se cruza de brazos—. El simple hecho de que te gustes a ti misma no significa que...

Se oye un fuerte golpe en la puerta de entrada que nos sobresalta a ambos. «Por favor, que no le haya pasado nada a Gideon» es lo que pienso al instante. Porque la última vez que oímos que alguien llamaba de forma inesperada a la puerta, uno de nosotros quedó destrozado. Y Gideon —mi mellizo contrario, como nos solía llamar en broma mi madre por lo diferentes que somos, incluso hasta el punto de que Gideon es un loco de las ciencias y la historia, y a mí me van las mates y el inglés— es el único que ahora mismo no está en casa.

—¿Quién es? —pregunto al tiempo que intento ignorar los potentes latidos de mi corazón.

—No hay nada de lo que preocuparse, estoy seguro —dice mi padre. Pero no tiene ni idea de quién llama a la puerta, o de si podríamos estar a punto de recibir una noticia preocupante. Eso es evidente—. Seguramente es algún vendedor.

—Ya no existen los vendedores a domicilio, papá. —Pero él ya está tirando la servilleta sobre la mesa y sale por la puerta del comedor hacia la entrada.

Ya ha abierto cuando yo me asomo por una esquina.

—Karen. —Mi padre parece aliviado. Pero solo durante un segundo—. ¿Qué te...? ¿Qué ocurre?

Cuando por fin miro por detrás de mi padre, veo a la madre de Cassie, Karen, de pie, en el porche de nuestra casa. A pesar del horrible fulgor amarillento de las bombillas de consumo eficiente que tenemos en la entrada, Karen parece bien peinada, como siempre; con su melena castaña de pelo alisado hasta los hombros y una bufanda de color verde intenso, anudada al cuello, sobre su abrigo de lana blanca hecho a medida. Estamos a principios de mayo, aunque estos días hay una ola de frío, de esas tan duras y típicas en Boston.

—Siento presentarme sin avisar —se disculpa Karen con voz aguda y temblorosa. Está jadeando y le sale vaho por la boca al hablar—. Pero he llamado por teléfono un par de veces y no contestabais. He salido con el coche a buscarla y al ver luz en vuestra casa he supuesto... Dios mío, he buscado por todas partes. —Cuando se cruza de brazos y se acerca un paso más, me fijo en sus pies. Va totalmente descalza.

—¿A quién has buscado por todas partes? —Mi padre también se ha fijado en sus pies—. Karen, ¿dónde están tus zapatos? Entra en casa. —Como ella no se mueve, mi padre alarga una mano y le da un ligero empujoncito para que entre—. Debes de estar helada. Entra, entra.

—No logro encontrar a Cassie. —A Karen se le quiebra la voz al entrar en casa—. ¿Puedes...? Odio tener que pedírtelo, Ben. Pero ¿puedes ayudarme?

2

Una vez en el comedor, mi padre acompaña a Karen hasta la silla más cercana. Ella se desploma en el asiento, con el cuerpo tenso y la cara congelada. Jamás la he visto así. Porque Karen siempre está perfecta. No se trata solo de su ropa; ella también está siempre perfecta: tan delgada y tan guapa, siempre sonriente y sin despeinarse ni un pelo. «La enfermedad de la perfección», lo llama Cassie. Y delgada, repito. Vale la pena insistir en ello porque, según Cassie, a Karen le importa el peso de alguien más que cualquier otra cosa. Y eso podría ser cierto. Karen siempre ha sido agradable conmigo, pero hay algo en la forma que tiene de hablar a Cassie, un tono cortante que subyace bajo su suave tono de voz... Como si quisiera a su hija, aunque quizá no acabe de gustarle.

—Wylie, ¿puedes traerle a Karen un vaso de agua?

Mi padre se queda mirándome. Le preocupa que lo que ya haya ocurrido a mi amiga, sea lo que sea, pueda alterarme. Y, desde luego, a mi padre no le falta razón: lo último que necesito es sentirme peor. Por eso ha buscado una excusa para que me vaya, por mi propio bien. Como si tenerme alejada de la sala pudiera evitar que me preocupara por Cassie justo ahora. Ya he escuchado demasiado.

—Sí, me iría bien un poco de agua —dice Karen, sin duda por obligación. Se limita a seguirle la corriente a mi padre—. Gracias.

—Wylie —insiste mi padre cuando ve que yo no me muevo y me quedo mirando la moqueta.

Debo andarme con cuidado. Si doy la impresión de estar demasiado afectada, me obligará a subir a mi cuarto y ya no me dejará bajar. Incluso podría pedirle a Karen que se marche antes de que me entere de qué está pasando. Y necesito saberlo. Incluso después de todo lo ocurrido entre Cassie y yo; aunque esta no sea la primera vez que está involucrada en una situación difícil, todavía me preocupa lo que pueda sucederle. Siempre me preocupará.

Sin embargo, sé cómo está mi padre con solo mirarle a la cara. Quiere acabar con esto lo antes posible y enviar a Karen a su casa. Además, lo hará sin importar lo mucho que le gusten Karen y Cassie. Desde el accidente, ha impuesto muchas líneas rojas: con mis abuelos, profesores, médicos, vecinos. Hace todo lo posible por protegernos. Más a mí, eso es cierto. Gideon siempre ha sido el «más fuerte». Eso es lo que dice la gente cuando creen que no escucho. O, si se trata de mi abuela —la madre de mi padre—, me lo dice a la cara. Me arrinconó en mi casa, justo después del funeral de mi madre, y me soltó un sermón para decirme que debía esforzarme por parecerme más a Gideon. Justo después de eso, mi padre le pidió que no volviera a visitarnos jamás.

La verdad es que a mi abuela paterna nunca le he gustado. Le recuerdo demasiado a mi madre, que tampoco le gustó jamás. Aunque tiene razón con respecto a Gideon. Se recuperó mucho mejor que yo. Siempre lo ha hecho. Las emociones, sobre todo las negativas, parecen no afectarle demasiado —seguramente está relacionado con ese enorme ordenador que tiene por cerebro—, mientras que, en mi caso, se me quedan atascadas, atrapadas para siempre en una maraña pegajosa de la que no pueden huir. No me gustaría que se me malinterpretara, Gideon ha estado triste, no cabe duda. Echa de menos a nuestra madre, pero en general se podría decir que es igual de estoico que nuestro padre.

Yo siempre me he parecido más a mamá. Salvo que el volumen

de sus emociones estaba al máximo, y las mías se cargaron los altavoces hace ya mucho tiempo.

—Vale, agua, está bien —digo a mi padre, que sigue atravesándome con la mirada—. Ya voy.

Cassie y yo nos hicimos amigas en el baño, más concretamente escondiéndonos en el baño del colegio de secundaria Smith Memorial. Era el mes de diciembre de sexto curso y yo había ido al baño con la intención de subirme a uno de los váteres para saltarme toda una clase y quedarme todo el rato en esa posición si era necesario. No se me ocurrió que otra persona hubiera pensado hacer lo mismo cuando abrí de golpe la puerta del último retrete.

—¡Ay! —gritó la ocupante del retrete cuando la puerta, que no estaba cerrada con pestillo, se abrió de golpe e impactó contra ella—. ¡¿Qué puñetas...?!

—Oh, perdona. —Me puse roja como un tomate—. No he visto los pies.

—Sí, precisamente estaba así por algo. —La chica sonaba cabreada. Y, cuando abrió la puerta, también parecía cabreada. Cassie, la nueva del colegio, estaba encaramada sobre el váter, totalmente vestida, justo como había pensado hacer yo. Se quedó mirándome un minuto, luego puso los ojos en blanco y se echó hacia un lado dejándome sitio—. Bueno, no te quedes ahí plantada. Entra. Antes de que alguien te vea.

Cassie y yo nos conocíamos de vista —nuestro colegio no era muy grande—, pero no éramos amigas. Cassie, en realidad, todavía no tenía amigos. Y yo me sentía mal cuando veía cómo algunos chicos se metían con ella y se reían de sus ajustados pantalones o de sus rizos cortos y enmarañados, o por el hecho de que tenía más pecho y era más corpulenta que las demás chicas. A nadie parecía importarle que Cassie fuera una excelente deportista. Había conseguido que nuestro equipo de fútbol estuviera en una posición decente por primera vez ese otoño, pero solo se fijaban en su aspecto diferente. Sin embargo, yo no podía convertirme precisamente en defensora de Cassie ni en nada por el estilo. Sobre todo, teniendo en cuenta lo ocurrido.

Bastante tenía con preocuparme por mí misma.

—Bueno ¿qué te trae al tazón de la vergüenza? —me dijo Cassie en cuanto nuestras rodillas estuvieron tocándose sobre la taza del váter.

No pensaba explicarle nada. Pero, de pronto, sentí unas ganas tremendas de contárselo todo.

—Todas mis amigas me odian —empecé a decir—. Y todas van a mi clase.

—¿Por qué te odian? —preguntó Cassie. Me alegraba de que no hubiera intentado convencerme de lo contrario. A la gente le encanta dar consejos sobre las emociones negativas. (Creedme, soy una experta en este fenómeno.) En lugar de hacerlo, se limitó a mostrar interés—. ¿Qué ha pasado?

Y entonces le conté que Maia, Stephanie, Brooke y yo íbamos juntas desde que teníamos ocho años, pero que últimamente me daba la sensación de que las demás siempre hacían chistes solo sobre mí. Aunque yo seguía esperando que únicamente fueran imaginaciones mías, hasta que ese mismo sábado por la noche, cuando nos quedamos a dormir en casa de una de ellas, empezaron a hacerme preguntas sobre mi psicóloga. La madre de Maia colaboraba en tareas administrativas del colegio y debió de ver la nota que decía que yo tendría que salir antes de clase para ir a mi primera sesión con la doctora Shepard. Y, por lo visto, luego había decidido contárselo a su hija, cosa que yo todavía no acababa de creer.

«Venga ya, Wylie. Cuéntanoslo», insistían todas a coro.

Yo ya estaba sudando cuando la habitación empezó a darme vueltas. Entonces ocurrió.

—No me di cuenta de que había vomitado hasta que oí los gritos —le expliqué a Cassie. Y todavía podía oírlos retumbar en mis oídos: «¡¡Oh, Dios mío!!», «¡¡¡Qué ascooooo!!!».

—¡Ah, vaya! —exclamó Cassie. Como si lo que le acabara de

contar fuera importante, pero no realmente preocupante—. Mi entrenador de baloncesto me enseñó su «cosa» ayer. Ya sabes, el señor Pritzer. Me llevó a casa en coche después del entreno y allí se la sacó. Y, para colmo, también es mi tutor de clase.

Y me contó que el hecho de habérsela visto al profe tampoco había sido tan terrible, sino más bien desagradable.

—Ah —dije porque no se me ocurrió nada más. Me dio muchísima vergüenza imaginar al señor Pritzer haciendo eso—. ¡Qué asco!

—Sí, qué asco. —Cassie frunció el ceño y asintió con la cabeza. Entonces puso cara de tristeza.

—¿Se lo has contado a tus padres?

—Mi madre no me creería. —Cassie se encogió de hombros—. Eso es lo que ocurre cuando mientes mucho.

—Yo te creo —afirmé sinceramente.

—Gracias. —Cassie sonrió—. Y yo siento que hayas perdido a todas tus amigas. —Asintió con la cabeza y apretó mucho los labios—. Menos mal que tienes una nueva.

Ya en la cocina, me muevo con rapidez y no espero a dejar correr el agua del grifo para que salga más fresca antes de llenar a toda prisa el vaso de Karen. La verdad es que llevo mucho tiempo esperando que a Cassie le ocurra algo «gordo». Ayudarla para que no se meta en líos ha sido siempre algo habitual: ponerme en medio para que no le pegaran por decir alguna burrada a los mayores de octavo, llevar dinero a Rite Aid para que no la denunciaran por robar en la tienda un pintalabios (Cassie ni siquiera se pinta los labios). Tonterías de ese tipo.

Sin embargo, este otoño las cosas se pusieron más feas. El problema de Cassie con la bebida era lo más grave. Y no era solo la cantidad (¿cinco o seis birras una sola noche?) ni la frecuencia (¿dos o tres veces por semana?) lo que me preocupaba. Eso era demasiado para cualquiera, pero, para alguien con los genes de Cassie, era un completo desastre. Hace un tiempo, se prometió a sí misma que jamás bebería. Quería a su padre, pero lo último que deseaba era acabar como él.

Sin embargo, daba la impresión de que Cassie hubiera decidido olvidar todas las promesas que se hubiera podido hacer. ¡Y odiaba que yo se lo recordara! Durante un par de meses, en nuestro primer año de instituto, estaba tan desenfrenada que me volvía loca. Pero cuanto más me preocupaba yo, más se cabreaba ella.

Por suerte, Karen sigue hablando cuando por fin vuelvo a entrar en el comedor. Todavía podré enterarme de algún detalle sobre lo ocurrido.

—Sí, por eso... —Ella levanta la vista, me mira y se aclara la voz antes de seguir—. He ido a casa para ver a Cassie después de clase, pero ella no estaba.

El vaso está caliente cuando por fin se lo entrego a Karen. Cuando ella lo coge, parece no darse cuenta. En lo que sí se fija es en mi pelo. Lo percibo enseguida. En su defensa debo decir que Karen se recompone bastante bien, centra la mirada antes de parecer francamente impactada. Para disimular toma un sorbo del agua tibia y me sonríe.

—¿No es posible que Cassie siga fuera? —pregunta mi padre—. Solo es la hora de cenar.

—Se suponía que ya debía estar en casa —responde Karen con firmeza—. Estaba castigada toda la semana. Porque ella... Bueno, ni siquiera quiero decirte qué me llamó. —Y ahí está. El tono. Ese tono de «odio a Cassie un poquito, quizá incluso un poco más de lo que me odia ella a mí»—. Le dije que si no estaba en casa, iba a llamar a ese internado que he estado mirando, ya sabes, el que tiene la consulta psicológica. Y, no, no me siento orgullosa de haberla amenazado con eso. Pero lo cierto es que no me ha quedado otra opción. De todas formas también he encontrado esto.

Karen saca del bolsillo algo y se lo entrega a mi padre. Es la pulsera de Cassie con su nombre.

—No se había quitado esta pulsera desde que se la regalé hace ya tres años. —A Karen se le anegan los ojos en lágrimas—. Ni siquiera hablaba en serio cuando la amenacé con esa estúpida escuela. Pero es que estaba muy preocupada. Y enfadada. Esa es la verdad. También estaba enfadada.

Mi padre parece algo confuso al mirar la pulsera que tiene colgando entre los dedos, luego vuelve a mirar a Karen.

—A lo mejor se le ha caído —comenta, y la entonación final de la frase suena a pregunta.

—La he encontrado sobre la almohada de mi cama, Ben —dice Karen—. Y esta mañana no estaba allí. Por eso creo que Cassie debe de haber regresado a casa en algún momento antes de volver a marcharse. Ha sido una señal dejada ahí con intención; algo en plan «jódete, me he largado». Lo sé. —Karen se vuelve hacia mí—. Tú no sabrás nada de ella, ¿verdad, Wylie?

Cuando las cosas todavía estaban bien entre nosotras, Cassie y yo no pasábamos más de una hora sin enviarnos al menos un mensaje. Pero las cosas han cambiado así que niego con la cabeza.

—Llevo un tiempo sin hablar con ella.

Como mínimo ha pasado una semana, quizá más. Al estar en casa es fácil perder la noción del tiempo. Pero ha sido el período más largo que hemos estado sin hablar desde el accidente. Estaba claro que al final pasaría: no podíamos fingir seguir siendo amigas para siempre. Porque eso es lo que estábamos haciendo cuando Cassie regresó tras el accidente: fingir.

El accidente ocurrió en enero, pero Cassie y yo habíamos dejado de hablarnos por primera vez justo después del día de Acción de Gracias. Casi dos meses que, la verdad, es toda una vida cuando tienes dieciséis años. Sin embargo, la mañana siguiente al accidente, Cassie se había presentado en la puerta de mi casa. Me ardían tanto los ojos de haber estado llorando que creí estar viendo visiones. No fue hasta el momento en que Cassie me ayudó a cambiarme la ropa que llevaba puesta hacía dos días cuando empecé a creer que su presencia era real. Y no fue hasta el momento en que ella me deshizo el moño enmarañado, me cepilló el pelo hasta que quedó liso y brillante y me hizo una cola de caballo tirante —como si estuviera preparándome para la batalla—, cuando supe lo mucho que necesitaba que se quedara conmigo.

No sé qué le habrá contado Cassie a Karen sobre el momento en que dejamos de hablarnos y cuando volvimos a ser amigas de forma temporal. De todos modos, eso acabó hace solo un par de semanas. Aunque apuesto a que no le ha contado gran cosa. No es que exista mucha complicidad entre ambas precisamente. Y no es que las razones por las que hemos dejado de hablar tengan mucho que ver con Cassie.

—¿Llevas un tiempo sin hablar con Cassie? —pregunta mi padre, sorprendido.

Mi madre supo que yo había cortado toda relación con Cassie la primera vez que ocurrió. Por lo visto, ella no se lo había contado a mi padre. Es posible que yo se lo pidiera; no lo recuerdo. Pero sí recuerdo lo que me dijo mi madre cuando le conté que Cassie y yo ya no éramos amigas. Estábamos tumbadas una junta a otra sobre su cama, y cuando yo terminé de hablar, ella dijo: «Siempre he querido ser tu amiga».

Me encojo de hombros.

—Creo que el último mensaje de móvil que recibí de Cassie fue la semana pasada. Puede que el martes.

—¿La semana pasada? —pregunta mi padre frunciendo mucho el ceño.

La verdad es que no estoy muy segura. Pero ya estamos a jueves de la semana siguiente. Y lo que sí sé es que la última vez que hablamos fue la semana anterior.

—Oh, ha pasado mucho tiempo. —Karen parece más decepcionada que sorprendida—. Me había dado cuenta de que ya no hablabais tanto, pero no sabía que... —Niega con la cabeza—. He llamado a la policía, pero, claro, como Cassie tiene dieciséis años y hemos estado discutiendo, parece que no tienen mucha prisa por salir a buscarla. Han archivado la denuncia y van a llamar a los hospitales locales, pero no van a empezar a peinar el bosque ni nada por el estilo. Enviarán un coche patrulla a registrar la zona, pero no será hasta mañana por la mañana. —Karen se presiona las sienes con las puntas de los dedos y mueve la cabeza de atrás hacia delante—. Por la mañana. Eso no será hasta dentro de doce horas, ¡Dios mío! ¿Quién sabe con quién estará Cassie o cómo se encontrará entonces? Imagina todas las cosas horribles que pueden… Ben, no puedo esperar hasta que amanezca. No, teniendo en cuenta cómo están las cosas entre nosotras.

Me sorprende que Karen sepa, aunque sea solo en parte, lo descontrolada que está Cassie. Aunque, claro, sin contar con mi ayuda para cubrirle las espaldas, estaba claro que acabarían pillándola. Y esa situación que imagina Karen —que Cassie esté a punto de pasarse mucho de vueltas en algún sitio— no es descabellada. Incluso a estas horas, antes de las siete de la tarde, eso es posible.

«Tempraneros», así los llamaban los chavales del Newton Regional. Al parecer ponerse como una cuba en pleno día era «lo más» entre los chavales. La última vez que salí corriendo para ayudar a Cassie fue en noviembre, y eran solo las cuatro o las cinco de la tarde. Cogí un taxi para ir a buscarla a una fiesta en la casa de Max Russell, porque ella estaba demasiado borracha para volver sola. Por suerte para ella, mi madre estaba de viaje y mi padre, como siempre, estaba trabajando en la universidad, en el despacho de su laboratorio, y Gideon todavía estaba en el colegio, preparando su solicitud para el concurso científico de programadores de Intel. Salí de casa sin que nadie se enterara y volví de igual forma, con Cassie dando tumbos contra las paredes mientras avanzaba tambaleante. Después le sujeté el pelo mientras vomitó en el váter repetidamente. Más tarde llamé por teléfono a Karen para explicarle que su hija tenía migraña y que se quedaría a dormir en mi casa.

A la mañana siguiente le dije a Cassie que tenía que dejar de beber o le ocurriría algo horrible. Pero, por aquel entonces, yo ya no era su única amiga. Solo era la única que le decía las cosas que no quería escuchar.

3

—¿Estás bien, Wylie? —Mi padre está mirándome. Y no sé desde hace cuánto rato. Entonces me doy cuenta del motivo. Estoy apoyada contra la pared del fondo del comedor, como si estuviera intentando huir a través del yeso—. ¿Por qué no te sientas?

—Estoy bien —digo, pero mi voz lo desmiente.

—Vaya, cariño, lo siento. —Karen me mira y me parece que va a romper a llorar—. Lo último que necesitas es mi... Es nuestro... —Esboza una sonrisa forzada y tímida, y da la sensación incluso más intensa de que va a derrumbarse. Miro hacia abajo. Si la veo perder la compostura, yo también me derrumbaré—. Cassie estará bien, Wylie, seguro. Probablemente la policía tiene razón cuando dice que estoy exagerando. Me pongo como una moto con esta clase...

No termina la frase, pero sé que se refiere a Vince, el padre de Cassie. Los padres de Cassie ya estaban divorciados cuando nosotras nos conocimos, pero ella me contó cómo había sido la convivencia con él. Jamás fue un borracho de los tranquilos. Se peleaba con los vecinos durante las barbacoas estivales y llamaban a casa para que fueran a recogerlo al último bar del que lo hubieran echado. Pero la gota que colmó el vaso fue la segunda vez que lo pillaron conduciendo bebido, cuando estampó el coche contra un buzón del centro de la ciudad. Y ahora Karen teme revivir la historia de Vince con Cassie, que es justamente lo que yo también temía. Cuando levanto la vista de la moqueta, veo que mi padre está mirándome.

—Estoy bien —repito, aunque demasiado alto—. Solo quiero ayudar a encontrar a Cassie.

—Wylie, por supuesto que quieres ayudar... —empieza a decir mi padre—... Pero, ahora mismo, no creo que debas...

—Por favor —le pido, deseando que mi tono de voz suene decidido, no desesperado. La desesperación no me ayuda—. Necesito hacer esto. —Y es verdad que lo necesito. No me doy cuenta de lo mucho que lo necesito hasta que pronuncio esas palabras. En parte porque quiero demostrarme que puedo hacerlo. Pero, además, me siento culpable. No aprobaba las cosas que hacía Cassie, me asustaba lo que pudiera ocurrir si no dejaba de hacerlas. Sin embargo, debería haberle hecho saber que siempre la querría sin importar los errores que cometiera.

—Ha sido muy egoísta por mi parte venir aquí. —Karen apoya la frente en una mano—. Después de todo lo que has pasado... No sé en qué estaba pensando.

Mi padre mantiene la vista clavada en mí. Tiene los ojos entornados, como si estuviera calculando una compleja ecuación de segundo grado. Al final inspira con fuerza.

—No, Wylie tiene razón. Queremos ayudar. Necesitamos hacerlo —afirma. Y me da un vuelco el corazón de alegría. A lo mejor sí que me escucha. A lo mejor sí que entiende una parte de todo lo que me pasa. Se vuelve hacia Karen de nuevo—. Veamos. ¿Qué ocurrió exactamente entre Cassie y tú esta mañana?

Karen se cruza de brazos y desvía la mirada.

—Bueno, tenía prisa, estaba preparándome para salir y estábamos peleándonos, como siempre, porque ella no quería levantarse de la cama. Ha perdido el autobús cinco veces en las últimas dos semanas. Y yo tenía que llegar puntual a un sitio esta mañana y no podía... —Se le tensa la voz al tiempo que saca un pañuelo arrugado del bolsillo—. En cualquier caso, he perdido por completo la paciencia. Le he... Le he gritado, Ben. He descargado toda la tensión contra ella y su reacción ha sido insultarme. Una palabra que no pienso repetir y que yo jamás he dicho en voz alta. Pero Cassie se ha atrevido a insultarme. —Vuelve a quebrársele la voz, se mira los dedos y retuerce el pañuelo—. Así que le he dicho que iba a llamar a ese internado para que la metieran en cintura. Para que alguien le metiera el miedo en el cuerpo y entrara en razón de una vez por todas. He usado esas expresiones: «meter en cintura» y «meter miedo».

Mi padre asiente como si supiera exactamente qué quiere decir Karen. Como si me hubiera gritado lo mismo infinidad de veces. Pero, que yo recuerde, el único motivo por el que me ha gritado fue un Cuatro de Julio, en Albemarle Field, cuando yo estaba descalza viendo los fuegos artificiales y estuve a punto de pisar un montón de cristales rotos de una botella.

—Lo peor de todo es que me he puesto hecha una furia porque no quería llegar tarde, pero no se trataba de una reunión de trabajo ni tenía que enseñar una casa o encontrarme con un posible cliente. No era nada realmente necesario. Nada importante de verdad. —Karen levanta la vista hacia el techo. Como si estuviera buscando una respuesta allí arriba—. Ha sido por una clase de yoga. Ese, nada más y nada menos, es el motivo por el que he perdido los nervios. —Se queda mirando a mi padre como si él pudiera explicar lo mal que se siente—. Luché con Vince durante todo el proceso de divorcio para quedarme con la custodia de Cassie y que ella viviera conmigo, para poder estar junto a ella, y ahora... ¡Oh, soy tan egoísta...!

Karen hunde la cara entre las manos y se mece hacia delante y hacia atrás. No sé si está llorando, aunque deseo que no esté haciéndolo. Porque yo también estoy preocupada por Cassie; aunque no tanto. Resulta irónico que yo, de entre todas las personas, sea la que esté menos preocupada. Me da la impresión de que tal vez estoy en una fase de negación. Pero sea cual sea el motivo de su desaparición, estoy segura de que es algo malo. Además, ¿alguna de esas personas con las que sale ahora Cassie acudiría en su ayuda si ella lo necesitara? ¿Se quedarían con ella para evitar que vomite dormida, que alguien se aproveche de ella mientras está inconsciente? No. La respuesta a todo es que no. A esa gente solo le preocupa salvar su propio culo en cualquier situación.

—Karen, no te culpes. Nadie es perfecto. —Mi padre avanza un paso hacia ella y se inclina hacia delante, como si quisiera ponerle una mano en la espalda. Sin embargo, en lugar de hacerlo, se cruza de brazos—. ¿Cassie ha faltado a clase?

—No he recibido ningún mensaje del centro. Pero supongo... —Karen retuerce el pañuelo un poco más—... Cassie podría haberlo borrado del contestador al volver a casa para dejar la pulsera. Ya lo hizo hace un par de semanas cuando se saltó las clases. Iba a cambiar el número de contacto con el colegio y lo iba a pasar al móvil, pero olvidé hacerlo.

¿Cassie también ha estado faltando a clase? Hay tanto de ella que no sé últimamente.

—¿Por qué no intentas enviarle un mensaje con el móvil, Wylie? —me sugiere mi padre—. A lo mejor, si recibe noticias tuyas... Nunca se sabe.

Quizá solo se niega a responder a Karen. Mi padre no lo dice, pero está pensándolo. Y después de que ella la haya amenazado con ese internado al estilo campo de entrenamiento militar, es posible que Cassie no vuelva a hablarle jamás. Sin embargo, si está evitando a su madre, es posible que, por el mismo motivo, también me evite a mí: ambas hacemos que se sienta mal consigo misma.

—Vale, aunque no sé si... —Saco el móvil del bolsillo de la sudadera y escribo: «Cassie, ¿dnd estas? Tu madre sta histerica». Espero y espero, pero ella no me contesta. Al final, levanto el móvil—. A lo mejor tarda un poco en responder.

En realidad nunca tarda. O no tardaba. La Cassie que yo conocía vivía con el teléfono en la mano. Como si fuera a recibir una medalla de honor por responder a todos los tuits o mensajes o fotos que le enviaban en cuestión de segundos. O a lo mejor era más bien como un chaleco salvavidas. Porque cuanto más flaca y más borracha y más popular se volvía Cassie, más desesperada parecía por mantenerse a flote.

—¿Se te ocurre algún lugar donde pueda haber ido Cassie, Wylie? —pregunta Karen—. ¿O alguien con quien pueda estar?

—¿Has probado llamar a Maia y a las de ese grupo? —sugiero, y me asquea tener que pronunciar su nombre.

La Coalición del Arcoíris: Stephanie, Brooke y Maia, que seguían siendo amigas íntimas después de todos estos años. Todas excepto yo. Empezaron a llamarse a sí mismas la Coalición del Arcoíris durante el primer año de instituto, por la gran variedad de sus colores de pelo. (Y parecían no darse cuenta de que el hecho de que fueran todas de piel blanca hacía que su apodo fuera totalmente ofensivo.) Como estaban más guapas que nunca, también se habían vuelto mucho más «guais». En el primer año, Maia, Brooke y Stephanie habían ascendido, clavando las uñas, hasta la cima de la popularidad del instituto Newton Regional.

Cassie siempre había odiado la Coalición del Arcoíris por lo que me habían hecho, hasta que sus integrantes descendieron de las alturas y la invitaron a ascender y reunirse con ellas en la cumbre.

—Maia y esas chicas... —Karen pone los ojos en blanco—. Sinceramente, no sé qué ve Cassie en ellas.

«La hacen sentirse importante —quiero decir—. De una forma que tú jamás has logrado.» Pero, claro, no soy precisamente la más adecuada para decirlo. Al principio, Cassie intentó ocultar lo orgullosa que estaba de haber sido invitada a formar parte de la Coalición del Arcoíris en una de sus «kedadas». No eran «fiestas», porque eso habría sido «demasiado simple», en palabras de ellas mismas. Cassie fingió que solo iría a cotillear un poco. Fue en una de las primeras «kedadas» de la Coalición Arcoíris cuando Cassie conoció a Jasper. Y, después de eso, parecía que le importaba mucho menos tener que fingir nada.

Para ella era emocionante. Eso lo entendí. Aunque también creí que Cassie se cansaría bastante rápido, que recuperaría el buen juicio. En lugar de eso, cada vez se emborrachaba más y más, en más y más fiestas. Más de una vez, le repetí lo que ella misma me había dicho sobre su padre: que no quería acabar siendo como él. Le decía una y otra vez que, como amiga suya, estaba preocupada. Pero ¿por qué iba a necesitarme a mí si lo único que yo conseguía es que se sintiera mal consigo misma? Tenía la Coalición del Arcoíris para llenar sus días y sus noches. Además, estaba cada vez más enamorada. Yo lo veía, pero intentaba, por todos los medios, fingir que no estaba ocurriendo.

Porque yo ya sabía que Jasper Salt no era la solución para Cassie. Solo era un problema más. Y quedó claro que así era, porque no tardó nada en tomarla de la mano y saltar con ella hasta el fondo de la cloaca.

—¿Sabes?, en realidad, Jasper es muy buena persona, Wylie —empezó a decirme Cassie el lunes después de Acción de Gracias—. Hay que conocerlo bien.

Estábamos comiendo en Naidre's, la única cafetería cerca del colegio donde permitían ir a los mayores con autorización para salir del centro. Yo había pedido una sopa y un bocadillo, y Cassie, solo un panecillo, que se afanaba en cortar en pedacitos para disponerlos en su plato con tal de que pareciera que estaba comiendo.

Llevábamos juntas solo cinco minutos —después de cuatro días sin vernos— y ya volvíamos a discutir.

Aunque, para ser sincera, las cosas ya iban mal entre nosotras desde que Cassie volvió de su campamento de verano para ponerse en forma a finales de agosto. «El campamento para gordos», lo había llamado Cassie cuando su madre la obligó a ir en verano antes de empezar octavo. Sin embargo, en esa ocasión había sido idea de Cassie. Aunque resultaba doloroso ver que no tenía más peso que perder. Al volver a casa, estaba hecha un esqueleto, comparación que a ella le encantaba.

Aun así, el único problema no era la pérdida de peso. Cassie también se había cambiado el peinado, llevaba el pelo más largo y muy liso, e iba vestida a la última. Resultaba difícil creer que era la misma persona que una vez había estado acuclillada sobre el retrete conmigo hacía tantos años. Semanas más tarde, no me extrañó que la Coalición del Arcoíris la invitara a formar parte del grupo ni que alguien como Jasper —popular, guapo y deportista (y un gilipollas)— se fijara en Cassie. Pero me sorprendió que se sintiera tan feliz por ello.

—Sé todo lo que necesito saber sobre Jasper —dije, y me quemé la boca con la sopa de tomate.

Se rumoreaba que había tumbado a uno de los chicos mayores de un solo puñetazo en su primer año de instituto. En una de las versiones, Jasper le había roto la nariz. Yo seguía sin entender por qué no estaba en la cárcel, y mucho menos, por qué seguía en el instituto. No obatante, Jasper no me gustaba ni siquiera antes de saber lo del puñetazo, y a lo mejor, algunos de mis motivos no tenían mayor importancia: sus camisetas de tirantes, sus pantalones cagados y su estúpida jerga de surfero. Aunque también contaba con la prueba de que era un auténtico gilipollas. Sabía lo de Tasha.

Tasha tenía nuestra edad, pero parecía más pequeña. Abrazaba a todo el mundo sin previo aviso y se reía demasiado alto, siempre vestía de rojo o rosa con una cinta de pelo a juego. Era como una tarjeta de San Valentín con piernas. Pero nadie se metía con Tasha; habría sido cruel. O mejor dicho, nadie, menos Jasper. Un par de semanas después de que Cassie y él empezaran a quedar —a principios de octubre—, vi a Jasper hablando con Tasha al final de un pasillo vacío. Estaban demasiado lejos para oír lo que decían, pero ella pasó corriendo junto a mí llorando. Sin embargo, cuando se lo conté a Cassie más tarde, ella me dijo que Jasper jamás le haría daño a Tasha. Lo que significaba, supuse, que yo estaba mintiendo.

—Quizá Jasper no sea perfecto, pero ha tenido una vida muy dura. Deberías darle una oportunidad —siguió diciéndome Cassie en ese momento, mientras recolocaba los trocitos de panecillo—. Están solos él y su madre, que es una completa egoísta, y su hermano mayor, que es un gilipollas como una casa. Y su padre está en la cárcel —añadió a la defensiva, pero también con cierto tono de engreimiento. Como si el hecho de que el padre de Jasper fuera un delincuente convirtiera al chico en buena persona.

—¿En la cárcel? ¿Por qué?

—No lo sé —respondió con brusquedad.

—Cassie, ¿y si ha hecho algo realmente malo?

—Solo porque el padre de Jasper pueda haber hecho algo malo no significa que haya maldad en Jasper. En realidad es bastante horrible que lo pienses. —Cassie sacudió la cabeza y se cruzó de brazos. Y lo peor de todo es que tenía razón: era bastante horrible que hubiera pensado eso—. Además, Jasper me entiende. Eso me importa mucho más que su estúpido padre.

Noté un calor repentino en el pecho. Ahí estaba la verdad: él sí la entendía y yo no. No había más que añadir.

—Pero ¿a cuál de las Cassie entiende? —solté con brusquedad—. Últimamente tienes tantas caras... ¿Cómo puede siquiera saber quién eres?

Cassie se quedó mirándome, boquiabierta. Y entonces empezó a recoger sus cosas.

—¿Qué estás haciendo? —le pregunté notando que el corazón me latía con fuerza. Se suponía que se había enfadado. Se suponía que habíamos discutido. Se suponía que no tenía que desaparecer.

—Me marcho —dijo Cassie en voz baja—. Eso es lo que hace la gente normal cuando alguien es despreciable con ella. Y, por si acaso no lo has entendido, Wylie —hizo un gesto para señalarse a sí misma— yo soy la «normal». Y tú eres la «despreciable».

—En cualquier caso, sí que he hablado con Maia y con las otras chicas —prosigue Karen—. Me han dicho que la última vez que han visto a Cassie ha sido hoy en el colegio, aunque ninguna de ellas parecía recordar el momento exacto.

—¿Has hablado con Jasper? —le pregunto, intentando no decirlo como si ya hubiera decidido que él es, por intención aunque no de hecho, el responsable absoluto de todo lo malo que le haya ocurrido a Cassie.

Karen asiente en silencio.

—Estuvo intercambiando mensajes con Cassie mientras ella iba en el autobús, camino del instituto, pero esa fue la última vez que supo algo de ella. O eso se supone, al menos. —Me mira con los ojos entornados—. No te gusta Jasper, ¿verdad?

—Lo cierto es que no lo conozco, así que no creo que mi opinión importe demasiado —digo, aunque pienso justamente lo contrario.

—Eres la mejor amiga de Cassie —afirma Karen—. Su única amiga de verdad, por lo que a mí respecta. Tu opinión importa mucho. No creerás que él podría hacerle daño, ¿verdad?

¿De verdad creo que Jasper le haría algo a Cassie? No. Pienso muchas cosas malas sobre Jasper, pero no tengo ningún motivo para creer que pudiera hacerle daño. No, eso no lo creo.

—No lo sé —respondo, y soy ambigua a propósito. Aunque no puedo ni imaginar acusar a Jasper de algo tan grave solo porque no me guste—. Quiero decir que no. No lo creo.

—¿Y Vince tampoco sabe nada de ella? —pregunta mi padre.

—Vince. —Karen resopla—. Está por ahí con su nueva «novia», en los Cayos de Florida. Lo último que supe es que quería intentar sacarse el título de investigador privado. ¡Qué ridículo!

Cassie podría haber llamado a su padre. Está loca por él, a pesar de todo. Se escriben correos electrónicos y se envían mensajes de móvil a todas horas. Su mutuo desprecio por Karen los mantiene unidos.

—Deberías intentar ponerte en contacto con él, solo por si acaso —le sugiere mi padre con amabilidad. Luego se dirige hacia la encimera, coge su cartera y echa un vistazo a los ganchos de la pared donde colgamos las llaves—. Y tú y yo podemos salir a buscarla por nuestra cuenta.

Karen asiente con la cabeza mientras se mira los dedos, mientras sigue abriéndolos y cerrándolos en torno al pañuelo de papel casi desintegrado.

—Vince va a culparme de esto, ¿sabes? Dirá que si yo no fuera una imbécil odiosa, Cassie todavía... —Karen se tapa la boca con la mano y deja la frase inacabada—... Y tendrá razón. Eso es lo peor. Vince tiene problemas, pero Cassie y él... —Niega con la cabeza—. Siempre se han llevado muy bien. A lo mejor si yo...

—No es tan sencillo. Ni con los chicos, ni con nada —la interrumpe mi padre cuando por fin encuentra las llaves en un cajón—. Vamos, primero haremos una parada en tu casa. Para asegurarnos de que sigue sin haber ni rastro de Cassie. Llamaremos a Vince de camino. Puedo hablar yo con él si quieres. —Mi padre se dirige hacia la puerta, pero se detiene cuando se fija en los pies de Karen—. Oh, espera, necesitarás unos zapatos.

—No te preocupes —dice y hace un gesto avergonzado con la mano. Incluso en ese momento intenta no perder la compostura—. No es necesario. He venido en coche con esta pinta ridícula y puedo volver a casa igual.

—¿Y si acabamos yendo a cualquier otro lugar? No, no, necesitas un par de zapatos. Puedes ponerte unos de Hope.

«¿Unos de Hope?» Así, sin más, como si no acabara de ofrecer a Karen un jirón de mi piel. Claro está que no podemos prestarle un par de zapatos míos. Tras un ataque de pánico reciente después del funeral, en que me dio por no acumular nada, solo me quedan un par de zapatos, los que llevo puestos. Pero lo que me impacta es la forma en que lo ha dicho mi padre: como si no supusiera nada desprenderse de todas las cosas de mi madre.

Algunas veces me pregunto si mi padre había dejado de querer a mi madre antes de que ella muriera. Tengo otras pruebas que respaldan esa teoría: sobre todo sus discusiones. Después de una vida sin dirigirse ni una sola mala palabra, de pronto habían empezado a discutir de manera constante, unas semanas antes del accidente. Y el hecho de que no la quisiera de verdad podría ser la explicación definitiva de por qué él no parecía ni mucho menos tan destrozado como yo.

«No lo hagas —pienso mientras él se dirige hacia la escalera para ir a buscar los zapatos—. Jamás te perdonaré si lo haces.» Por suerte, se detiene cuando le vibra el móvil en la mano.

Se queda mirándolo.

—Lo siento, pero es el doctor Simons. —Salvada por el único amigo de mi padre: el doctor Simons. La única persona por la que él siempre lo deja todo. Eso jamás me había molestado antes. Pero, lo cierto es que ahora está empezando a fastidiarme bastante—. Wylie, ¿puedes acompañar a Karen al piso de arriba y darle algo de tu madre que le vaya bien? —Me quedo mirándolo—. ¿Estás bien? —me pregunta cuando ve que no me muevo. Tiene la cara en tensión.

—Sí —respondo finalmente, porque temo que utilice el hecho de que esté enfadada como prueba de que no debería ayudar a Karen—. Estoy de maravilla.

Durante todo el camino de subida por la escalera intento pensar en una excusa para no dejarle a Karen unos zapatos de mi madre. Algo que no suene a locura. Algo que mi madre hubiera aprobado. Porque mi madre habría querido que proporcionara a Karen lo que necesitara. «Tú puedes hacerlo —me habría dicho si estuviera aquí—. Sé que puedes hacerlo.»

Ya en la habitación de mis padres, enseguida Karen se sitúa detrás de mí, mientras yo estoy paralizada ante el armario. Me recuerdo que solo vamos a dejárselos mientras abro la puerta y me agacho delante del lado de mi madre. Cierro los ojos e intento no inspirar su olor cuando busco a ciegas entre sus zapatos. Al final, mis manos palpan lo que creo que son unas botas de vestir que mi madre solo se puso una o dos veces. Pero se me revuelve el estómago cuando veo lo que he sacado. Son las viejas Doc Martens de mi madre, las que le gustaban tanto que le había cambiado la suela un par de veces.

—Sé que Cassie te echa de menos —dice Karen mientras yo sigo agachada sobre las Doc Martens como un animal protegiendo su último bocado—. Porque todavía sé lo que siente en realidad. Aunque ella crea que no lo sé. Y también sé que, ahora mismo, Cassie está totalmente perdida y que lo que necesita es una buena amiga. Una amiga como tú.

Karen se acerca y se arrodilla junto a mí. Percibo que mira las botas y vuelve a mirar atrás. Luego se inclina hacia el armario y mete la mano dentro. Pasado un segundo, saca un par de zapatillas de tenis blancas y nuevas. Las que mi abuela —la madre de mi padre— le regaló a mi madre hace unos años, seguramente porque mi madre siempre había odiado el tenis.

—¿Y si me pongo estas? —comenta Karen.

«Sí —diría si no tuviera miedo de que se me quebrara la voz—. Esas estarían mucho, muchísimo mejor.»

—¿Crees que Cassie sabe al menos lo mucho que la quiero? —pregunta Karen, echándose hacia atrás para sentarse, con la vista todavía clavada en las zapatillas—. Porque las cosas no han sido muy fáciles para nosotras últimamente. Reconozcámoslo, nunca han sido fáciles. Y sé que he cometido muchos errores. Podría haber hecho tantas cosas mucho mejor... Pero siempre estoy intentándolo. ¡Y la quiero tanto! Ella lo sabe, ¿verdad?

Cassie ha dicho muchas cosas horribles de su madre: que era egoísta, egocéntrica, que se burlaba de ella por estar gorda, que la juzgaba, que era superficial... Pero lo que repetía más a menudo era que creía que Karen no la quería. No como debería quererla una madre.

—Sí —contesto, antes de esperar demasiado y que parezca que es una mentira, lo que realmente es—. Cassie lo sabe, sin duda.

—Gracias a Dios. —Karen suena tan aliviada que me parte el corazón—. Eso... me tranquiliza.

Se pone las zapatillas, luego se acerca para tomarme de una mano y me frota los nudillos con gesto maternal, lo que provoca que se me forme un nudo en la garganta. Con la otra mano me peina lo que me queda de pelo castaño rizado y aleja los dedos cuando llega a los trasquilones.

La noche antes, me había mirado de reojo en el espejo del recibidor y, durante un segundo —un segundo muy jodido—, creí que yo era ella. Mi madre. Que ella estaba allí, cálida y viva y otra vez bien. Con el pelo más largo, estaba empezando a ser igualita a ella. Y anoche necesitaba no parecerme a ella. Necesitaba saber que jamás volvería a confundirme a mí misma con ella. Que no volvería a creer jamás, durante un horrible y maravilloso momento, que ella estaba en casa.

Así que agarré las tijeras y me incliné sobre el lavamanos del baño para cortarme el pelo. Para conseguir no parecerme nada a ella. Lo bordé en mi intento de ser diferente. Eso está claro. Desde ese momento he evitado mirarme al espejo, aunque sabía que estaba horrible por la cara de susto de mi padre cuando me vio por primera vez. Fue incluso peor cuando Gideon —siempre dispuesto a hacerme sentir mal— no dijo ni una palabra.

Cuando levanto la vista para mirar a Karen, ella sonríe, le brilla la mirada cuando me envuelve la cabeza con una mano y, con suavidad, la acerca hacia sí. Estoy bastante segura de que lo hace porque necesita abrazar a alguien. Es más, tal vez lo haga porque yo necesito que alguien me abrace. Me acaricia el pelo. «No llores —me digo a mí misma cuando empiezan a arderme los ojos—. Por favor, no llores.»

—¿Sabes? Todo irá bien —me susurra—. No ahora, pero sí algún día.

4

Cuando Karen y yo bajamos, mi padre acababa de colgar el teléfono. Pero en lugar de dejarlo sobre la mesa o de metérselo en el bolsillo, lo sigue agarrando con tanta fuerza que tiene las puntas de los dedos blancas. Hay alguna novedad. Algo malo además de lo que le haya ocurrido a Cassie.

—¿Qué quería el doctor Simons? —le pregunto, porque, por lo visto, ha sido la conversación con él la que lo ha dejado así de traspuesto.

El doctor Simons fue profesor de mi padre en Stanford. Es psicólogo y profesor, como mi padre, pero estudia el efecto de la presión de grupo, no IE. Supongo que ambas materias se parecen bastante. Y ya no tiene familia, así que mi padre es como su hijo adoptivo. Siempre está de viaje dando cursos aquí o allá —Inglaterra, Australia, Hong Kong—, razón por la que no lo hemos visto desde que éramos muy pequeños. Esa falta de proximidad geográfica es posiblemente lo que a mi padre le gusta del doctor Simons. Están tan unidos como si vivieran cerca, aunque siempre estén a miles de kilómetros de distancia.

—Solo llamaba para responderme una pregunta, algo relacionado con mi nueva base de datos. —Mi padre agita una mano, como diciendo «Nada de lo que tú debas preocuparte». Y me gustaría pensar que es creíble. Pero no lo es. En absoluto. Mi padre esboza una amplia sonrisa forzada, incluso menos convincente cuando se vuelve hacia Karen—. ¿Estamos listos? Wylie, asegúrate de cerrar la puerta con llave cuando nos marchemos, ¿vale? —dice como si nada, como si fuera algo normal que me pidiera cada día.

—¿Cerrar con llave? —pregunto.

Mi padre nunca ha pensado en cerrar la puerta con llave, en toda su vida. De no haber sido por mi madre, él se habría marchado de vacaciones, las dos semanas al año que vamos al Cabo, dejando la puerta de casa abierta de par en par.

—Wylie, por favor —me suelta mi padre, como si estuviera harto de mí y de mi obsesión, que es bastante normal, supongo—. Tú cierra con llave. Hasta que no sepamos qué ha ocurrido con Cassie, yo... Deberíamos tomar todas las precauciones que podamos.

Esa explicación sería mucho más razonable si no pareciera tan nervioso. Hace siglos que no lo veía tan asustado. No desde el día en que apareció el primer muñeco.

Estábamos sentados a la mesa desayunando, un par de días después de Halloween, cuando mi madre encontró el primero. Estaba en el porche de la entrada cuando ella salió a recoger el periódico.

—Supongo que debo valorar su creatividad —dijo mi madre cuando entró con un muñeco, un bebé, en las manos. Tenía la nariz arrugada mientras miraba la mancha roja que lo cubría por completo, que todos esperábamos que fuera pintura—. Es mucho más impactante que los correos electrónicos de siempre. Supongo que es el precio que debo pagar por salir en primera plana. Debería llamar a Elaine para ver si ella también ha recibido uno.

Elaine era la periodista con la que había estado colaborando mi madre en un artículo sobre un supuesto grupo terrorista de Oriente Medio. Había sido publicado ese domingo en la primera plana de *The Sunday Times*, y lo que más destacaba eran las fotos de una escuela bombardeada hechas por mi madre. Siempre había recibido bastantes correos electrónicos donde la gente le expresaba su odio.

Incluso los habían enviado a casa. Pero nunca habíamos recibido nada como aquel bebé de plástico.

—¿Por qué estás tocándolo? —gritó mi padre. Y lo hizo en voz muy alta—. ¡Vuelve a dejarlo fuera!

—No es contagioso, cariño. —Mi madre le dedicó su bonita sonrisa maliciosa y enarcó una ceja. Por lo visto iba a pasar por alto el grito. Lo había hecho mucho en esos últimos tiempos, lo de dejar pasar todo cuanto hacía mi padre, pero yo supe que estaba empezando a enfadarse—. Tienes que conservar tu sentido del humor, Ben. Ya lo sabes.

Y es que, ciertamente, mi padre tenía sentido del humor. Antes era muy, pero que muy divertido. En cierto sentido era mucho más divertido por el hecho de ser un científico serio. Pero en ese momento de su vida estaba muy tenso. Primero, porque había estado trabajando las veinticuatro horas del día en la universidad, intentando terminar su investigación, y supongo que los resultados obtenidos estaban siendo decepcionantes. No se publicaría de forma oficial hasta febrero, aunque ya estaba finalizada. Aunque lo que empeoró la situación fue tener que despedir a su colega de posdoctorado favorito, el doctor Caton, por —según mi padre— «el sesgo personal de sus conclusiones», significara eso lo que significase. Nunca llegamos a conocer al doctor Caton —a mi padre no se le daba muy bien la vida social—, pero, desde el día en que lo contrató, había hablado sobre el jovencísimo doctor Caton (quien solo tenía veinticuatro años y ya había obtenido el doctorado) como de una especie de joya preciosa de otro mundo. A mí me daba igual, pero aquello volvía loco a Gideon, nuestro particular genio de las ciencias. Mi hermano se sintió encantado de que rodara la cabeza del doctor Caton.

Mi madre se encogió de hombros cuando se acercó a la mesa para coger su tostada a medio comer. Dio otro mordisco con el muñeco todavía sujeto en la otra mano, y luego volvió a soltar la tostada con delicadeza, sacudiéndose las migas de entre los dedos mientras volvía a salir al recibidor con el muñeco. Abrió la puerta de la calle y lo tiró afuera con gesto relajado. Todos oímos cómo rebotaba sordamente en su descenso por los escalones. Gideon y yo soltamos una risita nerviosa. También lo hizo mi madre. Pero mi padre en lugar de reír corrió a coger el teléfono.

—¿A quién vas a llamar? —le preguntó mi madre.

—A la policía —respondió él, como si fuera lo más lógico.

—Venga ya, Ben —dijo mi madre y se acercó hasta donde estaba él—. Puedo darte un motivo de peso para que no lo hagas. Eso es precisamente lo que quieren. Solo pretenden llamar la atención.

—Puedo ocuparme de esto solo, Hope —replicó mi padre en voz baja, casi con tristeza, mientras mi madre le quitaba el teléfono de las manos y lo colgaba. Luego lo abrazó y le susurró algo al oído.

—Tú no tienes que ocuparte de esto —afirmó cuando se separaron, aunque lo hizo en voz tan alta que fue como si nos lo dijera a los cuatro, o a lo mejor solo me lo pareció a mí. Y, por raro que parezca, no se enfadó con mi padre por convertir en algo personal un asunto relacionado con ella—. Para eso me tienes a mí.

Cuando mi padre y Karen ya se han marchado, me siento en el sofá del comedor a oscuras, me quedo contemplando la amplia ventana panorámica con vistas a Walnut Hill Road, esperando a que se enciendan las luces de casa cuando Gideon llegue de su clase de prácticas de conducir. Ninguno de los dos tiene el carnet provisional para menores todavía, aunque por edad ambos podríamos tenerlo ya desde hace meses. No hay nada como que tu madre muera en un accidente de coche para dejar de estar impaciente por conducir tu propio vehículo. Gideon, seguramente, acabará sacándose el carné. Pero yo sé que nunca lo haré.

Vuelvo a mirar hacia la calle en busca de la luz. ¿Por qué está tardando tanto Gideon? Ya debería estar en casa... Bueno, hace solo unos minutos, pero, aun así... Esta noche, ese par de minutos parecen horas. Resulta extraño estar esperando a Gideon. Últimamente su compañía es un engorro. Pero, ahora mismo, cualquier cosa es preferible a estar sola.

He cerrado todas las puertas con llave cuando mi padre y Karen se han marchado, y he comprobado que estuvieran bien cerradas un par de veces. Y luego, una tercera vez. Porque solo hace falta que me digan que no me preocupe para que me preocupe más todavía. Además, cuando he terminado de comprobar los cierres, he revisado todo lo que podría caerse, quemarse o, de algún modo, ponerme de los nervios.

También he mirado el móvil unas doce veces para ver si tenía alguna respuesta a los mensajes de Cassie. Ya le he enviado cuatro hasta ahora, y la he llamado dos veces. Pero no hay ninguno. Le enviaría más mensajes, pero la ausencia de respuesta me hace sentir peor. Me preocupa que, en esta ocasión, Cassie se haya metido en un lío tan gordo que no pueda hacer nada por ayudarla, por mucho que quiera hacerlo.

—¿Por qué están todas las luces apagadas? —pregunta alguien a mis espaldas. Al volverme de golpe, con el corazón desbocado, veo a Gideon, con el abrigo y la mochila todavía puestos. Lleva unos vaqueros holgados, y el pelo rubio y despeinado, mojado y pegado a la frente mientras mastica lo que le queda de una barrita de regaliz rojo.

—¡¿Por qué has hecho eso, Gideon?!

—Primero, tranquilízate. —Da otro mordisco—. Y segundo, ¿hacer el qué?

—¡Hablarme de repente cuando no te he visto antes, tonto del culo!

—Mmm... Vaya. —Levanta las manos como si estuviera apuntándolo con una pistola, con la barrita de regaliz colgando flácida entre los dedos. Le encanta señalar cuando me comporto como una loca. Algo que, reconozcámoslo, ocurre bastante a menudo últimamente.

Además, Gideon cree que es injusto que él reciba menos atención que yo por ser más normal. Como el hecho de que yo tenga un tutor en casa, por ejemplo. Gideon es tremendamente listo (aunque incluso él admitiría que yo sería capaz de machacarlo en cualquier examen de mates, cuando y donde sea), pero odia las clases, incluso después de haberse cambiado al centro de secundaria de Stanton, donde se adaptan mejor a sus necesidades de su superdotada mente científica. Cree que también tiene derecho a no ir al colegio. Pero mi padre se lo negó con tanta contundencia que me sorprendió.

—¿Te ha traído Stephen a casa en coche? —Vuelvo a mirar por la ventana. ¿Cómo es que no he visto el coche? ¿Es que ahora empiezo a ver mal?—. No lo he visto.

—Hemos parado un rato en Duffy's a comer unas patatas fritas con unos amigos. —Se encoge de hombros, como si acabara de decir: «Estaba pasando el rato como hacen los chicos normales que tienen un montón de amigos». Tiene muchísimas ganas de ser un chico normal. Sin embargo, yo sé que Stephen es el único que se puede considerar amigo de Gideon y que los otros chicos del equipo de atletismo van con él solo porque es el único que está dispuesto a correr la distancia más odiada por todos, la de tres kilómetros, sin quejarse. Gideon nunca lo ha tenido fácil a la hora de hacer amigos, tal vez por lo listo que es. O a lo mejor por ser como es y punto—. Y he entrado por la puerta de atrás.

—Deberías ir a ducharte. —Me vuelvo hacia la ventana. Quiero que se vaya, que me deje sola, no quiero empezar una pelea. Esta noche no.

—¿Quién ha muerto y te ha dejado al mando de todo? —Cuando me vuelvo a mirarlo, se lleva una mano a la boca y abre mucho los ojos para fingir que ha metido la pata—. ¡Oh, vaya! ¿Lo pillas? ¿Quién ha muerto? Tienes que reconocerlo, ha tenido bastante gracia. —Lo miro con el ceño fruncido. Gideon siempre intenta hacer bromas sobre el hecho de que mi madre haya fallecido. Eso lo ayuda a sentirse mejor. Y hace que yo me sienta peor. Mi madre tenía razón, somos mellizos muy diferentes. Nos repelemos el uno al otro, como los polos iguales de un imán—. Venga ya, sí que ha tenido gracia.

—No ha tenido gracia.

—Vale, lo que tú digas. —Gideon vuelve a encogerse de hombros cuando se dirige hacia la escalera. ¿De verdad parece dolido? Es tan difícil saberlo en su caso, pero sé que en algún lugar de su cuerpo tiene un corazón. Y que lo único que está haciendo es intentar sobrevivir. Ambos lo hacemos—. ¿Cuándo va a volver papá? Quiero que me ayude con los deberes de química.

Gracias a la insistencia de la escuela de secundaria de Stanton para que curse estudios avanzados, Gideon va a clases de ciencia en la facultad de Boston. No sé si es que de verdad le encanta la ciencia o es su forma de estar más unido a nuestro padre. De ser así, no es una mala táctica. Una forma segura de obtener más atención por su parte es implicarse de algún modo en su trabajo. No me atrevería a decir que para nuestro padre son más importantes sus investigaciones que nosotros, pero a veces da la sensación de que el amor que siente por sus estudios y por sus hijos está bastante igualado.

—No lo sé, igual dentro de un par de horas o algo así—digo.

Debería haber sido más ambigua. Desde el accidente, nuestro padre nunca está fuera durante tanto tiempo. Lo que he dicho solo suscitará más preguntas. Y no quiero hablar con Gideon sobre Cassie. Acabará haciendo algún comentario grosero. A Gideon nunca le ha gustado. O, para ser más exacta, siempre le ha gustado muchísimo, pero Cassie jamás le ha hecho ni caso. Por eso, mi hermano decidió odiarla. Ahora mismo no podría soportar que se pusiera a insultarla para provocarme. O, peor aún, que hiciera que me preocupara más solo para divertirse.

—¿Un par de horas? ¿Adónde ha ido?

—A ayudar a Karen.

—A ayudarla ¿con qué?

Mierda. Demasiado tarde. Mi hermano ya está muy interesado.

—No sabe dónde está Cassie. —Me encojo de hombros. No hay para tanto.

Durante una décima de segundo, Gideon casi parece realmente preocupado. Pero entonces abre mucho la boca de forma burlona, como si estuviera concentrándose mucho, y frunce el ceño.

—¡Ahhh! Ahora lo entiendo —dice.

Lo detesto, pero no va a quedarme otra que jugar a su jueguecito.

—¿Qué entiendes, Gideon?

—Porque Cassie se comportó de un modo tan raro la última vez que estuvo aquí —contesta, como suponiendo que yo debo saber de qué está hablando—. Quiero decir que no conozco exactamente el porqué. Pero tiene sentido que se comportara de un modo tan raro si estaba a punto de fugarse.

—Un momento, ¿Cassie estuvo aquí? —El corazón me da un vuelco—. ¿Cuándo?

Gideon se frota la barbilla y se pone a mirar en dirección al techo.

—Mmm... Creo que fue... Vamos a ver. —Se pone a contar con los dedos como si estuviera sopesando si se trata de días o incluso semanas—. Ayer. Sí, eso es, ayer por la tarde.

«Capullo.»

—¿Ayer? —repito e intento no perder los nervios. Gideon está buscándome las cosquillas, de eso se trata—. ¿Por qué no me dijiste que había estado aquí?

—Ella no quería que te lo dijera. —Se encoge de hombros—. Solo quería dejar una nota.

—¿Qué nota, Gideon? —Ahora ya me he levantado del sofá—. No me diste ninguna nota.

—Mmm... —repite y asiente en silencio. Como si estuviera confuso, aunque sea muy evidente que no lo está. Luego empieza a toquetearse los bolsillos de la sudadera y mete la mano en los del pantalón vaquero—. Ah, aquí está. —Saca una hoja de papel doblado y la levanta en el aire, y la aleja de mí cuando yo voy a agarrarla—. Oh, espera, ahora recuerdo por qué no te la di. Llamé a la puerta del baño para contártelo y tú me gritaste: «¡Largo de aquí, capullo!».

Tiene razón. Eso le dije. En realidad se lo grité. Desde el accidente, mi ansiedad ha regresado con una sed de venganza tal que cada día se convierte en una lucha por la supervivencia. Aunque algunos días son más desastrosos que otros. Y ayer fue uno de esos que son una mierda total. Cuando por fin llegué a la ducha, con la esperanza de que el agua me tranquilizara, solo quería gritar: gritarme a mí misma, gritarle al mundo. Desde luego que no tenía el cuerpo para enfrentarme a Gideon. Si no hubiera creído que pedirle disculpas no haría más que empeorar las cosas, lo habría hecho. Y sí que lo siento, en cierto sentido. Muy en el fondo, Gideon no es un capullo porque quiera serlo. Pero su parte amable está tan enterrada últimamente, que sería imposible que no le pateara el culo cuando estoy de bajón.

—Dame la nota, Gideon. Por favor.

Levanta la mano, y la nota resulta todavía más inalcanzable. Siempre he sido de las altas, pero Gideon está a punto de medir uno ochenta. No existe forma posible de que coja el papel.

—A lo mejor debería leerla yo —dice—. En realidad, vosotras ya no sois auténticas amigas. Seguramente porque Cassie se hartó de que todo girara en torno a ti y a tus problemas.

—Gideon, si no me das esa nota, pienso contarle a papá que te vi fumando un porro con Stephen el otro día.

Es cierto: estaban en nuestro pequeño patio trasero, junto al cobertizo. Por lo que vi, daba la impresión de que era la primera vez que Gideon fumaba un porro. Él tiene problemas, pero las drogas no se cuentan entre ellos. Pero aunque hubiera ocurrido solo una vez, estaba dispuesta a usar esa información si me veía obligada a hacerlo. Gideon se queda lívido. Y tiene una mirada muy rara. Como si me odiara de verdad. Me gustaría no preocuparme. Pero lo hago. Siempre lo hago.

—Lo que tú digas —accede al final y me tira la nota de Cassie. Esta impacta contra la pared, por encima de mi cabeza y cae al suelo—. Pero si me sintiera agobiado por una amiga como tú, también me habría escapado.

Después de decir eso, Gideon se vuelve y sale del comedor en dirección a la escalera. Espero a que se haya ido para recoger la nota.

«Lo siento —leo la letra redondeada de Cassie—. Tenías razón. En todo. Pero no estaba lista para escucharlo. Ahora sí lo estoy. Ocurra lo que ocurra. Muchos besos, C.»

¿«Ocurra lo que ocurra»? Vuelvo a leer esa frase mientras agarro con fuerza el papel. Tengo el corazón desbocado. No me gusta cómo suena; parece que Cassie ha hecho las paces con algo. Como suele hacer la gente antes de... Cassie no sería capaz de hacerse daño a sí misma, ¿verdad? No, no lo creo. En estos últimos meses he pensado en poner fin a todo, en poner fin a mi vida. Pero Cassie no es como yo. Es como una pelota gigante de goma. Ella siempre se recupera, aprovecha el rebote. Es lo que la define, básicamente, como ser humano. Debe de estar por ahí bebiéndose demasiados cócteles de zumo de sandía con Smirnoff. Tiene que estar haciendo eso.

Se me hace un nudo aún más grande en el estómago cuando releo la nota. ¿A qué se refiere exactamente con eso de que yo tenía razón? ¿A que Cassie tenía que dejar la bebida o a ganar unos kilos? ¿A que tenía que cuidarse más? ¿A que Jasper no era una persona en la que se pueda confiar? ¿A que al final le haría daño? Ya no quiero tener razón en ninguna de esas cosas. No, si el hecho de tener razón significa que algo malo le ha ocurrido a Cassie.

Cojo el móvil para enviarle otro mensaje. Podría resultar útil que yo también le pidiera perdón. Tuve razón al intentar que dejara la bebida. Tenía un buen motivo para estar preocupada. Sin embargo, a lo mejor lo había mezclado con otras cosas que no tenían tanta importancia, como lo de la Coalición del Arcoíris y lo de Jasper.

«Acabo de leer tu nota. Yo también lo siento. Debería haber sido mejor amiga. Vuelve a casa. Por favor. No importa lo que ocurra, lo solucionaremos juntas.»

5

Sigo mirando mi móvil con la esperanza de recibir una respuesta de Cassie, cuando alguien llama a la puerta. ¿O acabo de imaginarlo? Empiezo a desear que así sea cuando vuelven a llamar. ¿Cassie? Pero golpean incluso con más fuerza de lo que lo ha hecho Karen cuando ha estado aquí antes. A lo mejor se trata de un puño más grande, ¿una mano más fuerte? «Mantén las puertas cerradas.» Al menos tengo que ir a comprobar que no sea Cassie.

Me dirijo con sigilo hacia el recibidor. Se oye el agua de la ducha correr en el piso de arriba. Gideon estará desnudo. No se presentará si me pongo a gritar. Inspiro una bocanada de aire y me pego a un lado de la pared para poder echar un vistazo al exterior por la ventana, sin ser vista.

En el porche de nuestra casa, con las manos metidas hasta el fondo de los bolsillos, con sus enormes hombros levantados hasta sus perfectas orejas, está la última persona a la que me apetece ver en este mundo: Jasper Salt. Lleva una de sus típicas camisetas ceñidas, de manga corta a pesar del frío y unos vaqueros con las roturas justas. Está mirándose sus zapatillas Nike negras, se balancea hacia atrás y hacia delante como si estuviera congelándose, aunque finge ser un tío al que todo le «va de coña». Porque así es como habla Jasper. Aunque nadie más hable así, ni siquiera en Long Beach, California, de donde procede.

Jasper ya era alumno de segundo del instituto cuando entramos al Newton Regional, y llamaba la atención desde el principio. Tenía mirada de robot, como si acabara de salir directamente de un anuncio de Gap, con esa piel reluciente, esos ojos de color verde intenso y esos abdominales de tableta de chocolate que se podían adivinar incluso cuando llevaba una de esas camisetas holgadas de fútbol americano o de hockey.

La primera vez que lo vimos Cassie y yo fue en la cafetería del instituto junto a otros jugadores de fútbol, todos ellos con sus estúpidas camisetas de deporte puestas para disputar el primer partido. Eran enormes y hablaban en voz muy alta; intentaban de forma deliberada llamar la atención. Todos, salvo Jasper, su *quarterback* novato aunque fuera de segundo curso, que jamás se movía con nerviosismo ni levantaba la voz. No amenazaba ni acosaba a nadie. Era el sol radiante y discreto en torno al que giraban todos los demás.

Sin embargo, yo percibía cierta energía subyacente bajo toda esa calma, algo tenso y retorcido. Como si por dentro fuera un resorte presionado que nadie quería ver saltar. O verlo saltar de nuevo. Porque, por supuesto, Jasper ya había explotado, como mínimo, una vez. Cuando conectó ese puñetazo legendario.

No obstante, a las chicas de primero les daba absolutamente igual la supuesta agresividad y los arrebatos de Jasper. En realidad, eso contribuía a que les gustara incluso más. «Es de Los Ángeles», decían. «He oído que tiene un agente cinematográfico.» «He oído que toda su familia se ha venido a vivir aquí para que él pueda jugar a hockey sobre hielo.» «He oído que se acostó con doce chicas el año pasado. Todas ellas mayores.»

Doce chicas. Un puñetazo. Menudo gilipollas. Eso es lo que estoy pensando mientras me dirijo hacia la puerta. Porque ya sé que Jasper no está en la puerta de mi casa por casualidad. Para mí es prueba suficiente de que él tiene algo que ver con lo que sea que le está pasando a Cassie. Con el lugar donde ella está. Con sus planes. O, a lo mejor, con el motivo de que se haya marchado.

Sin embargo, tengo mis dudas una vez que coloco la mano sobre el pomo de la puerta. A lo mejor solo ha venido para sacarme información. Debería hacerme la loca. Así veré qué tiene que decir Jasper y dejo que se delate para poder darle un buen corte después.

—Ah, hola. —Jasper parece sorprendido cuando por fin le abro. Además, y esto es algo que me molesta, está más guapo de lo que lo recordaba. No es mi tipo, demasiado guapo y con un aspecto perfectamente imperfecto. Pero sí puedo imaginar cómo se siente Cassie recibiendo toda su atención: especial. Es la forma en que siempre había querido sentirse.

—Creía que... Creía que no había nadie en casa.

Entonces Jasper levanta la vista hacia mi pelo trasquilado. Vuelve a mirar de golpe hacia abajo. Está fingiendo no haberse dado cuenta del desastre que me he hecho en la cabeza, lo cual, supongo, es un punto a su favor.

—Bueno, pues estoy yo —digo. Me obligo a no sujetar con fuerza el pomo de la puerta para relajar el resto del cuerpo—. ¿Qué pasa?

—¿Puedo entrar? —me pregunta y mira a su alrededor y a sus espaldas, como si buscara a alguien que estuviera vigilándolo en la oscuridad—. Preferiría contártelo dentro.

«No.» Eso es lo que quiero contestar. Pero no puedo, no hasta que sepa qué está haciendo aquí.

—Está bien. —Me echo a un lado, pero sigo reteniéndolo en el recibidor—. ¿Qué pasa?

No quiero que se adentre más en mi casa ni en mi vida. Solo quiero que me cuente qué sabe de Cassie y que se largue después. Porque, cuanto más pienso que Jasper va a tardar en irse, más presión siento en el pecho. Y no me apetece nada tener una de mis crisis delante de él.

Jasper cruza y descruza los brazos, encoge los hombros hasta llevarlos incluso más cerca de las orejas. Ahora sí que tiene cara de culpable, sin duda alguna. Aprieto los labios y hago un gran esfuerzo por tragar saliva. No le habrá hecho nada a Cassie, ¿verdad? No soy miembro del club de fans de Jasper Salt. Creo que es una mala influencia con un toque de maldad que, por alguna extraña razón, nadie está dispuesto a reconocer. Sin embargo, cuando le dije a la madre de Cassie que no creía que él le hubiera hecho daño, lo pensaba de verdad.

—Cassie ha desaparecido —dice por fin—. Y su... Su madre me ha llamado hace un par de horas para preguntarme si había hablado con ella. Pero no he hablado con ella desde ayer. —Bueno, aquí está la primera mentira: Jasper le dijo a Karen que había enviado un mensaje a Cassie esta mañana—. Oh, espera, creo que le he enviado un mensaje esta mañana. —Vale, bien. Ya no ha dicho ninguna mentira, que yo sepa. Pero esto no ha hecho más que empezar.

—¿No ha ido hoy al instituto?

Jasper se las arregla para pasar por delante de mí, sin invitación, hasta llegar al comedor de mi casa. Así es él: siempre convencido de que es bien recibido en todas partes.

—No estoy seguro. Habíamos discutido —dice y se pone un poco a la defensiva—. Le he enviado un mensaje con el móvil esta mañana, pero seguía un poco cabreado. Por eso la estaba evitando en el instituto. Después, Maia me ha dicho que Cassie debía de haberse saltado las clases porque no la había visto. ¿Tú la has visto? ¿Has sabido algo de ella?

Así que la Coalición del Arcoíris ha mentido a Karen al decirle que la han visto en el instituto. No me sorprende mucho.

—Llevo días sin hablar con Cassie —repondo, convencida de que eso él ya lo sabe—. ¿Por qué creías que yo sabría algo de ella?

—Porque me ha llegado esto. —Jasper se saca el móvil del bolsillo y me lo pasa. Hay un mensaje de Cassie en la pantalla: «Ve a casa de Wylie». Eso es todo. Es lo único que dice el mensaje—. ¿No tienes ni idea de por qué me ha dicho que venga aquí?

—¿Yo? —Y realmente suena como si fuera él quien creyera que yo estoy ocultándole algo—. No tengo ni la más remota idea. ¿Le has contado a su madre que lo has recibido?

—Estaba a punto de hacerlo, pero entonces...—Se mueve para

recuperar el móvil y desplaza un poco la pantalla hacia arriba con el dedo antes de volver a pasármelo—. Recibí este otro.

«No le digas a nadie que tienes noticias de mí. Y menos, a mi madre.»

Vuelve a recuperar el móvil y le da unos golpecitos para buscar otro mensaje. Me pasa el teléfono una tercera vez.

«He vuelto a cagarla. Si llamas a mi madre, ella llamará a la poli. Y ya sabes qué ocurrirá. Por favor, tú solo ve a casa de Wylie. Luego sigo.»

—¿Qué porras está pasando? —pregunto y sueno enfadada. Con Jasper. Porque estoy segura de que es culpa suya, al menos en parte.

—No tengo ni idea de qué está pasando. He venido aquí porque es lo que ponía en su mensaje —dice Jasper, y ahora es él quien parece enfadado conmigo—. Pero ¿quién sabe? Cassie lleva un tiempo portándose de forma muy rara.

—¿Qué quieres decir con eso de «rara»?

—¿Estás preguntándome la definición de la palabra «rara»?

Me limito a quedarme mirándolo. Al menos ahora ya tengo algo claro. Yo tampoco le gusto.

—Quiero decir que estaba distante —prosigue—. No sé por qué.

—¿Y a qué se refiere con eso de la poli: «Y ya sabes qué ocurrirá»?

—No puedo contártelo —contesta Jasper.

—¿Así que tú puedes venir aquí a intentar sonsacarme información, pero no puedes decir nada?

—Es que... Ella estaba muy molesta por algunas cosas que han ocurrido —dice al final—. No le gustaría que tú ni nadie lo supiera.

«Que te den por culo, Jasper Salt —quiero decir—. Tú no sabes nada sobre mí. Ni tampoco sabes nada sobre la auténtica Cassie, sobre lo maravillosa que era antes de que tú la ayudaras a destruirse.» Pero todavía no puedo echarle la bronca, no porque él sabe cosas que yo no sé. Cosas que podrían ayudar a Cassie.

—Créeme, sé muchas cosas comprometidas sobre Cassie —digo—. Somos amigas desde hace mucho tiempo.

Desde luego que sé secretos sobre ella que Jasper no conoce. Cosas que avergüenzan demasiado a Cassie para contárselas. Quizá Cassie había vuelto a mearse en la cama, pero esta vez su madre se había enterado. Le pasó una vez después de una de sus primeras «quedadas» con la Coalición del Arcoíris, antes de que Jasper y ella empezaran siquiera a hablar.

Se puso como loca esa primera vez, sobre todo porque tampoco recordaba nada de la fiesta. No recordaba siquiera cómo había vuelto a su casa. Perder la conciencia era uno de los comportamientos habituales de su padre. Cassie estaba segura de que él no recordaba ni la mitad de las cagadas que había hecho. Así conseguía no odiarlo. No lo culpaba de nada que él no lograra recordar. Sin embargo, ni siquiera la pérdida de conciencia asustó a Cassie tanto como yo esperaba y la siguiente vez que le pasó le pareció divertido.

—Ya sé que sois amigas íntimas, pero... —Jasper se mira las manos y junta las puntas de los dedos—. Especificó que no quería que tú te enterases de eso. Le preocupaba que la juzgaras, supongo. Y yo debo respetarlo, ¿no crees?

—No puedes estar hablando en serio. —Suelto una risotada. O algo parecido a una risotada.

Jasper levanta las manos.

—No estoy diciendo que tú la vayas a juzgar. —Aunque yo sé, por la forma en que lo dice, que eso es exactamente lo que piensa—. Eso es lo que Cassie temía. No se le da muy bien juzgar a las personas. —Que eso me lo diga él precisamente hace que me den ganas de escupirle a la cara—. Sea como sea, creo que lo importante es que ha hecho algo que podría cabrear de verdad a su madre. Además, ella ya había hablado de enviar a Cassie a una especie de internado militar. —Inspira con fuerza—. En cualquier caso, supongo que el hecho de que Cassie la haya cagado es preferible a que alguien la haya secuestrado o algo así.

—¿Secuestrada? —Eso ni siquiera se me había ocurrido—. ¿Qué quieres decir con eso de que la han secuestrado?

Mi móvil se mueve al vibrar sobre la mesita del comedor, antes de que Jasper pueda explicar si tiene alguna razón de peso para plantearse la posibilidad de que hayan secuestrado a Cassie, o si ha sido ella misma quien lo ha dicho. Pero eso no importa, porque ahora solo puedo pensar en que alguien se ha llevado a Cassie mientras iba por la calle. Cuando cojo el móvil me quema en las manos.

«Por favor, Wylie, necesito tu ayuda —dice el texto—. La he cagado a lo grande. Necesito que vengas a buscarme. He enviado a Jasper para que él conduzca. Pero a la persona que realmente necesito eres tú. Luego sigo.»

Inspiro de forma temblorosa. Al menos está bien para enviar un mensaje. Algo es algo. Y «la he cagado a lo grande» no suena a que la hayan secuestrado. Incluso después de todo lo que ha pasado entre nosotras, debo admitir que hay una pequeña parte de mí a la que le gusta que Cassie diga que me necesita a mí y no a otra persona.

—¿Qué dice? —pregunta Jasper, y está intentando verlo por encima de mi hombro.

—«Necesito tu ayuda. La he cagado a lo grande» —leo, y aparto el móvil para que no pueda leer la parte donde lo menciona a él. Siento que la pena me invade. Como si por fin me diera cuenta de que Cassie podría no volver a estar bien jamás—. Quiere que vayamos a buscarla. ¿Sabes conducir? Yo no tengo carnet.

Hay un pequeño problemilla con este plan. Un obstáculo en el que he intentado no pensar. Porque en realidad no es un obstáculo, porque eso tiene solución, se puede superar. A lo que me refiero es más bien una pared de ladrillos.

Va a ser difícil que yo consiga salir de mi casa. Llevo tres semanas sin asomarme a la calle. Todo empezó cuando no fui capaz de ir al instituto, luego me costaba ir a hacer recados en coche. Después, el simple hecho de pasear me resultaba desagradable. Incluso mis tres últimas citas con la doctora Shepard han tenido que ser por teléfono, lo que demuestra —tal como ella temía— que el tutor en casa era la cumbre de una montaña muy empinada por la que ya he caído rodando hasta lo más hondo. Soy agorafóbica en toda regla. Y lo soy desde hace solo tres semanas. Sin embargo, eso prueba que tres semanas es tiempo suficiente para que creas que has sido así toda la vida. En algún punto de esta «Misión: rescatar a Cassie», voy a tener que plantearme el dichoso problemilla.

—¿Que vayamos a buscarla? ¿Adónde? —pregunta Jasper—. ¿Qué ha ocurrido?

—La ha cagado, eso es lo único que dice. Como el mensaje que tú has recibido.

—Esto es muy jodido —comenta—. ¿Cómo sabemos siquiera que es ella quien envía los mensajes? Podría ser cualquiera. A lo mejor alguien le ha robado el móvil.

Claro, tiene razón. Y que tenga esa sospecha lo sitúa, sin duda, en mi lista de inocentes. Aunque todavía no estoy dispuesta a dejar de sospechar de él. No hasta que no sepa qué está ocurriendo de verdad. Vuelvo a mirar mi móvil.

—¿Qué estás escribiendo? —me pregunta Jasper cuando me ve toqueteando la pantalla con los dedos.

—Una pregunta —digo—. Para comprobar que es realmente ella.

«¿Estás haciendo un Janice?»

Es la primera broma privada entre ambas que se me ha ocurrido. Es una de las antiguas, pero es de las buenas. Solo pensar en ella me hace echar de menos a Cassie.

Jackie Wilson —y no Janice Wilson— era una niña pequeñita, como un duendecillo, que venía al instituto Newton Regional a principios del primer curso. Estuvo solo tres meses antes de que sus padres volvieran a mudarse, pero a Cassie y a mí nos caía muy bien. Hablamos muy en serio de incluir a Jackie en nuestro dúo y convertirnos en un trío. Eso fue hasta que nos dimos cuenta de que Jackie mentía en todo. Incluidas las cosas más tontas, como el color de los calcetines que llevaba puestos. Era difícil no molestarse con ella. Debía necesitar esas mentiras para algo. De todos modos, cuando se marchó, Cassie y yo empezamos a usar su nombre para expresar que estábamos mintiendo: «Hacer un Jackie», decíamos. He escrito mal el nombre propio —Janice— a propósito. De no hacerlo así, aunque no fuera Cassie, la persona que lo reciba tendría el cincuenta por ciento de posibilidades de acertar la respuesta: sí o no. Si de verdad es Cassie, me comentará que me he equivocado de nombre.

Tarda un poco más en responder esta vez.

«¿Quieres decir Jackie? No, no estoy haciendo un Jackie. Por favor, id hacia el norte por la 95, y salid por la 93 en dirección norte. Os daré más detalles luego. Rápido, Wylie. Por favor, te necesito.»

—Es ella. —Y al decirlo me siento muchísimo peor—. Sin duda.

—Está bien —dice Jasper—. ¿Qué tenemos que hacer?

Podría llamar a Karen, contarle que Cassie ha vuelto a meterse en un lío. Yo podría ser la que provocara que Cassie fuera enviada a un sitio donde la obliguen a recorrer ochenta kilómetros a pie por el desierto abrasador para enseñarle respeto. O podría ser la amiga que Cassie me pidió que fuera: alguien en quien confiar.

Levanto la vista del móvil y miro directamente a Jasper.

—Vamos.

6

Equipamiento. Es lo que pienso a continuación. Necesitaremos equipamiento. Sí, esa es mi forma de retrasar lo inevitable: salir al exterior. Aunque no nos irá mal tener equipamiento.

Cuando subo por la escalera hasta mi cuarto, Jasper me sigue. Otra vez sin que lo haya invitado. Tampoco le he pedido que me espere abajo. No había pensado en que me seguiría. Sin embargo, tenerlo pegado a mí no es el mayor de mis problemas. Salir al exterior es lo que me obsesiona cada vez más. Con cada paso que doy, los pies me pesan más y me cuesta más respirar.

—¿Qué estamos haciendo exactamente? —me pregunta Jasper mientras seguimos subiendo. Me doy cuenta de que me sigue porque no le he dado ninguna explicación.

—Tengo que ir a coger unas cosas. Podría hacer frío —digo—. No tenías por qué seguirme.

Es cierto. Podría hacer frío. «Hacia el norte por la 95 y por la 93 en dirección norte.» Es lo que Cassie ha dicho. Aunque ya sea mayo, todavía hace frío en Boston. ¿Quién sabe cuánto frío hará? ¿O cuánta distancia hacia el norte tendremos que recorrer?

Habrá que cambiarse de ropa, ponerse algo que abrigue más: calcetines, botas, jerséis. Y en parte lo pienso porque estoy poniéndome paranoica. Pero equiparse no hace daño a nadie. Es algo en lo que coincidirían los *boy scouts* y mi madre.

En cuanto la doctora Shepard le dio unas cuantas directrices para ponerlas en práctica —ayudar a Wylie a tener más confianza—, mi madre consiguió manejar la situación. En ese momento yo estaba en séptimo y llevaba casi un año visitando a la doctora. Mi madre estaba desesperada por ayudar, por hacer algo, cualquier cosa.

Para ella, ayudarme a tener más confianza significaba algo en concreto: aventura. Había aprendido todas sus habilidades para moverse en el exterior gracias a mi abuelo, el Wylie original, cuando ella tenía mi edad. Wylie el Primero —un auténtico explorador que siempre estaba buscando alguna reliquia en algún país lejano— tuvo que quedarse en casa el resto de su vida tras la operación de mi abuela. Así que, para sobrellevarlo, empezó a llevar a mi madre de excursión al bosque, a enseñarle a encender una hoguera o a navegar guiándose por la posición del sol. Y en el exterior, rodeados por toda esa fauna y flora, ambos intentaban olvidar el estado mental indomable de mi abuela.

Esas aventuras en la naturaleza siempre le habían parecido divertidas a mi madre. Para mí no lo eran tanto. Los viajes que hice con mi madre fueron demasiado terroríficos para considerarlos divertidos. La segunda vez que fui a escalar me quedé paralizada a medio camino y empecé a suplicarle que llamara a la Guardia Nacional para que me rescataran con su helicóptero. Ella no lo hizo. Tampoco corrió a socorrerme. Lo que sí hizo fue no parar de decirme que yo podía hacerlo. Lo repetía una y otra vez. «Tú puedes hacerlo. Tú puedes hacerlo.» No me gritó, ni me chilló, ni me jaleó. Me hablaba con calma, con tranquilidad y seguridad. Como si fuera una promesa. «Tú. Puedes. Hacerlo. Claro que puedes.» Y yo cerré los ojos y creí que podía hasta que, al final —dos interminables horas después—, conseguí llegar a la cima. Después de soltar unos cuantos gritos, me sentí bastante bien. No estaba curada ni me lo había pasado muy bien, pero ese viaje y todos los demás me llenaron de esperanza. Y eso era lo que más necesitaba.

Adoraba hasta el último minuto que pasé con mi madre. No me hartaba de escucharla explicar cuál era la mejor parte de montar una tienda de campaña bajo la lluvia o cómo asegurar la pisada cuando estás escalando una pared de roca muy vertical. Y jamás olvidaré el aspecto que tenía rodeada por el halo del sol naciente en el bosque. Era como una diosa. O una guerrera. Una diosa guerrera. Así la recordaré siempre.

Cuando Jasper y yo llegamos al final de la escalera, la puerta del baño se abre de golpe, y Gideon sale dando tumbos entre una bruma de vaho, con una toalla enrollada a la cintura. Acaba dándose de bruces contra Jasper.

—¿Quién eres? —le pregunta Gideon. De pronto parece pequeño comparado con Jasper, que es solo dos centímetros más alto que él, pero le gana por bastantes kilos de masa muscular.

—Jasper. —Levanta un puño cerrado, pero en lugar de chocar los nudillos, como haría cualquier adolescente normal, Gideon se lo estrecha con torpeza mientras intenta sujetarse la toalla.

—Jasper es el novio de Cassie. —Hago una señal a Jasper con la mano para que él me siga hasta el descansillo.

Gideon mira a Jasper con los ojos entornados. Está celoso, por supuesto. Cree que él debería ser el novio de Cassie, aunque no lo reconocería en la vida.

—¡Eh, esperad! —nos llama Gideon—. ¿Quiere decir eso que papá ha encontrado a Cassie?

Hago un mohín mientras vamos hasta el descansillo y espero que Jasper no ate cabos y se dé cuenta de que yo ya sabía que Cassie había desaparecido cuando él llegó hace un rato. Que me he hecho la loca cuando le he abierto la puerta. Pero, en cuanto llegamos a mi cuarto, sé, por la mirada de Jasper, que no se le ha escapado nada. Nadie ha dicho jamás que sea idiota.

—¿Has fingido no saber que Cassie había desaparecido? —No parece enfadado, solo algo confundido.

Me encojo de hombros y desvío la mirada.

—No tenía muy claro cuánto sabías tú.

Abre los ojos como platos y luego los entorna. Ya no está confundido. Está cabreado.

—Un momento, ¿crees que yo tengo algo que ver con lo que le ha ocurrido?

—No he dicho eso. —Aunque tampoco voy a negarlo. No pienso mentir para que esto resulte menos incómodo. Estoy acostumbrada a situaciones incómodas. Es la única manera en la que sé comportarme.

—Pero entonces ¿por qué iba Cassie a escribirme a mí para que fuera a buscarla? —pregunta.

—Yo no he dicho que le hayas hecho algo. —Porque hay otras formas de ser responsable de lo ocurrido—. Y ya sabes que yo no sé conducir. Si ella quería que yo fuera debía pensar en una forma de que pudiera hacerlo. De todos modos, también sabes que Cassie está desorientada desde que empezasteis a salir.

—¿Y eso es culpa mía? —Jasper tiene los ojos muy abiertos y muy brillantes.

—Yo no he dicho eso. —Aunque sí estoy insinuándolo en cierto sentido. Me cruzo de brazos—. ¿De verdad quieres que hablemos de esto ahora? ¿Quieres perder el tiempo discutiéndolo? A mí no me gustas y yo no te gusto. Pero a los dos nos preocupa Cassie, ¿verdad? Lo importante es sacarla del lío en el que se haya metido.

—¿Cómo no vas a gustarme? —Jasper me mira parpadeando. Como si fuera la única cosa importante de todo lo que acabo de decir, la parte relacionada con él—. Ni siquiera te conozco.

Me siento aliviada cuando el móvil vuelve a vibrarme en la mano, y me salva de decir algo que no debería. Pero no es Cassie. Es mi padre: «Llego a casa dentro de diez minutos».

Mierda. Se acabó lo de estar aquí parados. Tenemos que ponernos en marcha. Y yo tengo que obligarme a salir por la puerta.

«¿Alguna pista de Cassie en su casa?», escribo como respuesta.

«Todavía no. Pero estoy seguro de que está bien. No te preocupes.»

¿De verdad voy a hacerlo? ¿No voy a contar ni a mi padre ni a Karen que he recibido noticias de ella? No quiero ocultárselo, pero no creo saber lo suficiente para no respetar los deseos de Cassie. Al menos, no todavía. Además, ya no podemos cambiar de opinión. Esperaremos a tener más detalles. En cuanto sepamos en qué tipo de problema se ha metido Cassie, y la magnitud del mismo, decidiremos quién debe saberlo.

—Oye, tenemos que irnos. Mi padre llegará pronto. —Cojo mi bolsa de deporte y empiezo a meter cosas en su interior: una muda de ropa, pantalones de chándal y uno de mis pañuelos para la cabeza. El pañuelo me recuerda que tengo el pelo cortado a hachazos, y que Jasper sigue fingiendo de maravilla que no se ha dado cuenta.

—¿Tu padre o tu hermano tienen alguna sudadera que puedan dejarme? He salido corriendo cuando he recibido el mensaje de Cassie. —Jasper se mira la manga corta—. Si pasamos por mi casa, mi hermano no volverá a dejarme salir con su coche.

—Sí, claro —digo, y me siento culpable por haber pensado que se había presentado presumiendo de musculitos a propósito—. Voy a ver qué encuentro.

Las Doc Martens de mi madre siguen en el centro de la moqueta del cuarto de mis padres. Me quedo plantada delante de ellas durante un minuto, mirando al suelo. Al final, meto los pies dentro y me ato con fuerza los cordones; son un número más que el mío, pero no me quedan muy mal. También cojo la sudadera favorita de mi madre, que está colgada detrás de la puerta. Seguramente no ha estado ahí durante cuatro meses por casualidad, justo en el lugar donde ella la dejó. A lo mejor es una señal de que mi padre está aferrándose a mi madre a su manera. Sin embargo, aunque fuera así, ahora mismo necesito un gesto más simbólico que el de mi padre. Además, él era a quien no le preocupaba prestar los zapatos de mi madre.

Lo último que cojo es algo de la mesilla de noche de mi madre. Su navaja del ejército suizo. Un regalo de mi abuelo cuando ella tenía dieciséis años: lleva sus iniciales grabadas. «Sirve para todo», decía ella siempre. Le doy vueltas en los dedos y noto su peso en la palma de la mano.

Cuando empiezan a temblarme las manos, me la meto en el fondo del bolsillo delantero y me dirijo hacia la puerta.

De nuevo en mi cuarto, me encuentro a Jasper mirando mis fotografías. Son en blanco y negro y están colgadas de una cuerda que rodea todo el cuarto. Llevo mucho tiempo sin fijarme en ellas, seguramente, desde el día del accidente. Hace una eternidad que vivía con mi elegante cámara digital, regalo de cumpleaños, siempre en las manos, y veía más cosas del mundo a través de esa lente que con mis propios ojos. Mi madre siempre decía que yo tenía una forma de captar el interior oculto y real de las personas, que era la característica de una auténtica fotógrafa; eso decía. Ahora no puedo ni imaginar volver a sacar una foto a nadie.

—Son un poco... —Jasper busca una palabra, tiene la mirada clavada en la foto de una anciana sentada en un banco del parque cerca de Copley Square, con una enorme bolsa de tela a cuadros junto a ella. Está con la cabeza levantada, mirando directamente a cámara, no sonríe, y tiene un montón de migas de galletas saladas entre los pies—... deprimentes.

Detesto lo desnuda que me siento. Porque sí son deprimentes. Yo soy la deprimente. Aunque, en realidad, no tiene que decírmelo Jasper. Me pregunto si me lo ha dicho sin pensarlo o si estaba intentando ofenderme. En su caso es difícil saberlo. Sea como sea, quiero que deje de mirar las fotos. Quiero que salga de mi cuarto.

—Vamos. —Le tiro una camiseta de manga larga y un forro polar de mi padre—. Tenemos que irnos.

Me sorprende a mí misma lo segura que parezco. Como si esto de salir al exterior fuera una posibilidad real y legítima. Como si no hubieran pasado tres semanas desde la última vez que pisé la calle. Sí, claro. Por supuesto. No hay problema.

En cuanto estamos abajo, intento mantenerme presente en el momento, como me ha enseñado a hacer la doctora Shepard. No adelantarme a los acontecimientos futuros, donde reside la causa de mi miedo. Siento el roce de la tela cuando saco los pesados abrigos del armario, el frío metal del pomo de la puerta. Esas cosas son reales. Todo lo demás está en mi imaginación. Pero el monstruo del pánico —«¡El exterior! ¡El exterior! ¡El exterior!»— sigue chillando. Y el corazón me late tan deprisa que tengo la sensación de que va a explotarme.

—Toma, coge esto. —Le tiro a Jasper la parka de mi padre.

Él ya está mirándome a la cara cuando me vuelvo para ir hacia el garaje. Jasper se ha dado cuenta de que me pasa algo. Tendría que ser un idiota total para no haberlo hecho. Por lo que yo sé, además, Cassie le ha contado todos mis «problemillas». Y han empeorado mucho más de lo que ella pueda imaginarse.

Inspiro una buena bocanada de aire cuando abro de un tirón la puerta del garaje. Al entrar me cuesta mucho respirar y me ahogo. Como si acabáramos de salir al espacio exterior. Y eso que la puerta de la casa todavía sigue cerrada. Pongo una mano sobre una estantería que tengo cerca para no perder el equilibrio y veo de pronto el equipo de acampada de mi madre. Son las cosas que jamás dejaré que nadie se lleve, sin importarme que alguien las necesite para alguna emergencia. También cojo parte de ese equipo para llevárnoslo. Es una necesidad repentina: una de las tiendas de campaña, una lona de plástico, un saco de dormir, algunas bengalas de emergencia, una brújula y el depurador de agua. Hago una pila con la mitad de esas cosas sobre el suelo; el resto lo tengo bien sujeto contra el cuerpo.

Cuando me vuelvo, Jasper está mirándolo todo.

—Esto... ¿De verdad necesitamos todas estas cosas? ¿Cassie ha dicho que íbamos a acampar en algún sitio?

«No, no vamos a hacerlo nosotros —es lo que quiere confesar

una parte de mí—. Voy a hacerlo yo.» Es mi forma de lograr salir al exterior.

—Nunca se sabe —consigo decir, y luego hago un gesto a Jasper para que recoja lo que queda en el suelo. Le señalo el botón que está en la pared, junto a él—. ¿Puedes apretarlo? Es para abrir la puerta del garaje.

Me retuerzo con el fuerte gañido de la puerta al abrirse y abrazo con tanta fuerza el material que transporto que este se me clava en las costillas. El dolor me proporciona una extraña seguridad. Antes de desmayarme siempre llega la sensación de estar dormida y luego veo el túnel hacia la oscuridad. Pero ahora no siento nada de eso, todavía no. Solo siento que estoy en lo más profundo del agua; la presión me aplasta el cráneo.

Cuando la puerta se abre del todo con gran estruendo, no estoy segura de si Jasper ha dicho algo o no. Porque no logro oír nada más que el rugido de la puerta. No logro sentir nada más que el fuerte latido de mi corazón.

Una corriente de aire frío me abofetea la cara cuando el cielo nocturno se abre ante mis ojos. Veo la casa de la calle de enfrente, el patio de la fachada donde jugué tantas veces de niña. El patio lateral que en el pasado era mi atajo para llegar al colegio. Recuerdos de la vida de otra persona. Además, el aire huele bien, como a madera quemada y a nieve. Es un entorno seguro. Sin embargo, solo siento miedo.

Jasper ya está en el camino de entrada a nuestra casa, dirigiéndose hacia su coche como la persona totalmente normal que es. Cargando el maletero con todos los inútiles objetos de mi equipo. Transcurrido un segundo, ya está de regreso a mi lado, mirándome. No obstante, a pesar del bochorno de estar siendo atravesada por la mirada de Jasper, y el dolor que me provoca saber que podría estar perdiendo un tiempo precioso para Cassie, mis pies siguen paralizados.

Solo hay una forma de salir de este garaje: creer que soy capaz de hacerlo. «Tú puedes hacerlo. Tú puedes hacerlo.» Oigo la voz de mi madre. Percibo cómo cruza los dedos cuando yo escalaba, palmo a palmo, aquella pared de roca. Creer lo que decía me hizo llegar a la cumbre. Eso me ayudará a salir por esa puerta.

—Déjame agarrarte del brazo —digo a Jasper sin tan siquiera mirarlo. Lo duda un instante y luego me ofrece uno de sus bíceps. Lo rodeo con un par de dedos por el codo desnudo, lo que supongo que parece menos raro que agarrarlo por el musculoso brazo. Pero no es así—. Solo necesito que me lleves hasta el coche. No preguntes por qué, por favor. De todas formas, no pienso contártelo.

Entonces cierro los ojos. Porque imaginar que no estoy haciendo esto también me ayuda.

Tengo los ojos cerrados con fuerza mientras vamos avanzando por el garaje. Con todo, percibo la oscuridad que me envuelve a toda prisa en cuanto ponemos un pie en el exterior. «Respira», me digo cuando avanzamos por lo que imagino que es el camino de entrada a mi casa. No abro los ojos hasta que siento el frío metal del coche delante de nosotros. Tomo una bocanada de aire, suelto el codo de Jasper y abro los ojos el tiempo suficiente para tirarlo todo al interior del coche, en el maletero de su viejo jeep. Vuelvo a cerrar los ojos con fuerza cuando me dirijo a tientas hacia la puerta del copiloto. Por detrás de mí oigo a Jasper cerrando el maletero.

Subo al coche con el corazón desbocado. Pero, por primera vez, siento algo repentino y positivo: lo he conseguido. Casi no me lo puedo creer, al verme sentada en ese jeep. Me preparo para todas las preguntas que me hará Jasper cuando por fin se coloque al volante. Las preguntas que le he dicho que no me haga. Y percibo que vuelve a mirarme a la cara al subir, como si estuviera pensándolo.

—Bueno, ya está —es lo único que dice cuando gira la llave del contacto. Como si creyera que estoy loca, pero hubiera decidido ser educado y reservarse su opinión. Y soy capaz de aceptarlo. Tendré que hacerlo.

Sin embargo, en lugar de ponerse en marcha, el coche de Jasper emite un sonido similar a una tos grave.

—Tranquila. Lo hace siempre. Al final arranca.

Me siento muy aliviada cuando por fin arranca. Porque si tengo que volver a entrar en casa, no existe ninguna posibilidad de que vuelva a salir.

Pasado un segundo, ya estamos saliendo por el camino hacia la calle, un segundo más, y ya hemos recorrido la mitad de la calle. Ya estamos en marcha. Ya estoy en marcha. Y casi estoy empezando a... Iba a decir relajarme, pero no, a relajarme no, eso sería exagerar demasiado. Al menos, nada está empeorando. No me he desmayado, no he vomitado, que en este caso —en mi caso— podría considerarse toda una victoria. Es decir, hasta que veo los faros de un coche al final de nuestra calle: es mi padre, que llega a casa.

Siento una punzada inesperada de culpabilidad. Va a preocuparse muchísimo cuando vea que no estoy. Quería que cerrara todas las puertas con llave, y en lugar de eso, ¿me voy? Y mi nota: «Vuelvo pronto» no es que explique precisamente nada. ¿Y Jasper? Seguro que Gideon va a mencionarlo. Todo esto va a poner a mi padre de los nervios.

No quiero que ocurra eso. Mi padre no es mi madre y nunca lo será. Él no me entiende. Además, a veces tengo la sensación de que no echa de menos a mi madre lo suficiente. Como si de alguna forma se hubieran distanciado la noche antes de que ella muriera. Aun así, ahora él está esforzándose mucho. Eso no lo pongo en duda.

A pesar de todo, me agacho para esconderme cuando pasamos junto al coche de mi padre, que avanza a toda prisa en el sentido contrario. Escojo proteger el secreto de Cassie—sea cual sea— en lugar de saludar a mi padre para que frene y contárselo. Ahora mismo, primero soy la amiga de Cassie, y después, hija. No puedo fingir que el motivo sea una especie de sacrificio, la oscura verdad es que se trata de una motivación mucho más egoísta. Como si todo lo que estoy haciendo fuera para demostrar que Cassie se equivocó al sustituirme por sus nuevos amigos.

A renglón seguido, me vibra el móvil en la mano, y me preparo para recibir un mensaje de mi padre, suplicándome que vuelva a casa. Pero el mensaje no es de él. Es de Cassie. Y es muy breve. Aunque dice mucho más de lo que parece.

«Deprisa.»

7

Hacemos lo que nos ha pedido Cassie. Jasper y yo nos dirigimos un breve tramo hacia el norte por la 95 y seguimos en esa dirección por la 93 durante casi una hora. Las luces de Boston desaparecen a nuestra espalda en cuanto dejamos Massachusetts atrás y nos adentramos en New Hampshire. La autovía sigue siendo ancha, pero los arcenes están negros como boca de lobo. Jasper y yo volvemos a escribir sendos mensajes a Cassie, más de una vez, con la esperanza de que nos cuente algo. «¿Hasta qué altura de la 93 en dirección norte? ¿Luego qué hacemos? ¿En qué ciudad estás?» Cualquier cosa que provoque una respuesta. «¿Estás bien? Por favor, respóndenos.» Pero Cassie no lo ha hecho. Ni una sola vez.

La única persona de la que recibido noticias es mi padre. Ya ha enviado media docena de mensajes, y todos dicen más o menos lo mismo que el que acaba de llegarme: «Por favor, Wylie, dime dónde estás. Por favor, vuelve a casa. Estoy preocupado». También ha llamado un par de veces. Y me ha dejado un mensaje de voz, pero todavía no he reunido el valor suficiente para escucharlo.

No resulta sorprendente que mi padre haya considerado poco satisfactoria la nota que he dejado en la cocina de «Volveré pronto». Aunque en los mensajes de texto intenta con todas sus fuerzas no mostrarse nervioso. Incluso actuar como si además estuviera orgulloso, de algún modo, por el hecho de que yo haya conseguido salir a la calle. Para ser sincera, me siento bastante bien por ese motivo. Durante veinte minutos, nada más y nada menos, después de habernos alejado de casa en coche, estaba de subidón total.

Ahora ya se me ha pasado la sensación de haberme fugado de una prisión, pero todavía me siento mejor que desde hace meses. Como si estar en plena emergencia real fuera la cura que necesitaba. O a lo mejor es más difícil oír las alarmas que se activan en mi cabeza ahora que se corresponden con lo que en realidad está pasando. Porque aquí estoy yo, yendo a toda prisa hacia el norte con un destino desconocido por una razón desconocida, para salvar a una amiga a la que quiero, pero de quien también sé que no me puedo fiar, y me siento más relajada que hace meses.

Jasper y yo no hablamos mucho a medida que van pasando los kilómetros, salvo para decir cosas del tipo: «¿Tienes frío?» y «¿Podemos cambiar de emisora?». Muy pronto nos quedamos sin muchas alternativas en la vieja radio de Jasper, hay interferencias, y solo se escuchan programas de debate sobre los males de los medicamentos psiquiátricos y sus efectos en los adolescentes, lo que, teniendo en cuenta las circunstancias —mis circunstancias—, resulta bastante incómodo.

Por suerte, resulta difícil oír nada por encima del rugido del motor del coche de Jasper. Ir montada en el viejo jeep es como viajar de polizón en un avión de carga. Como si estuviera en un espacio no diseñado para llevar pasajeros. Además, cuanto más avanzamos hacia el norte, más frío hace. No tardo en sentir los dedos de los pies entumecidos, a pesar de que Jasper no para de subir la calefacción. Cuando miro la hora en el móvil —casi las ocho y media de la noche—, empieza a preocuparme que el frío y el ruido sean una señal de que algo está averiado en el jeep y de que sea peligroso viajar en él. Miro de reojo los pies de Jasper, de donde parece que procede el ruido y la corriente de aire.

—Hay un agujero. —Jasper señala hacia abajo.

—¿En los bajos del coche? —pregunto, y me sujeto al reposabrazos de la puerta con tanta fuerza que siento el bombeo de la sangre en la mano.

—No te preocupes, no es en absoluto peligroso —prosigue Jasper—. No está cerca de los pedales. Mi hermano debería arreglarlo. El coche es suyo. Pero solo piensa en follar y dar palizas a la gente. —Jasper pone cara de decir algo más. Pero en lugar de eso, sonríe de medio lado—. Como a mí, por ejemplo, en cuanto se dé cuenta de que le he cogido el coche.

—Oh —respondo.

—Da igual. No pasa nada. Es muy grande, pero terriblemente lento. Siempre logro escapar de él. Una vez no lo conseguí. —Señala una cicatriz que tiene junto al ojo derecho—. Me empujó contra la esquina de la mesita de centro de casa. Solo me dieron cinco puntos, pero me salía la sangre a borbotones. Por suerte, mi madre es enfermera, así que mantuvo la calma cuando ocurrió. Aunque después de eso, tuvo que cambiar parte de la moqueta.

—Eso es horrible. —Hago un mohín—. Tu hermano debió de meterse en un buen lío.

Jasper se queda mirándome.

—Bueno, no fue para tanto. En mi casa impera la ley del más fuerte.

Esa debe de ser la vida «dura» de la que me había hablado Cassie.

—Oh —repito, porque no tengo ni idea de qué se supone que debo decir.

—Sí, mi madre solo se implica en mi vida si va a tener alguna consecuencia directa en su cartera. —Sonríe con suficiencia como si no le importara, pero yo sé que sí—. Tiene mucha esperanza en mi futuro como cajero automático humano.

—Eso es un asco. —Es que lo es.

—Sí —responde Jasper en voz baja—. Aunque supongo que hay cosas peores.

Me vuelve a vibrar el móvil en la mano. «Wylie, por favor, no me hagas esto. Respóndeme. Ahora mismo.»

—¿Es Cassie? —pregunta Jasper, esperanzado.

Niego con la cabeza.

—Es mi padre, otra vez.

—¿Está cabreado?

—Más bien preocupado.

—Eso está bien —dice, como si el hecho de que mi padre esté preocupado sea la prueba de que mi situación es mucho mejor que la suya.

Quizá sí que debería parecerme que está bien, pero no es así. Seguramente, porque cuantos más mensajes de texto me envía mi padre, más intensa es la sensación de que está perdiendo los nervios por no conseguir que lo obedezca, y ese sentimiento es mucho más intenso que el amor que siente por mí.

—Sí, supongo que sí —comento y me quedo mirando el móvil.

Jasper levanta una mano.

—Lo siento, odio cuando la gente me dice esas mierdas: «Tu madre te quiere, seguro. Es tu madre». —Parece cabreado, como si quisiera pegarle un puñetazo en la cara a alguien—. Mi madre es la prueba viviente de que la vida está llena de malas decisiones. —Niega con la cabeza y luego se encoge de hombros—. A lo mejor tu padre es un gilipollas. ¡Qué sé yo!

Tengo la sensación de no saberlo yo tampoco. Pero sí que pienso en que ha llegado la hora de responder, de decirle a mi padre algo que lo tranquilice.

«Hemos recibido noticias de Cassie. Está perfectamente bien. Se ha visto involucrada en algo y necesita que vayamos a buscarla. Volveremos pronto. ¡Besos y abrazos!»

Le doy a «Enviar» y me quedo mirando esos «Besos y abrazos» tan poco convincentes. Incluso los signos de exclamación me parecen demasiado exagerados. Aunque no son mentira. No del todo.

«NO —responde mi padre de forma casi instantánea—. No deberías hacerlo. Decidle a Karen dónde está Cassie AHORA MISMO, y ella irá a buscarla.»

—Quiere que le diga a Karen dónde está Cassie —digo y me

quedo mirando todas las mayúsculas que ha usado mi padre, que se me clavan como agujas en la piel.

—¿Crees que deberíamos decírselo? —pregunta Jasper. No sé si lo ha dicho con tono crítico o es que yo lo interpreto así.

—¿Y tú no? —le pregunto a mi vez. Porque ya no sé qué pensar. Efectivamente parece una locura que sea precisamente en estas circunstancias cuando yo haya decidido hacer lo que Cassie quiere, tal como solía hacer antes. Aunque insisto, el hecho de que yo esté preocupada por algo no es una buena señal de nada.

—Técnicamente, todavía no sabemos dónde está —contesta Jasper—. ¿No podemos esperar hasta recibir algún otro mensaje de ella y saber algo más? Podrías fingir que aún no has visto el mensaje de tu padre.

—Mentir.

—Ganar un poco de tiempo, diría yo más bien. Pero, claro, mentir es otra forma de llamarlo —dice como si yo fuera imbécil—. ¿Tienes una de esas aplicaciones en el móvil para localizar teléfonos? A lo mejor tu padre la usa para encontrarte, ¿no?

Niego con la cabeza.

—No tengo ninguna aplicación de esas.

Mi móvil es nuevecito, fue una sustitución del que tenía, que me llegó sin que mi padre me hiciera preguntas, después de tirar el otro por el váter tras el funeral; otra injusticia por la que Gideon estaba cabreado. Desde entonces mi padre no había necesitado localizarme. Yo siempre estaba en casa.

—Bueno, a mí se me da bien despistar al personal. Siempre que tu padre no sea poli ni nada por el estilo.

Se me hace un nudo en el estómago. ¿Por qué le preocupa la poli?

—No, es científico. ¿Por qué?

—Una vez salí con una chica cuyo padre era agente de la condicional —me cuenta—. No lo supe hasta que una vez nos pilló juntos. Hizo que uno de sus colegas me encerrara en el calabozo de la comisaría una noche. —Sacude la cabeza y está a punto de reír—. Nosotros éramos unos críos. No es que estuviéramos cometiendo un delito ni nada por el estilo. Pero ese tío me acojonó de verdad. No volví a acercarme a la chica durante varias semanas.

Me quedo mirando fijamente a Jasper a la cara. ¿De verdad cree que la mejor amiga de su novia va a divertirse escuchando historietas sobres sus escarceos sexuales?

—Da igual. —Se aclara la voz y parece confundido con mi mirada fija de ceño fruncido—. ¿Qué clase de científico es tu padre?

Me coloco el móvil boca abajo sobre el regazo, intentando fingir que en realidad estoy interesada en la conversación, en lugar de estar dándome tiempo antes de responder el mensaje enviado por mi padre, como ha sugerido que haga Jasper. Aunque creo que lo menos que puedo hacer por Cassie es esperar un poco más antes de delatarla.

—Conversación vital y percepción emocional: consecuencias para el enfoque integrativo de la inteligencia emocional —respondo, repitiendo el título del estudio de mi padre e intentando hacer que a Jasper le suene inteligible.

—Vale —dice él con el ceño fruncido, como si estuviera pensándolo—. Es decir: no tengo ni idea de qué quiere decir eso de emocional no sé qué del integrativo de no sé cuántos. ¿Se supone que debería saberlo?

Me encojo de hombros.

—Yo no lo sabría si no fuera porque mi padre se pasa el día hablando de ello. Ha creado una prueba para analizar un pequeño recoveco de la «percepción», que es una parte muy reducida del estudio de la inteligencia emocional; es el aspecto «integrativo». De todas formas, mi padre empezó a estudiar inteligencia emocional, que es básicamente la inteligencia que se analiza en los test, cuando conoció a mi madre. Estaba convencido de que ella tenía poderes de videncia porque siempre sabía lo que él estaba pensando. En cierto sentido, mi madre lo entendía todo.

Iba de paso por el recibidor de camino a la escalera para subir a la cama cuando vi un folleto de color verde en el suelo. Estaba justo enfrente de la ranura por donde echan el correo, oculto entre un nuevo menú del restaurante chino Wok & Roll.

«El Colectivo —decía con grandes letras negras, justo en el encabezado y, debajo, estaban los detalles de una especie de charla—: La Espiritualidad de la Ciencia, a las siete de la tarde, ¡el 18 de diciembre! Explore el punto de encuentro entre la libertad, la fe y la ciencia.»

—¡Aaah! —exclamó mi madre, que apareció por detrás de mí y estaba leyéndolo por encima de mi hombro. Se retorció el pelo ondulado para hacerse un moño a la altura del cuello—. En directo en una ciudad universitaria: el bueno, el malo y el vagamente fanático. Algunas veces me encanta y otras desearía que esos folletos fueran solo sobre mercadillos de objetos de segunda mano.

Intentaba hacerme creer que el folleto en cuestión había sido tirado por debajo de la puerta. Hizo lo mismo la vez que fui a verla al trabajo y alguien le había colocado un collage sobre Oriente Medio sujeto en la escobilla del limpiaparabrisas. Tenía una calavera con unas tibias cruzadas.

—¿Tiene algo que ver con tu artículo? —le pregunté porque pensé, claro, en los muñecos. Casi un mes y medio después de que apareciera el primero, nos habían dejado otros tres en ocasiones distintas.

—Ah, no creo —respondió, como si, sinceramente, no se le hubiera pasado por la cabeza esa posibilidad.

—¿Y qué es eso de «La Espiritualidad de la Ciencia»?

—¿Quién sabe? —contestó, con cierto tonillo de humor mientras me rodeaba con un brazo por los hombros y me daba un apretón—. Es una prueba más de que estamos en un país libre. Demos gracias a Dios por ello.

—Entonces ¿no hay nada de que preocuparse?

—No, desde luego que no. Escucha, no se puede controlar el mundo. Eso es así. —Y me quitó el folleto de las manos. Lo plegó hasta convertirlo en un cuadrado pequeño y de contornos afilados y se lo metió en el bolsillo trasero del pantalón, luego me plantó un beso en la coronilla—. Por suerte, tú no necesitas hacerlo. Ahora, vamos a ver, tu padre no ha visto el folleto, ¿verdad? —Negué con la cabeza—. Entonces, es mejor que no se lo contemos —dijo—. Después de lo de los muñecos y de la caída en picado del doctor Caton del monte Olimpo... —puso los ojos en blanco— ... creo que le explotaría la cabeza por algo tan tonto como esto.

—Pero ¿por qué lo ha despedido papá? —No estaba tan interesada por la caída en desgracia del doctor Caton como Gideon, pero todo lo ocurrido me había parecido muy raro, repentino y dramático cuando sucedió hacía un par de meses, sobre todo para mi padre, el Capitán Apático. Además, él seguía negándose a hablar del tema.

—El doctor Caton estaba tan acostumbrado a hacer las cosas a su manera que ya no escuchaba a tu padre, quien no solo es un científico muy dotado y una persona muy inteligente, sino que, además, es su jefe —respondió mi madre—. Supongo que es difícil doblegarse a la voluntad ajena cuando te has graduado en el instituto a los quince años. Por lo que me ha contado tu padre, el doctor Caton pertenece, por si fuera poco, a una familia con muchísimo dinero, que no se tomó precisamente el tiempo para enseñarle a socializar con normalidad. Conseguir siempre lo que uno quiere puede dar como resultado personas muy cortas de miras. Que es justo la razón por la que me alegro de que Gideon siga yendo con los compañeros de clase que le corresponden por edad.

—Yo no diría que Gideon esté socializado.

—Bueno, estamos intentándolo. —Mi madre rio—. La cuestión es que a veces el problema no es lo que uno piensa, sino la forma en que lo piensa.

—Pues suéltame el rollo, anda —dice Jasper, y eso me devuelve de golpe al jeep y a la oscuridad, y a su forma de hablar cutre, en plan surfero molón. Me recuerda todos los motivos por los que no me gusta—. ¿Qué te suelte el rollo sobre qué?

—Sobre la movida de tu padre.

—¿Su «movida»?

—Sí, su investigación. Tenemos tiempo. Además, de verdad que me gusta la ciencia, ¿sabes?, la versión fácil para musculitos tarados. —Ahora Jasper está tomándome el pelo. ¿Cree que esa es la razón por la que no me gusta, porque es un «musculitos»? Me quedo mirándolo fijamente, de perfil, hasta que levanta una mano—. Vale, es demasiado pronto para hacer bromas. Ya lo pillo.

No me apetece hablar sobre el trabajo de mi padre, pero, si no me distraigo, quién sabe adónde se me puede ir la cabeza. Hablar sobre cualquier cosa está bien. Y el estudio de mi padre, sin duda, es un tema mucho más inocuo que la relación entre Cassie y Jasper.

—Ha realizado numerosas investigaciones sobre inteligencia emocional, pero en esta se centra en la parte de la IE que se ocupa de interpretar los sentimientos de otras personas, esa es la parte de la «percepción».

Se encoge de hombros.

—Yo no soy precisamente una máquina interpretando lo que siente la peña. Pero supongo que a algunas personas se les da bien.

—Es como un subapartado muy pequeño de la IE, no es que el mundo entero esté esperando impaciente los resultados. De todas formas, mi padre realizó sus pruebas para ver si había personas que podían interpretar los sentimientos de una forma diferente o mejor que otras, supongo, si observaban una conservación entre dos sujetos en lugar de estar mirando fotos de rostros, que es el modo en que se hacía ese test hasta ahora.

—¿Y? —pregunta Jasper, como si estuviera esperando la gran revelación, oír que el estudio ha demostrado algo asombroso. Pero va a llevarse una decepción, como se la llevó mi padre.

—No es tan emocionante —digo—. Descubrió algunas cosillas. Pero no es que haya encontrado la cura contra el cáncer ni nada por el estilo.

—¡Toma zasca! —exclama Jasper—. Menuda forma de dejarlo por los suelos.

Y tiene razón. Eso ha sido duro. Pero es así como lo siento yo: con enfado. Más del que era consciente. Incluso aunque mi padre no lo supiera en ese momento —era imposible que lo supiera—, pasó muy poco tiempo del que le quedaba con mi madre por culpa de su investigación. En lugar de estar con ella y ser feliz, estaba obsesionado con un nuevo estudio estúpido que a nadie le interesaría jamás. Y ahora ella ya no está. Y no importa qué haga mi padre, jamás podrá compensarle ese tiempo que no pasó con ella. O con nosotros.

Me encojo de hombros.

—Supongo que es importante para él. —Siento que Jasper sigue mirándome, y quiero que deje de hacerlo. Quiero cambiar de tema antes de ponerme a llorar—. Aunque me habría gustado que otras cosas fueran igual de importantes.

Justo entonces, vuelve a vibrarme el móvil en la mano. Me dispongo a recibir otro mensaje de mi padre. Pero es Cassie, por fin. «Coged la salida 39C, por la 93. Os incorporaréis a la ruta 203. Luego sigo.»

Se me acelera el pulso mientras tecleo la respuesta. «¿¿Estás bien?? ¿¿Qué está pasando??»

«Ahora no puedo hablar. No es seguro.» Al menos es una respuesta. Pero no es la que estaba esperando.

—¿Qué ocurre? —pregunta Jasper.

—Quiere que salgamos por la salida 39C. —Consulto el GPS de mi móvil—. Está a unos cincuenta minutos de aquí.

—¿Y eso es todo? ¿No te ha dicho nada más? —Vuelvo a percibir la rabia que he notado antes en su tono de voz. No está gritando ni nada por el estilo, pero la rabia está ahí. Subyacente. Me pregunto hasta qué profundidad llegará.

—«Luego sigo», ha dicho. Y que no es seguro escribir más por ahora.

—¿Y eso es todo? —dice—. ¿Seguimos conduciendo y ya está?

—¿Se te ocurre algo mejor?

Permanece callado durante un minuto.

—No —admite al final con abatimiento—. No se me ocurre nada mejor. No tengo ni puñetera idea de qué se supone que deberíamos estar haciendo. Algunas veces tengo la sensación de que ya no la conozco.

Eso ha sonado igual que si lo hubiera dicho yo misma, lo que me resulta reconfortante y sospechoso al mismo tiempo.

—Sí, ya sé a lo que te refieres.

—Yo creo que Cassie te echa mucho de menos —confiesa—. Ella no lo reconocerá. Ya sabes cómo es, muy cabezona. —Y sí que lo sé, aunque me parece raro que a Jasper también se lo parezca—. Pero contigo estaba como perdida. —Parece casi celoso, e intento no alegrarme por ello.

—Últimamente no ha sido muy fácil ser mi amiga, supongo.

Además, me gustaría fingir que ese es el motivo por el que ella y yo no nos hablamos. Cualquier otra explicación nos llevará directamente a la verdad y al poco aprecio que siento por Jasper.

—No sé —dice—. ¿No están para eso los verdaderos amigos? ¿Para aguantar a tu lado cuando las cosas se ponen feas?

Un momento, ¿no fue Cassie quien dijo que ella era la que no podía soportarme? ¿No fue ella quien dijo que ya no éramos amigas? Porque yo creía que era yo la que había establecido el límite de hasta dónde iba a aguantar su comportamiento. Esa era la razón, y no otra, de que ya no fuéramos amigas. A lo mejor, la verdad era que Cassie se había cansado de mí hacía mucho tiempo. Me pongo roja como un tomate cuando Jasper me mira como si quisiera escuchar mi versión sobre el caos que está viviendo Cassie. Pero he pasado demasiado deprisa de amiga mojigata a cabrona para seguir hablando de ello.

—De todas formas, ¿por qué discutisteis vosotros? —pregunto cambiando de tema—. ¿Era algo relacionado con esto?

—Espero que no. —Jasper habla otra vez con tono de culpabilidad—. De todas formas, ni siquiera fue una discusión de verdad. Yo le grité y ella se puso a llorar. —Sacude la cabeza y frunce el ceño—. Mientras estaba ocurriendo me sentía como si fuera otro el que estuviera ahí plantado delante de la gasolinera, gritándole a su novia. ¿No te ha pasado nunca? ¿Que te ves haciendo algo como si... como si te vieras desde fuera? —Jasper se queda mirándome. Al parecer es una pregunta de verdad para la que espera una auténtica respuesta.

—Todo el mundo se ha sentido así alguna vez —digo, aunque no pienso dejar que se vaya de rositas por algo que ha hecho realmente mal—. De todas formas, no soy la más indicada para hablar de normalidad.

Ojalá no hubiera dicho esto último en voz alta.

—Bueno, solo un gilipollas seguiría gritando cuando tiene una persona delante llorando; y da igual lo que ella haya hecho. Lo más ilógico de todo es que, mientras estaba gritando, pensaba: «Estas son las cosas que hace mi hermano. Es típico de él... Yo no hago estas cosas». —Sacude la cabeza—. Bueno, en cualquier caso, nunca las hacía.

¿Por qué está confesándome esto? Resulta evidente que no hará que me caiga mejor. A menos que esté compartiéndolo conmigo para encubrir algo mucho peor y más grave.

—¿Por qué estabas gritándole? —le pregunto—. ¿Has dicho que había hecho algo?

—Me engañaba con otro —contesta, en voz baja y con tristeza—. Llevaba ya un tiempo haciéndolo. Estoy seguro casi al cien por cien.

—Eso es imposible. —Estoy a punto de reírme. Porque eso es ridículo. Estar con Jasper era un premio gordo para Cassie. Era la confirmación total de su valía. Y, aunque a mí me asquee, es así. ¿Por qué iba a engañarlo?

—¿Por qué lo crees?

—Es una corazonada. —Se encoge de hombros—. Quizá no sea el mejor interpretando los sentimientos de los demás, pero Cassie estaba enviando mensajes de móvil todo el rato a alguien y lo ocultaba. Pero ese no fue el único motivo de que perdiera los nervios con ella. Últimamente a ella también se le estaba yendo la situación de las manos. Yo insistí para que le diera al botón de llamada a ese número. Y ella se puso como loca. Dijo que estaba intentando controlarla. Yo pensé, joder, pero si estoy intentando ayudarte.

—¿Qué quieres decir con eso de que se le estaba yendo la situación de las manos?

—Ya sabes, todo eso de salir de fiesta y lo demás —responde.

—¿De fiesta? —pregunto, como si no tuviera ni idea de a qué se refería. Como si yo no hubiera estado preocupada exactamente por el mismo motivo.

—Cassie se ponía muy ciega con demasiada frecuencia.

—¿Y tú tienes alguna pega? ¿Atenta contra tu moralidad? —Intento no parecer burlona. Pero fracaso estrepitosamente. Sigo hablando, fingiendo que no es lo que he querido decir—. Me refiero a que tú vas a todas las fiestas.

—Sí, pero salir y perder totalmente el control son dos cosas muy distintas.

—¿Y Cassie había perdido el control?

Quiero oír cómo lo dice. Como si eso fuera la clave de algo. Porque si Cassie se cabreó con Jasper porque él también le dijo lo que ya le había dicho yo, ¿no demuestra eso que yo tenía razón?

—Cassie estaba muy descontrolada —dice—. Y eso me estaba empezando a asustar. Tú seguro que ya te habías dado cuenta, ¿no?

Ahora parece confundido, como si tuviera miedo de haber imaginado que Cassie hubiera tocado fondo de verdad. Y, aunque me gusta que Jasper se haya dado cuenta de que conozco mejor a Cassie de lo que él la conocerá jamás, no parece el momento apropiado para comentárselo.

Asiento en silencio.

—Me había dado cuenta. Y también me asusté.

8

Seguimos en el coche en silencio, durante lo que parece un largo recorrido por New Hampshire, dejando atrás las salidas previas a la 39C. Durante todo ese tiempo, intento decidir si el hecho de que Jasper esté de acuerdo conmigo en que Cassie ha perdido el norte me hace sentir más o menos preocupada. Mientras, me esfuerzo por no pensar en cuánto tardará en cerrarse la válvula de escape activada por las circunstancias de emergencia y hará que vuelva a sentir ansiedad y me obturará los pulmones. En alguna parte, se oye el tictac de un reloj. La única pregunta importante es qué ocurrirá cuando ese contador se ponga a cero.

Lo peor es que no hay forma de ocultar mis ataques de pánico. Últimamente, los vómitos son como una bala que he aprendido a esquivar. Pero siempre existe la maldita posibilidad de que me desmaye.

La primera vez que me ocurrió fue en una cafetería de carretera, durante un viaje veraniego familiar en coche al monumento de las Cuatro Esquinas, antes de que empezara octavo. Ese verano los restaurantes eran mi botón del pánico del momento. Entrar en ellos ya era duro de por sí, ni que decir tiene comer en uno. En cuanto llegamos al alegre y espacioso Café Gloria, en Chinle, Arizona, tuve la sensación de que algo no marchaba bien. Aunque no fue hasta el momento en que me levanté para ir al baño cuando me di cuenta de lo mal que estaba. Conseguí dar apenas un par de pasos cuando el suelo se inclinó de golpe hacia la izquierda y el mundo desapareció tras un fundido en negro. No estuve mucho tiempo inconsciente. Sin embargo, el desmayo fue algo que me asustó y me avergonzó, y me he esforzado mucho para no repetir esa escenita. Con todo, se han producido al menos media docena de ocasiones en estos años en las que no lo he conseguido. No pretendo alcanzar el afortunado número siete justo ahora que estoy con Jasper.

El letrero de la salida 39C por fin aparece ante nosotros.

—¿Y ahora qué? —dice Jasper.

«Estamos en la salida 39C. ¿Adónde vamos ahora?», escribo. Por suerte, Cassie responde enseguida.

«Coged la ruta 203 y esperad en la salida. Estoy intentando averiguar la dirección. Luego sigo.»

«Cassie, deberías contarnos algo. ¿Qué está pasando? ¿Con quién estás?»

Espero. Pero no hay más respuestas.

—¿Qué pasa? —pregunta Jasper.

—Le he dicho que debería contarnos algo.

—Cierto —dice—. Debería.

Finalmente, recibimos otro mensaje de texto. «Ellos no me... Tengo que irme.»

—¿Qué ha dicho?

—«Ellos no me...» —leo—. Y «tengo que irme».

—¿Qué puñetas significa eso? —Jasper me mira con el ceño fruncido.

—A lo mejor sí que la han secuestrado. —Y me siento mucho peor ahora que lo digo en voz alta—. Es decir, resulta evidente que está con alguien, y con más de una persona. Al menos, eso parece por lo de «ellos».

Imagino una banda de ladrones, raritos y desastrados a la que Cassie podría haberse unido. A lo mejor ahora que está con ellos en la comuna, los tíos se han vuelto más siniestros. Cassie intentará que sigan de buen rollo. Será lo bastante lista para hacer que parezca un juego hasta que consiga escapar. Intento imaginar esa situación en lugar de las otras muchas alternativas terribles, como un grupo de tíos enormes y tatuados que tienen a Cassie atada en algún sitio.

—Eso de «ellos» no suena bien —comenta Jasper cuando paramos al llegar al final de la pendiente pronunciada de la rampa de salida—. No suena nada bien.

La única señal de vida en la distancia negra como el carbón son las luces de una gasolinera que se halla en lo alto de un montículo situado a la derecha: Clark's, Gasolinera y Supermercado. Al menos parece abierto. Una buena noticia cuando son casi las nueve y media de la noche y estamos en medio de la nada, en New Hampshire. Si es que seguimos en New Hampshire. No he visto ningún cartel que indicara que hayamos cruzado Maine, ni siquiera de Vermont, aunque es posible que se me haya pasado.

—Vamos a esperar allí —propongo—. Cassie tendrá que acabar dándonos la dirección si quiere que la encontremos.

—Si es que quiere que la encontremos —replica Jasper en voz baja. Se queda mirando en mi dirección y gira a la derecha en la señal de stop.

—¿A qué te refieres?

—Escucha, acepto que Cassie esté engañándome si está bien, pero ¿no te parece que es un poco sospechoso? —pregunta—. Sobre todo, teniendo en cuenta que justo en este momento, está cabreada con nosotros. Y ahora, aquí estamos los dos, en medio de la puñetera nada. A lo mejor solo quiere que sigamos buscándola sin parar. Hasta que seamos nosotros los que nos hayamos perdido.

—Cassie no haría algo así —digo, aunque se me acelera el pulso—. Además, ella no está cabreada conmigo. No estamos peleadas.

Al menos creo que no lo estamos. Evidentemente las cosas no eran muy normales cuando Cassie volvió a relacionarse conmigo después del accidente. Lo nuestro era más bien una amistad zombi. Parecía algo bueno visto desde cierta distancia, pero, de cerca, quedaba claro lo que iba mal. Sí, Cassie se distanció otra vez hace un par de semanas sin dar ningún tipo de explicación. Pero, para ser sincera, me sentí un poco aliviada. Estar con ella era una presión constante después del accidente, porque había que fingir que ella lograba que yo me sintiera mejor. Aunque nadie podría hacerlo.

—No estamos peleadas —repito. Ni siquiera sé por qué lo hago, salvo por el hecho de que me parece importante recalcarlo.

—Genial, aunque preferiría que la explicación a esta situación sea que está tomándonos el pelo —responde—. Porque me da muy mala espina.

Había mantenido la esperanza de que eso solo me ocurriera a mí. Porque cuando una cosa me da mala espina, normalmente, es por algo.

Cuando vamos caminando en dirección a la gasolinera, vuelve a sonarme el móvil. Al mirar la pantalla leo «Papá» en el identificador de llamada. ¿Y si estoy haciéndole pasar todo esto por un jueguecito de Cassie? Él no se lo merece. Y ahora estamos demasiado lejos, demasiado lejos de él, para dejarlo. Además, en cuanto sepa que estoy bien, se tranquilizará un poco.

—Hola, papá. —Intento parecer despreocupada. Pero no lo estoy—. ¿Habéis encontrado algo en casa de Cassie?

—¿Dónde estás, Wylie? —Él también intenta parecer tranquilo, pero le cuesta incluso más que a mí—. Gideon me ha contado que Jasper, el novio de Cassie, ha estado en casa y que tú te has marchado con él, ¿es así? En tu mensaje decías que has tenido noticias de Cassie y que ella te ha pedido que vayas a buscarla.

Mierda. Había olvidado que le había dicho eso. También lo he hecho para tranquilizarlo, y es evidente que ha funcionado. No debería haber escrito la nota, no debería haber respondido la llamada. Estaba claro que me preguntaría dónde decía Cassie que estaba. Y, por supuesto, nada de lo que yo diga va a lograr que él se sienta mejor, y mucho menos la verdad, que, de todas formas, es algo que no quiero contarle.

—Sí, no hay problema. Jasper conduce. Volveremos pronto a

casa —digo, como si todo fuera completamente normal y no hubiera para tanto. Pero si sigue presionándome para que le cuente los detalles, voy a tener que colgar y fingir que se ha cortado.

—¿Y has salido al exterior? ¿Así como así? —Parece confundido y un poco suspicaz, algo lógico teniendo en cuenta que la manera tan repentina en que he salido de casa no tiene ningún sentido. Además no le he contado que Cassie estaba desesperada porque la ayudáramos, y que necesitaba mi ayuda en concreto.

—Creía que querías que saliera.

—Claro que quería que salieras, Wylie. Tienes razón. —La voz de mi padre adopta un nuevo tono, un tono que no reconozco. No es exactamente enfado, pero es algo muy intenso, como si se sintiera ofendido. No lo había pensado. Al fin y al cabo, él se ha esforzado mucho por conseguir que yo saliera de casa, que fuera a una cita real con la doctora Shepard, que volviera al instituto. Y, aquí estoy yo, viajando en coche con un chico al que él no conoce ¿y solo porque Cassie me lo ha pedido?

—Estoy preocupadísimo y preferiría que estuvieras aquí, en lugar de estar por ahí. Karen y yo podemos ir a buscar a Cassie. Dinos dónde está y saldremos ahora mismo. Pero preferiría que tú dieras media vuelta y volvieras a casa, Wylie.

Supongo que no lo tranquilizará que le diga que no podemos hacerlo porque, en realidad, no tenemos ni idea de dónde está Cassie. Además, no hay forma posible de que él sepa lo lejos que estoy ya.

—No pasa nada. Ya estamos casi a mitad de camino. Cassie se lo explicará todo a Karen en cuanto llegue a casa —digo, e intento hablar como si estuviera teniendo una actitud cooperativa y la situación en la que me encuentro no tuviera nada que ver conmigo y que fuera algo que solo afectase a Cassie—. Iré a casa dentro de...

—Vendrás a casa ahora mismo. —Es una orden. Una orden dada con enfado. Incluso le tiembla la voz.

—Papá, volveré en cuanto hayamos...

—¡Ahora, Wylie! —grita tan alto que esta vez tengo que alejar el móvil de mi oreja—. ¡Ahora mismo!

Tengo el corazón desbocado y un nudo en la garganta.

—Papá, ¿por qué me gritas?

Jasper se queda mirándome cuando entra en el iluminado y casi vacío aparcamiento de la gasolinera. El único coche que se ve está junto a los surtidores. Jasper pasa junto a él y la grava cruje bajo las ruedas, hasta que el coche se detiene al fondo del aparcamiento. Parece que Jasper quiera dejarme intimidad. Aunque sigue sentado a mi lado. Y me entran ganas de llorar mientras miro la pared cubierta de enredaderas, que brillan como si fueran blancas, iluminadas por los faros de nuestro coche.

Mi padre inspira con fuerza, como si intentara relajarse.

—Lo siento, Wylie. No quería gritar. —Al menos parece que lo siente—. Pero estamos preocupados por Cassie y ahora, además, estoy preocupado por ti. En tu estado, no creo que debieras...

—Espera, ¿en mi qué? —No acaba de decir lo que ha dicho, ¿verdad? «Estado», como si estuviera enferma. Defectuosa. ¿Eso es lo que piensa? Mi madre jamás me habría hablado así. Ella jamás me vio así. Me arden los ojos mientras sujeto el teléfono y clavo la vista en los árboles. No puedo hablar, no puedo decir ni una palabra más. Si lo hago, seguro que romperé a llorar.

—Es demasiado pronto para que denuncie tu desaparición —sigue diciendo mi padre, como si esa bomba que acaba de soltarme no hubiera arrasado con la tierra que nos separa—. Pero la doctora Shepard puede llamar a la policía. Y, teniendo en cuenta las circunstancias, estoy seguro de que pensará que es una buena idea, después de que le cuente lo que te hiciste...

—No puedes hablar en serio. —Empiezo a ponerme roja de rabia y de vergüenza.

—Claro que hablo en serio. Si no vuelves a casa, ¿qué otra salida me queda? Y si la doctora Shepard avisa de que eres un peligro para ti misma o para los demás, la policía irá a buscarte enseguida, Wylie. Y, cuando te localicen, que lo harán, no te traerán a casa. Te llevarán directamente a un centro hospitalario. Lo sabes tan bien como yo.

Sí, ya lo sé. Y mi padre sabe que estar internada es uno de mis mayores miedos. La imagen de mi abuela atada a una cama del psiquiátrico me ha obsesionado desde que era pequeña. Era el único motivo por el que no quería empezar a ver a una terapeuta. Estaba convencida de que era el paso previo hasta el callejón sin salida de la camisa de fuerza.

—¡Papá! —grito, porque ni siquiera logro pensar por dónde empezar. Mi padre tiene que reaccionar. Retirarlo todo.

—Créeme, no quiero llamar a la doctora Shepard, Wylie. Es lo último que deseo. Vuelve a casa y dinos dónde está Cassie para que no tenga que hacer esa llamada.

¿Hará eso —romperme el corazón, traicionarme, ponerme en evidencia— solo para conseguir que yo haga lo que quiere? De pronto, siento la cabeza a punto de explotar de rabia.

—Si llamas a la doctora Shepard, no pienso volver nunca a casa —lo amenazo. Y lo digo en serio. Además lo odiaré toda mi vida. A lo mejor ya lo hago. Porque ahora, lo único que quiero es hacerle daño, como él acaba de hacerme a mí—. ¿Sabes qué quiero, papá? ¿Sabes lo que de verdad quiero? Que hubieras sido tú el que fue a por leche. Que hubieras sido tú el que conducía esa noche.

Aprieto el botón del móvil y pongo fin a la conversación antes de que él tenga la oportunidad de responder, luego me quedo mirando el teléfono en mi mano temblorosa. Pongo en silencio el timbre de llamada y, un segundo después, empieza a vibrar y la palabra «Papá» aparece en la pantalla. Espero hasta que diga «Llamada perdida» y a que emita el zumbido del mensaje de voz dejado en el buzón. Mi padre vuelve a llamar dos veces seguidas. Lo ignoro.

—Ha ido bien —dice Jasper tras otro minuto de silencio.

Está sonriendo tímidamente, intenta hacer que me sienta mejor. Pero no lo consigue.

—Sí. —Hablo como atontada. Y me siento vacía. Como si alguien me hubiera abierto en canal por el pecho y hubiera estado hurgándome las tripas—. Ha sido flipante.

—¿Quieres que intente decir algo que podría animarte? —se

ofrece Jasper, no muy convencido—. Porque puedo hacerlo si es lo que quieres.

Niego con la cabeza y luego me vuelvo para mirarlo.

—Si no me has mentido hasta este momento, no empieces ahora.

Jasper asiente en silencio mientras mete la marcha atrás y se sitúa, poco a poco, cerca del surtidor. Estaciona justo enfrente del único coche ocupado que hay además del nuestro, un todoterreno Subaru nuevecito con matrícula de Nueva York. Es negro y reluciente, y tiene unas pegatinas de partidos izquierdistas en la parte trasera —«Hillary presidenta de Estados Unidos», «Un millón de madres en defensa del control de armas», «Ecologista y moderno»—, la clase de mensajes que podrían llevar mis padres en el coche, de no haber sido por lo que mi padre odia poner pegatinas incluso en su coche viejo y destartalado.

—Creo que voy a entrar. —Me dirijo hacia el supermercado. Es un lugar al que ir, un destino. Y necesito aire, movimiento. Necesito salir del jeep de Jasper—. ¿Quieres algo?

Jasper niega con la cabeza.

—Estoy bien.

Me vibra el móvil cuando entra un nuevo mensaje justo al salir del coche. Por suerte, esta vez no es de mi padre. Es de Cassie.

«Todavía intento averiguar dónde estoy exactamente. ¿Dónde estáis vosotros?»

«Hemos salido por la 39C como nos has dicho. Estamos en la gasolinera de la ruta 203.»

«Vale. ¿Podéis esperar ahí un minuto? Os diré adónde ir en cuanto pueda.»

«Esperaremos», respondo, y necesito indicarle que no vamos a ir a ningún sitio sin que nos dé más información.

«Pero ¿con quién estás?»

«No con quien yo creía que estaba.»

9

Siento un frío repentino mientras tecleo la respuesta. Todavía necesito conseguir algo más de ella. Algo útil. «¿Las personas con las que estás son peligrosas? ¿Dónde las has conocido? ¿Cuántos son?»

Me quedo ahí plantada esperando una respuesta. Cualquier respuesta. Pero no llega ningún mensaje y al final guardo el móvil. Me cruzo de brazos para protegerme del viento helado y encojo los hombros mientras me dirijo hacia la puerta.

—Es brutal, ¿verdad? —Cuando me vuelvo hacia la voz veo a una mujer de pie, delante del Subaru. Está sonriéndome mientras sujeta sobre el pecho un bebé envuelto con mantas—. Hacía mucho mejor tiempo cuando salimos de Brooklyn.

Tiene la piel blanca, el pelo largo y pelirrojo, recogido en una cola informal, y unos ojos azules asombrosos. Es guapa, pero parece frágil, como un ave zancuda. Levanta la vista y me mira el pelo cortado a hachazos, aunque, a diferencia de todos los demás, echa un vistazo a ambos lados. No está asustada, actúa con naturalidad ante mi presencia. Por su mirada creo que me entiende. Como si ella hubiera hecho exactamente lo mismo un montón de veces. Sin embargo, viéndola tan normal y guapa, me resulta muy difícil de creer.

Le sonrío y asiento con la cabeza, pero tengo los labios sellados, pegados con pegamento. Es por la amabilidad de su mirada y ese aire de amor maternal que desprende. Si lograra hablar, seguramente lo haría de forma incomprensible y llorosa. Esta mujer bella y de ojos azules, con el bebé en brazos, me recuerda a mi madre, claro. Si ella hubiera estado en casa, jamás habría permitido que mi padre me amenazara. Aunque en ese caso él no tendría que haberlo hecho porque yo habría confiado en ella para contarle toda la verdad. Le habría contado adónde iba desde el primer momento. Sonrío con más ganas a la mujer del bebé, y se me anegan los ojos en lágrimas cuando me alejo de ella y me dirijo al supermercado.

—Todavía tengo que dar de comer a la pequeña, Doug —dice a su marido mientras yo me alejo—. Quizá sea mejor que entre. Aquí fuera hace demasiado frío y en el coche tengo muy poco sitio. ¿A que sí, chiquitina? —dice y levanta la voz—. Hace demasiado frío.

Mientras sigo cruzando sola el gélido aparcamiento, protegiéndome contra otra horrorosa ráfaga de viento helado, oigo a la delicada mujer pájaro cantándole a su pequeño bebé. Y los restos de mi corazón se convierten en polvo y desaparecen llevados por el viento.

En el interior del supermercado hace un calor extraño, y el ambiente está tan animado que recuerda más a una tienda de pueblo que a un área de descanso en la autopista. Desde luego que no se parece en nada a una de esas espeluznantes gasolineras próximas a Boston, con una vitrina de cristal blindado antibalas delante de la caja registradora, plagada de marcas de manos, como si una horda de zombis hubiera ido a por la cajera.

Incluso hay un tablón de anuncios junto a la caja con fotos de clientes felices y contentos, y notas de agradecimiento superpuestas, unas sobre otras. Hay un hombre alto con espeso pelo canoso y una sonrisa perfecta detrás del mostrador, esa clase de personas entusiastas con pinta de haber construido el lugar con sus propias manos.

—¿Hace demasiado frío para tu gusto? —pregunta.

«Cuidado.» Eso es lo primero que pienso. No debo parecer sospechosa. Todavía intento convencerme de que mi padre solo iba de farol al amenazarme con que la doctora Shepard me echará a los perros, aunque no tengo esa certeza. Tengo la sensación de no saber nada con certeza.

—Sí —digo, y sonrío con más ganas y sensación de culpabilidad antes de desaparecer a toda prisa en el pasillo que me queda más cerca. Es una reacción en absoluto sospechosa, claro.

Cuando estoy a medio agachar me detengo y me vuelvo de cara hacia un despliegue perfecto de alimentos para picar: patatas Pringles, galletas saladas, tiras de carne seca, tiras de regaliz. Todo esto me recuerda a Gideon, lo que, sorprendentemente, me encoge el corazón. Es que me siento mal imaginándolo en casa con mi padre, de nuevo obsesionado conmigo. ¿Y si resulta que mi padre tiene razón? ¿Y si estoy demasiado loca para estar por ahí intentando ayudar a Cassie? Aprieto los puños con fuerza, como si pudiera deshacerme de la duda a través de los dedos. Porque necesito que no me cale lo que él me ha dicho. Necesito dedicarme a demostrar que no tiene razón.

Oigo que la puerta del supermercado vuelve a abrirse y doy por supuesto que acaba de entrar la mujer con su bebé.

—¿Hace demasiado frío para tu gusto? —El hombre que se encuentra detrás del mostrador le lanza la misma pregunta con la misma alegría que antes. Esta segunda vez resulta todavía más espeluznante. Como si no fuera un ser humano.

—Sí, y que lo diga —responde Jasper. Retrocedo un paso y lo veo junto a la puerta, soplándose las manos. Lleva puesto el abrigo negro de mi padre. El color oscuro resalta el verde de sus ojos—. Esto no es normal para mayo, ¿no?

—O hace demasiado calor, o demasiado frío o llueve demasiado o el viento es demasiado fuerte. Siempre hay demasiado de algo por aquí.

—¿Tienen baño?

—Claro que sí. Sigue recto hasta el fondo.

Jasper se mete las manos en los bolsillos cuando se dirige hacia mí. Y me pregunto si habré bajado la guardia demasiado pronto, si me he dejado conquistar demasiado fácilmente. Jasper es más agradable, más auténtico e incluso más inteligente de lo que esperaba. Pero nada de todo eso supone que sea más fiable. Ninguna de las cosas malas que sé han sido desmentidas: su mal carácter, Tasha, aquel puñetazo y, sobre todo, el papel que haya desempeñado en el lío en el que ahora está metida Cassie.

—Deberíamos comprar un mapa por si nos quedamos sin cobertura de móvil —dice cuando llega hasta mí. Coge tres planos del expositor que tenemos al lado: Maine, New Hampshire y Vermont, y luego se dirige hacia las cosas de picar, que yo sigo mirando—. ¿Vas a comprar algo?

—Sí, claro. —Cojo una bolsa de galletas saladas, aunque solo pensar en comer me entran ganas de vomitar—. Solo esto.

—Nos vemos ahora —dice Jasper—. Voy al baño.

—¿Es un viaje largo? —pregunta el hombre cuando pongo los planos y las galletas, que en realidad no quiero, sobre el mostrador.

Se me tensa todo el cuerpo aunque sé que solo está intentando ser simpático y darme conversación. Me gustaría que se esforzara menos.

Me encojo de hombros.

—Voy a visitar a mi tía. Vive en el norte.

Se le ilumina el rostro de inmediato. Qué mentira tan estúpida.

—¿Ah, sí? ¿Cómo se llama? —Estaba claro que iba a preguntarlo—. Aquí muchos de nosotros somos de por allí y nos conocemos todos.

—Ah, bueno, pero es que ella vive muy al norte, muy, muy al norte —respondo mientras rezo para que no me pregunte por el nombre exacto. Ni siquiera sé con seguridad qué estado es el que está hacia el norte.

Por suerte, antes de tener que decirle algo más, Jasper aparece a mi lado.

—Tenemos que irnos. —Tiene la boca muy pegada a mi oreja. Su voz suena dolida, es un susurro brutal—. Ahora.

Lleva el móvil en una mano, y un vaso de café sin usar arrugado en la otra. Tiene los ojos muy abiertos y no pestañea. Agarra los planos y mis galletas, e incluso recoge mi cambio de la mano del viejo, luego sale disparado hacia la puerta.

—¡Venga, Wylie, ahora! —me grita Jasper cuando yo me quedo paralizada frente al mostrador.

Regresa a mi lado, me coge del brazo y tira de mí hacia la puerta. Espero hasta que estamos fuera, alejados de la mirada suplicante del viejo, para zafarme de un tirón.

—¡Jasper, suéltame! —Se me acelera el pulso y siento el bombeo de la sangre en el brazo—. ¿Qué pasa? ¿Qué ha ocurrido?

No responde. En lugar de hacerlo, me enseña el teléfono y sigue caminando hacia el coche, dejando atrás a la mujer guapa con el bebé, que está mirándolo. Está mirándonos. Ahora ya no sujeta al bebé, está peleándose con un bulto que llevan en la baca del coche. Aparto la mirada de su expresión de preocupación y miro el mensaje en el móvil de Jasper mientras él vuelve a subir al jeep. Se encienden los faros mientras leo.

«Estoy en el Campamento Colestah, cerca de un pueblo llamado Seneca. Está en Maine. Deprisa. Creo que van a hacerme daño.»

Ocurra lo que ocurra, Cassie no está tomándonos el pelo.

Jamás habría llegado tan lejos.

—¡Wylie, vamos! —Jasper me chilla por la ventanilla. Está preocupado y empieza a perder los nervios—. ¡Vámonos!

—¿Estás bien, cielo? —me pregunta la mujer del bebé. Tiene una voz dulce y tierna, como si estuviera cantando una nana.

—Sí, sí —digo, y aparto la mirada de ella cuando me brotan las lágrimas de nuevo. No puedo evitarlo. Al ver ese aire maternal de la mujer me entran ganas de llorar—. Estoy bien.

—De verdad, no pareces estar bien —dice, y cuando me vuelvo

hacia ella, sus ojos azules me miran con seriedad—. ¿Necesitas ayuda?

Escoge las palabras con cuidado. Como si se dedicara profesionalmente a ayudar a las mujeres a no regresar al coche con el hombre equivocado. Y tal vez no ande errada en esta situación.

—¿Cielo? —insiste la mujer y ahora parece más preocupada—. ¿Sabe tu madre dónde estás? Creo que deberías llamarla.

Sí, claro. Llamarla. Qué cosa tan sencilla. Las lágrimas, que brotan a borbotones calientes, ya me corren por las mejillas. Me las enjugo mientras sigo caminando.

—Estoy bien —digo—. Pero gracias.

Está claro que no hablo como si estuviera bien. Porque la verdad es que no lo estoy.

Solo he dado un par de pasos más cuando Jasper pone en marcha el jeep. El vehículo emite el mismo sonido horrible del motor que he oído al salir de mi casa. Pero esta vez está culminado por un chirrido agudo que hace que la mujer amable dé un salto. Todo vuelve a quedar en silencio cuando Jasper apaga el motor. Pasado un segundo, vuelve a girar la llave del contacto, y el estruendo y el traqueteo vuelven a oírse muy alto. A continuación el motor emite el espantoso chirrido. A través de la luna delantera veo a Jasper dejar caer la frente sobre el volante cuando empieza a girar de nuevo la llave del contacto, una y otra vez. Se le tensa el cuerpo, como si fuera a estallar en cualquier momento.

La mujer se me acerca más.

—Sabes que no tienes por qué volver al coche con él, ¿verdad? Podemos llevarte a otro lugar. —Mira a su alrededor—. O esperar contigo mientras alguien viene a buscarte.

Vuelvo a mirar a Jasper, todavía tirado sobre el volante del coche. Está claro que tiene carácter. Pero también está desesperado por encontrar a Cassie, eso es innegable. Nadie es tan buen actor. Y en ese momento se me ocurren dos ideas incompatibles. «Te ocurrirá algo terrible si vas con él. Ocurrirá algo peor si no vas con él.»

—Está preocupado por nuestra amiga —digo a la mujer del bebé y hablo con toda sinceridad. Sin embargo, no la miro a los ojos—. Estamos buscándola. —¿Ha sido un error contarle tanto? «¿Tu madre sabe dónde estás?» Esa agradable mujer podría llamar a la policía. Las personas como ella hacen esas cosas: se implican—. Y no es que nuestra amiga haya desaparecido de verdad. Está en un campamento de Maine. Solo necesita que vayamos a recogerla, y ahora el coche...

—Vale. —La mujer me mira con una mezcla de preocupación y comprensión. Da un paso hacia delante y me posa los dedos sobre un hombro. «Yo he pasado por lo mismo», dice con su mirada. «No te juzgo. Pero sé que estás mintiendo.»—. Siempre que tú estés segura...

—Lo estoy. —Asiento con demasiado entusiasmo—. Del todo.

De pronto, Jasper da un puñetazo fuerte al volante. Una, dos y hasta tres veces, como si estuviera intentando desmontarlo. Luego deja caer la cabeza de nuevo entre las manos. «Si quieres conseguir que deje de tener una opinión tan mala de ti, creo que estás haciéndote un flaco favor.»

—Oye, a lo mejor Doug puede echaros una mano con el coche —propone la mujer—. Mientras tanto, ¿por qué no entras para ver si tienen un mecánico?

Cuando me vuelvo hacia Jasper, veo que él está mirándome con la mandíbula tensa y las aletas de la nariz abiertas. Tiene carácter, de eso no cabe duda.

—Vale —digo—. Entraré para preguntar si hay algún mecánico.

Me vuelvo para regresar al supermercado, y la mujer del bebé abre la puerta de su coche para meter la cabeza dentro. No oigo más que fragmentos de lo que dice: «Ayúdales... No arranca... Venga, cariño». A medida que me alejo, su marido le contesta. No llego a oírlo, pero parece molesto. Como si no quisiera ayudarnos. Y, me basta con mirar una sola vez más a Jasper, furioso y jadeante, para preguntarme: ¿quién nos ayudaría estando en su sano juicio?

—¿Va todo bien ahí fuera? —El hombre del mostrador casi me grita cuando entro. Se cala una pequeña gorra blanca de béisbol como si estuviera a punto de salir corriendo y entrar en acción, de salir disparado al rescate. Pero eso es lo único que hace: ponerse la gorra. Ni siquiera sale de detrás del mostrador.

—El coche no arranca. ¿Podría alguien echarle un vistazo?

Inspira a través de los dientes apretados.

—Podría llamar a mi mecánico, Jimmy —responde, pero con reservas. Se mira el reloj—. Aunque ya son las nueve y media. Seguro que a estas horas estará jugando a cartas. Podría estar incendiándose la casa y Jimmy ardería dentro si estuviera en plena partida. Ni siquiera oirá el teléfono.

—¿Y no puede repararlo usted mismo?

—Me temo que solo sé poner gasolina de noche. —Habla un poco a la defensiva—. Soy un buen vendedor, pero muy torpe como mecánico. —Levanta una mano temblorosa para demostrarlo; tiene artritis, tal vez Parkinson, aunque tengo la sensación de que, de todos modos, se le daría mal la mecánica—. Pero Jimmy llega antes del amanecer. Y hay un motel un poco más allá, siguiendo por la carretera. A lo mejor esa amable pareja podría llevaros en coche.

¿Un motel? Cassie tiene miedo de que esa gente, sea quien sea, le haga daño. No podemos esperar hasta mañana. No podemos esperar más tiempo.

—No, no, no lo entiende —digo. Como si cualquier cosa pudiera lograr que este hombre fuera capaz de hacer lo imposible—. Tenemos que llegar a nuestro destino ahora mismo.

—Bueno, hay una tienda de alquiler de coches en el pueblo siguiente. —Frunce el ceño y vuelve a mirarse el reloj—. Pero dudo que siga abierta a estas horas.

Además, no somos lo bastante mayores para alquilar un coche. Miro en dirección al jeep de Jasper. El capó está levantado y un hombre, debe de ser el marido de la mujer del bebé, está inclinado sobre el coche. Es incluso más alto que Jasper, y con su larga barba y su moderna camisa de cuadros es un auténtico hípster, no uno de esos que se visten así un día y ya está.

—Parece que al final no vais a necesitar un mecánico.

Cuando vuelvo a salir, el marido de la mujer del bebé sigue agachado sobre nuestro coche. Jasper está cruzado de brazos, en tensión, de pie junto al hombre, mirándolo con tanta intensidad que parece que la cabeza esté a punto de explotarle. Cuando Jasper me ve acercándome, se aleja unos pasos del coche y me saluda con la mano.

—Oye, lo siento —se disculpa cuando nos quedamos solos. Yo también tengo los brazos cruzados—. No debería haberte gritado ni mucho menos agarrado por el brazo. Es que... Lo siento. —Se pasa una mano por el pelo y aparta la mirada. Confundido, preocupado, triste. Jasper siente todo eso, pero la rabia ha desaparecido—. Toda esta situación me ha... —Cuando se vuelve hacia mí tiene los ojos vidriosos—. Ya sabes, creo que la quiero de verdad. No me he dado cuenta hasta ahora. Nunca había estado enamorado. Si le pasara algo...

—No le pasará nada —digo, más para calmarme a mí que a él—. No le va a pasar nada. —Jasper y yo nos quedamos mirándonos porque ambos sabemos que no tengo ni idea de si eso es cierto. No sabemos nada—. A lo mejor tendríamos que llamar a la policía ahora. Ya sé que Cassie no quiere que lo hagamos. Pero hay cosas peores que ese internado de entrenamiento militar.

—¿Como por ejemplo la cárcel? —pregunta Jasper—. Porque eso es lo que le preocupa y por lo que no quiere que llamemos a la policía. A Cassie la detuvieron justo después del día de Acción de Gracias.

—¿La detuvieron? —Cassie y yo todavía hablábamos después de Acción de Gracias, al menos durante un par de semanas. ¿La detuvieron y no me lo había contado?—. ¿Por qué?

—Por comprar maría en el centro con Stephanie —contesta—.

En la parte trasera de una furgoneta de gofres. Supongo que pides un gofre especial y te dan un octavo de costo. —Se encoge de hombros como si no supiera nada de ese tema—. Menuda tontería. De todas formas, a Stephanie y a Cassie les cayó una pena de advertencia.

—¿Qué es eso?

—Pues lo típico —responde, como si fuera un experto en el tema—. Básicamente, si Cassie no se mete en líos durante un año, borran sus antecedentes policiales. Pero si ocurre algo más, eso sí quedará en su expediente. Incluso podrían enviarla a una casa tutelada o algo por el estilo.

—Oh —excalmo y me siento avergonzada al ver que Jasper conoce más detalles de la vida de Cassie que yo. Además, ahora estoy más preocupada por ella. ¿Detención, antecedentes policiales de por vida, casa tutelada? Las cosas están mucho más feas de lo que temía.

—Lo siento —dice Jasper. Y quiere decir: «Siento que no te lo haya contado ella». Está intentando ser amable, pero el hecho de que se disculpe conmigo en nombre de Cassie me hace sentir peor—. De todas formas, a lo mejor podríamos preguntarle otra vez si prefiere que llamemos a su madre o a la poli. Para presionarla un poco, ¿sabes? Para asegurarnos de que está razonando. Hay cosas más importantes que tener antecedentes penales de por vida.

—Sí, eso podría estar bien —digo, aunque no estoy convencida de que Cassie esté razonando mucho sobre nada en particular. A lo mejor nunca lo ha hecho.

«Sé que me has dicho que no llame a la poli ni a tu madre —tecleo—. Pero Jasper y yo de verdad creemos que deberíamos hacerlo. Que estés a salvo es más importante que cualquier otra cosa.»

Sin embargo, la respuesta de Cassie es inmediata. Y lo deja claro de una vez por todas.

«No llames ni a mi madre ni a la policía. Si lo hacéis, estas personas me matarán.»

La mujer del bebé me mira cuando Jasper y yo volvemos. Su marido sigue inclinado sobre el capó abierto cuando la frase «me matarán» me retumba en la cabeza. Claro que Cassie no ha contestado cuando le he preguntado si lo decía en serio. No hablaba en serio, ¿verdad?

—Me llamo Lexi, por cierto. —La mujer me tiende una mano delicada—. Somos de Brooklyn, pero hemos estado en las Montañas Blancas. Y ahora vamos de camino al Parque Nacional de Acadia. —Entorna los ojos con gesto bromista—. El desvío montañero totalmente fuera de ruta ha sido cosa mía. Lo de Acadia es por Doug. Es astrónomo, y vamos a ver una lluvia de meteoritos que han anunciado. Bueno, él va a verla, porque la verdad es que la peque y yo seguramente estaremos durmiendo a pierna suelta en algún motel. —Sonríe y mueve la cabeza en dirección a su marido—. Y, no os preocupéis. Doug conseguirá que arranque. Nadie se imaginaría que alguien criado en Manhattan pueda ser tan bueno con los coches, pero él es un mago del motor.

—Sí, bueno, pero no esta vez —dice Doug cuando asoma por debajo del capó. Tiene una llave inglesa cogida con su manaza, y la camisa arremangada, que deja a la vista sus musculosos antebrazos. De cerca parece más corpulento y desaliñado. Y es mayor, sin duda es mayor que Lexi. Y con la barba y la camisa a cuadros es fácil imaginárselo en medio del bosque cortando leña. Mucha leña—. Necesitáis un estárter nuevo. Cualquier mecánico de verdad tendría uno. Pero yo no puedo ayudaros sin esa pieza.

Maldita sea. El corazón se me desboca. «Estas personas me matarán si lo hacéis.» Tenemos que irnos ahora mismo. Cuando miro a Jasper, él está mirándome con cara de: «Dime que tienes una idea». Echo un vistazo a la gasolinera, con toda esa oscuridad y los árboles. La solución son esta agradable mujer, su pequeño bebé y su marido Paul Bunyan, el astrónomo. Ellos son nuestra única alternativa.

—¿Podéis llevarnos? —suelto de pronto—. ¿Por favor?

—¿Llevaros adónde, cielo? —pregunta Lexi. Intenta hablar sin parecer nerviosa, pero ha puesto una mano protectora sobre la ventanilla tras la cual, seguramente, está acurrucado su bebé.

Doug tampoco parece muy contento. Está apoyado contra nuestro coche con sus fuertes brazos cruzados, mirando de soslayo a su mujer. «Ni se te ocurra», dice su expresión. Mi padre ponía la misma cara a mi madre todo el tiempo, justo antes de acabar haciendo lo que ella quería.

—Alguien se ha llevado a nuestra amiga a un campamento cerca de un pueblo llamado Seneca. Está en Maine —explico, intentando que la situación suene a urgencia, aunque ni peligrosa ni del todo comprometida. Consulto el móvil para ver lo lejos que está—. Está camino de Acadia. Bueno, supongo que depende de en qué dirección vayáis. O podríais llevarnos parte del camino y luego podríamos hacer autoestop para que nos lleven en otro coche.

¿Hacer autoestop?, como si fuera una posibilidad razonable. Lexi sigue mirando a Doug con la cabeza ligeramente ladeada, sonriendo como una niña pequeña que intenta convencer a sus padres de algo. Y es una mirada que debe de haber usado mucho con Doug, porque él está haciendo todo lo posible por evitarla. Al final, el hombre exhala de forma sonora y sacude la cabeza.

—Estoy en viaje de trabajo, Lexi, no por placer. Ya lo sabes, ¿verdad? Tengo que escribir un artículo. Y una fecha de entrega real.

—Cielo, tenemos dos días enteros para llegar. Y, míralos, ¿no te recuerdan a cuando teníamos su edad? Ayudarlos nos dará buen karma. Ya sé que te gusta planear las rutas en coche por adelantado, pero no parece que vaya a llevarnos mucho tiempo. —Sonríe de oreja a oreja al tiempo que se inclina sobre él para besarlo. Ella ya sabe que ha ganado—. Además, pasaré lo que queda de semana compensándotelo.

Doug suelta aire, muy molesto, cuando vuelve a dirigirse a su coche.

—Vale.

—Podemos poner vuestras cosas en la baca. ¡Tenemos mucho espacio! Te ayudaré a cogerlas —dice Lexi, muy contenta, mientras rodea el coche para abrir nuestro maletero—. Vaya, sí que lleváis cosas. ¿De verdad pensabais acampar con este tiempo?

—No —respondo, como si la suposición fuera totalmente absurda. Con todo, me dirijo hacia el coche de Jasper, y ya estoy pensando en cómo puedo coger el máximo número de cosas sin que se den cuenta: brújula, cerillas y pastillas para tratar el agua. Y tiritas, por supuesto.

—¿Estás segura de que debemos hacerlo? —pregunta Jasper cuando rodeo el coche hacia el maletero.

—¿A qué te refieres exactamente?

Jasper señala el coche de la pareja con un gesto. Se refiere al hecho de ir con esas personas a las que no conocemos, al hecho de no llamar a la poli.

—A todo esto.

—No, no estoy segura —digo mientras saco mi bolsa llena hasta los topes—. Pero, de todas formas, no estoy segura de nada.

10

El coche de Doug y Lexi no se parece en nada al jeep de Jasper. Huele a limpio y parece nuevo, tiene un salpicadero que es una pantalla de ordenador táctil y un motor tan silencioso que resulta difícil saber si está en marcha. Además aquí dentro se está mucho más calentito, y la luna delantera se empaña unos segundos cuando la calefacción disipa la fría niebla.

—¿Vais bien ahí detrás, chicos? —pregunta Lexi volviéndose hacia nosotros. La sillita del bebé está colocada justo detrás del lado del conductor, por lo que Jasper y yo vamos bastante apretujados—. No hay mucho sitio. Lo siento.

—Estamos bien. —Jasper habla como si de verdad lo creyera. Como si no se diera cuenta de que nuestros muslos se tocan y eso es raro. ¿Y por qué iba a darse cuenta? La docena de chicas mayores del instituto con las que se ha acostado podrían ser solo un rumor, pero seguro que ha tenido relaciones sexuales con un montón de tías (Cassie incluida). Estar sentado junto a una chica no debe de tener ninguna importancia para él. Mis muslos, por otra parte, solo han estado pegados a los de otro chico.

Trevor y yo nos conocimos en el club para la composición del álbum de fin de curso del segundo año de instituto, y, durante un par de meses, salíamos después de clase. Me gustaba Trevor, aunque fuera demasiado delgado y apenas tuviera barbilla. Era tierno, divertido y raro, pero en el buen sentido de la palabra. Estaba obsesionado con Houdini, y se sabía un montón de cifras sobre hechos relacionados con la Primera Guerra Mundial, lo que significaba que le encantaba ser el más hablador de los dos.

Esas tardes sobre todo nos dedicábamos a estudiar y a hablar, pero, de vez en cuando, nos enrollábamos. Algunas veces llegábamos muy lejos. Era agradable. Y resultaba tan natural que incluso Cassie se mostró sorprendida. Yo también tenía la impresión de que era una señal de que al final estaba saliendo del bosque oscuro y profundo. Pero entonces, de pronto, Trevor decidió cortar.

—No es porque no quieras acostarte conmigo —me dijo, aunque yo había estado negándome durante más o menos un mes—. Yo también quería esperar, y sé que eso es raro porque, bueno, ya sabes, yo soy el tío. —Y lo dijo de una forma... Como si fuera un espécimen ideal—. Y luego he pensado en por qué quería esperar, y he caído en la cuenta: no puedo soportar la presión. Me gustas, Wylie, pero, estar contigo es demasiada... —Buscó una nueva palabra, aunque no la encontró—... presión. Tengo la sensación de que si hago algo mal, tú te pondrás como loca y tendrás un ataque de nervios o algo así.

Asentí en silencio y recé para no ponerme a llorar. Más tarde ya lo haría, seguro. Y podría soportarlo. Pero no pensaba hacerlo delante de él.

—Sí, vale, no pasa nada. Lo entiendo.

En realidad, eso fue lo peor: que lo entendía perfectamente.

Intento moverme un poco en el asiento del coche con la esperanza de relajar la presión entre mi pierna y la de Jasper. Pero no lo consigo. La sillita del bebé está colocada mirando hacia atrás con la capota bajada, así que veo las mantas que tapan los pies del pequeño. Suplico que duerma todo el camino, porque no estoy segura de poder soportar el tener que ver a Lexi acunándolo. Me quedo mirándolo unos minutos, pero él sigue sin mirarme.

—Está muy tranquilito —comento, y parezco una de esas personas que solo saben hablar de bebés, que me dan tanto repelús, y a las que no deberían dejar acercarse a un niño.

—Tranquilita —me corrige Lexi sin volverse en mi dirección. Por supuesto que es una niña: madre e hija. Son tal para cual. Seguro que se parecen, como mi madre y yo—. Espero que duerma todo el viaje. ¿Seguro que vais bien ahí detrás, sentados uno sobre el otro? Aunque no tenemos más alternativas.

—Estamos bien —contesto. No pienso quejarme. Si molestamos a Doug, podría cambiar de opinión, pasar de Lexi, y echarnos del coche—. Gracias por llevarnos. Os lo agradecemos muchísimo, de verdad. Nuestra amiga también os lo agradecerá.

—No es molestia —dice Lexi y pone una mano sobre la de Doug, que está sujetando la palanca de cambios.

Él entrelaza los dedos con los de ella, pero no aparta la vista de la carretera. Ya la perdonará, pero todavía no. Y ahí los veo de nuevo, a mi madre y a mi padre. Al menos como estaban siempre, hasta esas semanas previas a la muerte de mi madre, cuando lo único que hacían eran discutir.

Aparto la mirada de sus manos y la dirijo hacia las siluetas borrosas de los edificios que vamos dejando atrás en la oscuridad. Una tienda de alquiler de maquinaria de labranza, una heladería cerrada, una ferretería, una carnicería. Todas ellas a oscuras y vacías a estas horas. Algunas, cerradas para siempre y otras tal vez solo por la temporada. Pasadas esas tiendas, hay un motel, alargado y bajo, con su pequeño aparcamiento iluminado de forma tenebrosa por una sola farola. Se ven los destellos intermitentes de la televisión en una de las habitaciones, pero las demás están totalmente a oscuras. Nunca antes había estado en esta parte de New Hampshire, aunque es más tenebrosa de lo que había pensado. Me pongo a temblar de forma exagerada, lo que hace que Jasper se vuelva hacia mí. Evito volverme para mirarlo y, con tal de no hacerlo, me quedo mirando el móvil. Siento una fuerte presión en el pecho y también en el estómago.

«¿Estás bien? —escribo a Cassie mientras seguimos avanzando—. Un problema con el coche nos ha retrasado un poco. Pero ya volvemos a estar en ruta. Llegaremos lo antes posible. No vamos con la poli.»

Espero una respuesta. Pero no recibo nada.

«???», tecleo.

Vuelvo a esperar. Sigo sin recibir respuesta. A lo mejor no debería haber mencionado siquiera el problema con el coche. Levanto la vista y me siento peor cuando me encuentro con la mirada de Jasper. Él también está preocupado. Tal vez no tan preocupado como yo —eso sería difícil de superar—, pero más preocupado de lo que quiero que esté. Vuelvo a mirar por la ventanilla. Ya no se ven los edificios, así que intento ir contando los árboles. Concentrarme en los detalles, en las pequeñas cosas. Sin embargo, no tarda en estar todo demasiado oscuro incluso para poder hacer eso. El bosque es una forma demasiado densa y amorfa. No queda nada en lo que fijarse. ¿De verdad había llegado a convencerme a mí misma de que una emergencia real suponía que mi ansiedad se había esfumado? Qué ocurrencia tan estúpida e ilusa. Mi ansiedad siempre ha ido por libre, tiene sus propias ideas. ¡Y esas ideas son muy obstinadas!

—¿Qué es exactamente la lluvia de meteoros que vais a ver? —pregunta Jasper.

Bien. Sí, hablar. Algo en lo que pensar en lugar de estar obsesionada con que están retorciéndoseme las tripas hasta formar un nudo.

Doug parpadea por el retrovisor, luego entorna los ojos. ¿Está molesto por la pregunta de Jasper? No sabría decirlo.

—¿Estás familiarizado con la astronomía?

«Cuidado —siento ganas de decir—. No tientes a la suerte.» Pero Jasper, con la mirada clavada en la oscuridad del exterior, no se da cuenta del gesto y se encoge de hombros.

—¿Cuenta que tuviera un telescopio a los siete años?

—¿La Osa Mayor? —pregunta Doug.

—Venga ya —dice Jasper con una sonrisa sincera—. Dame una oportunidad. El Cinturón de Orión. Y Casio... Algo. No lo recuerdo.

—Casiopea —dice Doug y suaviza un poco el tono—. No está mal para un niño de siete años.

—Vivíamos en una colina cerca de la playa. —Jasper lo dice como si lo echara de menos. Mucho—. El cielo era infinito.

—Vamos a ver la *Eta Aquarids* —anuncia Lexi y lleva la mano hacia la nuca de Doug—. Si no crees en Dios después de ver algo así, no creerás jamás.

—¿Y qué haréis cuando lleguéis allí? ¿Solo lo miraréis? —pregunta Jasper.

—¿Solo? —replica Doug, y habla de nuevo con retintín. «Cierra el pico, Jasper», tengo ganas de decir. No es el momento de hacer gala de su curiosidad provocadora.

—Lo que quiero decir es si estás buscando algo.

—Siempre has querido tener un discípulo, Doug —interviene Lexi con ánimo juguetón—. Me parece que ahí detrás va sentado un futuro astrónomo.

—No exactamente. Me gusta la astronomía, pero voy a ir a la facultad de Derecho. Quiero ser abogado de oficio —explica Jasper, porque, por lo visto, no puede ser educado y seguir la corriente—. Mi padre está en la cárcel por algo que no hizo y porque tuvo un abogado horrible.

—Oh, vaya —responde Doug, y mira a Lexi con cara de estar diciendo: «¿En qué lío nos has metido?». Al fin y al cabo estamos en el asiento trasero con su bebé—. ¿Y por qué lo condenaron?

—Se supone que esas cosas no se preguntan —le suelta Lexi—. Eso no es asunto nuestro.

—No pasa nada —dice Jasper—. Asalto a mano armada. Pero ya he dicho que él no lo hizo. Su abogado no llamó a declarar ni a la mitad de los testigos que debería haber llamado. Fue una defensa muy básica.

—Bueno, entonces lo siento más todavía —dice Lexi con

ternura, aunque con un tono un tanto peculiar—. Pensaré mucho en él.

—¿Estás diciendo que rezarás por él, Lexi? —pregunta Doug con brusquedad—. A mí me parece que lo que necesita es un buen abogado, no unos cuantos avemarías.

—Siempre te sale la vena racionalista —le reprocha Lexi.

Ese es el tipo de pareja que son: ella es la mística y él, el científico. Como si quisieran presumir de lo genial que es su relación a pesar de ser tan diferentes. Como si todo no fuera tan de color de rosa. Pero yo les seguiré el juego si lo que quieren es público. Haré lo que me pidan con tal de que sigan llevándonos más cerca de Cassie.

—Yo tengo una religión —responde Doug—. Se llama ciencia.

—También conocida como lo que le quita la gracia a la vida. —Lexi lo sermonea agitando un dedo en su dirección—. Las vastas complejidades de la experiencia humana reducidas a los puntitos de una gráfica.

—A mi padre le gustaría eso —digo, aunque no es exactamente lo que quería expresar—. No cree en nada que no se pueda probar.

—Pues es uno de los míos. —Doug me mira por el retrovisor. Parece encantado de verdad—. ¿Es científico?

—Psicólogo. —Me planteo hablar sobre la investigación de mi padre, pero pienso que eso lo hará parecer menos importante a ojos de Doug.

Me da rabia haber pensado siquiera en mi padre. Porque enseguida pienso en mi situación. Y entonces me siento muy avergonzada y sola otra vez. No puedo creer que haya dicho todo lo que me ha dicho hace un momento. Esas amenazas no las puedes olvidar por mucho que lo intentes.

Ahora que miro por la ventanilla, el exterior está incluso más oscuro que antes, como si nos hubieran llevado hasta el borde de un precipicio. Y es eso realmente lo que estamos haciendo. Porque, ¿cuál es exactamente nuestro plan ahora que ni siquiera tenemos coche propio? Se supone que debíamos presentarnos allí por sorpresa y salvar a Cassie. ¿Y ahora vamos a ir a pie? Vamos a necesitar otro coche, todo se reduce a eso. Me quedo mirando a Lexi, en el asiento del copiloto, y me pregunto hasta qué punto va a ayudarnos. ¿Nos pagaría el alquiler de un coche? Luego miro a Doug. De ninguna manera dará su nombre para alquilar un vehículo que es muy probable que no devolvamos jamás.

Debo dejar de pensar en esto. Porque el hecho de no tener una respuesta está haciendo que me bloquee mucho. Desvío la mirada hacia el asiento del coche y a los piececitos del bebé envueltos, confortables y seguros, en su mantita de color verde claro.

Es raro que no se le hayan movido los pies ni una sola vez desde que hemos subido al coche. ¿No? Pero Lexi ha dicho que dormiría todo el camino. Vale, entonces está bien. Pero ¿los bebés no se mueven un poco incluso cuando duermen? A lo mejor la han tapado demasiado, a lo mejor lleva demasiadas mantas encima. ¿Se suponía que yo debía encargarme de vigilar esas cosas? Porque a veces la gente espera cosas de ti sin avisarte. ¿Y si ha dejado de respirar? Lexi es muy tranquila, pero no hay nadie que tenga la certeza de que todo el mundo va a estar bien siempre. En realidad no. Y tal vez yo piense más en ello que cualquier persona normal, pero eso no hace que sea menos cierto.

—¿Qué os parece si pongo algo de música? Tenemos conexión vía satélite; un millón de opciones en medio de la nada —dice Lexi, aunque parece que eso, de algún modo, le moleste. Se inclina hacia delante y empieza a jugar con el dial de las emisoras—. Seguramente no hemos escuchado nunca el tipo de música que escucháis los chicos de hoy en día. Así de viejos nos hemos vuelto, cariño, ni siquiera sabemos qué música escuchan los jóvenes de hoy en día.

El corazón me late con fuerza mientras Lexi va pasando de una emisora a otra, de una canción a otra, descartándolas todas. No importa lo mucho que lo intente, lo único en lo que pienso es en la pequeña y su respiración, o tal vez en la ausencia de la misma. Porque algo va mal. Lo presiento. Hay un vacío en el coche junto a mí. Un vacío enorme con fuerza de absorción.

—Oye, habla por ti —dice Doug—. Yo no soy viejo. Y desde luego que sigo teniendo buen gusto para la música. Pon una de mis *playlists* de Spotify.

—Aj, no vas a obligarme a escuchar a Wilco, ¿verdad? —pregunta Lexi. Aunque ahora me suena muy lejana. Como si el sonido de su voz estuviera amortiguado por una pared—. Ya sabes que una pequeña parte de mí muere cada vez que me obligas a escucharlo.

Ahora el corazón me late aún más deprisa. Intento concentrarme en el presente, como dice la doctora Shepard. Tengo el asiento bajo las piernas. Tengo las manos sobre las piernas. Pero me sudan muchísimo las palmas, y solo puedo pensar en que algunos bebés dejan de respirar de pronto. Fallecen de síndrome de muerte súbita sin explicación ninguna. Y sin que nadie se haya dado cuenta. Ocurre todo el tiempo.

Pero me da miedo volver a preguntar por la niña. Lexi ya ha dicho una vez que estaba bien. Volver a comentarlo me haría quedar como alguien que cree que ella es mala madre. En lugar de eso, podría comprobar yo misma si la pequeña está bien. Lo único que necesito es tocarla para ver si está caliente, o apretarle los deditos de los pies y asegurarme de que se mueven. Si se pone a llorar, Dios no lo quiera, retiraré la mano antes de que nadie se dé cuenta de qué ha pasado. Sí, eso es lo que haré. Aunque tal vez sea una idea espantosa. Aunque sepa que la verdadera razón de esta presión tan grande en el pecho no sea la pequeña. Sigo pensando que saber que la niña está bien puede aliviar un poco la presión.

Mantengo la mirada fija en el retrovisor mientras acerco la mano poco a poco hacia la sillita del bebé. Lexi y Doug siguen hablando sobre las *playlists* de Doug; Lexi intenta decidir cuál cree que es la menos mala.

—No sé, a mí me gusta bastante Wilco —sugiere Jasper, mientras sigue mirando por la ventanilla.

Ya tengo la mano tan cerca... Unos centímetros más y obtendré mi respuesta. Conseguiré relajarme. Aunque después de haber trabajado durante tantos años con la doctora Shepard, hay una parte de mí que sabe que la pequeña no es el problema. Ella no es el auténtico motivo por el que estoy perdiendo los nervios. Estoy preocupada por si Cassie está bien, por la reacción de mi padre, por lograr superar esta situación, y, sobre todo, por sobrevivir a la muerte de mi madre. Porque así es como funciona la ansiedad. Es una trampa. No puedo hacer nada con esos grandes temas, así que me preocupo por todo lo demás. Me preocupo por este bebé que tengo a mi lado, que, sin duda alguna, está perfectamente. Pero quizá, solo quizá, no lo esté.

Ya tengo los dedos sobre la sillita de la pequeña, en el borde de las mantitas. Estoy metiéndolos entre los pliegues. No es tan fácil dar con los dedos de los pies como había imaginado. No es en absoluto fácil. Cuando muevo la mano alrededor, lo único que noto son mantas y más mantas.

Demasiadas mantas, en realidad, más de las que creía. Son tantas que me parecen demasiadas. «Bum, bum, bum», me late el corazón, y meto más hasta el fondo la mano, una última vez, hasta llegar al centro de la sillita.

En el interior no encuentro el cuerpo caliente de un bebé. Pero es que tampoco encuentro al bebé. En el interior no encuentro nada en absoluto.

11

«¡Parad! ¡Vuestro bebé no está!»

Las palabras salen disparadas hacia mis labios, pero la boca permanece cerrada al tiempo que se me acelera el pulso y se me nubla el pensamiento.

«No, no lo digas —pienso—. No digas ni una palabra.»

En lugar de hablar, miro a Jasper. Tiene los ojos cerrados y la cabeza apoyada contra la ventanilla. Por un segundo me pregunto si estará dormido. Pero cuando le golpeo con fuerza con uno de los nudillos en la pierna, él incorpora la cabeza y se vuelve hacia mí.

Sacudo la cabeza ligeramente, con los ojos abiertos como platos antes de que pueda preguntarme qué ocurre. Señalo con el dedo la sillita, y luego digo, moviendo los labios: «No hay bebé». Espero que baste para que él entienda qué quiero decir y que no me haga preguntas.

Porque, en cuanto Doug y Lexi sepan que nosotros lo sabemos, habremos perdido lo único que tenemos a nuestro favor: el elemento sorpresa. ¿Y qué es lo que yo sé? Sé que no hay un bebé en la sillita, pero no sé por qué, ni qué significa eso. Me recuerdo a mí misma que somos nosotros los que les hemos pedido que nos lleven. Doug ni siquiera quería.

A lo mejor no son más que dos personas de esas que te encuentras en mitad de la noche, en medio de la nada. Personas que huyen de algo. Personas con algo que ocultar. Por lo que nosotros sabemos, podrían haber robado el coche con todo ese montón de pegatinas y la sillita vacía del bebé. No quiero saberlo. Lexi y Doug pueden guardarse sus secretos. Nosotros solo necesitamos salir pitando de su coche.

Inspiro con fuerza y sin hacer ruido, pero es que ya estoy muy mareada. Además, tengo los ojos borrosos, como si me hubieran puesto un filtro sepia, antiguo, y todo aparece con los contornos suavizados y un poco amarillento. Al menos, de momento, no veo ningún túnel oscuro y todavía no he empezado a perder la conciencia. Pero si no logro mantener la calma, será solo cuestión de tiempo que lo vea todo negro.

Lexi se vuelve para echarme un vistazo y luego me sonríe como ha hecho tantas veces desde que la vi meciéndose junto a su coche. Hace nada, esa sonrisa me parecía muy tierna y cálida. Ahora me pone los pelos de punta. Me clavo los dedos en los muslos. Me hundo las uñas en la carne y le devuelvo la sonrisa.

Sin embargo, sea lo que sea que traman Doug y Lexi, no tiene nada que ver con nosotros. Empezó incluso antes de que nosotros parásemos en la gasolinera. A lo mejor son unos forajidos amigables de la zona, o terroristas ecológicos, o manifestantes políticos concienciados a la fuga por algún delito intelectual, y el falso bebé es su tapadera. No querer ser localizado no te convierte necesariamente en mala persona. Lo sé por propia experiencia. Y, a pesar de todo, esto sigue dándome muy, pero que muy mala espina.

—Entonces, vuestra amiga... —pregunta Lexi, quien por fin se ha decidido por una canción—. Un momento, ¿cómo habéis dicho que se llamaba?

Me vuelvo hacia Jasper y niego de nuevo con la cabeza. «No le cuentes nada más. Nada», intento decirle con la mirada. Él me mira con los ojos entrecerrados durante un segundo.

—Victoria —responde al final. Su mentira es la prueba que necesitaba. Lo ha pillado—. Se llama Victoria.

Toqueteo la pantalla del móvil para ver si nos hemos desviado de nuestra ruta. Pero el puntito azul indica que continuamos por la ruta 203 en dirección Seneca. Lexi y Doug podrían tener algo que ocultar, pero, a pesar de ello, hacernos el favor. Podría tratarse simplemente de una desafortunada coincidencia, y no tanto de un peligro real. Siento un ligero alivio en la presión del pecho. Sí, a lo mejor es eso. Pero todavía es necesario que salgamos de este coche. Al bajar la vista veo que tengo muy poca cobertura. Pronto me habré quedado sin señal. Sigo enfadada con mi padre, por supuesto. Como si él fuera el culpable de todo lo ocurrido. Pero en estos momentos es mayor mi preocupación por Lexi y Doug que el enfado con mi padre, así que decido escribirle un mensaje rápido.

«El coche de Jasper se ha averiado al abandonar la 93, por la salida 39C, en New Hampshire. Vamos hacia Maine por la ruta 203. Viajamos en un coche familiar Subaru negro con matrícula de Nueva York y una pegatina de Hillary Clinton. Necesitamos ayuda. Quizá no estemos seguros. Confío en ti. No la fastidies.»

—Victoria, qué nombre tan bonito —prosigue Lexi y, por su tono, parece que conozca a varias chicas con ese nombre. Como si con el nombre supiera todo lo que le interesa sobre nuestra amiga o las suyas—. ¿Se mete en muchos líos de este tipo?

—A veces... —respondo, pero me sale con una voz demasiado chillona y aguda. «Compórtate con normalidad. Habla sobre Cassie y ya está. Ella es real.»—. Cuando la embaucan, una cosa lleva a la otra y acaba metida en algún lío. —«Como vosotros, chicos. ¿Lo veis? Lo hemos pillado. Sin rencores.»—. No es la primera vez que me pide que vaya a buscarla. Solo intentamos llevarla de vuelta a casa, con su madre.

«Ella tiene una casa. Tiene una madre. Son buenas personas. Nosotros somos buenas personas. Y deberíais dejarnos marchar.»

—Es un gesto muy bonito por tu parte, sobre todo, porque lo has hecho más de una vez —dice Lexi con tono melancólico mientras se vuelve para mirar por la ventanilla—. Debéis de ser muy buenas amigas.

—Sí que lo somos —afirmo—. Somos amigas. Muy buenas amigas, en realidad.

El reflujo ácido me está subiendo hacia la boca del estómago e intenta alcanzar la garganta, cuando veo un pequeño letrero azul por delante del coche: un depósito de gasolina junto al dibujo de un tenedor y un cuchillo formando una equis. Comida y gasolina: una excusa para parar, para bajar. Para huir. Me froto las palmas de las manos sobre los vaqueros y cierro los puños con fuerza.

—Lo siento, pero tengo que ir al baño. —Indico la señal—. ¿Podríamos parar? Iré muy deprisa, lo prometo.

Me vuelvo y miro a Jasper. Él asiente en silencio. Quizá no sepa exactamente qué ocurre, pero me seguirá la corriente.

—Claro, ningún problema —dice Doug, y lo hace con tanta tranquilidad, que me parece que me haya imaginado todo el peligro. O que las cosas sean incluso peores de lo que creía.

El intermitente suena como un metrónomo, la luz parpadea de forma constante en la oscuridad. El mundo se ha ralentizado. Todos los sonidos se han amplificado, todos los movimientos se han exagerado. Doug tiene la vista puesta en la carretera. Lexi, en su teléfono. Todo parece tan normal que solo consigo convencerme de que nada lo es.

—Vaya, es imposible no ver eso, ¿verdad? —dice Lexi y señala al exterior.

Flotando en lo alto, en el cielo, hay un enorme cartel con luces de neón donde se puede leer Trinity's Diner, con dos coches de carreras de color rojo y un banderín a cuadros. Es demasiado grande, tanto que daña a la vista verlo en medio del bosque. Sobre todo, porque el restaurante en sí es una caravana pequeña, rectangular y metálica. No es el tipo de lugar donde podamos despistar fácilmente a Doug y Lexi. Las cosas podrían complicarse mucho y muy deprisa. Tengo que enviar un mensaje a Cassie, advertirle que no estaremos localizables durante un rato.

«Estamos en un lío. Deberías escribir a tu madre por si acaso. Es más importante que estés a salvo. Dile que no llame a la poli. Te escuchará. Sé que lo hará.» Al menos, eso espero.

No es hasta que presiono la tecla de enviar y cierro el mensaje cuando veo un signo de exclamación rojo en el que le he enviado a mi padre. «Error de envío», dice el mensaje de color rojo que tiene al lado. Todas las opciones que he estado barajando para saber a quién le cuento lo de Cassie se han esfumado.

Cuando entramos en el aparcamiento, me vuelvo hacia Jasper y le enseño mi móvil. Niego con la cabeza. «No hay cobertura.» Él mira enseguida su teléfono. Se le ilumina el rostro solo unas décimas de segundo, hasta que también niega con la cabeza. Él tampoco tiene cobertura.

—Yo también debería entrar, solo por si acaso —dice Jasper. ¿«Por si acaso»?—. Quiero decir, para que no tengamos que volver a parar más tarde.

Una vez dentro, Jasper y yo decidiremos qué hacer. Podríamos hablar con alguien de la cafetería o preguntar si podemos usar el teléfono fijo. Una vez dentro, estaremos seguros con otras personas. Y, al cabo de un rato, cuando vean que no salimos, Doug y Lexi seguramente se marcharán con sus secretos dejándonos aquí. Contentos de haberse librado de nosotros porque somos una complicación con la que no contaban. Se sentirán aliviados, sí. No hay ningún motivo para pensar que no será así. Salvo que, mientras oigo crujir la gravilla bajo las ruedas, dudo que vaya a ser tan fácil.

Doug aparca en un sitio bajo el fulgor de las ventanas de la cafetería, junto a una camioneta nueva con los cristales tintados, tapacubos relucientes y una especie de rejilla en la baca. Seguramente para las armas, teniendo en cuenta todas las pegatinas que lleva: «Cazadores de Osos de Maine», «Permiso de cazador terrorista» y el emblema de la Asociación Nacional del Rifle. También lleva una lona verde atada a una plataforma trasera por debajo de la cual asoma la punta de un gancho. No pertenece exactamente al tipo de persona a la que esperaba pedir ayuda.

Sin embargo, cuando miro a través de la ventana de la cafetería veo a tres chicas más o menos de mi edad sentadas a una mesa, con la mirada clavada en el chico que tienen sentado justo enfrente. Están sentadas en el borde de su asiento sonriéndole mientras él habla y describe grandes círculos con los brazos. Cuando de pronto se queda quieto —seguramente en la frase más importante—, todos rompen a reír. Son chicos normales y corrientes, haciendo cosas normales y corrientes. Ellos nos ayudarán. Sé que lo harán.

—La verdad es que me sentaría bien una taza de café —comenta Doug mientras apaga el motor—. No os lo toméis a mal, pero esta breve pausa se traducirá en más tiempo al volante. —Y suena casi como si fuera cierto, como si de verdad solo quisiera tomar un café. Sin embargo, sea o no cierto, resultará muy difícil hablar con Jasper si no estamos solos.

—Bueno, pues yo no pienso quedarme sola aquí fuera —dice Lexi mientras se quita el cinturón y empieza a bajar. Se ha olvidado por completo del bebé que se supone que llevan en la sillita. Veo que Doug la mira de soslayo, ella duda un instante y luego lo recuerda—. Cojo a la niña y voy.

Me pesan los pies al caminar hacia la escalerilla metálica de la cafetería. He llegado casi al final cuando la puerta se abre de golpe y se oye un estallido de gritos y el parloteo de los chicos que estaban junto a la ventana.

—Vaya —dice la primera chica cuando chocamos. Bajan el volumen de voz por educación mientras intentan dejarnos sitio para pasar—. Perdón.

Cuando le sujeto la puerta a la última chica, esta parece tan etérea que asusta. Como si nada de esto fuera real. Como si fuera un sueño del que voy a despertar. «Socorro», siento ganas de decirle. Pero con Doug y Lexi pegados a mí, no puedo pronunciar ni una palabra.

—Ya está —dice la chica con alegría cuando yo me quedo dudando demasiado rato. Es muy mona y menuda, con el pelo largo y negro. Me quedo mirándola y pienso: «Por favor, no os vayáis». Pero ella se limita a sonreír nuevamente antes de salir corriendo con sus amigas. Al final de la escalerilla, rompen a reír antes de desaparecer. Y, en un abrir y cerrar de ojos, nuestra mejor alternativa se esfuma.

—Ahora me está apeteciendo una hamburguesa —dice Doug, y no cabe duda de que está contento.

—Puaj. —Lexi parece asqueada mientras sube la escalerilla. Lleva la sillita del bebé en una mano, con el toldo desplegado para que nadie pueda ver que no hay nada dentro. Está fingiendo muy bien, porque se agarra de la barandilla, como si la sillita pesara de verdad—. ¿Una hamburguesa en un lugar como este?

Al llegar al vestíbulo de la cafetería, una oleada de aire caliente y húmedo me abofetea en la cara: es la calefacción que sale de un radiador situado junto a una máquina expendedora de chocolatinas. Avanzo hasta un segundo par de puertas que llevan al comedor, que está mucho más limpio y ocupado de lo que había imaginado a las diez de la noche. La media docena de compartimentos junto a las ventanas están llenos —hay adolescentes, personas mayores, una familia con dos niños pequeños y soñolientos—, huele a beicon y a tarta de manzana, y las paredes están pintadas de un alegre color rojo.

Sin embargo, no todos los presentes en el comedor están felices. Hay una pareja con caras largas en el centro de la sala, rodeada por mesas vacías y situadas en una zona gris; sus rostros, su ropa e incluso el aire que los envuelve parece barnizado de hollín. Están muy callados, casi inmóviles, con los ojos clavados en el mantel. La mujer tiene delante un plato lleno y no lo ha tocado, y el hombre mastica con parsimonia y fuerza, como si estuviera intentando comer goma. Son un presagio de algo terrible.

Sigo mirándolos cuando una camarera se nos planta delante. Lleva el pelo rubio ceniza sujeto en una cola de caballo y es mona a pesar de tener los ojos demasiado grandes y los dientes torcidos. Viste una camiseta roja con el nombre TRINITY impreso en enormes letras negras, con un banderín a cada lado.

—¿Sois cuatro? —nos pregunta al tiempo que coge unos menús.

—En realidad, queremos algo para llevar —dice Doug.

¿Lo ha dicho un poco tenso? ¿Como si supiera que ocurre algo? Me late el corazón con tanta fuerza que tengo la impresión de que el cuerpo está temblando mientras estamos aquí plantados. Ruego por que Doug y Lexi no se den cuenta.

—¿Dónde está el baño? —pregunto a la camarera, con la esperanza de que Jasper me siga y que podamos hablar a solas junto a los servicios, comparar notas y elaborar un plan. A lo mejor él cree que es más seguro que seamos sinceros con Lexi y Doug, que es mejor contarles que sabemos que no tienen un bebé. A lo mejor Jasper me dice que estoy paranoica. Y a lo mejor incluso consigo creerlo.

—Claro, cielo, el baño está ahí mismo, al fondo. —La camarera jefa señala hacia una puerta que está al final de la barra—. El de chicas está al final del pasillo.

—Vale, gracias. —Evito mirar a Doug y a Lexi mientras me dirijo hacia el fondo—. Será solo un segundo.

Lexi sonríe.

—Tómate tu tiempo, cariño.

¿Su voz también ha sonado rara? ¿Con cierto temblor, como si estuviera asustada, pero intentando ocultarlo? Tengo el corazón desbocado y me da la impresión de que el suelo que piso cede bajo mis pies a medida que avanzo en dirección al baño. Cuando por fin llego a la puerta, tengo el cuerpo como dormido. Veo mi mano en el pomo, la puerta que se abre hacia mí cuando tiro de ella, pero no la siento. No siento nada.

Al otro lado de la puerta hay un vestíbulo hecho con placas de madera bajas, el baño de los chicos está a la izquierda y el de las chicas, justo delante. Aquí fuera hace frío, como si las paredes fueran de papel. Cuando pongo la mano sobre una de ellas para no perder el equilibrio, espero no agujerearla. Al llegar al baño de las chicas, Jasper todavía no está dentro como había esperado. Pero no puedo quedarme aquí simplemente esperando a que aparezca, porque tal vez Lexi o Doug vengan hacia aquí y me vean. En ese caso creerían que estoy tramando algo. No me queda otra alternativa que entrar en el baño de las chicas. Jasper llamará a la puerta cuando llegue, ¿verdad? Sabrá que es aquí donde estoy. No es idiota.

El baño está asqueroso: hay pelos en todos los lavamanos, manchas en el suelo y no hay papel higiénico. Como si el comedor sospechosamente limpio se hubiera reservado toda la porquería solo para este espacio. Además, aquí dentro hay al menos diez grados menos que en el interior de la cafetería, y el suelo laminado está todo deformado, con las esquinas levantadas y combadas. Cierro la puerta con pestillo al entrar y pego la oreja a ella. Oigo el ruido del comedor: las voces, el traqueteo de la cubertería. Está claro que oiré a Jasper cuando llegue. Si es que llega. Espero un minuto más. Sigo sin oír nada. Pero tiene que venir. Tiene que hacerlo.

En cuanto llegue, tendremos que pensar en una forma de salir por la parte trasera. Hay una ventana en lo alto del retrete y, cuando me subo, veo que se abre con facilidad. Es lo bastante grande para que Jasper y yo salgamos por ella. Pero al asomar la cabeza compruebo que la distancia hasta el suelo es enorme. Es difícil precisar cuántos metros hay con esta oscuridad. Seguro que no serían lesiones de gravedad, pero las heridas y magulladuras nos retrasarían demasiado.

Sigo asomada por la ventana cuando por fin oigo abrirse la puerta que da al vestíbulo del baño. Jasper, por fin, gracias a Dios. Bajo de un salto del retrete y corro hacia la puerta, todavía con la esperanza de que él no considere necesario que huyamos.

Tengo la mano en el pomo de la puerta cuando oigo otro sonido. La puerta del vestíbulo abriéndose y cerrándose de nuevo. Un segundo par de pisadas, estas, más apresuradas. Luego oigo la voz de Jasper.

—Dou...

Un golpe duro y sordo contra la pared. Doug. Ese era Jasper intentando decir «Doug». ¿Verdad? Pego las manos a la puerta, con el corazón desbocado. ¿La abro? Ahora se oyen más sonidos, más altos, algo que se arrastra por el suelo, luego golpes contra la pared.

Es una pelea. ¿Jasper peleándose con Doug?

Me toqueteo los bolsillos en busca del móvil y suplico por volver a tener cobertura. Para poder llamar a la policía, porque ahora no tenemos más salida. Sin embargo, la cobertura no regresa por arte de magia, claro. Cuando vuelvo a meterme el móvil en el bolsillo delantero, se queda atascado con otra cosa. La navaja suiza de mi madre.

Cuando la saco, la siento fría y pesada en la palma de la mano, la noto dura mientras intento desplegar la cuchilla más corta. Me retumban los latidos del corazón en los oídos al contemplar el tenue brillo del metal.

—Basta. —Sin duda alguna esta vez ha sido Jasper. Como si estuviera asfixiándose.

Tengo que hacer algo. Y esta estúpida navajita es mi única alternativa. Tendré que blandirla como me enseñó mi madre una vez para cortar un tronco: poniendo toda la fuerza de mi cuerpo en el impacto.

Cuando abro la puerta de golpe, siento que se me para el corazón. Porque ahí está. Ahí están. Lo que esperaba y todavía no puedo creer. Doug tiene a Jasper sujeto contra la pared con un brazo sobre su cuello. Jasper tiene la cara roja y los ojos muy abiertos mientras patalea, aterrorizado.

La otra mano de Doug está presionada contra el panel, para mantener el equilibrio. Es un blanco lo bastante grande. Un lugar al que apuntar. Está asfixiando a Jasper. Tiene que liberarse. Ahora. Yo tengo que liberarlo.

Me lanzo hacia delante y le doy un navajazo. Cuando la navaja se clava hasta el fondo, me sobresalto por el dolor —mi dolor— en el instante en que el arma y mi puño se juntan para clavarse en los nudillos de Doug. Juraría que la he clavado en la pared si no fuera por toda la sangre que tengo encima.

—¡Joder! —grita Doug, y se sujeta la mano mientras se tambalea.

Jasper tose con fuerza y sale disparado hacia la puerta. Pero yo me quedo paralizada. Lo único que puedo hacer es mirarme la sangre que tengo en la mano, la sangre que tiene Doug. La del suelo. Hay muchísima sangre. Mucha más de la que habría imaginado. Y es de un rojo muy intenso.

—¡Vamos! —Jasper tira de mí, me aparta de Doug y me lleva hasta la puerta.

Irrumpimos armando un gran alboroto en el comedor. El ruido y la velocidad a la que vamos bastan para que toda la sala se quede en silencio y mire en nuestra dirección. La camarera que había sido tan amable hace solo unos segundos también se vuelve con expresión de suspicacia. No veo a Lexi. No está cerca de la puerta. Ni en ninguna mesa. No hay ni rastro de ella, ni tampoco de la sillita de bebé.

Jasper y yo nos abrimos paso como podemos hacia la puerta. No corremos, no del todo. Intentamos fingir que no somos dos personas que huyen.

—¡Hala, tío! ¿Eso es sangre? —exclama alguien por detrás de nosotros. Cuando me vuelvo, Doug está apoyado contra la puerta. Hay un tipo mayor junto a él y le ha puesto una mano en el hombro. Veo que Doug está diciéndole algo.

—¡Eh, esos chavales han intentado robarle!

Nos señala, y una camarera sale corriendo con una toalla hacia Doug, quien no nos quita ojo. Al menos a mí. Ni siquiera parpadea. Y tiene una mirada... Como si quisiera matarme. Como si de verdad fuera a hacerlo. La única duda es cuándo.

—¡Cuidado! —vuelve a decir el viejo—. ¡La chica lleva una navaja!

Hasta ese momento no me miro la mano. Claro, sigo sujetando en mi puño la navaja de mi madre. Hay sangre en el filo casi romo, y también me mancha los dedos. Ya no soy solo una chica con cara de loca y el pelo cortado a hachazos. Ahora soy una chica loca, con el pelo cortado a hachazos y empuñando una navaja. Una chica que ya ha demostrado ser un peligro para los demás.

¿Y lo soy? ¿De verdad era necesario apuñalar a Doug? ¿Por qué no le he gritado para que parara antes? ¿Por qué no he intentado gritar pidiendo ayuda?

Jasper vuelve a tirar de mí para que siga avanzando. Ahora sí que vamos corriendo por el restaurante, pero de una forma que me parece lenta e inútil. Da la impresión de que, con cada paso que damos, la salida se alejara un poco más.

—¡Alto! —Es la camarera. Está delante de la puerta con un móvil en la mano—. Voy a llamar a la policía. No iréis a ninguna parte. —Hace un gesto con la mano hacia un par de tiarrones sentados en un compartimento del fondo—. Vamos. ¡No podemos dejar que se vayan!

—Lo siento, pero tenemos que irnos. —Jasper la aparta a un lado, con cuidado aunque con firmeza.

Salimos pitando por un par de puertas y luego por las otras. Bajamos de dos en dos las enclenques escalerillas. Cuando me vuelvo a mirar, veo que está formándose un grupito junto a las puertas de la cafetería, quizá en torno a Doug. No lo distingo. ¿Quién sabe de lo que los convencerá? Miente de maravilla.

—Mira —dice Jasper en cuanto llegamos a la parte de gravilla del aparcamiento—. Por allí.

El coche de Lexi y Doug está justo al otro lado. Con el motor en marcha y orientado hacia la salida. Fuera cual fuese el plan de Doug, Lexi era la conductora que lo iba a ayudar a huir. Poco a poco, ella va volviéndose en nuestra dirección.

—Está mirándonos —comento.

Pero no baja del coche a toda prisa como yo he creído que haría. Se queda mirándonos un largo rato antes de hundir la cara entre las manos. ¿Por qué? Es una acción rarísima. ¿Está ocultándose? ¿Está llorando? No es por lo que le he hecho a Doug. De haberlo sabido, habría corrido al interior para ayudarlo.

—Vamos —dice Jasper, y sale a la carrera hacia la parte de atrás de la cafetería, para adentrarse en el bosque—. Vendrán a por nosotros.

12

Las ramas me golpean en la cara y en los brazos a medida que vamos corriendo por la oscuridad. El bosque no tarda en volverse tan denso que tenemos que disminuir la velocidad. Lo más rápido que podemos ir es caminando; ambos vamos levantando las piernas para pasar sobre los árboles caídos y saltar las pequeñas zanjas. No avanzamos lo bastante rápido para escapar de nadie.

Con cada paso que damos para adentrarnos en la negra oscuridad del bosque, en el profundo silencio, me siento más y más perdida. Las ramas parecen más intrincadas y el camino menos despejado. Sin embargo, no nos queda otra que seguir avanzando sin parar. Al final suelto la navaja, la dejo caer y desaparece bajo el oscuro manto del bosque. No me queda otra. Para nosotros no hay vuelta atrás. Ya no.

Pasados cinco o diez minutos —no sé exactamente cuánto tiempo—, los árboles empiezan a estar un poco más separados. Pero justo cuando nos resulta más fácil avanzar, vemos que parpadean unas luces por detrás de unos árboles altos que tenemos delante. Nos detenemos al instante.

No obstante, las luces no están delante de nosotros, sino detrás.

Son luces de linternas. Alguien nos sigue. Sabíamos que lo harían. Muy probablemente no es la policía, no pueden haber llegado tan rápido. Seguro que es Doug, suponiendo que no haya muerto desangrado. Tal vez vaya acompañado por unas cuantas personas de la cafetería. Pienso en la camioneta con la pegatina de la Asociación Nacional del Rifle y el ciervo muerto. En ese local había personas con armas. Me pregunto si será legal dispararnos por la espalda. Era yo la que tenía la navaja. La que cometió la primera agresión. Soy yo la que supone un peligro para los demás.

Incluso en la oscuridad, veo la sangre de Doug manchándome los dedos. Y todavía recuerdo la sensación que he tenido cuando la pequeña navaja de mi madre ha rebotado en el momento en que se ha clavado en la carne y ha tocado hueso. Sacudo la cabeza con fuerza. Porque debo concentrarme. Ellos, sean quienes sean, ya están más cerca, y sus voces se escuchan con eco entre los árboles.

Jamás lograremos escapar de ellos. He hecho bastante senderismo, sin duda. Pero da igual la experiencia que tenga, nada va a hacer que todo esto sea más fácil. El bosque es demasiado frondoso. Necesitamos otro plan. Alternativas. ¿Escalar? Podría ser nuestra mejor salida. Nuestra única salida, en realidad.

Me dirijo hacia un punto donde hay un tronco apoyado contra otro árbol, tiene unas cuantas ramas gruesas y colgando cerca del suelo. Miro hacia arriba para ver si es muy alto y veo que llega hasta el cielo oscuro. Lo único que me enseñó mi madre sobre trepar a los árboles fue a no hacerlo jamás para escapar de un oso. Pero sí que sé compensar el peso del cuerpo para mantener el equilibrio. Cómo encontrar puntos de apoyo con los pies. Sé que tengo mucha más fuerza en los brazos de la que creo.

—Eh —le digo a Jasper en voz baja—. ¿Subimos?

Está tan oscuro que no veo la expresión de su cara. Una parte de mí desea que diga que no, que ya se le ocurrirá otra cosa a él.

—Mierda, ¿en serio? —susurra.

—¿Se te ocurre una idea mejor?

—No. No se me ocurre ni una sola idea.

Escalar el árbol es muchísimo más difícil de lo que creía. No tiene nada que ver con las paredes de escalada por las que subí con mi madre. Allí nosotras siempre íbamos avanzando y subiendo, avanzando y subiendo. En el árbol es todo el rato subir, subir y subir. No hemos ascendido mucho y ya empiezan a temblarme los brazos. Por lo visto, Jasper no tiene ningún problema y eso me obliga a subir más todavía, hasta que, al final, me alcanza y me pone una mano en el tobillo.

«Deja de trepar —dice su gesto—. No hagas ni un solo ruido.»

Por supuesto se oyen voces abajo. Rotura de ramas y pisadas sobre las hojas. Rezo para que el árbol aguante cuando oigo la voz de Doug con total nitidez.

—¿No hay ningún sendero por aquí?

Me siento aliviada al ver que no lo he herido de tanta gravedad para tener que llamar a una ambulancia. Aunque al mismo tiempo me aterroriza haberlo dejado con las fuerzas suficientes para que haya salido a perseguirnos.

—Hay senderos por allí, hacia la derecha —responde otro hombre—. Los usamos para cazar osos. Deben de dirigirse hacia allá. Deberíamos echarles el guante antes de que los alcancen. Si llegan a los senderos, escaparán seguro.

—Pero es imposible que sepan siquiera que existen esos senderos —replica Doug en voz baja. Está casi debajo de nuestro árbol—. Esos chicos no son de por aquí.

—Lo que hay que hacer es pegar un tiro de advertencia —propone un tercer hombre. Más joven, más bravucón. Como si estuviera buscando cualquier excusa para disparar.

—El sheriff te dará para el pelo si te pilla disparando otra vez en el exterior...

«¡Bang! ¡Bang! ¡Bang!» Se oye tan alto y tan cerca de mi cabeza que estoy a punto de caer del árbol.

—¡Que le den a ese puñetero sheriff! —El chico joven ríe como un idiota.

—Maldito imbécil...—grita Doug—. Si quisiera que la poli se presentara en este sitio la habría llamado yo mismo.

Nada de poli. Porque Lexi y Doug tienen algo que ocultar. Por supuesto que sí. Los brazos me tiemblan incluso más al cerrar los ojos con fuerza. Me sujeto al árbol apretando tanto el tronco que me parece que las manos fueran a sangrarme. Y la forma en que me late el corazón... creo que voy a desmayarme. Aunque Doug no me mate, no podré sobrevivir a una caída desde esta altura.

—Oye, gilipollas. —El chico joven se ríe de Doug. Parece colocado—. Tú eres el que ha pedido ayuda.

—Para encontrarlos. ¡No para matarlos, imbécil!

—Escucha, maldito hijo de puta...

—Este tío tiene razón —dice con enfado el cazador más viejo—. Corta el rollo. No pienso acabar con el culo en prisión por culpa tuya.

—Venga ya —espeta Doug—. Vamos hasta ese sendero. A lo mejor esos chicos conocen la zona mejor de lo que yo creía.

En cuanto los haces de las linternas se alejan y las voces dejan de oírse, Jasper baja disparado del árbol. A mí me tiembla todo el cuerpo y me siento débil cuando toco el suelo con los pies.

—Buena idea lo del árbol —dice Jasper mientras se sacude la ropa—. Y, por cierto, gracias por lo de la cafetería. Eso ha sido... —Ni siquiera sabe cómo expresarlo—. No te ofendas, pero jamás se me habría ocurrido que pudieras hacer algo así.

Como si apuñalar a alguien fuera algo de lo que estar orgullosa.

—No quiero hablar de ello. —Realmente no quiero—. Prefiero fingir que no ha ocurrido.

—Vale, pero es que él me habría matado. Lo sabes, ¿verdad? —me pregunta Jasper—. No tenías alternativa.

—Todo el mundo tiene alternativa. —Al menos la gente normal la tiene.

—Vale, lo que tú digas, siéntete mal por ello si quieres —dice Jasper, y casi parece molesto y harto. De mí. ¿Y por qué iba a entenderlo él? No sabe qué me dijo mi padre. No sabe las graves consecuencias que tendría el hecho de que se demostrara que soy un peligro público, incluso aunque ese «público» se reduzca a Doug. Jasper avanza y se adentra en la oscuridad. Como si ya hubiéramos decidido hacia dónde ir—. He visto una luz en esta dirección cuando estábamos ahí arriba. A lo mejor nos dejan usar el teléfono.

Seguimos caminando, arañándonos con las ramas y resbalando sobre el manto del bosque una vez más. En la oscuridad pierdo por completo la noción del tiempo. Pierdo la noción de todo, salvo por el ritmo de las hojas que crujen bajo mis pies en movimiento. Jasper va encendiendo de tanto en tanto la linterna del móvil, lo justo para asegurarnos de que no vamos directos a un precipicio. Tener que concentrarse en no caer, en no tropezar, en no pincharse un ojo con una rama me ha tranquilizado. Cuanto peor es la situación, mejor me siento. Es algo muy retorcido, pero muy cierto.

—Oye —dice Jasper, pasado un rato—. Deberíamos ir un poco más hacia la derecha.

Al levantar la vista veo que hemos estado alejándonos de las luces hacia la izquierda. O de la luz. Una sola casa, eso es lo que parece ahora. No sé qué esperaba, un pueblecito, tal vez, pero no puedo evitar sentirme decepcionada. Solo nos queda desear que quienesquiera que encontremos sean de verdad buenas personas. Y no solo gente que finge serlo.

Apenas he avanzado cuando noto una bajada en el terreno al dar la siguiente pisada. Una amplia zona oscura que podría ser una zanja profunda.

—¿Puedes apuntar con la linterna hacia aquí? Parece que el terreno desciende. Y no sé cuánto.

Jasper enciende el móvil, su haz amarillo metálico se proyecta sobre las ramas antes de dirigirse al espacio que tengo delante.

Es en ese momento cuando las veo. En el brumoso contorno del haz de luz. Unas botas. Con los pies de alguien dentro. Una de ellas justo ahí. Lo bastante cerca para echarme el guante.

—¡Corre, Jasper! —grito al salir corriendo hacia delante entre las sombras. Luego tropiezo y caigo pendiente abajo.

Igual de rápido llego hasta el otro lado; es una cuesta. Al final no era una zanja. Y entonces sigo corriendo. A toda prisa, saltando todas las ramas y las hojas caídas. Espero pisar algo de pronto. Hacerme daño de algún modo.

Pero no ocurre nada y, con cada segundo que pasa, las luces que quedaban a lo lejos están más cerca. Jasper va justo detrás de mí. O al menos espero que sea él. Corre a toda prisa, respira con dificultad, incluso tose. ¿Cuál de ellos sería el de las botas? No puede ser el joven loco. Estoy bastante segura de que nos habría disparado al instante. Y tampoco es Doug. Llevaba unos zapatos estilo hípster, de ciudad, ¿a que sí? A lo mejor es el tercero. Al menos ese no parecía tan sediento de sangre.

No frenamos hasta llegar a la parte trasera de una vieja cabaña, situada en un pequeño claro del bosque. Parece una casa encantada, pero no abandonada, por lo visto. Las luces están encendidas. Jasper sube a toda prisa los escalones del porche y aporrea la puerta. Como no contesta nadie, echa un vistazo por las ventanas.

—No creo que estén en casa —dice, y regresa a la puerta para intentar abrirla. Se vuelve y niega con la cabeza. Está cerrada con llave—. Podríamos romper una ventana, pero no veo ningún teléfono dentro.

Hay una camioneta con la carrocería oxidada, aparcada junto a la casa. A lo mejor tiene las llaves puestas. Es asombroso lo fácil que resulta pensar en robar una camioneta tras haber apuñalado a alguien.

Me acerco al vehículo y me pongo de puntillas para mirar por la ventanilla del conductor. Con la tenue luz de la cabaña, solo distingo el contacto. No está la llave. Debería echar un vistazo debajo de la alfombrilla y en la guantera. Las personas que viven en el bosque siempre dejan las llaves en el coche, ¿verdad? Presiono el duro botón de la manecilla, pero me hace falta dar un buen par de tirones para que la oxidada puerta se abra. Estoy buscando en la guantera cuando Jasper grita mi nombre.

Su voz suena rara. No estará juzgándome por intentar llevarme la camioneta, ¿no? Porque hemos llegado a un punto en el que eso nos da igual.

«Pasa de él, sigue buscando las llaves.»

—Wylie, sal de la camioneta.

Esta vez Jasper parece asustado. Y no por la camioneta.

—Wylie —repite—. Deberías salir. Ahora mismo.

Cuando por fin salgo deslizándome sobre el asiento, lo primero que veo son las botas. Alguien que vuelve a estar lo bastante cerca de mí para echarme el guante. Alguien que se encuentra entre Jasper y yo. Inspiro una bocanada de aire cuando levanto la vista para ver a quién pertenecen esas botas. Pero el hombre en cuestión no me asusta tanto como esperaba. Es realmente espeluznante. Está excesivamente delgado y es muy viejo, tiene el pelo canoso y muy despeinado, y una barba enmarañada. Aunque no es ninguno de los tíos que estaba en el bosque. Al menos, eso creo. Es mucho más viejo de lo que me han parecido esos otros por sus voces. A lo mejor es el dueño de la cabaña. Eso explicaría por qué tiene una mano en la barbilla y la otra en la nuca, como si estuviera planteándose qué hacer con una chica que acaba de invadir su propiedad.

Además está resollando; sin duda es el tipo que estaba persiguiéndonos. Al menos es bajito. Jasper podría con él. Yo misma podría con él.

Entonces ¿por qué Jasper parece tan preocupado? Tiene los ojos como platos y está blanco como el papel. Es el momento en que el hombre mueve la mano que tenía en la nuca. No, no se estaba tocando el cuello. Ahora lo veo. Está sujetando algo, algo que está apoyado en el hombro. Algo alargado y fino, con un mango. Es un enorme machete con la hoja curvada.

—La caza del turista sigue siendo legal por estos lares —espeta el hombre al final como la última frase de una larga discusión que hubiéramos estado manteniendo—. Pero no la invasión de la propiedad.

—¿La caza del turista? —pregunto. Será mejor que me centre en la acción que seguro no hemos realizado. Eso podría hacer que el viejo pensara menos en el allanamiento.

—¿Esos malditos perros? ¿Las rosquillas? Sé cómo se las gastan los de vuestra calaña. —El hombre señala con su enorme machete el bosque, luego le da la vuelta y lo apunta hacia mí. Tengo el filo tan cerca que podría echarme hacia delante y tocar la punta con la nariz—. Es como quitarle el caramelo a un condenado niño.

No tengo ni idea de qué está hablando. Ni idea. Aunque eso parece importar mucho menos que su enorme arma blanca.

—Solo intentamos encontrar a nuestra amiga. —Levanto las manos—. No queríamos molestarle.

Miro a Jasper y él asiente con la cabeza. «Bien, sigue hablando», quiere decir con la mirada. Pero el hombre ni siquiera escucha.

—Esos animales del demonio antes me importaban una mierda. Esa es la verdad, por el amor de Dios. Que los maten, que no los maten, a mí me importa un bledo. Juro por Satán que me importa un rábano cómo lo hayan hecho. —Está manteniendo una conversación consigo mismo, no conmigo—. Pero, de no haber sido por esas condenadas rosquillas, los osos ni se habrían asomado por aquí. «Oh, lo siento», eso dijo Sarah cuando se topó con esos bichos. Como si se hubiera encontrado con alguien que ha salido a mear. ¿Sabéis cómo grita alguien que está siendo devorado? —Sacude la cabeza y la rabia le demuda el rostro.

—Nosotros no somos cazadores de osos —digo—. Somos dos chavales de Boston. No tenemos ni idea ni de caza ni de armas. Pero sí que hay unos cuantos cazadores de osos en el bosque, ahora mismo.

No tengo ni idea de si esos hombres cazan osos, ni mucho menos de si los capturan con rosquillas. Pero casi nos disparan. No me parece del todo injusto que este tipo vaya a por ellos. Y estoy segura de que él llevará las de ganar aunque no tenga una escopeta.

—¿Dónde? —pregunta de golpe con la mirada clavada de pronto en el bosque oscuro.

—Por detrás de la cafetería —contesto—. Iban siguiendo el rastro de los sabuesos.

—Condenados mamones —masculla, furioso, al tiempo que se dirige hacia el bosque, con el machete sujeto junto a un costado del cuerpo.

—Espere —le digo.

—¿Que espere? —Jasper me pregunta con brusquedad—. ¿Te has vuelto loca?

—¿Podemos usar su teléfono?

—No tengo teléfono —grita el salvaje sin reducir la marcha.

—Entonces ¿podemos usar su camioneta, por favor? —Ahora sí que se detiene.

—¡Ja! —exclama, y luego sacude la cabeza con furia, antes de volver a lanzarse en dirección al bosque—. ¡Mi camioneta! ¡Que os den por el culo!

—Wylie —susurra Jasper—. Deja que se vaya.

Sin embargo, necesitamos el vehículo y, por alguna razón sin sentido, tengo la sensación de que hay una posibilidad de que nos la preste, a lo mejor porque está loco y paranoico y, entre iguales, nos reconocemos.

—Escuche, mi madre ha muerto y ahora mi mejor amiga... Esas personas la tienen retenida y podrían hacerle daño. Hace tres semanas que no salgo de casa porque estoy hecha polvo, pero he llegado hasta aquí porque mi mejor amiga es lo único que me queda. Si la pierdo, no sé qué me ocurrirá.

El viejo se detiene nuevamente. Sin embargo, esta vez se vuelve de golpe y empieza a caminar hacia mí, deprisa. Con la cabeza echada hacia delante, como un toro a la carga. No era la reacción que yo esperaba. En absoluto. Y lleva el machete sujeto con un puño, como si estuviera dispuesto a darme una potente estocada. El único consuelo es que se dirige hacia mí y no hacia Jasper. Si alguien tiene que pagar por el riesgo que he corrido, debo ser yo. Me apoyo de espaldas contra la fría camioneta a medida que el viejo se acerca. Contraigo la barbilla cuando acerca su cara a la mía.

Su aliento huele a podrido, su ropa, a viejo. ¿Así es como acaba todo? Lo pienso mientras cierro los ojos y espero a sentir el dolor. No. No es así.

—Oye —espeta el viejo en toda mi cara. Y cuando por fin me atrevo a abrir los ojos, no veo el machete. Solo sus uñas sucias sujetando un manojo de llaves—. Ahora, largaos antes de que cambie de opinión.

13

Jasper se aleja de la cabaña conduciendo a toda prisa por un camino oscuro y lleno de baches. Acortando por el bosque que hay delante de la vivienda, conduce tan deprisa que parece que la destartalada camioneta del viejo va a partirse por la mitad. Cuando ya estamos a una distancia prudencial de la cabaña, Jasper frena por fin de modo tan violento que tengo que apoyarme en el salpicadero.

—Vale, ¿y ahora qué coño hacemos? —me pregunta, como si todo lo acontecido hasta ese momento hubiera sido parte de un plan trazado por mí.

—¿Por qué me lo preguntas a mí? ¿Cómo quieres que yo lo sepa?

Saco el móvil, con la esperanza de tener cobertura, para llamar a no sé muy bien quién: ¿a mi padre?, ¿a Karen?, ¿a la policía? Todos ellos, y al mismo tiempo ninguno de ellos, me parecen una buena opción. Está claro que ya no podemos limitarnos a seguir adelante. Pero ¿podemos parar? ¿Volver a casa? ¿Y para qué voy yo a volver? ¿Qué ocurrirá cuando mi padre y la doctora Shepard —y vete a saber quién más, la poli, tal vez— descubran que he apuñalado a alguien? ¿Cómo puedo esperar que nadie crea que fue algo necesario si ni yo misma estoy segura de ello?

—¿Y quién coño era ese tío? —pregunta Jasper.

—Un pirado, un viejo triste a cuya mujer o novia se la zampó un oso. —Es alucinante lo normal que me parece—. Aunque estoy segura de que ya era un auténtico capullo antes de eso.

—¡No me refiero al viejo —grita Jasper—, sino a Doug! ¿Quién coño es? Ha intentado matarme. ¿De verdad crees que eso no tiene nada que ver con lo de Cassie?

—Les hemos pedido que nos llevaran —digo, porque me he aferrado a esa idea para no relacionar a Doug y a Lexi con Cassie. Porque eso sería incluso peor que haber topado por casualidad con la mala suerte.

—¿Y por eso es una coincidencia que estemos intentando encontrar a Cassie y que nos topemos con un tío que, sin venir a cuento, ha intentado estrangularme?

—No —respondo en voz baja al tiempo que empieza a revolvérseme el estómago—. Seguramente no es una coincidencia. Hay alguien que no quiere que la encontremos, pero ¿por qué? —Me quedo mirando a Jasper, que está de perfil, mientras él ha clavado la vista en el fragmento irregular de pista de tierra iluminado por los faros—. ¿Hay algo más sobre Cassie que no me hayas contado? ¿Otro lío en el que se haya metido?

—No lo sé. —Jasper se vuelve y me mira directamente a los ojos—. Te lo juro. Lo único que sé es que la detuvieron hace unos meses. —Está diciéndome la verdad, al menos, eso parece. O no tengo forma de saber si no está haciéndolo—. Pero, como ya te he dicho, creo que estaba pasando algo más que ella estaba ocultando. Tal vez alguien la haya secuestrado y no quiere que sepamos dónde la tienen.

—¿Secuestrada? —Me parece ridículo—. ¿Para qué? Sus padres no son ricos ni nada por el estilo.

—Esclavitud sexual. —Jasper se encoge de hombros—. Venden chicas para ejercer la prostitución. Lo escuché en la emisora de radio nacional. —Me mira de pronto con brusquedad—. Sí, ¿qué pasa?, he escuchado la radio nacional. El programa documental *All Things Considered*. Y no, no fue a propósito. Uno de los cocineros de la Casa del Gofre es una especie de escritor.

—Supongo que es posible —admito, aunque tengo mis dudas. Y, además, no quiero que sea verdad—. Escucha, sabemos que debemos llamar a alguien, ¿verdad? —digo, y me anima aunque solo sea reconocerlo. Empezar a hablar con esa idea sobre la mesa—. A la policía, a la madre de Cassie o a quien sea. O podemos enviar un mensaje a Cassie y hacer que llame ella. Sea como sea vamos a necesitar cobertura de móvil. ¿Por qué no empezamos por eso? Vamos a conducir hasta que tengamos cobertura.

Jasper se queda mirando la carretera durante un minuto más, hasta que al final asiente con la cabeza.

—Vale —asiente sin mirarme. Como si estuviera intentando convencerse a sí mismo. Pone la mano sobre la alargada palanca de cambios de la camioneta, la coloca en posición de conducción—. Vale.

Conducimos hasta que la pista de tierra llega a la ruta 203: la cafetería y Seneca quedan a la izquierda y nuestro hogar a la derecha. Yendo hacia la derecha sabemos que tendremos cobertura, y pronto. Si vamos hacia la izquierda, seguiremos avanzando en la dirección que nos ha dado Cassie, pero ¿quién sabe cuánto tendremos que conducir antes de que podamos hacer una llamada?

Por no mencionar todos los desastres que aún nos esperan.

—¿Y bien? —pregunta Jasper, y sabe que la pregunta es mucho, muchísimo más complicada de lo que parece—. ¿Hacia dónde vamos?

Ninguna dirección parece ni buena ni mala. Jasper se queda mirando el volante mientras todavía está pensándolo. «Deberíamos ir a casa», eso es lo que pienso. Aunque la policía esté esperándome. Aunque me obliguen a ir al centro hospitalario. Ya me han pasado muchas cosas malas. Hemos tenido mucha suerte. Deberíamos dejar de arriesgarnos mientras todavía llevamos ventaja o, al menos, mientras todavía seguimos vivos.

Estoy a punto de decirlo —«Vamos a casa»— cuando Jasper se incorpora a la carretera y gira a la izquierda.

—Solo hasta que tengamos cobertura —dice, como si fuera algo que hubiéramos acordado. Y yo asiento en silencio, aunque en realidad creo que deberíamos hacer lo contrario. Porque la verdad es que todas las opciones son malas.

Sin embargo, seguir avanzando hacia la dirección que nos ha dado Cassie y hacia Seneca significa que tendremos que pasar por delante de la cafetería. Aguanto la respiración cuando volvemos a la ruta 203 y veo el enorme letrero del Trinity's Diner flotando a demasiada altura en la distancia. Me preparo para ver coches de policía. Me hundo más en el asiento, para no ser vista. Pero no veo destellos de luces. Como Doug había dicho: nada de policía. Quizá sea un alivio. Si no hay policía significa que no están buscándome.

No obstante, esto no me alivia. En absoluto.

—¿Ves a Lexi o a Doug? —pregunto.

—No, me parece que no. —Jasper mira un poco más—. Ni siquiera veo su coche.

Esto también me hace sentir peor. Y sé, por la forma en que Jasper lo dice, que tampoco a él le gusta. Porque si Lexi y Doug no están en el aparcamiento, podrían estar en cualquier parte.

—¿De verdad crees que Doug intentaba evitar que encontráramos a Cassie? —le planteo cuando pasamos por allí y vuelvo a incorporarme en el asiento.

—Sí —contesta Jasper sin dudarlo.

—¿Y de verdad crees que tiene algo que ver con alguna red de trata de blancas?

—No —responde con la misma inmediatez.

—Oh, entonces, ¿con qué crees que está relacionado?

Jasper sigue con la mirada clavada en la carretera.

—No tengo ni idea.

Vamos callados en el coche, como si ambos estuviéramos tratando de pensar en algo mejor, en una explicación menos aterradora de lo que le ha ocurrido a Cassie y cómo puede estar relacionado con Lexi y Doug. Pero a ninguno de los dos se nos ocurre nada.

—¿Sabes?, antes he querido matarte, cuando has llamado a gritos a ese viejo —confiesa Jasper al final—. Es una locura que nos haya dejado las llaves.

—Sí, una locura —digo, porque es la palabra clave—. Entre locos nos reconocemos, supongo.

—No sé —dice Jasper—. También acertaste con Lexi y Doug. Si yo me hubiera dado cuenta de que la sillita del bebé estaba vacía, podría haber sospechado algo, pero nunca nada que me hiciera bajar del coche. Imagina que Doug nos hubiera llevado a un lugar perdido por ahí. Estoy bastante seguro de que ahora mismo estaría muerto. Lo has clavado.

—Cuando te pasas la vida asustándote por todo, al final aciertas con algo —comento, pero me siento ofendida. ¿De verdad Jasper cree que lo único que necesito es una breve charla con él y que con eso ya estaré bien?

—A lo mejor solo tienes que intentar ser más positiva. —Ahora es Jasper el que parece molesto. Quizá se supone que debería sentirme honrada por el hecho de que intente ayudarme—. Quizá así no estarías estresada a todas horas.

Se me abren las aletas de la nariz. Porque casi había olvidado la razón por la que él no me gusta.

—Bueno, ¿por qué no se me habrá ocurrido hacerte algún comentario que te ayudara un poco cuando has intentado arrancar el volante del coche en la gasolinera? —replico—. ¿Qué tal si yo aprendo a «ser más positiva» mientras tú intentas gestionar mejor tus ataques de rabia?

Jasper se queda mirándome y parece dolido, lo que resulta molesto.

—Solo intentaba ayudar.

—Sí, bueno, no necesito tu ayuda —digo—. Cassie es la que la necesita.

Me siento avergonzada cuando miro mi móvil. ¿Por qué estoy metiéndome en esto? ¿De verdad me importa lo que piense Jasper? Busco cobertura cuando por fin perdemos de vista la cafetería en la distancia.

—¿Ya hay cobertura? —pregunta Jasper. Ahora habla con un tono diferente, más frío.

Y eso me alegra. Ya no tenemos por qué ser amigos.

—No —respondo, mientras pienso si de verdad quiero hacerle la pregunta que no puedo quitarme de la cabeza. No quiero. Aunque no me queda otra—. ¿Crees que ella está bien?

—Sí —afirma, pero responde demasiado rápido para ser creíble.

—¿Por qué?

—Porque tiene que estarlo, ¿no? —Y cuando me mira esta vez, los ojos le brillan en la oscuridad.

—Sí —digo, y me quema la garganta al volverme hacia las ventanillas y la oscuridad que hay tras ellas.

Hasta este momento no me doy cuenta de que lo que he dicho a ese viejo loco era cierto: no sé qué haré si también pierdo a Cassie. ¿Cómo sobreviviré sin ella y sin su alocada energía, que me obliga a mirar más allá de mi estrecho y pequeño mundo de preocupaciones?

—Bueno, ¿se lo has preguntado a tu padre o qué? —Cassie me miró por encima de su libro de texto sobre la civilización occidental.

Durante la hora que había pasado, permaneció sentada en el rincón de mi cuarto, fingiendo que estudiaba. Pero yo sabía que se había dedicado a enviar mensajes con el móvil por detrás de su libro. A Jasper, a lo mejor. Era solo principios de octubre y todavía no estaban saliendo oficialmente, aún no. Yo conservaba la esperanza de que eso no fuera a pasar. Por eso me comportaba como si no estuviera ocurriendo; fuera lo que fuese.

—¿Que si le he preguntado el qué? —Estaba haciéndome la tonta. En parte porque no quería enfrentarme a eso y, en parte, porque no estaba de humor para hacer ningún favor a Cassie. Aunque sabía que ella estaba desesperada por hacer el test de mi padre. Cassie tenía complejo de Cenicienta; siempre estaba esperando descubrir que era una especie de princesa perdida hacía tiempo.

—Que le preguntes lo de su test. —Cassie puso los ojos en blanco.

—Dirá que no. Sobre todo esta semana; está de muy mal humor. Ha tenido que despedir a un ayudante con el que estaba obsesionado.

—Yo creía que ese chico le encantaba —comentó Cassie, porque incluso ella había tenido que aguantar una de las interminables charlas de mi padre sobre el hecho de que todo el mundo debía intentar ser más introspectivo y comprometido, como lo era el doctor Caton.

—Del amor al odio solo hay un paso.

Me encogí de hombros.

—¿Por qué tienes tantas ganas de hacer ese estúpido test, por cierto?

—Creo que tiene que haber algo más.

—¿En la vida?

Vi cómo Cassie se entristecía.

—En mí.

Y entonces me sentí mal. No era mi intención ofenderla.

—No necesitas un estúpido test para probar que vales algo —dije—. A mí me importas.

—Sí, gracias, buen intento —dijo y me guiñó un ojo—. Pero sigo queriendo hacer ese test.

Pasados quince minutos, cuando mi familia al completo estaba sentada a la mesa para cenar, Cassie se lanzó y se lo preguntó ella misma a mi padre. Debía reconocerle el mérito.

—¿Cree que Wylie y yo podríamos probar a hacer su test después de cenar, doctor Lang? ¿Aunque sea solo una parte cortita? —preguntó Cassie. Puso un tono intencionadamente agudo y chillón, como de niña pequeña.

Mi padre frunció el ceño sin dejar de masticar su ensalada de remolacha.

—No creo que...

—Por favor, por favor, por favor —suplicó Cassie. Y eso me impresionó, porque a ella no podía importarle menos que a mi padre le molestara—. Saber nuestros resultados podría ser superútil, ya sabe, para los estudios.

—¿Para los estudios? —preguntó Gideon, y se quedó mirando a Cassie, como siempre, con una extraña mezcla de amor y odio simultáneos.

Cassie le puso los ojos en blanco como si él también fuera su hermano.

—Bueno, vale, pues solo para nuestro uso personal. O para lo que sea.

Yo supe, por la mirada de mi padre, que no había forma posible de que dijera que sí.

— Sí, bueno, aunque me gustaría que...

—Oh, déjalas, Ben —intervino mi madre, y esbozó una de sus sonrisas. La que siempre conseguía que mi padre claudicara—. No te han visto durante meses. Eso las ayudará a participar de algo que te ha mantenido alejado, podrán compartir una parte de tu trabajo contigo.

—¿Una parte de mi trabajo? —Mi padre la miró parpadeando como si no tuviera ni idea de qué estaba hablando mi madre. De verdad que cada día se parecía más a un robot.

—Sí, cielo, comparte algo tuyo con los chicos. —Mi madre hablaba de forma divertida, pero con firmeza—. Ya sabes, para conectar con ellos. Podría ayudarlos a entender mejor por qué te importa tanto tu trabajo.

—No accederá ni en un millón de años —dijo Gideon a Cassie—. Yo se lo he pedido cientos de veces.

—Oh, vamos, venga ya. La vida es corta, Ben. —Mi madre se levantó y lo abrazó por el cuello, luego se agachó para besarle la oreja—. Deja que echen un vistazo a eso que te encanta. Será divertido. Antes siempre te divertías con ellos, ¿te acuerdas?

Es cierto que nos divertíamos con él. Siempre era el mejor haciendo rompecabezas e inventándose búsquedas del tesoro para la familia cuando íbamos de viaje en coche, y, hace tiempo, fue todo un maestro Jedi del Lego. Nunca fue de achucharnos mucho ni de mimarnos como mi madre, pero tenía sus cosas buenas y también nos encantaban. Hasta que, por algún motivo, ese estudio en particular devoró esa pequeña parte de él que siempre había sido nuestra.

Cuando mi madre apoyó la frente sobre la de mi padre, el cuerpo de él se relajó de pronto.

—Vale, está bien. —Se recostó en el respaldo de la silla y tiró la servilleta—. Me rindo. Vamos a hacerlo.

—¿Cómo? —pregunté y me sentí mareada. No se me había ocurrido que pudiera decir que sí. No estaba de humor para someterme a una valoración psicológica. Ya sabía todo lo necesario sobre mi mente de mono loco—. ¿En serio?

—¡Sí! —Cassie levantó los brazos en el aire.

—¿Cómo que «vale»? —Gideon puso cara de que acabaran de rociarlo con un jarro de agua fría—. ¿Cassie solo tiene que pedirlo y tú le dices que sí?

—No estoy diciéndole que sí a Cassie, Gideon. Es que soy incapaz de decirle que no a tu madre. Algún día lo entenderás. —Mi padre se levantó de la mesa más contento de lo que estaba hacía mucho tiempo—. Escucha, te lo compensaré, ¿qué te parece si tú eres el primero?

Una vez abajo, en el sótano —el laboratorio casero de mi padre—, Gideon, Cassie y yo nos sentamos muy erguidos en el sofá rojo chillón de mi padre y observamos cómo se preparaba. No se estaba nada mal allí abajo en esa época, sobre todo, desde que mi madre había insistido en hacer mejoras: una alfombra mullida color vainilla, unos pósteres en las paredes y un sofá de Ikea de tonos vivos. Como mi padre pasaba tantas horas allí abajo, a ella le preocupaba que se deprimiera.

—Os pondré los electrodos para monitorizar vuestros latidos, la sudoración y todo eso —dijo—. Haremos el test en parejas, dos de vosotros tendréis una conversación, mientras el tercero hará la interpretación. Es la parte más importante del estudio. Será todo más breve que de costumbre, pero también lo haremos con los ojos vendados y con los auriculares para aislaros de ruidos, y luego con ambas cosas, para que tengáis una impresión general de la prueba.

—¿Una conversación sobre qué? —preguntó Gideon, seguramente preocupado por que sus sentimientos hacia Cassie salieran a relucir de alguna forma.

Yo también estaba un poco nerviosa, por lo que pudiera ocurrir si el test de mi padre revelaba que yo estaba más loca de lo normal.

—No te preocupes, yo os daré los temas. Están pensados para provocar ciertas emociones; para que el sujeto que interpreta tenga material intuitivo. Aunque no será nada muy personal. —Mi padre puso tres sillas en forma de triángulo—. Cassie y Wylie serán las primeras en mantener la conversación, y Gideon será el que interprete. —Empezó a conectar a Gideon a todos los cables: electrodos y un monitor para las pulsaciones. Y parecía que estaba disfrutando—. El equipo que tengo aquí no es ni mucho menos tan sofisticado como el del laboratorio de la universidad. Allí, las sillas detectan hasta el más mínimo cambio en la temperatura corporal y la reacción muscular. Porque una parte importante de todo esto se basa, por supuesto, no solo en que alguien interprete cómo piensas lo que sientes, sino en cómo lo sientes en realidad.

Se acercó para conectarme a mí los mismos cables. Pero yo ya estaba muy tensa (porque siempre lo estoy), y me preguntaba si eso haría que se parasen las máquinas. Tenía ganas de matar a Cassie por haberme metido en esto.

Pero cuando la miré, ella me sonrió y me dijo, moviendo los labios: «Gracias». Y puso una mirada que me pareció de amor.

Entonces pensé, por primera vez hacía mucho tiempo, que a lo mejor a ella y a mí nos iría bien. Al fin y al cabo, ¿no tenía que ser así?

Me vibra el móvil en la mano y eso me sobresalta. Vuelvo a tener cobertura, por fin. A lo mejor no dura mucho. Todas las llamadas que no he recibido entran de golpe. Cuatro llamadas y un mensaje de mi padre. Tres nuevos mensajes de Cassie. Se me seca la boca cuando los miro todos.

Primero leo los de Cassie. «¿Dónde estáis, chicos?» Y luego, como no he respondido: «¿Va todo bien? ¿Queda mucho para que lleguéis? Tengo miedo». Y el último, de hace solo unos minutos: «Da igual lo que haya dicho antes. Id a la policía en Seneca. Esto ya no es seguro para nadie. Siento haberte metido en todo. Pero no envíes ningún mensaje a mi madre. Por favor. Lo empeorará todo».

Habría jurado que lo único que yo quería era que Cassie nos autorizara para comunicar la emergencia de la situación a alguien más. Pero no había pensado en lo mucho que aumentaría mi preocupación cuando por fin lo hiciera.

—Cassie dice que podemos acudir a la policía en Seneca. —Tecleo a toda velocidad para entrar en Google Maps, con la esperanza de obtener alguna ruta o al menos saber cuánto nos queda para llegar, antes de que volvamos a perder la cobertura. Siento un alivio repentino cuando el alfiler de la aplicación cae en el centro de Seneca.

—No está lejos: hay que seguir diez minutos más por esta carretera, luego continuar por la ruta 4 durante cuarenta y ocho kilómetros, y por la ruta 151 durante otros dieciséis.

—¿Está bien? —pregunta Jasper.

—No lo ha dicho. Pero seguía enviando mensajes hace solo media hora. Eso es una buena señal.

—Pero el que nos diga que acudamos a la policía no lo es —dice Jasper—. ¿No crees?

No respondo. Porque tiene razón, por supuesto. Algo ha empeorado, si no era lo bastante malo ya, porque a Cassie ya ni siquiera le preocupa tener antecedentes penales. Si es que esa es la auténtica razón por la que nos dijo que no acudiéramos a la policía desde un principio.

«Ya vamos, Cassie —respondo—. Aguanta.»

Le doy al botón de «Enviar», a toda prisa, mientras todavía soy capaz, luego miro el pequeño número cuatro que hay junto a mi buzón de voz. Cuatro mensajes, todos de mi padre. Pero no puedo enfrentarme a escuchar el sonido de su voz. Sobre todo, porque estoy segura de que no ha llamado para disculparse. Al menos, las llamadas han sido hechas desde el teléfono de casa, lo que significa que todavía no ha salido a buscarme. Su último mensaje ha llegado después de las llamadas. Eso era lo último que necesitaba decirme, lo único que en realidad necesito saber.

Me llama la atención que ese mensaje aparezca registrado con el número de teléfono de su móvil personal en vez de aparecer en la pantalla la palabra «Papá», que es como lo tengo guardado en contactos, seguramente por el problema con la cobertura. O, a lo mejor, es porque después de haberme amenazado con encerrarme, incluso mi móvil le ha dado la espalda. Inspiro con fuerza mientras toqueteo la pantalla para abrir el mensaje.

«La policía ha salido a buscaros. Los ha llamado la doctora Shepard. No nos has dejado otra opción. Te internarán cuando te encuentren. Después de lo ocurrido en la cafetería, no podré impedírselo. A menos que logre verte antes que ellos, Wylie. Y lo haré. Se nos ocurrirá una forma de salir de esta juntos.»

14

Mientras vamos de camino a Seneca, Jasper me pregunta dos veces si va todo bien. Sin embargo, yo estoy demasiado avergonzada para darle detalles. Para decir que mi padre cree que deberían internarme. Aunque tiene derecho a saber que mi padre ya sabe qué ha ocurrido en la cafetería, lo que significa que me han identificado. Y que, a lo mejor, también le han identificado a él. Ahora mismo podríamos ser un par de fugitivos.

—Es mi padre comportándose como siempre —respondo, y me prometo mentalmente contarle el resto antes de llegar a la comisaría—. Todavía está cabreadísimo porque me he largado.

—Puedes soltarlo todo si quieres. Sé mucho sobre padres cabrones, créeme.

—Gracias —digo—. Pero prefiero fingir que no ha ocurrido.

Jasper asiente en silencio, con una expresión triste.

—Eso también lo entiendo.

Cuando Jasper y yo por fin entramos en Seneca, vemos un paisaje evocador. Todas las construcciones del pueblecito son blancas con persianas verdes, todas iguales, levantadas alrededor de una pequeña plaza del pueblo. Hay incluso una parcela de césped recién cortado con un quiosco de música con forma de pagoda en el centro, que a lo mejor es para conciertos. Hay una iglesia ennegrecida con una torre que acaba en aguja, y una hilera de tiendas con los mismos arcos delante de las vitrinas. Son más de las once de la noche, así que está todo cerrado, salvo por un bar que está junto a la pensión Fiddler's Inn. Un pequeño letrero de madera que cuelga de la entrada dice: TABERNA. Los únicos sitios que están iluminados son este bar y un edificio grande que podría ser el ayuntamiento o algo así. En la entrada hay tres banderas: la de Estados Unidos, la del estado de Maine y una tercera, que quizá tenga algo que ver con los osos.

—A lo mejor es la comisaría —digo y señalo en esa dirección.

Me siento aliviada al pensar que quizá no tardemos en conseguir auténtica ayuda para Cassie. Sin embargo, resulta arriesgado que entre yo. Al fin y al cabo, soy la tía loca que ha apuñalado a un hombre en el baño de una cafetería. La chica que ha sido denunciada por su terapeuta porque es un peligro para sí misma y para los demás.

—¿Qué vamos a contarles? —plantea Jasper mientras aparca en un sitio junto a la plaza, a cierta distancia de la comisaría. Como si todavía creyera que podemos seguir guardando los secretos de Cassie.

—Todo —contesto. Y se me acaba el tiempo. No puedo advertir a Jasper sobre la auténtica situación porque me da vergüenza. No puedo hacerlo porque a él también podría afectarle—. Ya saben lo de la cafetería. Lo de la navaja. Lo de Doug. Lo saben todo.

—¿Quién lo sabe? —pregunta Jasper—. ¿Cómo lo han sabido?

—No estoy segura, pero es lo que mi padre decía en su último mensaje. La policía me está buscando y supongo que debe de haber atado cabos. Mi padre la ha llamado porque cree que estoy «inestable». —Y quizá podría dejarlo aquí—. De todas formas, a ti podrían pillarte por esto, por mí... Lo mejor es que tú no entres. Por si en esta comisaría también lo saben todo. Si quieres, ya les cuento yo lo de Cassie.

—¿Inestable? —Jasper parece totalmente confuso. Casi ofendido, cuando apaga el motor—. Me arriesgaré. No estabas sola en esa cafetería.

La comisaría de policía está muy iluminada, pero es pequeña: no hay más que seis mesas metálicas y una sala abierta. Hay tres hombres sentados en ella, jugando a cartas. Dos de ellos parecen jóvenes, de unos veintitantos, casi treinta. El otro es mayor que mi padre, de unos cincuenta. Se vuelven hacia nosotros cuando entramos, pero no se sobresaltan ni se sorprenden. Aunque tampoco están muy interesados a pesar de que sería lo más razonable, teniendo en cuenta que somos dos adolescentes que acaban de entrar a las once de la noche.

—¿Necesitáis ayuda? —dice el mayor, aunque no hace ningún movimiento que indique que va a levantarse para abandonar la partida de cartas. Tiene el pelo entrecano y está fofo, como un jugador de fútbol americano cuya musculatura hubiera desaparecido. Mira de forma exagerada y con los ojos entrecerrados el reloj de la pared—. ¿Os habéis perdido?

Habla con cierto tonillo irónico. Como si quisiera que nos largáramos de una vez.

—No... Esto... No nos hemos perdido —repondo mientras Jasper y yo avanzamos hacia el mostrador. Al hablar parezco nerviosa y culpable. Trago saliva con fuerza y con la esperanza de aclararme la voz—. Hemos venido porque... Bueno... Estamos buscando a nuestra amiga.

—¿Una amiga perdida? —pregunta el agente más joven que está mirándonos. Tiene los ojos pequeños y brillantes y la cara marcada por la viruela, y, ahora que habla, me doy cuenta de lo jovencísimo que es; no es mucho mayor que nosotros. Aflora una sonrisa burlona en sus labios—. ¿La habéis perdido en algún sitio?

Y ahora sonríe de oreja a oreja, como un lobo. Espero que el viejo le eche una mirada matadora para que corte el rollo. Pero el único que hace algo es el tercer agente, que empieza a recoger las cartas. Ni siquiera nos ha mirado.

—Nos ha enviado un mensaje y nos ha dicho que necesitaba nuestra ayuda —dice Jasper—. Hemos llegado en coche desde Boston.

Creo que añade esa descripción para que vean que somos buenos chicos, comprometidos con una causa. Leales. Para compensar el lío en el que Cassie se ha metido y del que es responsable.

Al final, el poli más viejo se levanta de la silla y suelta un gruñido, con cara de fastidio, sin lugar a dudas, mientras se acerca hasta nosotros. Está claro que le importa un bledo lo que le haya pasado a esa amiga nuestra. Como si ya hubiera decidido que no le ha pasado nada. En cuanto está cerca, veo su nombre escrito en su placa: SARGENTO RANDOLPH STERNBUCK. Al levantar la vista, veo que está mirándome. Que está mirándome el pelo, para ser exactos. Tiene el entrecejo fruncido y un mohín de asco se dibuja en su cara.

—Dejad que lo adivine, ¿vuestra amiga ha venido aquí de fiesta? —pregunta sin dejar de mirarme el pelo y sin hacer ningún intento por disimular. Levanto una mano como si pudiera ocultar lo mal cortado que está.

—¿De fiesta? —repito. Me sale la voz chillona. No me gusta nada el cariz que está tomando esto.

El sargento lanza un suspiro exasperado y deja de mirarme el pelo al tiempo que agarra una libreta. La planta con brusquedad sobre el mostrador que tenemos delante—. Sí, ya me entiendes, para meterse. —Me mira a la cara con los ojos entrecerrados—. Y ya sé que nunca lo ha hecho antes en toda su vida y que no volverá a hacerlo jamás.

Llega a poner los ojos en blanco un breve instante. «Blablablá.» En realidad no lo dice, pero eso es lo que quiere transmitir. Solo puedo limitarme a mirarlo. Su actitud no es muy digna de un poli.

—¿Meterse? —pregunta Jasper, como si hubiera oído voces.

—Sí, ya sabes, yeso, polvo, nieve, meta, cristal —enumera el agente con la cara marcada y los ojos de comadreja, al tiempo que se acerca con parsimonia y se coloca junto a su jefe. A diferencia del sargento parece que le gusta hablar del tema. Está prácticamente emocionado. Como si estuviera tomándonos el pelo.

—Está de guasa, ¿verdad? —pregunta Jasper—. Vamos al instituto. Nosotros no nos pinchamos.

Me vuelvo para mirarlo. La forma en que Jasper ha dicho «pinchamos» ha quedado muy rara, demasiado rara. Como si estuviera fingiendo que no tiene ni idea del tema.

—Hay muchas formas de consumir meta, hijo. Y para la mayoría de ellas no se necesita una aguja —dice el sargento, y lo hace como si estuviera seguro de que Jasper ya lo sabe—. Créeme, no eres el primero que viene en busca de una amiga perdida. Tenemos una puñetera granja criadora de chicos que han arruinado su vida, donde antes había un pueblo encantador.

—Son unos cerdos, eso es lo que son —afirma el tío con los ojos de comadreja, pero con cierto brillo en la mirada, como si eso lo excitara—. Recuerda a los drogatas del otro día.

—Mmm... —exclama el sargento sin mirar al otro agente. Como si no aprobara la conversación en cuestión, pero sin hacer nada para impedirlo.

—Uno clavó un tenedor en el ojo a otro.

Ojos de Comadreja se señala con dos dedos su propio ojo, y luego los apunta hacia nosotros.

—Fue por una discusión idiota sobre los Peeps. Ya sabéis, las nubes de azúcar con forma de pajarito. Un tenedor en el ojo por una chuchería de las narices. Los de urgencias dijeron que el tipo estaba tan colgado que ni siquiera se dio cuenta de que tenía un tenedor saliéndole de la cara. —Se ríe a carcajadas. Como si fuera para partirse de risa—. El tío no dejó de hablar ni un segundo.

El sargento por fin le echa una miradita.

—Tiene otro lugar al que ir, ¿verdad, agente O'Connell?

—En realidad no —responde Ojos de Comadreja sin dejar de mirarnos—. No a menos que pueda volver a darte una paliza al Mentiroso.

—Entonces finge que tienes algún lugar al que ir —ordena el sargento.

—Lo que digas, jefe. —El agente O'Connell levanta las manos y sonríe un poco más. Me pregunto si no será él quien está colgado. Se lo está pasando pipa. Con las manos todavía levantadas, silba por lo bajini, se vuelve sobre los talones y se dirige hacia la puerta que está al fondo de la comisaría. Se detiene antes de llegar a ella y toma una hoja de la mesa que hay a su lado. La convierte en una bola antes de mirar con un ojo guiñado la cabeza del otro agente, el que todavía está dándonos la espalda.

—¡Dos puntos! —grita el agente O'Connell.

La bola de papel rebota en la cabeza del otro agente. Pero la pilla de rebote y la tira a la papelera que tiene a los pies. Como si fuera algo que ha hecho él y no algo que le han hecho miles de veces.

El sargento lanza un suspiro, molesto.

—Tendréis que perdonar al agente O'Connell. Es... Bueno, así es él. —Sacude la cabeza, como si fuera la única explicación necesaria—. Pero eso del tenedor no se lo ha inventado. A lo mejor no os gusta escuchar esto, pero si vuestra amiga está aquí, la meta seguramente es el motivo. Eso no quiere decir que no sea una buena chica. Esa porquería ha destrozado la vida a un montón de buenos chicos.

«Meta.» Esta vez la palabra me cala hondo. Sabía lo del alcohol. Incluso saber que Cassie fue detenida por comprar costo no me impresionó demasiado. Pero... ¿Meta? Es como comparar un golpecito en el parachoques con un accidente múltiple con ocho coches implicados que acaban apilados, uno sobre otro. Aunque tampoco me parece del todo imposible. No tan imposible como me gustaría. Eso explicaría por qué no ha querido contarnos qué ocurría. Explicaría por qué alguien como Doug quería evitar que fuéramos al antro de fumadores de crack donde la tengan encerrada. Y la meta sin duda ha conseguido que Cassie se quede en los huesos.

—Supongo que podría ser meta —digo en voz baja.

—¿Qué? —Jasper me mira de golpe, con los ojos abiertos como platos—. Cassie no se mete eso. ¿De qué vas?

—No digo que sea eso lo que está haciendo. Pero no puedo jurar que no lo sea. ¿Tú puedes?

Y, en este momento, lo único que quiero es que Jasper diga que tiene la certeza de que el problema no es la meta. Que tiene pruebas. Sin embargo, en lugar de hacerlo, cierra los ojos, niega con la cabeza y apoya un puño sobre el mostrador.

—Ya no puedo asegurar nada —contesta en voz baja.

El otro agente de policía más joven —al que Ojos de Comadreja le ha tirado una bola de papel a la cabeza— por fin se ha levantado y se ha acercado. Es increíblemente guapo, tiene un abundante pelo negro y unos preciosos ojos castaño oscuro. Pero también un aire de tristeza que es raro en alguien tan alto y guapo. Raro en un policía.

—Este es el agente Kendall —dice el sargento—. Se pasa mucho tiempo encargándose de las pertenencias de los consumidores, se encarga de limpiar toda la porquería que dejan. —La forma en que el sargento lo dice resulta insultante, como si, en cierto modo, hubiera dicho que el agente Kendall se encarga literalmente de los desperdicios—. ¿Vuestra amiga ha dicho dónde estaba? Hay un montón de lugares donde podríamos mirar, demasiados. Nos ahorraría tiempo saber por dónde empezar.

—¿El Campamento Colestah? —sugiero

El sargento mira al agente Kendall, quien sigue sin hablar. Los dos se miran con complicidad y asienten en silencio.

—Colestah es un lugar famoso —prosigue el sargento—. Es como un refugio, hay intimidad... ¿Qué más podría pedir un yonqui? Son como ratas. Los echamos pero no paran de venir, una y otra vez. Aunque O'Connell ha pasado por allí hoy mismo, ¿verdad? ¿Estaba limpio?

El agente Kendall frunce el ceño y asiente en silencio, mientras se vuelve para mirar en la dirección por la que O'Connell se ha marchado. «Sí, pero con él, nunca se sabe», parece querer decir con esa mirada.

—Valdría la pena volver a echar un vistazo —continúa el sargento—. La mayoría de los demás campamentos están bastante bien protegidos. Aprendieron rápido, contrataron a personal que viviera en las instalaciones en temporada baja. Como si fueran vigilantes. Pero los Wynn, que son los dueños del Campamento Colestah, hace mucho tiempo que se fueron; advertí a su abogado que el lugar no tardaría en quedar destruido. No conseguirán venderlo jamás. Por lo visto, la cartera no es un tema que les preocupe. —El sargento se mira el reloj—. Tengo que irme. Pero el agente Kendall irá a echar otro vistazo para ver si está vuestra amiga.

Todavía hay algo raro en la forma en que se lo dice al agente Kendall. Como si en realidad quisiera decir: «Ya sabes qué hacer». Sin importar si son ratas o no, ¿por qué tienen tan claro los colgados de la meta que Seneca es un lugar seguro para instalarse? ¿Es que alguien —como, por ejemplo, los camellos— están pagando a la poli para que haga la vista gorda?

Me quedo mirando al agente Kendall, que regresa a su mesa para coger las llaves. Y ya estoy pensando en cómo me sentiré después, en cuanto él informe de que no hay nada en el Campamento Colestah. Ni siquiera creo que haya ido a mirar. No me fío de estos agentes y punto.

—Queremos ir a ver si está —digo con el corazón desbocado.

Sin embargo, el sargento ya está negando con la cabeza.

—Ni lo sueñes, de ninguna manera...

—Por favor. —Parezco desesperada y un poco loca, pero ¿qué más da?—. No nos entrometeremos. Haremos lo que nos digan y...

—Desde luego que no, ni hablar. —El sargento me mira con firmeza—. Escuchad, parecéis buenos chicos. Veo que estáis realmente preocupados por vuestra amiga, pero no podemos ir a patrullar en compañía de civiles. Ni mucho menos con un par de críos.

La lógica está de su parte. La policía no deja que la gente normal los acompañe. Eso también lo sé yo. Voy a necesitar un argumento más convincente.

—Si hay un montón de gente en ese lugar, ¿cómo reconocerán a nuestra amiga?

Al sargento se le tensa la mandíbula. Está cabreado, a lo mejor porque no se le ocurre cómo responder. Lo que me hace sospechar aún más que no quiere saber si Cassie está allí o si está empeñado en no averiguarlo de ninguna manera.

—¿Tenéis una foto de ella en el móvil?

—No, no tenemos ninguna foto —respondo, aunque a lo mejor me he precipitado demasiado—. Podemos quedarnos en el coche cuando lleguemos allí. Haremos lo que nos...

El sargento levanta una mano para hacerme callar.

—No insistas, jovencita. —Su mirada de «no me pongas a prueba» es bastante convincente. A lo mejor, si insisto demasiado, podría exigir ver mi carnet. Podría investigar un poco y enterarse de lo ocurrido en la cafetería o de que la doctora Shepard ha enviado a la poli a buscarme. Porque, al menos hasta ahora, parece que no tiene ni idea—. Traeremos a todo el que encontremos por allí, por allanamiento de morada como mínimo. Entonces sabréis si vuestra amiga está entre ellos. —Asiente como si ese fuera el final del asunto. Aunque no imagino cómo se las va a arreglar el agente Kendall para traer a un montón de gente si va solo en un coche. Seguramente porque el sargento ya le ha dicho que no haga nada por el estilo—. Veamos, a unos cinco kilómetros del pueblo hay un Dunkin' Donuts, en la gasolinera de Hess. Es uno de los pocos sitios donde hay buena cobertura de móvil. Estoy seguro de que al agente Kendall no le importará haceros una llamada cuando haya echado un vistazo al campamento.

El sargento mira al agente Kendall con tal de confirmarlo. Este frunce un poco más el ceño, pero luego asiente con la cabeza.

—Vamos —oigo que dice Jasper—. Vamos a comprar un donut.

—No quiero un donut —digo con los dientes apretados.

Él me apoya una mano con fuerza sobre el hombro.

—Sí, sí que quieres.

Noto que en el exterior hace mucho más frío mientras bajo la escalera. Además, me siento mucho peor que cuando hemos entrado en la comisaría. Creo que lo que me hace sentir mal es saber que no podemos hacer nada. Debemos esperar a recibir noticias de Cassie, esperar a que la policía de Seneca se dé cuenta de quién soy, esperar a que todo salga bien. Miro a Jasper cuando por fin llegamos a la camioneta del viejo. Él está agitando las llaves en la mano, con los hombros caídos y parece más relajado de lo que lo he visto jamás.

—¿Por qué estás tan contento? —le pregunto con brusquedad.

—¿Contento? —Parece confuso mientras se dirige hacia el lado del conductor—. ¿Qué estás diciendo?

Buena pregunta. ¿Qué estoy diciendo? ¿Y por qué me importa si Jasper se siente mejor? Yo no sé por qué me preocupo. Pero me preocupo. Y eso me está cabreando mucho.

—Has estado muy callado ahí dentro —le digo desde la parte trasera de la camioneta.

Jasper enarca una ceja.

—¿Qué se supone que debía decir?

—Algo, cualquier cosa —contesto—. Ha sido como si estuvieras de parte de la poli.

Eso no es cierto o no ha sido cierto, al menos no hasta el final, cuando me ha dado la sensación de que Jasper tenía demasiada prisa por marcharse solo porque nos lo han ordenado.

—¿De parte de la poli? —repite, y todavía tiene esa expresión de ofendido.

—Incluso ahora, ¡lo único que haces es repetir lo que digo! —grito tan alto que mis palabras retumban en el silencio—. ¿Alguna vez se te ocurre alguna idea propia?

Jasper tensa la mandíbula al apartar la mirada de mí y dirigirla hacia el oscuro centro del pueblo. Misión cumplida: ahora está cabreado, pero intenta controlar el estallido de furia.

—No he dicho nada porque parecía que tú sabías lo que hacías y no quería entrometerme. Hasta el final, cuando has empezado a perder los nervios y he creído que ibas a cagarla. Así que perdone usted, señorita, por intentar demostrar respeto. Si eso me convierte en un gilipollas... Vale, tú misma —dice Jasper y abre la puerta de la camioneta de golpe—. Y no estoy contento, créeme. Pero ¿quieres saber si ahora me siento mejor? Pues sí, joder. Acudir a la policía parece la primera buena decisión que hemos tomado.

—Sí, bueno, pues yo me siento peor.

—A lo mejor es porque tu pesimismo es enfermizo —replica, y no es agradable—. Siempre te sientes mal. —Pongo los ojos en blanco.

—¿Se supone que eso me hará sentir mejor?

—No —responde mirándome.

Antes de que pueda rebatir nada, veo que Jasper ha fijado su mirada en algo por detrás de mí. Cuando me vuelvo, veo que el agente Kendall está acercándose. Mira a izquierda y derecha para cerciorarse de que no hay moros en la costa. ¿Se han enterado de lo mío? ¿Viene a retenerme hasta que alguien venga a por mí?

—Re-re-reuníos con-con-conmigo atrás —dice al llegar—. En la esqu-esqu-esquina.

Tartamudea muchísimo. A lo mejor por eso no ha dicho gran cosa ahí dentro. Pero ese tartamudeo no quiere decir que no pueda detenerme.

—¿Por qué? —pregunto e intento fingir que estoy tranquila. Aunque no lo estoy, en absoluto.

—Po-po-podéis acompañarme —dice—. Tenía un bu-bu-buen amigo que murió de sobre-sobre-sobredosis. Pe-pe-pero no se lo di-di-gáis a mi jefe.

15

Nunca he ido en la parte trasera de un coche patrulla, aunque supongo que este es mucho más agradable que la mayoría. Es un Ford Explorer nuevecito con tapicería de cuero. Incluso huele a coche nuevo, lo que, por desgracia, me recuerda a Doug y a Lexi. El problema con la meta tal vez esté destruyendo Seneca, pero no sus coches patrulla. Es una prueba más de que a lo mejor no están haciendo todo lo posible por librar la guerra contra la droga.

Vamos callados prácticamente todo el cuarto de hora que tardamos en llegar hasta el Campamento Colestah. Jasper me mira un par de veces como si estuviera buscando una señal de que quiero que hable. Incluso se mueve en dirección al agente Kendall como si le fuera a decir algo. Como era previsible, nuestra silenciosa actitud no le pasa desapercibida al agente Kendall, que nos echa una miradita por el espejo retrovisor. Sacudo la cabeza y me vuelvo hacia la ventanilla en silencio.

Cuanto más nos alejamos, más oscuro está y más me cuesta respirar. Aunque me siento un poco mejor cuando por fin nos metemos por un camino de tierra y gravilla. Al menos no tardaremos en saber algo.

—Ya-ya-ya estamos —dice el agente Kendall cuando pasamos junto a unas columnas de piedra que están cayéndose y un letrero torcido de madera, donde apenas se lee: CAMPAMENTO COLESTAH—.

Hace mu-mu-mucho tiempo fu-fu-fue un lugar muy bonito. Pa-pa-para niños ri-ri-ricos de Boston.

—¿Por qué lo cerraron? —pregunto. Ahora ya presiento que aquí ha ocurrido algo terrible. Espero que haya sido hace mucho tiempo.

—El hi-hi-hijo del dueño se aho-aho-ahogó en la piscina —contesta el agente—. Se que-que-quedó atrapado en el vie-vie-viejo desagüe, en la par-par-parte honda. Yo lo conocía. Bu-bu-buen chico. Sus pa-pa-padres cerraron y se mu-mu-mudaron al oeste.

La gravilla cruje bajo las ruedas a medida que avanzamos, con los faros iluminando los árboles altos y pelados mientras el camino desigual va describiendo curvas a derecha e izquierda. Recorremos unos sesenta metros más hasta que el agente Kendall por fin detiene el coche.

—Que-que-quedaos aquí —nos indica, aparca el coche en el aparcamiento y se dirige hacia el bosque oscuro—. Ha-ha-hay que registrar cada ed-ed-edificio por el camino. Ver que-que-que no hay nadie. Las ca-ca-cabañas más viejas están por a-a-allí. Esas son las que-que-que les gustan.

Creía que le pediría al agente Kendall acompañarlo, pero me alegra quedarme a salvo en el coche. Salta a la vista que Jasper no se siente tan asustado como yo por lo espeluznante del lugar.

—¿Está seguro que no quiere que le...?

—Que-que-quedaos aquí —el agente Kendall lo dice con mucha más firmeza por segunda vez—. A-a-alegraos de que-que-que os haya dejado venir.

Nos quedamos sentados en silencio, mirando desde el asiento trasero cómo va proyectándose el haz de la linterna del agente entre los árboles, cómo desciende por una pendiente y luego vuelve a ascender. En cuanto se me adapta la vista a la oscuridad, distingo hacia dónde se dirige: hacia cuatro pequeñas cabañas en lo alto de un montículo. El agente Kendall —o su linterna, al menos— se dirige hacia la primera cabaña, situada al fondo a la derecha.

—Bueno, esto es un asco —exclama Jasper mientras el haz de la linterna del agente desaparece en el interior de la cabaña. En realidad, es el primer comentario negativo que él hace.

—Creía que siempre estabas en plan optimista —digo, y es para pincharlo por haberme llamado antes pesimista. Y eso que sé que podría haberme llamado cosas mucho peores—. ¿Qué ha pasado con tu botella medio llena?

—A lo mejor te la has bebido tú. —Jasper sonríe con timidez cuando se vuelve hacia mí. Pero la sonrisa se esfuma en cuanto se echa hacia delante e intenta abrir la puerta. No se abre—. Estamos encerrados aquí, ¿sabes?

—Estamos en un coche patrulla —afirmo, como si lo que ha dicho Jasper fuera una obviedad para mí. Pero no lo es, y hubiera preferido que Jasper no lo mencionara. Porque ahora lo único que puedo pensar es en qué nos ocurrirá si le pasa algo al agente Kendall mientras está fuera. ¿Y si quienquiera que sea el responsable viene a por nosotros, que estamos aquí atrapados en medio de la nada?

Me late el corazón muy deprisa mientras veo el haz de luz de la linterna del agente Kendall proyectarse en el interior de la segunda cabaña pequeña. Cuando la luz ilumina la fachada, veo algo colgando delante de la ventana. ¿Rejillas protectoras? Estamos demasiado lejos para saberlo con seguridad, pero eso parece. Como si alguien las hubiera desgarrado intentando escapar. No me doy cuenta de lo tenso que he tenido el cuerpo hasta que el agente Kendall termina de registrar las últimas dos cabañas, y el haz de luz de la linterna por fin regresa hacia donde estamos nosotros.

—No deberíamos haber venido —comento antes de que el agente llegue al coche.

—¿A qué te refieres? —pregunta Jasper—. ¿Adónde? ¿Al campamento?

—No lo sé. —Y es verdad. No sé qué he querido decir. Pero no tengo ninguna duda sobre cómo me siento.

—Oye. —Jasper alarga una mano y da un rápido apretón a la

mía. Aunque para mí dura lo suficiente para darme cuenta de lo rígidos y fríos que tengo los dedos—. Todo va a salir bien. Ella estará bien.

—Tú no puedes saberlo —digo.

—Puede que no —conviene Jasper—. Pero eso no va a impedirme que siga creyéndolo.

—Na-na-nada —dice el agente Kendall cuando por fin abre la puerta y se desliza en el asiento del conductor—. So-so-solo algo de ba-ba-basura, en-en-envoltorios de comida y la-la-latas de cerveza.

—Eso significa que ha habido alguien aquí —deduzco.

—A-a-aquí si-si-siempre hay a-a-alguien —declara—. Lo usan. Va-va-vamos.

Vamos avanzando como si nada: cabaña tras cabaña. Avanzamos un poco, paramos. Avanzamos, paramos. El agente Kendall sale. El agente Kendall registra la instalación. El agente Kendall regresa. Sacude la cabeza: «Nada». Avanzamos, paramos. Avanzamos, paramos. Solo informa sobre los distintos tipos de basura: envoltorios de dulces en algunas, latas de cerveza vacías y colillas de cigarrillos en otras. En una había una enorme pila de papel celofán, que el agente Kendall no se explica. No quiero que intente entenderlo.

A medida que vamos avanzando por el caminito para coches, las cabañas tienen peor aspecto; algunas están demasiado derruidas para que Kendall entre, una de ellas no es más que una pila de tablones. El agente ilumina incluso esa con la linterna, como si Cassie pudiera estar enterrada bajo los escombros. Al menos parece un policía competente que actúa a conciencia. Su seriedad me hace pensar en que tal vez debería haber llamado a Karen desde el pueblo. Debería haberle contado lo que sabemos, al menos podría haberle dicho el nombre del lugar. No lo he hecho porque Cassie nos ha pedido específicamente que no se lo contáramos a su madre, y eso fue incluso después de permitirnos que acudiéramos a la policía. Aunque la verdad es que tampoco he llamado a Karen desde Seneca, porque no quería acabar hablando con mi padre. Ahora que ha intentado que me internen —algo que sigo sin creerme del todo—, no estoy segura de querer volver a hablarle jamás. De todas formas, es demasiado tarde para cambiar de opinión sobre lo de llamar a Karen. Donde estamos, en lo más profundo del bosque, hace mucho tiempo que no tenemos cobertura.

Al final llegamos a un punto donde el camino termina en lo alto de otro montículo, en una zona de aparcamiento circular. Hay tres cabañas un poco más grandes y un edificio bastante más espacioso, del tamaño de dos o tres cabañas juntas. Son todas negras como el carbón, como las demás, pero más fáciles de distinguir en el claro mucho mejor iluminado. Además, desde lejos, parecen estar en unas condiciones mucho más aceptables.

—Estos so-so-son los edi-edi-edificios principales —explica el agente Kendall—. Pero la gen-gen-gente suele quedarse en las otras; es más fá-fá-fácil en-en-entrar. Y sa-sa-salir.

Oigo que Jasper suelta aire de forma sonora. Sacude la cabeza y se vuelve hacia mí.

—Esto no tiene buena pinta.

Tiene razón. ¿Qué haremos si el agente Kendall tampoco encuentra a Cassie en ninguno de estos edificios? No tengo respuesta para eso. Vuelvo a mirar hacia las cabañas. No voy colocada de meta, pero si quisiera colocarme en este campamento elegiría este lugar, porque estos edificios no están del todo en ruinas. Esto no habrá terminado hasta que no hayamos registrado hasta el último sitio. Todavía existe alguna posibilidad de que Cassie esté ahí.

—To-to-todavía hay donde registrar —dice el agente—. Hay o-o-otros campamentos. Ahora iremos. A lo mejor os-os-os dio mal el no-no-nombre. —Está siendo amable, intenta que no perdamos la esperanza. Y yo me alegro, porque hace falta que alguien siga siendo positivo ahora que Jasper ha empezado a desanimarse.

El agente Kendall aparca de cara a la zona de hierba que hay entre los edificios. Está todo muy luminoso porque la luna se refleja, casi llena, en el cielo despejado. El policía deja los faros encendidos esta vez, y pasa entre los haces de luz de camino a su registro del primer edificio. Envuelto por un fulgor dorado, el agente Kendall parece incluso más guapo y muy valiente. Intento considerarlo una señal alentadora hasta que de pronto se detiene en medio de la hierba para mirar algo que hay en el suelo. Se lleva la mano a la pistola.

—¿Qué está mirando? —pregunto al tiempo que entorno los ojos. Pero no lo veo desde el lugar donde estamos aparcados.

—No lo sé. —Jasper pega la cara a la rejilla que nos separa del asiento delantero. Sea lo que sea, el agente Kendall le da un puntapié—. Hay algo apilado, me parece que son unos leños... Espera, ¿eso es humo?

—¿Dónde? —Se me acelera el pulso y entorno aún más los ojos. Y entonces lo veo; cuando el agente vuelve a patearlo una voluta de humo asciende en dirección al cielo.

—Me cago en la puta —protesta Jasper—. Hay alguien aquí.

—O *había*. *Había* alguien aquí —lo corrijo intentando no sentirme demasiado aliviada. O no preocuparme demasiado. Porque la idea de que realmente haya alguien en este campamento me llena tanto de esperanza como de miedo. Inspiro una bocanada de aire, aunque ya empiezo a sentirme mareada.

Transcurrido un segundo el agente Kendall regresa y se agacha para llamar por la radio.

—Tres cero seis pidiendo re-re-refuerzos —dice—. Campamento Colestah. Posible 207. —No recibe respuesta. A lo mejor nunca responden, o a lo mejor significa que el agente O'Connell ha dado por acabada la noche. Tengo la sensación de que en un lugar como Seneca es posible que se cierre la comisaría. ¿Y qué es un 207? Me da demasiado miedo preguntarlo. El agente Kendall se vuelve para mirarnos—. Espero que quienquie-quie-quiera que estuviera aquí se haya i-i-ido, pero voy a peinar los ed-ed-edificios para asegurarme.

Es mucho peor estar encerrados en la parte trasera del coche patrulla del agente cuando se marcha en esta ocasión. Al menos no tarda demasiado en registrar el primer edificio y el siguiente, pero se queda dentro de la última de las cabañas pequeñas. Vemos el haz de su linterna por la ventana, moviéndose de un lado a otro como si estuviera jugueteando con un gato.

Pasado un minuto regresa en nuestra dirección. Pero esta vez se mueve deprisa. Ha encontrado algo, y no es bueno.

—Voy a ne-ne-necesitar que ven-ven-vengáis conmigo —dice al abrir mi puerta. Y lo único que deseo es volver a cerrarla de golpe—. Hay al-al-algo que ne-ne-necesito que identifiquéis.

¿El cuerpo de Cassie? Es en lo único que puedo pensar.

—¿Identificar qué?

—Algo de ro-ro-ropa y una mo-mo-mochila. Todo es nuevo y caro. No es típico de un adicto. Tengo que saber si son de vu-vuvuestra amiga. Os lo traería, pero no quiero alterar la escena, por si... —Deja la frase sin terminar. Por si algo horrible le ha ocurrido a Cassie, eso es lo que ha querido decir. Lo que hay ahí dentro podría ser la prueba de un delito. El agente Kendall mira en dirección al camino y hacia la linde del bosque, como si estuviera pensándolo—. Pre-pre-preferiría esperar a que llegaran los re-re-refuerzos, pero tardarán un rato.

Aunque podríamos no tener tanto tiempo. Puede que Cassie no lo tenga.

El aire está cargado al salir del coche. El frío me hiela los pulmones, y una nube blanca de vaho me envuelve la cara cuando exhalo. El agente Kendall empieza a caminar con brío por la hierba y nos hace un gesto en silencio para que lo sigamos. Va moviendo la cabeza de izquierda a derecha, observando si hay peligro, ojeando el perímetro a medida que avanzamos hacia la cabaña que hay al fondo a la derecha. Mientras vamos pasando junto a las otras cabañas, veo que las rejillas no están arrancadas y las puertas parecen bien encajadas en sus goznes. Pero eso me hace sentir peor, no mejor. Está claro que aquí arriba, en estas cabañas, es el lugar donde alguien ocultaría algo o a alguien. Aprieto los puños, como si el dolor de las uñas clavándose en las palmas aliviara parte de la tensión que siento en el estómago. Aunque lo que de verdad necesito es respirar. Lo sé. Realmente necesito respirar. Ojalá fuera tan fácil hacerlo como decirlo.

—Tengo miedo —susurro a Jasper.

—Yo también —me dice él.

—Va-va-vamos un poco más de-de-deprisa —indica el agente Kendall en cuanto estamos en el centro de la zona de hierba. Como si fuera una amenaza el hecho de estar en una parte tan abierta—. ¿Vu-vu-vuestra amiga no os dijo na-na-nada sobre la gente con la que estaba? ¿Ningún detalle?

Ahora sí que está esperando escuchar nuestra respuesta. Antes no, pero ahora está claro que sí. Habían tomado a Cassie por otra yonqui más. Incluso como una de las yonquis con las que están dispuestos a hacer la vista gorda.

—Solo nos dijo que se había metido en un lío y que su madre se volvería loca —responde Jasper, mientras él mismo va comprobando el perímetro con nerviosismo—. Y de pronto nos dijo que tenía miedo de que le hicieran daño.

Lo que significa, claro está, que tenía su móvil. Lo he sabido desde el principio, pero no le he dado importancia hasta ahora. ¿Por qué la habrán dejado quedarse el móvil? A lo mejor sí que vino hasta aquí de «fiesta» como ha dicho el sargento. Y la juerga se les fue de las manos.

—Cuando entremos quedaos a mi izquierda —ordena el agente cuando por fin subimos por la escalera de entrada de la cabaña—. Hay un agujero enorme en el suelo a la derecha. Y hay cajas y muebles por todas partes. La linterna es muy necesaria.

Mientras vamos subiendo por detrás de él me siento cada vez

más mareada. Me sujeto a la barandilla para no perder el equilibrio. «Respira.» Pero hay algo nuevo que me da mala espina. Algo distinto además de lo que ya ha sido horrible: Lexi y Doug, los hombres persiguiéndonos por el bosque, puede que las cosas de Cassie tiradas en el suelo de un antro para el consumo de meta. Tengo la sensación de haberme dejado algo crucial —la mochila, el móvil, una parte del cuerpo— y no saber muy bien qué es todavía.

«Respira, inspira y espira contando hasta cuatro.» El agente Kendall se sitúa a la derecha y nos sujeta la puerta mientras señala con la linterna a la izquierda.

Estoy temblando cuando entro, distingo el contorno de una mesa pegada a la pared y un archivador en un rincón. Seguramente son las oficinas del campamento. Huele a polvo y un poco a moho, pero es soportable. No huele a muerte. Y eso parece importante. Sin embargo, todavía hay otra cosa en el aire, algo que parece muy fuera de lugar. Algo que no logro identificar.

—Está justo ahí, en el suelo, bajo la ventana —dice el agente Kendall, y dibuja un círculo por delante con el haz de su linterna.

Se me para el corazón cuando al fin lo veo: es la vieja mochila de paño de Cassie. La que lleva siempre. También está su sudadera, justo en el suelo: la roja de Boston con el agujero en la manga derecha. Corro hacia ella porque, si no tiene el agujero, no será la suya. Y, en cuanto a la mochila... Bueno, está muy de moda. Podría ser de cualquiera.

—¡No toques nada! —me grita el agente Kendall.

Así que me llevo las manos a la espalda y me acuclillo junto a la sudadera. Está claro: ahí está el agujero, joder. Es su sudadera. Cassie ha estado en esta cabaña y ahora ha desaparecido. Alguien se la ha llevado. La ha obligado a dejar sus cosas. Porque a Cassie le encantaba esa prenda y se compró la mochila con su dinero; casi cien dólares que había ganado sirviendo un montón de helados en el Holy Cow. Entonces veo algo más que llama mi atención, a unos centímetros de donde estoy: calzoncillos de camuflaje de color rosa. Miro más de cerca y estoy segura de que son los pantalones cortos tipo chico que llevan la frase ACUÉSTATE CONMIGO escrita en el culo. Es la ropa interior de Cassie.

Me levanto. Demasiado rápido. Demasiado. Veo fuegos artificiales en forma de cascada luminosa. La cabeza me da vueltas. Pero no pasa nada. Es solo una bajada de tensión. Las paredes de la habitación no están cada vez más cerca. El cosquilleo de mis manos es solo mental.

—¿Reconoces algo? —pregunta el agente Kendall. No hipa, no se atasca. No tartamudea. El agente habla con fluidez. En realidad, lleva un rato hablando bien. ¿Desde cuándo? Estoy segura de que en el coche sí tartamudeaba. Y también cuando hemos empezado a recorrer estos edificios. Pero ahora está clarísimo que no lo hace. El tartamudeo se ha acabado. Eso ha quedado atrás.

Levanto la vista de la ropa interior de Cassie y miro el reflejo de Jasper en la ventana. «No tartamudea», pienso, pero tengo demasiado miedo para decirlo. «Esto no es seguro.» Oigo mis latidos dentro de los oídos. El sonido me retumba, como si estuviéramos bajo el agua. Y ahora la habitación es tan estrecha y oscura que me da la sensación de estar mirando por un canutillo de papel higiénico.

Entonces se oye un ruido. Fuerte. Cerca de la puerta. ¿Algo ha impactado contra ella? ¿Ha sido eso? Luego se hace la oscuridad a mi izquierda, siento un ardor, me tambaleo y entonces…

16

—¿Wylie? ¿Estás bien? —Oigo una voz, pero no sé de quién es. Intento abrir los ojos, pero los tengo pegados. La boca también. ¿Tengo la mandíbula rota? No, solo tengo los labios pegados porque el interior de la boca está pastosa. Agua. Necesito agua. Pero, al moverme, el dolor me lacera el lateral de la cabeza. Mirar con los ojos entornados lo empeora. Todavía está oscuro. Es de noche, pero no es cerrada. Una tenue luz grisácea entra por la ventana. Tal vez sea la luz de la luna. Tengo una tela que me raspa bajo las manos. Estoy tumbada en un sofá: polvoriento, enmohecido, lleno de bultos. La cabaña, el Campamento Colestah, Cassie; lo recuerdo todo de golpe. Su ropa interior aquí. Ella en otro lugar.

—Te has desmayado. —Es Jasper. Cuando me incorporo apoyándome en un codo, oigo un pitido en la cabeza. Jasper está sentado en el suelo a un par de centímetros de distancia, con la espalda apoyada en la pared. Está mirándome. Preocupado.

No, está más que preocupado. Parece asustado.

—Te has dado con la cabeza contra el borde del escritorio. —Señala un mueble que no está muy lejos de la puerta—. He intentado agarrarte, pero no me ha dado tiempo. ¿Estás bien?

—A veces me desmayo cuando me estreso mucho —digo intentando que parezca que no hay para tanto—. Hacía mucho que no me ocurría. Lo siento, no quería asustarte.

—Oh. —Vuelve a agachar la cabeza, aparta la mirada—. Creo que no te has hecho ninguna brecha. —Se señala su coronilla—. Es que... Ya lo he mirado. Pero sí tienes un buen chichón.

Me pongo colorada al imaginar que Jasper me ha levantado y me ha colocado en el sofá, y que ha estado tocándome la cabeza. Es humillante. Y, sí, también un gesto tierno.

—Vale, gracias —digo y hago un mohín porque me duele la cabeza cuando me giro para sentarme—. Espera, ¿dónde está...? —Miro a mi alrededor. No logro recordar su nombre. Durante un minuto pienso en la gravedad del golpe en la cabeza—. El poli.

—No lo sé —responde Jasper en voz baja. Con la tenue luz veo que se vuelve hacia la puerta—. Cuando he salido corriendo a por ti se ha oído un ruido muy fuerte por detrás. Y luego la puerta se ha cerrado de golpe. Supongo que alguien se lo ha llevado o...

—¿Que se lo han llevado? —Me duele más la cabeza con cada palabra—. Es un agente de policía. —Como si eso fuera razón suficiente para que no le ocurrra nada malo. Luego recuerdo el tartamudeo del agente Kendall, en cómo ha desaparecido. Pienso en decírselo a Jasper, pero tengo miedo de que al hacerlo vuelva a perder los papeles. Además, a lo mejor el subidón de adrenalina hizo que dejara de tartamudear. El agente Kendall podría ser como yo: mejora en las situaciones de emergencia real. Salvo que eso parece del todo improbable.

—A lo mejor están tan colocados que ni siquiera se han dado cuenta de que era un poli —sugiere Jasper, pero en absoluto convencido. Por otra parte, da mucho miedo que esa sea nuestra mejor opción: personas tan colocadas que ni siquiera ven bien.

—Creo que estaba fingiendo ser tartamudo. ¿No te has fijado? Ha dejado de tartamudear justo antes de entrar en la cabaña.

—¿Estás segura? —pregunta Jasper, y parece que crea que puedo habérmelo imaginado. Me pregunto si, ahora que le he contado lo de que mi padre ha llamado a la poli, va a pensar que me lo imagino todo. ¿Dudará Jasper de todo cuanto diga?—. ¿Por qué iba a hacerlo?

—No tengo ni idea.

Sigue mirándome como si todavía no se lo creyera.

—De todas formas, creo que ahora tenemos un problema más grave.

—¿Cuál? —Trago saliva para disolver el nudo que tengo en la garganta.

—La puerta está cerrada con llave.

—¿Cerrada con llave?

Me doy impulso para levantarme y corro hacia la puerta. «No, no, no.» No podemos estar encerrados en este lugar oscuro y terrible. El pomo no gira ni un ápice, y durante un segundo creo que voy a demostrar que Jasper se equivoca. Pero la puerta sigue cerrada cuando la empujo, como si hubiera un pestillo echado por fuera. «Bum, bum, bum», el corazón me late con fuerza mientras me dirijo a la ventana que está junto a Jasper, que sigue sentado en el suelo. Cristales transparentes cubren las ventanas. Pienso en las rejillas desgarradas de las otras cabañas cuando pongo la mano plana sobre el frío cristal. No está ni rajado ni polvoriento. En realidad, la ventana parece nueva.

Jasper levanta la vista para mirarme. Sigo con la mano sobre el cristal, la cara de Jasper queda semioculta en la sombra. Empujo la ventana hacia arriba, pero no se mueve.

—Esa está cerrada —dice mientras se levanta y se dirige hacia la otra, la que está justo enfrente, en el otro extremo de la habitación. Cuando intenta abrirla tampoco se abre. Ni las dos del fondo. Mira de cerca la última—. Creo que les han puesto unos clavos por fuera para clausurarlas.

—Entonces tendríamos que romper una —le digo cuando regresa a mi lado.

Parece algo que mi yo en modo de emergencia podría hacer. Cristales rotos, arrastrarse entre las esquirlas. Volver a correr en la oscuridad y el bosque enmarañado.

Pero Jasper ya está negando con la cabeza.

—Mira.

Lo que yo había tomado por una fina rejilla que puede desgarrarse con facilidad en la otra ventana, ahora lo veo, es una reja metálica mucho más gruesa. Como una reja carcelaria. No estamos solo atrapados en una cabaña. Estamos encerrados con llave en una jaula.

—¿Qué coño es esto? —susurro.

Jasper inspira con profundidad, como si intentara tomar fuerzas.

—Vale, tiene que haber una forma de salir de aquí —dice y no responde a mi pregunta. Quizá esté intentando volver a ser optimista. Y espero que así sea porque yo solo puedo pensar en posibilidades oscuras y terribles que acaban en desgracia. Nuestra desgracia.

Jasper se dirige al fondo de la cabaña y mete la cabeza en lo que parece un armario. Cuando vuelve a asomarla saca una cuerda y una bombilla se enciende. Proyecta un rectángulo dorado en el suelo alrededor de sus pies e ilumina ligeramente la habitación. Me siento aliviada, pero solo durante un segundo.

—¿Hay electricidad? —pregunto. ¿Eso tendría que hacerme sentir mejor? Porque no me siento mejor—. Creía que este sitio estaba abandonado.

—Sí, es algo muy raro. —Jasper me hace un gesto para que me acerque al armario—. Pero no tanto como esto.

Cuando me acerco entiendo a qué se refiere. Hay un cubo en el suelo del armario con un rollo de papel higiénico al lado. Incluso jabón desinfectante para las manos. Es un retrete rudimentario.

—Sabían que íbamos a venir —deduzco.

—O sabían que iba a venir alguien —dice Jasper, y regresa hacia la ventana de la fachada. Me quedo mirándolo, pero él no me corresponde.

—¿Quién es esta gente? —pregunto aunque ya sé que Jasper no tiene ni idea.

—Seguramente no son los mismos que se clavaron un tenedor en los ojos. —Se vuelve hacia mí cuando me coloco a su lado, frente a la ventana—. ¿No crees?

Por supuesto que tiene razón. Está demasiado organizado y bien pensado para que lo haya hecho un grupo de colgados.

—Espera, ¿eso de ahí es una persona? —Jasper señala la cabaña que hay al otro lado del camino, pero yo solo distingo sombras—. Acabo de ver algo moviéndose por ahí.

Me echo hacia delante y miro con los ojos entornados, pero sigo sin ver nada. Sin embargo, capto algo de soslayo en la otra dirección.

—Mira —digo y siento una esperanza repentina—. El coche patrulla sigue ahí.

—Sí, pero alguien ha apagado los faros —señala Jasper, y por su tono de voz sé que no le parece nada bueno. Ambos nos quedamos mirando hacia allí en silencio durante un rato—. ¿De verdad crees que Cassie podría estar metiéndose meta? —me pregunta, con la mirada todavía puesta en el coche del agente Kendall—. ¿Y que la meta es todo el problema?

—No tengo ni idea. —Me vuelvo y me dejo caer por la pared hasta que ocupo el lugar donde estaba Jasper sobre el frío y sucio suelo—. Cassie ha hecho muchas cosas últimamente que jamás imaginé que haría. —De pronto vuelvo a estar muy enfadada con Jasper. Porque la Coalición del Arcoíris podría haber sido el motivo de que Cassie empezara a salir de fiesta. Pero Jasper era la razón por la que había seguido haciéndolo—. Bueno, quiero decir, en todas esas fiestas a las que iba... A lo mejor fue allí donde la probó. Tú deberías saberlo. Estabas con ella.

—Un momento, ¿crees que había meta en alguna de las fiestas a las que íbamos? —me reprocha al tiempo que niega con la cabeza—. ¿De verdad crees que es culpa mía que Cassie haya empezado a tomar drogas?

—No he dicho que fuera culpa tuya. —Pongo los ojos en blanco. Resulta más que ridículo que adopte esa actitud de inocencia—. Lo único que digo es que tú lo tenías más por la mano que ella, nada más.

—¿Te refieres a las drogas? —Jasper no espera a que yo responda—. Escucha, ya sé que crees que lo sabes todo sobre mí. Que lo sabes todo sobre todas las cosas. Pero yo ni siquiera bebo. Jamás lo he hecho. Tampoco tomo drogas. Y ni siquiera las he probado —espeta—. Mi padre estaba colgadísimo cuando le dio la paliza a ese tío. Casi lo mata. Y sí, lo hizo él. Y tampoco era la primera vez. Solo fue la primera vez que le hizo tanto daño a alguien que acabó entre rejas por ello. Y si mentí a Lexi y Doug sobre eso fue porque la gente suele pensar que somos iguales que nuestros padres. —Me mira al decirlo porque sabe que yo soy una de esas personas—. Y algunas veces me preocupa que estén en lo cierto. Por eso voy con cuidado. Para empezar me mantengo alejado de las drogas. Jamás he estado colgado ni lo estaré nunca. Y tampoco he visto a Cassie colgada. Ella sabía qué pensaba yo sobre el tema y por eso nunca fumaba porros delante de mí. Aunque yo sabía que fumaba y odiaba que lo hiciera.

—Vale —digo levantando las manos—. Está bien, lo siento.

Me siento como una idiota. Porque a lo mejor sí que soy una de esas personas que creen que es igual que su padre. Jasper tiene razón: haberlo pensado es horrible.

—Pero últimamente se comportaba de forma muy rara. —Jasper se cruza de brazos con la mirada todavía fija en la ventana—. Como ya te he dicho antes, creía que estaba engañándome. Pero a lo mejor estaba ocultando algún tema relacionado con las drogas. Incluso algo sobre la meta. Mierda, no lo sé. Está claro que no me lo habría dicho. Imaginaría que a mí no me parecería bien. Pero, en cualquier caso, si crees que estoy mintiéndote no puedo convencerte de lo contrario.

—No lo creo —digo—. No pretendía...

—Y, a propósito de tu odiosa opinión sobre mí —prosigue Jasper, de nuevo muy enfadado—, Cassie me contó que creías que yo le había hecho algo a Tasha. No es que sea asunto tuyo, pero Tasha y yo éramos amigos. Algunas veces a ella le gustaba fingir que éramos novios, y a mí no me importaba, ¿qué más me daba? Pero era demasiado gilipollas para darme cuenta de cómo se sentiría cuando por fin tuve una novia de verdad. Y fue una cagada total.

—¿Se lo contaste a Cassie? —pregunto. Estoy segura de que ella me lo habría echado en cara.

—No. Ella me preguntó sobre Tasha, pero yo pensé que no era asunto de nadie. Escucha, no estoy fingiendo ser perfecto. Y, por si estás preguntándotelo, le rompí la nariz a ese chico. Lo dejé inconsciente. ¿Pretendía darle tan fuerte? No lo sé, puede que sí. Dijo un montón de mierdas sobre mi padre y yo perdí el control. No me enorgullezco de ello. Fue un error. Todo el mundo los comete, ¿sabes? —Jasper se vuelve hacia la ventana y se cruza de brazos—. A lo mejor, si fueras consciente de ello, serías una persona más feliz.

Me arden las mejillas cuando miro el perfil de su atractivo rostro masculino. Detesto que tenga tanta razón.

—¡Mira eso! —Jasper señala hacia la ventana.

Me levanto de un salto y distingo algo o a alguien entre las sombras de la cabaña grande que está enfrente. Luego se ve un haz de luz de una linterna que avanza y empieza a correr en la oscuridad, por la hierba, hacia nosotros. El agente Kendall. Al menos, eso creo: es la misma luz y enfocada a la misma altura. ¿Está volviendo con nosotros? Es posible que haya salido corriendo a investigar y que la puerta se haya cerrado de golpe tras él. Podría estar incluso atascada y no cerrada con llave. Nuestra situación seguiría siendo mala —porque no hemos encontrado a Cassie—, pero quizá algo menos.

Sin embargo, en lugar de seguir avanzando hacia nuestra cabaña la linterna se vuelve hacia el coche. ¿No es el agente Kendall? Pero pasado un segundo, en cuanto la luz ya no nos ilumina, vemos quién es. Es el agente Kendall, no hay duda. Se dirige hacia su coche. Y se aleja de nosotros.

Cierro los ojos. Espero estar viendo visiones. Tiene que ser eso. Pero, cuando los abro, el agente Kendall está ahí, todavía caminando hacia su coche.

Jasper golpea en la ventana con los nudillos.

—¡Eh! —grita—. ¿Adónde va?

Si el agente Kendall lo ha oído, no se inmuta.

—Nos deja aquí —susurro y apenas puedo pronunciar las palabras. Siento el latido del corazón en la cabeza.

—¡Eh! —Jasper vuelve a gritar y aporrea la ventana con el puño cuando el agente Kendall se sube a su coche. Lo hace con tanta fuerza que tengo miedo de que se haga daño cuando rompa el cristal.

—Jasper, para. —Le pongo una mano en el brazo.

Deja el puño apoyado en el cristal mientras el agente Kendall se aleja conduciendo. Nos quedamos en silencio hasta que vemos desaparecer las luces traseras del coche por el camino.

—Joder —Jasper murmura. Luego vuelve a sentarse en el suelo.

Me quedo mirándolo un minuto, ahí sentado, completamente abatido. Si Jasper pierde la esperanza, estamos del todo acabados. Pero se recuperará. Tiene que hacerlo. Solo tengo que concederle un minuto. Le doy la espalda y me vuelvo hacia la ventana.

Y veo una cara. Ahí mismo. Justo del otro lado del cristal, a unos centímetros de distancia de la mía. Un hombre con una mirada terrible de muerto.

—¡Me cago en la puta!

Jasper se levanta de un salto.

—¿Qué pasa?

El hombre espantoso, con barba, delgado y la piel manchada, mira a Jasper y levanta un dedo sucio. «Chis», dice aunque no podamos oírlo. Se me acelera el pulso cuando levanta algo por delante de él. Me cuesta un minuto distinguir de qué se trata: una escopeta. Cuando la baja, su sonrisa se esfuma y se convierte en una mueca horrible hasta que por fin desaparece.

—Joder —vuelve a decir Jasper con los ojos muy abiertos clavados todavía en la ventana y mirada de terror—. Hay que salir de aquí cagando leches. Ahora.

Registramos toda la cabaña buscando una vía de escape. En un momento determinado, Jasper mueve unas cuantas cajas para levantar una especie de cerco en torno a las cosas de Cassie, y me alegro porque tengo miedo de que, si las miro más de cerca, pueda descubrir algo terrible, como sangre.

Vuelvo a revisar todas las ventanas, pero están todas selladas con clavos, todas cubiertas por la misma rejilla protectora. Jasper toquetea la pared en busca de algún tablón suelto, alguna grieta. Ambos recorremos el suelo buscando algún punto débil, algún rincón por el que podamos salir excavando. Solo encuentro el agujero que el agente Kendall ha mencionado, pero no es lo bastante grande para resultar útil.

Lo hacemos todo en silencio, ninguno de los dos comenta nada sobre quiénes pueden ser esas personas o quién nos habrá encerrado aquí dentro.

No hablamos de por qué se habrá marchado el agente Kendall. Porque cualquier explicación empeoraría mucho, muchísimo más, nuestra situación y la de Cassie.

—¿Crees que está bien? —pregunta Jasper en un momento determinado. Se refiere a si sigue viva, lo sé. No quiero que me lo pregunte. Quiero que sepa que está bien, que sigue bien, como lo creía antes.

—Está bien —contesto finalmente, como él me dijo hace horas—. Tiene que estar bien.

Arrastro una silla para echar un vistazo a una salida de ventilación que hay cerca del techo que, de todas formas, podría ser demasiado pequeña para que pasáramos por ella.

—Eh, a lo mejor hay algo por ahí detrás —me dice Jasper desde el fondo—. Ayúdame a apartar esta cómoda.

El mueble es tan pesado que parece hecho de cemento. Aunque Jasper lo empuja con todas sus fuerzas, la cómoda no se mueve mucho, apenas unos treinta centímetros desde la pared. Aunque eso basta para ver que hay algo detrás. Un gran tablón de conglomerado —de entre medio metro y un metro— está pegado a la pared, como si estuviera tapando un agujero. Un agujero que podría ser lo bastante grande para que escapáramos por él. Jasper se agacha, y mira de cerca los bordes del tablón. Hay un tornillo en cada esquina y un par más a los lados.

—Tenemos que quitar este tablón. —Se mueve por la habitación. «Hay que encontrar alguna herramienta para soltarlo.» Además, tiene razón al sugerir que lo hagamos en silencio. No conviene llamar la atención del tipo de la puerta.

Con cuidado, con delicadeza, vamos abriendo los cajones de uno en uno. Encuentro un lápiz roto y cuatro peniques en uno, unas cuantas carpetas con separadores sucias en el siguiente. Jasper está junto al mueble archivador más alto intentando abrir con cuidado y en silencio los ruidosos cajones metálicos. Parece asqueado por algo que encuentra en el segundo cajón y mete la cabeza para verlo más de cerca. Pasado un segundo saca un búho disecado enorme y lo coloca sobre el archivador. El animal se queda mirándome directamente a los ojos.

—Para ti. —Sonríe tímidamente, y me alegro de que al menos uno de nosotros sea capaz de bromear—. Mira —susurra Jasper un segundo después. Me vuelvo creyendo que se trata de otro absurdo hallazgo. Pero tiene una regla metálica en la mano. El tipo de objeto que podría servir para quitar los tornillos.

Jasper prueba con la regla, y me impresiona cuando, de verdad, empieza a desenroscarse el primer tornillo. Cuando levanta la vista, vuelvo a ver su mirada esperanzada. Y suplico que tenga razón. Que estemos a punto de ser libres.

Sin embargo, diez minutos después, es evidente que el proceso será lento. Ha sacado tres tornillos de un lado y hay un par más sueltos, pero quedan todavía otros doce.

—Déjame probar a mí —me ofrezco cuando veo que a Jasper empiezan a fallarle las manos. Aunque la luz de la bombilla es muy tenue, se le ven las manos muy rojas.

—Voy bien —dice, y hace un gesto con la mano para rechazar el ofrecimiento, incluso cuando empieza a escurrírsele la regla.

Lo dejo seguir peleándose con los tornillos durante un par de minutos más, hasta que de verdad parece que está haciéndolo más despacio. No podemos permitírnoslo de ninguna manera. No tenemos tiempo que perder, ni tampoco lo tiene Cassie. Esté donde esté.

Le pongo una mano sobre la suya.

—Venga. Descansa un minuto.

Al final, Jasper asiente con la cabeza y se aparta. Cuando intento desenroscar los tornillos veo que es incluso más difícil de lo que había creído. Aun así, consigo sacar uno y lo intento con el siguiente. Lo que me hace pensar que para haberse tomado todas estas molestias —cambiar las ventanas y poner la rejilla protectora, el retrete del cubo, un agujero tapiado—, dejarse esa regla ha sido un descuido bastante tonto.

—Qué suerte que la hayamos encontrado, ¿no? —pregunto.

La mala espina que me da esto podría no ser nada. Casi nunca es nada. Pero cuando una se preocupa por todo, al final siempre aciertas en algo.

—Supongo —dice Jasper, pero no está escuchando. No le preocupa que encontrar la regla sea una suerte para nosotros. Tiene la mirada puesta en mis manos como si quisiera quitarme la regla.

—Quiero decir que... ¿no te parece sospechoso? —Dejo de desenroscar el tornillo y vuelvo a mirarlo.

Jasper asiente en silencio, se encoge de hombros y se queda mirando el contrachapado. Cuando alarga una mano, creo que está de acuerdo conmigo y que quiere que lo pensemos mejor. Pero me quita la regla y retoma el trabajo de desenroscar los tornillos. Esta vez va incluso más rápido.

Recuperado tras el breve descanso, Jasper saca los dos siguientes más deprisa. Cuando están todos los tornillos fuera, incluso logra separar un poco el tablón. No mucho, unos diez centímetros, más o menos. Lo mira y hace un gesto de asentimiento con la cabeza.

—Vamos a ver si lo podemos quitar del todo —susurra. Y lo que quiere decir es que yo le eche una mano.

No quiero hacerlo. Hay innumerables razones. Sobre todo, porque estoy convencida de que va a ocurrir algo terrible si lo hago. Lo mejor que puede suceder es que alguien me atrape. Pero Jasper está esperando. Y se ha esforzado mucho para que lleguemos a este punto. Lo mínimo que puedo hacer es ayudar. Jasper está tirando del tablón. «Puedes hacerlo, Wylie —intento decirme—. Hazlo.»

Al final, asiento en silencio y doy un paso adelante. Inspiro una última bocanada de aire antes de tirar también con una mano. Contengo la respiración, espero a que se me claven unos dientes en la carne, a que alguien me corte la mano en dos. Pero solo noto frío y humedad, y algo que parece una cuerda entre los dedos. Me cuesta un minuto darme cuenta de que seguramente se trata de la hierba que crece junto a la base de la cabaña.

—Comunica con el exterior —digo, aliviada.

Entonces se oye un ruido procedente de la entrada de la cabaña; el pestillo que se descorre, la puerta que se abre. Voy a retirar el brazo de golpe, pero la manga arrugada queda enganchada cuando Jasper suelta el tablón. Este cae de golpe cuando logro sacar el brazo del todo, y Jasper y yo corremos al centro de la habitación, lo más alejados posible del tablón.

Me arde el brazo cuando la puerta se abre de golpe, y se me llenan los ojos de lágrimas por el dolor. Tengo tantas lágrimas que me cuesta incluso ver bien. Me cuesta creer lo que estoy viendo cuando alguien por fin entra. Pestañeo con fuerza y suplico no estar imaginándome lo que veo.

Porque aquí está ella. Vivita y coleando. Cassie.

17

En cuanto Cassie entra arrastrando los pies, la puerta se cierra de golpe tras ella.

Tiene un aspecto horroroso. Tiene la piel blanca como el papel, sus rizos castaño oscuro están enmarañados y llenos de ramitas y hojas. Como si la hubieran arrastrado por el suelo tirando de ella por los pies. Tiene las manos sucias y las rodillas también, desnudas bajo su falda corta. Pero lo peor es lo colgada que parece. Por la forma en que se mueve, con rigidez y de manera rara, como si tuviera todo el cuerpo quemado.

Pero está viva. Está viva. Hasta ese momento no me doy cuenta del miedo que me daba pensar que no lo estuviera.

—¡Cassie! —Jasper corre hacia ella y la toma entre sus brazos—. Gracias a Dios que estás bien.

Ella no se resiste, no se aparta de él cuando Jasper la toca. Pero sigue rígida, con los brazos abiertos sobre los de Jasper, como si estuviera crucificada. Pienso en la ropa interior de Cassie en el suelo, en cómo ha llegado hasta allí. No existe ningún buen motivo que explique por qué la ropa interior de una chica no esté puesta en su cuerpo en un lugar así.

—¿Estás bien? —pregunta Jasper, y la aparta de él para mirarla a los ojos.

Me acerco poco a poco para verla yo. Cassie no tiene ni golpes ni cortes visibles. Pero me gustaría que pudiera hablar. Que dijera algo, cualquier cosa. Sin embargo, lo único que hace es negar con la cabeza. Dice que no, ¿que no está bien? ¿O que no le duele nada? De pronto se vuelve y se agarra a mí.

—Chis... —Le acaricio la cabeza mientras llora apoyada en mí, solloza tan fuerte como un animal agonizando entre mis brazos.

—Ya estás bien. Todo va a salir bien.

Pero me da mucha vergüenza decir algo así. Decir algo que sé que es mentira.

—Cassie, ¿qué ha pasado? —pregunta Jasper cuando deja de sollozar y ya solo inspira con fuerza—. ¿Qué es todo esto?

—No lo sé —dice ella, y por fin me suelta. Se deja caer sobre el sofá.

Jasper y yo nos miramos. ¿No lo sabe? A lo mejor le han echado algo en la bebida durante alguna fiesta o en algún bar donde jamás debería haber estado. A lo mejor estaba inconsciente y la trajeron hasta aquí.

Me muevo y retiro las cajas para que vuelva a verse la ropa interior de Cassie.

—¿Te duele algo? —le pregunto, y me muevo hacia las prendas cuando ella me mira—. ¿Alguien te ha hecho algo?

—No, no. —Se sorbe los mocos y se limpia la cara con el reverso de la mano—. No me han hecho daño, ellos solo me han impedido que me vaya.

«Ellos.» No me gusta la forma en que lo dice. Porque me parece que nos superan en número. Voy a sentarme junto a ella en el sofá.

—Karen vino a nuestra casa. Nos contó que habíais discutido y que luego te fuiste al instituto. ¿Cómo llegaste hasta aquí?

Cassie asiente en silencio y se mira las manos.

—No paraba de decir lo del «colegio terapéutico con internado», es decir, la cárcel. Yo perdí los papeles y le solté algo muy gordo. —Cassie asiente de nuevo en silencio—. Y ella se puso como loca. No paraba de gritarme. Y yo me harté de verdad. Cogí el bus del cole, pero no llegué a entrar. En lugar de ir al instituto me fui al centro. Estaba a mi rollo, sentada en un banco, y llegó un chico, que salió de la nada, y me dijo que lo enviaba mi madre. No iba vestido de poli, pero me enseñó una placa y supuse que sería una especie de agente de paisano. —Se queda mirando a Jasper—. En cualquier caso, tenía que irme con él porque no podía arriesgarme a... Bueno, ya sabéis...

Aparta la mirada de Jasper y me mira. «Y tú ya sabes cuál es mi relación con la poli, Jasper», eso quiere decir con la mirada.

—Le he contado a Wylie que te detuvieron —dice Jasper y se cruza de brazos. Lo dice rápido y como si nada, como si acabara de arrancar una tirita—. Lo siento, pero dadas las circunstancias... he tenido que contárselo.

—Ah. —Cassie me mira parpadeando y luego se mira el regazo—. Bueno, en cuanto estuvimos en su coche, dijo que en realidad era del colegio donde mi madre quería enviarme, y que tenía que ir con él o que me entregaría a la policía. —Los ojos vuelven a anegársele en lágrimas. Parpadea para no llorar y mira hacia el techo—. En esos sitios no aceptan un no por respuesta. Si te niegas te ponen una bolsa en la cabeza. Y pensé en escapar, pero tenía miedo de que eso empeorase las cosas.

—¿Esto es eso? —pregunta Jasper y mira a su alrededor con escepticismo a la cabaña con aspecto de jaula—. ¿Es una especie de reformatorio?

A mí tampoco me parece creíble, en absoluto creíble.

—Sí, bueno, quiero decir, eso creía hasta que llegamos a este lugar y me encerraron en una de estas cabañas de mierda. —Parece más enfadada que triste, lo que es un alivio—. Evidentemente esto no es un colegio, ni siquiera es un centro para colgados. Y me puse de los nervios, empecé a gritar como loca.

«Para colgados.» Menuda palabrita después de tanto hablar sobre la meta. Además, toda esta historia sigue sin tener sentido. Hay algo que Cassie no nos está contando. Como si no hubiera estado solo a su rollo cuando ese tipo apareció ante ella.

—¿Así que esto no tiene nada que ver con las drogas? —pregunto. No he podido evitarlo.

—¿Con las drogas? —Ahora Cassie mira de golpe a Jasper: «¿Lo ves? A esto me refería; siempre está juzgando a los demás»—. ¿Por qué? ¿Porque una vez compré costo?

—Esa no es la razón —dice Jasper para defenderme. Pero con cierto tono de reproche—. La policía local dice que la meta es la única razón por la que la gente sube hasta este lugar.

—¿La meta? —Cassie ríe enfadada mientras nos mira a Jasper y a mí alternativamente—. ¿Así que ahora los dos pensáis que yo...?

—La policía lo pensaba —contesto. Pero, a diferencia de Jasper, solo parezco estar a la defensiva—. Y tú no nos habías contado nada. ¿Qué se supone que debíamos pensar?

—¿Qué te parece si no hubierais pensado lo peor? —Se le quiebra la voz—. De verdad, Wylie, a veces eres igualita a mi madre.

¡Ay! Eso ha dolido. Y lo peor es que tiene parte de razón. ¿De verdad una parte de mí prefiere creer que hay una versión de la historia en la que Cassie consuma meta en lugar de creerme la historia de esta especie de academia militar para internos?

—¿Y eso es todo? —interviene Jasper—. ¿No te han contado nada más?

—Hay otro tío, no el imbécil que me trajo hasta aquí en coche ni el friki de la puerta —responde Cassie—. Era bastante agradable. Me dijo que no quería que me preocupara. Que yo estaba aquí porque era una especie de peligro, pero no para ellos, sino para otras personas. No entiendo qué tiene que ver eso con que esto sea un centro terapéutico... —Es evidente que ella sabe que eso no tiene mucho sentido—. Pero es como si estuvieran protegiéndome.

—¿Protegiéndote? —repito—. ¿De quién?

—¿De mí misma, a lo mejor? Eso es lo único que tiene sentido, ¿no? —Se encoge de hombros—. No tengo ni idea. Me dijo que era lo único que podía contarme.

—¿Y por qué no nos lo contó tu madre? —pregunto.

—Estoy segura de que se siente culpable. De ninguna forma podía esperar que este lugar fuera así. He visto los folletos.

Si Karen fue la que metió a Cassie en este lío relacionado con un centro terapéutico venido a menos, podría haber mentido cuando vino a pedirnos ayuda a casa. Eso sí parece probable.

—¿Y por qué no nos lo contaste cuando nos enviabas los mensajes? —le planteo.

—Tenía miedo de que no vinierais.

Siento ganas de decir que habría acudido de todas formas, pero mentiría.

—Además no tenía tiempo para explicar nada. Ellos no sabían que conservaba el móvil. —Cassie se lleva una mano al sujetador. Siempre mete cosas ahí dentro: dinero suelto, pintalabios, incluso el móvil; lo hace de una forma que para mí, plana como una tabla de planchar, no es más que un sueño inalcanzable—. Y tuve que estar de pie sobre una silla para conseguir cobertura. No quería que se lo contarais a mi madre. Pensando en la extraña posibilidad de que supiera cómo es este lugar, supuse que podría presentarse aquí y decirles que tenía el móvil. Ya sabes que jamás reconocería haber cometido un error. De todos modos, al final me han pillado. Han dicho que estaba poniendo a todo el mundo, y a mí misma, «en peligro» al enviar mensajes. Después de eso, me quitaron el teléfono.

—¿De verdad te han dicho que te matarían? —pregunto pensando en el mensaje que envió Cassie mientras estábamos en el supermercado.

—¿A qué te refieres? —Parece confusa.

—Al mensaje que enviaste —digo—. Decías que no llamáramos a la policía o que te matarían.

Cassie niega con la cabeza y mira al suelo.

—Deben de haberlo enviado cuando me quitaron el teléfono.

—¿Y tú tampoco nos dijiste que fuéramos a Seneca ni que acudiéramos a la policía?

Vuelve a negar con la cabeza.

—No.

—No paras de hablar de ellos —advierte Jasper—. ¿Cuántos son?

Cassie levanta la vista mientras lo piensa y empieza a contar con los dedos.

—¿Quizá una docena?

—¿Una docena? —Jasper mira con nerviosismo hacia la puerta. Ni siquiera él podría hacer nada para enfrentarse a ese número.

—Puede que más. A la mayoría solo los he visto por la ventana. Hay un par de mujeres. Todos parecen muy normales, y eso da todavía más miedo.

Nos quedamos todos callados durante un minuto que parece eterno.

—Sí, vale. —Jasper da una palmada al final, en plan «vamos a trabajar en equipo»—. Vamos a salir pitando de este lugar ahora mismo.

Avanza dando grandes zancadas hacia el sofá donde está sentada Cassie y le tiende una mano. Ella parece muy triste y arrepentida cuando por fin se pone de pie.

—Vamos —dice él en voz baja—. Todo irá bien. Todo va a irnos bien. —Al final, el cuerpo de Cassie se relaja. Incluso esboza una tímida sonrisa.

A mí me maravilla lo que hace: consigue que todo sea mejor, que ella esté mejor, sin haber arreglado nada en realidad. Supongo que eso es amor. Y es algo de lo que yo no sé nada en absoluto.

Transcurrido un minuto, Cassie y yo estamos de pie junto a Jasper mientras él desenrosca los últimos dos tornillos, incluso con más fuerza que antes.

—¿Qué es esto? —pregunta Cassie.

—Una salida. —Y Jasper parece tan seguro que incluso yo estoy convencida de lo que ha dicho.

—¿Y luego qué? —Cassie mira hacia las ventanas, preocupada.

—Salimos corriendo —contesta Jasper.

—Pero ¿y si nos pillan? —pregunta Cassie y ahora sí que suena asustada de verdad—. Ahí fuera hay un tío con una escopeta, ¿lo recordáis? ¿Y si no mentían al decir que estaban protegiéndome de algo? A lo mejor estamos más seguros aquí.

—¿Protegerte de qué? —pregunto y la miro con dureza—. Creía que pensabas que estaban inventándoselo.

—No estoy segura —dice, y sigue con la mirada fija en la ventana—. ¿Y si hay algo o alguien ahí fuera? En realidad esta gente no me ha hecho nada. A lo mejor no son tan malos.

Siento un nudo en el estómago al mirar la ventana oscura. No hay duda de que da mucho miedo salir.

—Sean quienes sean esas personas, tienen a la policía o a uno de ellos trabajando para el grupo —concluye Jasper—. A ti te cogieron en la calle y a nosotros nos han encerrado en este lugar. A mí me basta con esa información. Tenemos que irnos.

Cassie se queda mirándome durante largo rato, como si estuviera pensando si estar o no de acuerdo. Al final mira al suelo y me agarra de la muñeca con sus dedos fríos.

—Wylie, ¿qué te ha pasado?

Tengo sangre en el antebrazo por los tres cortes profundos que me he hecho al engancharme la manga a la altura del codo y un par de arañazos rosados. Sentí el dolor al sacar el brazo del hueco tras la plancha, pero después no he vuelto a sentir nada. Me envuelvo el brazo con fuerza rodeándolo con los dedos, a modo de torniquete, y eso me despierta y siento cómo bombea la sangre.

—Ha sido con la madera. —Señalo la pared—. He sacado el brazo demasiado rápido. Se curará.

Cassie sigue mirándome el brazo.

—Gracias por venir —dice—. Sobre todo después de todas nuestras... —Baja la mano y entrelaza sus dedos con los míos—. A pesar de todo.

—Tenía que venir —afirmo y me vuelvo para mirar a Jasper mientras sigue trabajando—. ¿Para qué están las mejores amigas si no?

Cassie y yo estamos echadas en el sofá, tocándonos con los dedos de los pies, apoyadas sobre las almohadas mientras hacemos los deberes, como habíamos hecho a diario durante los casi dos meses desde el funeral. Y, cada día, yo quería decirle que no hacía falta que siguiera viniendo, ni que siguiera fingiendo que todavía éramos amigas. Pero había una parte más importante de mi ser que tenía demasiado miedo de saber qué ocurriría si ella dejaba de venir.

Ambas ignoramos el timbre la primera vez. Estaba claro que yo no pensaba abrir la puerta. Ni aunque llamaran mil veces. Ni aunque fueran más flores ni otro guiso amablemente preparado por alguna vecina. Porque existía también la posibilidad de que fuera otro periodista. No sé cuál sería el motivo: la cruel ironía de que mi madre hubiera sido nominada para el Pulitzer a título póstumo, el hecho de que hubiera sobrevivido al peligro del trabajo de campo para acabar muriendo a un kilómetro y medio de casa. O el hecho de que fuera tan guapa. Sin embargo, los periodistas seguían acudiendo a nuestro hogar sin importar las miles de veces que les dijéramos que se largaran.

Cassie también lo sabía. Y cuando el timbre sonó por tercera vez, ella no pudo soportarlo más. Las personas que traían guisos nunca eran tan insistentes.

—Me desharé de ellos —dijo y se levantó del sofá de un salto. Pasado un minuto, oí el crujido de la puerta al abrirse, un instante de silencio, seguido por la voz baja de Cassie: «¡Qué coño...?» Luego oí que salía disparada al exterior y bajaba la escalera: «¡Oye! Ven aquí, ¡maldito gilipollas!».

Sin tener muchas ganas, me obligué a ver qué pasaba. La puerta de casa estaba abierta de par en par cuando llegué y a Cassie no se la veía por ningún lado; se me humedecieron los ojos por la corriente de aire frío de marzo que entró de golpe. Al final localicé a Cassie en la calle, de pie delante de un sedán gris oscuro, con su jersey corto, su minifalda y sus calcetines de rombos largos hasta las rodillas. Tenía el pelo castaño y rizado formando un arco alrededor de la cabeza por el fuerte viento, y eso le daba un aspecto de Medusa cabreada. Tenía una mano sobre el capó del coche y la otra levantada en el aire. Me costó un minuto distinguir lo que estaba sujetando con un puño: un bebé de plástico. Ya habíamos recibido media docena en total, pero ni uno solo después del accidente de mi madre.

—Pero si ella ha muerto... —susurré en el recibidor vacío—. Ya habéis conseguido lo que queríais.

Cassie estaba sacudiendo el bebé por encima de su cabeza en ese momento.

—¡Sal del coche, gilipollas! —gritó—. ¿Crees que puedes seguir haciéndoles esto, joder?

Casi había olvidado los muñecos. Lo único que quería era que mi madre apareciese a mi lado. Que se encogiera de hombros y sacudiera la cabeza: «No se puede controlar el mundo». Lo deseé con tantas fuerzas que tuve la impresión de que iba a estallarme el corazón. En realidad, me hubiera gustado que ocurriera. Con lo deprimida que había estado, no había llegado a pensar seriamente en suicidarme. Pero deseaba morir cada segundo de mi vida.

Fuera quien fuese que estuviera en el coche —y yo supuse que era un tío, porque no veía nada desde donde estaba—, debía de haber dicho algo terrible. Porque Cassie se puso como loca.

—¡Sal de ahí! ¡Tío de mierda! —gritaba ella subida a la capota del coche mientras lo aporreaba con el muñeco.

Y me alegré. Quería que le rompiera la luna del coche. Que se metiera dentro y lo agarrase por el cuello. De pronto, me dio la sensación de que el tío que estaba dentro —que no era más que un idiota que odiaba las fotos de mi madre— era el responsable de que mi madre hubiera muerto. Y ver a Cassie ahí fuera, sacudiendo el muñeco como una loca, me hizo sentir una pequeña oleada de esperanza. Como si algún día toda la tristeza que invadía mi interior pudiera iluminarse de pronto; como un fuego imparable.

Mi padre llegó con su coche mientras Cassie seguía sobre el

capó. Frenó en seco y bajó de un salto, y durante un segundo puso cara de poder dar una paliza al que había dejado el muñeco. Y yo me moría de ganas de que lo hiciera. Sin embargo, ni siquiera miró en dirección al conductor. En lugar de eso, bajó con tranquilidad a Cassie y en cuanto ella estuvo en el suelo, el conductor se largó pitando. Mi padre tiró el muñeco al bordillo, donde se quedó hasta que alguien —el barrendero, un vecino, alguien que pasaba por allí— lo debió de recoger y llevárselo.

—¿Qué te ha dicho ese tío? —pregunté a Cassie cuando volvimos a estar dentro y en el sofá.

—Tu padre tiene razón, eso da igual —respondió e hizo un gesto con la mano para quitarle importancia—. Ese tío era un pirado.

—No da igual. —La miré con intensidad.

—Vale —dijo ella al final—. Ha dicho: «Cuidaos de los falsos profetas». —Puso los ojos en blanco—. No sé cómo tu madre podía soportar a esa gente. Pero, créeme, ese tío cagado no va a volver. Cuando me he subido a su coche creo que se ha meado encima.

Y yo sabía que tanto Cassie como mi padre tenían razón. Ese hombre, fuera quien fuese, daba igual. Ninguna de esas personas que odiaban a mi madre y sus fotos importaban lo más mínimo. A lo mejor podría haberme sentido agradecida en cierta forma. Porque, de algún modo, el hecho de que siguieran odiándola me hacía sentir que ella seguía viva.

—Ya casi estamos —susurra Jasper. Ya va por los últimos tornillos; solo queda uno en una esquina y un par más en el lado izquierdo—. Aguantad el tablón para que no caiga y haga ruido en cuanto saque todos los tornillos. Además, tendremos que movernos rápido. Por ahí, creo. —Señala hacia el otro lado de la cabaña, la que da al bosque—. No podemos parar, no importa qué ocurra. Aunque nos separemos. Todos tenemos que seguir corriendo.

¿De verdad vamos a hacerlo? El corazón me va a mil. Tengo el cuerpo en tensión, listo para salir pitando. Sí, sí que vamos a hacerlo. Y sé que puedo hacerlo. Jasper y yo lo hemos hecho hace solo unas horas. Asiento en silencio, dispuesta a dar un paso adelante y sujetar el tablón. Pero Cassie está ahí plantada, negando con la cabeza.

—Sigo sin saber si deberíamos hacerlo... —Se le quiebra la voz.

—Cassie, venga ya. Solo estás asustada —dice Jasper—. No piensas con claridad.

Se oye un fuerte ruido procedente de la puerta de la cabaña. Alguien descorre el pestillo, la puerta se abre y crujen los goznes.

—Moveos —ordena Jasper.

Salimos corriendo cada uno en una dirección, para alejarnos de la pared y de la madera. El escenario de nuestra fuga inminente. Al menos el tablón sigue en su sitio. Es lo único que podemos hacer para que no se den cuenta de que hemos encontrado una salida.

Contengo la respiración mientras esperamos a ver quién entra. Suplico que no sea ese horrible hombre de la ventana. No quiero verlo de cerca. Sin embargo, no es él el que entra con paso titubeante. Este hombre parece más joven y normal, quizá solo tenga un par de años más que nosotros, tiene el pelo negro y despeinado y mirada cálida tras unas gafas de montura cuadrada y negra. Lleva unos vaqueros oscuros, botas con cordones y un chaleco naranja sobre un jersey de franela. A pesar de su atuendo parece más un urbanita que un habitante del bosque de Maine.

—Hola —saluda, incómodo, incluso nervioso. Tal vez porque sabe que esta situación es un auténtico lío. Podría ser una buena señal—. Soy Quentin.

Lleva unos botellines de agua y unas barritas de cereales sujetas, como puede, entre los brazos. Cuando va a ponerlas sobre la mesa, las botellas se le caen al suelo. Tropieza con torpeza cuando se agacha para recogerlas.

—¿Sabes?, da igual lo que quisiera la madre de Cassie, no ha pagado por esto. —Jasper da un paso adelante. Tiene los brazos a ambos lados, pero los puños cerrados—. Y el padre de Wylie y mis padres no han contratado nada. Tenernos aquí encerrados es retenernos contra nuestra voluntad.

Jasper será un abogado maravilloso algún día. En realidad ha sido bastante convincente. Ojalá estuviéramos en una posición de poder amenazar a alguien con algo. El chico levanta las manos con los ojos abiertos como platos.

—Estás confundido y es muy lógico. Y yo estaba a punto de... —La luz del baño se apaga y nos deja a todos a oscuras—. Y justo ahora vuelve a apagarse el generador. Espera un momento. —Mete la cabeza por la puerta todavía abierta y vuelve a asomar con dos lámparas de queroseno. Estas inundan la cabaña con una cálida luz amarilla—. Vale, así está mejor. Estar atrapados en la oscuridad no mejora las cosas. Escuchad, hablando claro, os hemos encerrado aquí por vuestra seguridad. Si pudierais fiaros...

—Estás de coña, ¿no? —Jasper avanza otro paso más y levanta la voz. Es mucho más alto que el tal Quentin—. Ni siquiera sabemos quién eres. ¿Por qué coño íbamos a fiarnos de ti?

—¿Va todo bien ahí dentro, Quentin? —pregunta alguien con voz nasal, como un vulgar matón del cole. Es el tío desdentado, está claro, que quiere recordarnos que está ahí fuera. Con una escopeta.

Quentin niega con la cabeza y pone los ojos en blanco.

—Sí, Stuart, estamos bien.

—No eres de ningún reformatorio, ¿verdad? —pregunto.

—No —contesta Quentin en voz baja y aprieta los labios y vuelve a negar con la cabeza—. Y todos nos sentimos fatal por haberos engañado así. De verdad esperábamos que ya hubiera llegado para que lo explicara él en persona.

—¿Él?, ¿quién? —pregunto—. ¿De quién estás hablando?

—Ah... —Ahora Quentin parece confuso, nos mira alternativamente a mí, a Jasper y a Cassie—. De tu padre, Wylie.

18

—Mi padre —me oigo decir a mí misma. No es una pregunta. Se trata solo de una palabra que no tiene ningún sentido.

—No te preocupes. Está bien —se apresura a añadir Quentin—. No quería que pensaras que le había pasado algo malo. Supongo que ha tomado el camino más largo.

—¿Por qué viene mi padre? —El corazón se me vuelve a desbocar—. ¿Cómo es que lo conoces?

—Ah... —repite Quentin y parece incluso más confuso, y bastante nervioso—. No tienes ni idea de qué estoy hablando, ¿verdad?

—¡¿Qué está pasando?! —grito, y lo hago con tanta intensidad que me asusto a mí misma.

—Vale, vale. —Quentin levanta las manos—. Tu padre hubiera preferido que te quedaras en casa, claro. Pero en cuanto Cassie... —Hace un gesto hacia ella y sonríe de forma incómoda— ... Quiero decir, en cuanto supimos que ya estabas... Tu padre nos dijo que te trajéramos aquí para que estuvieras a salvo. Eso es lo más importante.

—No, él no ha hecho eso —digo en voz muy baja y temblorosa. Apenas puedo emitir sonido alguno.

Además, no puede ser cierto. Porque eso querría decir que mi padre sabía desde un principio qué le había ocurrido a Cassie. Que se quedó ahí en el comedor mientras Karen perdía los nervios. Mientras yo perdía los nervios. Y fingiendo que no tenía ni idea de qué había ocurrido. Fingiendo que estaba intentando ayudar cuando en realidad tenía algo que ver con el problema. ¿Qué clase de monstruo haría eso? ¿Y por qué?

Sin embargo, me da la sensación de que una llave muy rara empieza a encajar. Me da pánico pensar en qué ocurrirá cuando alguien abra la puerta de par en par.

—¿Has decidido qué vas a hacer, Ben? —preguntó mi madre a mi padre esa última noche durante la cena, su última noche.

No tenía ni idea de qué estaba hablando, salvo que estaba a punto de empezar otra de sus discusiones; las que siempre tenían delante de nosotros, sin llegar a decir cuál era el motivo por el que discutían. No obstante, por la cara de asco de mi padre, él sí sabía a qué se refería mi madre. Y no estaba contento.

—¿Qué va a hacer sobre qué? —dije. No podía ser nada relacionado con el estudio de mi padre. Al final había terminado, estaba a punto de publicarse—. ¿Qué ha ocurrido?

Mi padre se quedó mirando a mi madre con severidad: «¿Ves lo que has provocado?».

—Se han abierto algunas brechas en la ciberseguridad de toda la universidad —contestó él mirando en mi dirección—. Pero el doctor Simons ha conseguido que uno de sus colegas informáticos del departamento de ciencias de Stanford refuerce la seguridad de los datos de mi estudio hasta que nuestra universidad logre solucionar el problema.

Mi madre se cruzó de brazos.

—¿Y eso es todo? —preguntó mi madre—. ¿No tienes nada más que decir?

—Sí, Hope, eso es todo. —En ese momento estaba mirándola.

Dejé de comer. Fuera cual fuese el motivo de la discusión no era la seguridad de los datos de la universidad. Miré a Gideon, pero él tenía la mirada fija en sus deberes de química. Nunca estuve segura de si no se daba cuenta de que nuestros padres discutían o era que no le importaba.

—¿Así que supongo que todavía no le has hablado al doctor Simons de los valores atípicos, de los Extraños? —insistió mi madre—. Creía que habías dicho que se lo comentarías la próxima vez que hablarais.

Mi padre inspiró con fuerza, dejó el cuchillo y el tenedor y la miró.

—¿Qué son los Extraños? —pregunté, con la esperanza de que su explicación me tranquilizara y dejara de pensar en que iban a divorciarse.

—Son las personas que pueden hacer el test de papá con los ojos vendados y auriculares de aislamiento sonoro —respondió Gideon sin levantar la vista de sus deberes. Era un experto en el trabajo de mi padre, se había leído todos sus artículos, y siempre estaba bombardeándolo a preguntas. En parte era porque a Gideon le interesaba la ciencia y, en parte, porque mi hermano quería que mi padre se interesara más en él—. Ya sabes, las personas que tienen percepción extrasensorial.

—¡No es percepción extrasensorial, Gideon! —gritó mi padre.

Gideon se sobresaltó, se puso rojo como un tomate. Durante un segundo creí que iba a ponerse a llorar.

Mi padre cerró los ojos e inspiró para calmarse.

—Lo siento, Gideon, pero ya sabes cuánto odio esa comparación. Es exagerada y degrada el auténtico potencial de ese descubrimiento. —Alargó una mano, pero no llegó a tocar a Gideon—. Pero no debería haberte gritado. Lo siento.

En defensa de mi padre, debo decir que incluso yo sabía que «percepción extrasensorial» era una expresión que nadie usaba en nuestra casa. El número de veces que había oído a mi padre intentar explicar a los demás que él no estudiaba la percepción extrasensorial era demasiado elevado para poder llevar la cuenta. Y, siempre que lo hacía, percibía el tono de decepción en su voz.

—Entonces ¿quiénes son los Extraños? —volví a preguntar, porque necesitaba una respuesta de inmediato.

—Los Extraños, como tú los llamas, son los sujetos cuyos resultados destacan con respecto a la media. Eso es todo —contestó mi padre—. Estos casos se dan en toda clase de estudios.

—Pero no todos los Extraños destacan por los mismos motivos —dijo mi madre—, ¿verdad, Ben?

Y pronunció el nombre de mi padre de una forma especial: como si lo de «extraño» fuera sinónimo de amante o prostituta.

—Y la percepción extrasensorial significa literalmente que alguien es capaz de leer la mente de los demás, Gideon —dijo mi padre, y lo hizo ignorando a mi madre y volviéndose hacia mi hermano—. En los antiguos test sobre percepción extrasensorial, enseñaban a un sujeto la foto de una forma para que se concentrara en ella, para que solo pensara en ella: un triángulo azul, un triángulo azul, una y otra vez. Y luego pedían a otro sujeto que adivinara la forma en la que estaba pensando el primero. Pero nadie era capaz de hacerlo. Ese test no tenía nada que ver con la inteligencia emocional. Hasta cierto punto, la percepción extrasensorial y el aspecto relativo a la percepción de la inteligencia emocional sí tienen relación: ambas son formas de interpretar los pensamientos de la gente. Los sujetos de mi estudio demostraron un rango de capacidad para percibir emociones, que parecía subrayarse si se observaba una conversación en directo en comparación con su habilidad ante imágenes estáticas. Los Extraños demostraron una habilidad excepcional no relacionada con el verdadero objeto de mi estudio; podían percibir emociones mientras estaban con los ojos vendados y llevaban auriculares que ensordecían cualquier ruido. Eso sin duda garantiza que pueda proseguir con la investigación.

—Tienes que seguir estudiando y estudiando antes de poder decir nada a nadie, ¿no, Ben?

Una vez más, mi padre volvió a ignorarla. Pero yo me di cuenta de que su expresión se tensaba.

—Si estuviera en tu lugar, solo me interesaría centrarme en los Extraños —dijo Gideon, que seguía sin percatarse de la tensión que había entre mis padres—. Me gustaría saber cómo lo hacen para aprender yo también a hacerlo. Y entonces podría dominar el mundo. —Se metió más comida en la boca y luego sonrió de oreja a oreja.

—No puedes aprender a ser un Extraño, Gideon. Al igual que sucede con el cociente intelectual, puedes mejorar tu habilidad para percibir las emociones, pero solo en un grado muy pequeño —replicó mi padre, aunque esta vez más tranquilo. Casi triste—. Además, incluirse a uno mismo en una investigación científica es peligroso y va contra la ética. Despedí al doctor Caton por implicarse personalmente. Lo que quiera un científico es irrelevante. Lo único que importa es la verdad.

—Vale... ¡Joder! —dijo Gideon en voz baja, y pinchó de golpe un montón de pasta con el tenedor—. Era solo una broma.

—¿Lo único que importa es la verdad? —preguntó mi madre con brusquedad. Se levantó para rellenarse el vaso de agua. Siguió hablando dándonos la espalda—. Qué irónico, ¿no te parece, Ben?

—Un momento, entonces, ¿el padre de Wylie ha hecho que nos traigas aquí para que estemos a salvo? —Oigo decir a Jasper, aunque me suena muy lejano—. ¿A salvo de qué?

Céntrate. Necesito recuperar la compostura y centrarme. Esta respuesta es importante. Soy la única que sabrá si tiene algún sentido.

Quentin parece incluso más incómodo.

—Hay unas personas de una empresa... ¿Unos contratistas de defensa? —Lo pronuncia con entonación de pregunta—. Sinceramente, no conozco todos los detalles. Pero sí sé que están interesados en el estudio de tu padre, o en su colaboración o algo así. Supongo que son capaces de cualquier cosa con tal de conseguir lo que quieren. Incluso de hacerle daño a alguien, con sus propias manos. —Se mira las suyas como si no pudiera concebir algo así—. O con armas tal vez. La gente que lleva una empresa de contrata de defensa tiene armas, ¿no? Como ya he dicho, en realidad no soy ningún experto.

¿Sabría mi madre algo de todo esto?, ¿sea lo que sea? ¿Era esta la razón por la que mi padre y ella discutían? Es curioso creer que lo único que deseas es una respuesta. Hasta que te das cuenta de que, para llegar al fondo de algo, tienes que ahondar más y meterte en la zona oscura, como jamás habrías imaginado.

—Pero si se comportaba como si quisiera que yo regresara a casa... —digo.

—Porque eso era lo que quería. Su plan inicial no era que vinieras a este lugar —respondo, y mira rápidamente a Cassie—. Pero Jasper y tú ya habíais salido. Y no nos parecía seguro que todos vosotros estuvierais por ahí solos.

—Espera un segundo —le pide Jasper—. ¿Qué quieres decir con eso de «todos vosotros»? ¿Y por qué solo has mirado a Cassie?

Me alegro de no haberme imaginado a Quentin mirando a Cassie, aunque me asusta escuchar su respuesta. Cuando la miro en este momento, ella tiene una expresión de lo más rara y críptica.

—Escuchad, todo esto es complicado, y la verdad es que me siento muy fuera de lugar. En realidad, yo no soy nadie. —Quentin mueve ambas manos. Parece alegrarse de poder decir algo así—. El doctor Simons es la persona adecuada para explicarlo...

—¿El doctor Simons está aquí? —pregunto.

—Sí, ahora mismo está en la cabaña principal. —Y Quentin se muestra muy aliviado de poder contármelo.

Sin embargo, yo no me siento aliviada. Porque, si el doctor Simons está aquí, cualquier esperanza de que todo esto sea una especie de malentendido y de que mi padre no esté involucrado se esfuma por completo.

—¿Lo conoces? —pregunta Jasper, y percibo suspicacia en su tono de voz—. A ese tal doctor Simons.

Asiento con la cabeza.

—Es amigo de mi padre.

—Entonces llévanos allí arriba para que ese doctor nos explique qué puñetas está pasando —ordena Jasper y da un par de pasos hacia la puerta.

—Desde luego —dice Quentin, pero luego parece avergonzado—. Y, ya sé que esto va a sonar ridículo, pero, como se ha ido la luz, se supone que no puedo sacaros a todos a la vez. La gente de esa empresa que he mencionado... Bueno, si somos demasiados en la zona de hierba de ahí afuera... ¿Seremos un blanco más fácil?

Todo cuanto dice suena a pregunta.

—¿Un blanco? —pregunta Jasper. Y parece casi enfadado, aunque también un poco asustado—. ¿Estás de coña?

Quentin niega con la cabeza.

—Veréis, no sabemos si ya están aquí, pero sí sabemos que intentan localizarnos. Wylie, puedo llevarte a ti sola allí arriba para que puedas hablar con el doctor Simons. Luego ¿subo y llevo a todos los demás?

Yo ya he empezado a sacudir la cabeza. «No, no, no.» No puedo dejar de negar, aunque me doy cuenta de que todos están mirándome. Pero no quiero ir a ver al doctor Simons. Me da demasiado miedo lo que pueda decirme sobre mi padre.

—¿No? —pregunta Jasper, como si no lo entendiera. ¿Y por qué iba a entenderlo?

—No —digo por fin en voz alta. En parte deseo poder largarme antes de enterarme de qué está ocurriendo en realidad.

—Entonces iré yo —se ofrece Jasper.

—No —protesta Cassie, y en voz alta—. Quiero decir que me lleves a mí. Soy la única a la que han traído aquí intencionadamente. Debería ser yo la que hable con el doctor Simons.

—Preferiría ir yo antes —interviene Jasper y retrocede para apretujar los dedos de Cassie antes de volver a dirigirse hacia la puerta. Se refiere a que quiere hacerlo por si lo pillan justo cuando pise la zona de hierba. O por si es una especie de trampa—. Tranquila, estaré bien.

Cassie y yo nos quedamos mirando la puerta en silencio durante largo rato.

—¿La investigación de mi padre? —pregunto al final—. En toda mi vida nadie se ha interesado por ella. ¿Y has visto cómo ha esquivado la pregunta? Tengo la sensación de que tú eres la única que les importa. ¿Por qué?

Cassie se encoge de hombros y sacude la cabeza.

—A mí no me mires —dice. Aunque no parece enfadada con mi padre. Ni la mitad de enfadada de lo que a mí me gustaría.

Porque yo estoy furiosa. «Tu estado.» ¿Cómo narices se ha atrevido a decirlo? Sobre todo, teniendo en cuenta que su puñetera investigación era la razón de esta situación. Lo único que quiero es volver a hablar con él por teléfono y decirle que de verdad me hubiera gustado que fuera él quien conducía el coche esa noche. ¿Cómo puede ser él el progenitor con el que me he quedado? Un mentiroso, tan obsesionado con su estúpido trabajo que ni siquiera nos ha advertido de que nos podríamos ver involucrados en él.

—¿Sabes que tu madre estaba destrozada cuando vino a casa a vernos? Mi padre se comportó todo el rato como si no tuviera ni idea de qué ocurría —digo, por si Cassie no se está enterando de qué sucede en realidad, de por qué mi padre es un monstruo.

—Me da igual, mi madre se merece estar preocupada.— Cassie vuelve a encogerse de hombros—. En cualquier caso, ¿no deberíamos esperar a conocer toda la historia? A lo mejor tu padre puede explicarlo.

—Esa es una actitud muy generosa por tu parte —digo, porque está metiéndose en un terreno muy pantanoso. Cassie jamás habría concedido a Karen el beneficio de la duda sobre ningún tema.

—Lo único que ocurre es que no quiero preocuparme, ¿vale?

Y se refiere a que no quiere preocuparse en serio. Como solo yo puedo hacerlo. Entonces se le desvía la mirada hacia mi pelo. Lo hace para reafirmar lo que ha dicho, y, por supuesto, lo consigue.

—¿Qué narices has hecho? —me pregunta.

—Me parecía a ella —respondo. Y es un alivio decirle a alguien la patética verdad—. Al mirarme al espejo solo la veía a ella. Y no podía... No podía soportarlo más.

Cassie asiente en silencio, y sigue mirándome el pelo, con más compresión que preocupación.

—Un momento, tengo una idea —dice y se dirige hacia la mochila que tiene en el suelo.

Veo que recoge su ropa interior y la mete con disimulo dentro. Al levantarse está sonriendo con dos gomas de pelo levantadas en el aire mientras vuelve a dirigirse hacia mí—. Son tu única esperanza. Siéntate.

Obedezco mientras Cassie mueve las manos sobre los mechones cortados a hachazos como si estuviera buscando un punto de agarre.

—¿Qué hacía tu ropa interior justo encima de tu mochila? —pregunto, porque no puedo dejar de pensar en la imagen de haberla visto ahí tirada. Es decir, ¿es que no llevas bragas?

Y aunque todo esto tenga algo que ver con la investigación de mi padre, este tío asqueroso de fuera sigue estando ahí vigilando la puerta. ¿Ha estado rebuscando entre las cosas de Cassie? Que, por algún motivo, incluían una muda de ropa interior. Cuando veo que ella no responde mi pregunta, me preocupo aún más. En lugar de hablar, se queda callada y sigue toqueteándome el pelo. Levanto la vista y le pongo las manos sobre las suyas.

—Cassie, en serio....

Se muerde el labio inferior durante un minuto. Cuando por fin me mira tiene los ojos vidriosos.

—No estaba en el centro solo para escapar de mi madre cuando me recogieron. Fui hasta allí para ver a un chico. Otro chico. Iba a quedarme con él un par de días, para intentar asustar a mi madre. Por eso había cogido la ropa. Supongo que las bragas se cayeron de la mochila cuando antes saqué la sudadera.

—Oh —digo e intento no parecer demasiado decepcionada ante la idea de que al parecer sí que estaba engañando a Jasper.

—No llevábamos mucho tiempo juntos —me informa—. Solo un par de meses, supongo. —¿Un par de meses? Ni siquiera había llegado a estar tanto tiempo con Jasper—. ¿Quieres saber cuál es la peor parte?

«No», pienso.

—Claro —es lo que digo, como si no pudiera haber nada lo bastante malo para mí, para su supermaravillosa amiga que no la juzga.

—Creo que lo hice porque Jasper es maravilloso. Al principio pensaba que era un poco gilipollas, igual que tú. Incluso pensaba que me merecía estar con un gilipollas.

—Pero es que no es un gilipollas —digo. Hasta yo estoy segura de ello ahora.

—No, es una persona buenísima. Un tío con principios. —Cassie se seca las lágrimas que han anegado sus ojos—. ¿Sabes que todavía envía el dinero que gana lavando platos en la Casa del Gofre al chico que su padre casi mata de una paliza? ¿Te lo imaginas? ¡Lavar platos y ni siquiera quedarte el dinero!

—No —respondo—. No me lo imagino.

—Sí, yo tampoco puedo imaginármelo. —Cassie vuelve a quedarse callada, mirándose los dedos—. Entonces ¿qué ve un chico así, un chico bueno de verdad, en alguien como yo? Salvo, ya sabes. —Se señala el cuerpo. Se refiere a su apariencia—. Pero casi tuve que obligarlo a tener sexo conmigo; siempre estaba con lo de «no hay que forzarlo, no hay que forzarlo». Era demasiado perfecto. Y ¿qué hice yo? —Hace un movimiento de explosión con las manos.

—Todo el mundo comete errores —digo, lo que me recuerda a Jasper. Y me hace sentir incluso peor por él.

—Pero no es que yo fuera por ahí intentando conocer a alguien —prosigue, como si eso mejorase las cosas—. Estaba trabajando en mi turno en el Holy Cow una tarde, a mi rollo, cuando apareció ese tío.

—El conocer a una persona que te guste más que Jasper no te

convierte en mala persona —digo, y es cierto, aunque habría sido mucho mejor si Cassie hubiera roto con Jasper antes de empezar a salir con el otro tío.

Sacude la cabeza y se queda mirando hacia abajo, en dirección a sus manos destrozadas.

—De todas formas, ahora ya ha terminado. Estaba muy equivocada con él. —Las lágrimas le caen por la cara—. En realidad es una persona terrible, muy terrible. —Esboza una sonrisa triste, y luego niega con la cabeza. Se desprecia a sí misma.

—¿Estás bien? —le pregunto. Porque esto tiene mala pinta, aunque ya sé lo dada a la exageración que es Cassie. No está fingiendo estar disgustada. Está muy, pero que muy disgustada—. ¿Qué ha ocurrido exactamente?

Busca algo en mi mirada que, al parecer, no encuentra. Aprieta mucho los labios y se queda mirando al suelo.

—Te lo contaré, pero es que... Ahora mismo no puedo —dice, y señala la cabaña como diciendo: «Es que todo lo demás todavía está pasando». Aunque, además, capto un timbre extraño en su tono de voz. Como si yo hubiera dicho algo malo o como si no lo estuviera pillando del todo. Se frota las mejillas húmedas—. De todas formas, te hubiera contado lo de Jasper cuando empezó, pero no nos hablábamos. Y supongo que en parte me alegraba por no tener que ver otra vez esa mirada tuya. Tu cara de decepción.

—Yo no te habría...

—Venga ya, si estás mirándome así ahora. —Tiene razón. Percibo la expresión en mi cara. No puedo evitarlo.

—¿Y a quién le importa lo que yo piense? —digo—. Es decir, mírame: soy un desastre. ¿Qué sabré yo sobre nada?

—Más de lo que tú crees, Wylie —contesta en voz baja. Esboza una sonrisa forzada—. Pero, evidentemente, no sobre cortes de pelo.

Al verla bromear para desviar el tema y conseguir que no me sienta tan mal mientras me toquetea la cabeza no puedo evitar acordarme del día que vino a mi casa y me hizo trenzas, justo después de que muriera mi madre. Me entran ganas de llorar.

—Perfecto —dice al final, y retrocede para ver qué tal ha quedado el peinado que me ha hecho—. Ven, ven a mirarte.

Me hace un gesto para que me acerque a la ventana y levanta la linterna con tal de que pueda ver mi reflejo en el cristal. Casi no tengo pelo para hacer trenzas, es muy poco para que esta vez me sirva de protección. Pero lo ha conseguido. Sigo teniendo el pelo cortísimo y cortado a hachazos, pero Cassie me ha hecho una pequeña trenza francesa en diagonal a la altura de la coronilla, y ha conseguido trenzar todos los mechones irregulares. Tengo pinta de hípster, y hasta casi me queda bien. Mejor que antes de raparme casi al cero.

—No está mal —dice Cassie, aunque su voz suena triste.

—Gracias. —Y parecer normal me hace sentir mejor.

Aunque siga siendo consciente de que no me sentiré normal. Nunca volveré a sentirme así.

—No. Gracias a ti —replica Cassie, y me abraza con fuerza por la espalda—. Por acudir siempre a rescatarme.

19

Cassie sigue con la cara pegada a la mía cuando la puerta vuelve a abrirse. Quentin parece avergonzado de habernos interrumpido.

—Oh, lo siento, yo... —En ese preciso instante, vuelve a encenderse la luz del baño y Quentin pone cara de alivio—. Excelente, ahora ya puedo llevaros a ambas allí arriba al mismo tiempo. ¿Estáis listas, chicas?

Siento el reflujo ácido subiendo por la garganta cuando intento tomar aire.

«No, no estamos listas.»

—Sí —dice Cassie.

¿Quién sabe? A lo mejor ella tiene razón. A lo mejor tengo que esperar para decidir de qué es culpable mi padre. Al final doy un paso para situarme junto a ella.

—Estamos listas.

Seguimos a Quentin en silencio. Todavía es media noche; son pasadas las doce, eso seguro, incluso más tarde. Sin embargo, un fulgor cálido brilla en la distancia, procedente de la cabaña principal. Con todo, mientras vamos caminando por la zona de hierba, tengo la desagradable sensación de que alguien nos vigila. La posibilidad de que haya unas personas peligrosas de alguna empresa militar acechando tras los árboles parece algo ridículo aunque al mismo tiempo totalmente posible. Eso podría explicar incluso lo ocurrido con Lexi y Doug. Doug, sobre todo, podría ser una especie de profesional. Si hay más tíos como Doug de camino, me cuesta creer que el doctor Simons y sus amigos logren plantarles cara.

Sin embargo, cuando me vuelvo para ver si hay algún ejército abalanzándose sobre nosotros, solo veo a Stuart y su escopeta, yendo de aquí para allá frente a la cabaña de la que acabamos de salir.

—Siento lo de Stuart —dice Quentin, que me pilla mirando—. Nuestras medidas de seguridad han sido... Bueno, digamos que por aquí no había muchas alternativas. A tu padre no va a gustarle nada si lo ve.

¿Mi padre no sabe nada sobre el tío desdentado con un arma? Quizá hay más cosas que no sabe. Quizá no supiera que sus amigos ya tenían a Cassie cuando Karen llamó a nuestra puerta. O quizá yo estoy desesperada por descubrir algo, cualquier cosa, que lo haga parecer menos mentiroso.

—¿Qué pasa con el policía? —pregunto.

—¿El agente Kendall? Sí, es amigo de alguien de aquí. No estoy seguro de quién exactamente —responde Quentin—. Pero es un buen tipo. Nos ayudó a despejar el campamento, dijo que mantendría a la gente alejada durante unos días. Necesitábamos un sitio ilocalizable antes de saber cómo nos las íbamos a apañar.

—¿Y por qué no nos lo dijo en cuanto estuvimos en el coche patrulla con él? —pregunto cuando estamos a solo unos pasos de la cabaña principal.

Antes de que Quentin responda, la puerta se abre de golpe y dos chicos jóvenes con vaqueros de cintura muy baja salen del interior. El primero es bajito con el pelo muy corto y rubio, nariz aguileña y ojeras negras. Lleva un tatuaje en la parte interior del antebrazo, una cuadrícula con círculos en su interior; como un tablero de juego. El segundo, mucho más alto y con abultadas mejillas, tiene el mismo tatuaje, pero en un lado del cuello. Cada uno lleva un portátil bajo el brazo. Son jóvenes, aunque mayores que Cassie y yo. Mayores que Quentin.

—Ah, hola —les saluda Quentin, sobresaltado y algo nervioso. Aunque intenta parecer tranquilo, no se le da muy bien—. Gracias por haber venido hasta aquí, chicos. Ya sé que no es lo habitual.

—Mmm... Sí —dice gruñendo el rubio sin dejar de caminar—. Más bien todo lo contrario, joder.

—Nos vemos —murmura el otro, y se le mueven las mejillas al bajar saltando los últimos escalones.

Vemos cómo se alejan y se encienden sendos cigarrillos mientras descienden por el camino a pie y desaparecen.

—¿Quiénes son? —pregunto.

—Bueno... Son ¿piratas informáticos? —responde Quentin, y usa su entonación de pregunta de forma más exagerada que nunca—. Pero no creo que les guste que los llamen así. Por lo visto, hay muchas cosas que no les gustan.

—¿Piratas informáticos? —Cassie resopla. Aunque no estoy segura de por qué precisamente esto, entre todas las cosas ilógicas que nos han contado, le suena de pronto tan absurdo.

—Del Nivel 99 —contesta Quentin—. Aunque ellos no admitirán su identidad. Son una especie de CIA, pero con tatuajes. —Se encoge de hombros—. Pero aceptaron venir hasta aquí para descubrir quién había intentado acceder a los datos de tu padre. La situación se ha descontrolado tanto que no podíamos arriesgarnos a que lo hicieran de modo remoto. Además tenían que proteger nuestros teléfonos móviles. Bloquearon los mensajes y todo lo demás durante un tiempo, que es la razón por la cual el agente Kendall no podía contactar con nosotros cuando llegasteis aquí, en respuesta a tu pregunta, para saber qué tenía que decirte. Y, como el generador no funcionaba, ni siquiera hemos sabido que era el agente Kendall hasta que ha salido de la cabaña principal, por eso nos hemos mantenido escondidos. Por si acaso.

—Mi padre sí que comentó algo relacionado con que alguien estaba metiéndose en sus bases de datos. —Me siento algo aliviada cuando encuentro dos cabos que puedo atar, aunque eso involucre a mi padre más en todo esto—. Pero él dijo que era algo que afectaba a toda la universidad.

—Quizá sí —admite Quentin, aunque resulta evidente que no lo cree—. Hay muchas cosas que todavía no sabemos.

El interior de la cabaña principal no se parece para nada al de la cabaña donde nos tenían retenidos. El mobiliario es antiguo, pero la habitación está muy bien iluminada y limpia, hay una docena de mesas plegables y bancos colocados en hileras perfectas. Las ventanas parecen nuevas, pero más de una está abierta y los finos visillos se mecen con la fresca brisa. No hay ni rastro de rejilla protectora. Hay una mesa más grande al fondo cubierta por un mantel verde, un par de termos metálicos de café encima y una pila de tazas blancas junto a ellos. Como si fuera para una multitud, aunque no se ve ni un alma.

Quentin, Cassie y yo todavía estamos junto a la puerta cuando una anciana, frágil pero decidida, aparece desde el fondo con un montón de toallas dobladas sujetas sobre sus brazos venosos.

—Hola, Miriam —saluda Quentin, pero con cautela. Da la impresión de que no quisiera asustarla.

—¡Oh, por Dios! —Ella se sobresalta de todas formas, y se lleva una mano al pecho—. ¡No te había visto!

—Lo siento, no quería asustarte. ¿Has visto al doctor Simons por aquí?, ¿con un chico joven, tal vez?

—Ahora mismo estaban aquí —responde y mira a su alrededor con la frente arrugada. Como no los localiza, echa un vistazo debajo de la mesa que tiene más cerca, como si estuvieran escondidos ahí debajo—. Un momento, ahora me acuerdo. El doctor Simons iba a enseñarle al chico algo en alguno de los ordenadores de la oficina de atrás.

—Vale, gracias, Miriam —dice Quentin, y le sonríe con amabilidad mientras la anciana se dirige hacia la puerta—. Miriam era enfermera en el frente durante la guerra de Vietnam. Tiene unas anécdotas alucinantes.

—¿Y conoce a mi padre? —Porque mi padre no tiene amigos. Aunque claro, a lo mejor conoce a toda esta gente y esa era otra de sus mentiras.

—No estoy seguro de si conoce a tu padre o al doctor Simons. Todos los que estamos aquí conocemos a uno u otro, o conocemos a alguien que los conoce a ellos. En la actualidad, Miriam es archivista en la biblioteca de la universidad. ¿A lo mejor por eso conoce a tu padre? —La biblioteca. El lugar favorito de mi padre en el campus—. Casi todos los que están aquí son profesores o investigadores, salvo Miriam y yo. El doctor Simons era profesor mío en Stanford antes de que me echaran.

—Oh —exclamo intentando no poner mi cara de decepción.

—Sí, por lo visto prefieren que vayas a clase. Pero el doctor Simons lo arregló todo para que al menos pudiera renunciar de forma voluntaria. Ahora he vuelto a la universidad de Massachusetts. No es tan prestigiosa, pero al menos me licenciaré.

Cassie, que se ha quedado todo el rato en la puerta, al final se acerca y se sitúa a nuestro lado.

—¿Podemos ir a buscar a Jasper? —pregunta con tono de impaciencia—. Necesito hablar con él ahora mismo.

No irá a confesar su aventura en medio de todo este lío, ¿verdad? Contármelo a mí es una cosa, pero confesárselo a Jasper es otra historia.

—¿Y si esperas a que volvamos a casa para hablar con Jasper?

—Está bien —dice Quentin, lógicamente sin tener idea de la situación—. Vamos, podemos volver e ir a buscarlo.

Justo en ese momento un hombre bajo, mayor, con el pelo canoso y ensortijado aparece por el fondo. Lleva unos pantalones militares de color caqui y un jersey de lana trenzada de color vino que le marca su enorme tripa redondeada. Es el doctor Simons. Todas las fotos que he visto de él son de hace bastante tiempo, pero esa enorme barriga y el pelo ensortijado siguen siendo los mismos.

—Doctor Simons, esta es Wylie —dice Quentin, y me presenta como si yo fuera un regalo.

—¡Wylie! —exclama el doctor, con expresión más animada mientras se acerca a mí—. ¡Por el amor de Dios, tu padre ya me había dicho que eras alta, pero no imaginaba que eras más alta que yo!

A mi padre le encanta hablar de mi altura, aunque solo soy un poco más alta que la media. Seguramente es porque mi crecimiento normal puede dar la sensación a los demás de que estoy evolucionando.

El apretón de manos del doctor Simons es cálido y firme.

—Por favor, toma asiento. —Se dirige hacia la mesa más próxima a nosotros—. Te pido perdón por todo este misterio. Tu padre y yo hemos hecho todo lo posible por gestionar bien este asunto. —Inspira con fuerza y mira hacia la puerta—. Que es una situación completamente inmanejable.

—¿Jasper ya ha vuelto a las oficinas? —pregunta Quentin—. Cassie quería verlo.

—Oh, sí, por supuesto —contesta el doctor Simons tras titubear un segundo, como si no estuviera del todo seguro de dónde había dejado a Jasper. Eso me hace preguntarme si no estará un poco senil como Miriam—. Adam está enseñándole el material para las pruebas.

—Vamos, te llevaré con él —propone Quentin a Cassie.

Cassie se vuelve para mirarme, con los ojos llorosos y expresión de preocupación.

—A menos que tú quieras que me quede, Wylie.

—No, tranquila. Puedes ir —digo, aunque preferiría que se quedara. Por mi bien y por el suyo. Jasper no va a reaccionar bien al enterarse de que hay otro chico—. Pero piensa en lo de esperar para contárselo si puedes, Cassie. La verdad seguirá estando ahí cuando volvamos a casa.

—Vale —accede, y sus ojos brillan por las lágrimas cuando se acerca para darme un apretón en la mano—. Lo pensaré.

Sin embargo, veo cómo está mordiéndose el labio inferior

cuando se dirige hacia la parte trasera. No ha escuchado ni una sola palabra de lo que he dicho.

—Acabo de hablar con tu padre. Todavía está a unos kilómetros de aquí —dice el doctor Simons, y se sienta al tiempo que mira con cara de concentración su reloj. Si intenta disimular que está preocupado, no lo consigue. Cuando miro el reloj de la pared, veo que son más de las tres de la madrugada. Es más tarde de lo que había pensado. Me asusta preguntar a qué hora se supone que debería haber llegado—. Ha tenido que venir dando un rodeo por razones evidentes.

—No, no son evidentes —replico, y me siento a la mesa alargada, justo enfrente de él—. Oiga, no pretendo ser maleducada, pero, para mí, no hay nada evidente en todo esto.

—No, por supuesto que no. Si quieres, puedes llamarlo —dice el doctor Simons, y mira a su alrededor como si estuviera buscando un teléfono—. Aquí dentro tendrás cobertura. Es un entorno protegido. Deberías saber que tu padre se siente fatal por haberte mentido cuando Karen estaba delante. Todo esto ha sucedido en muy mal momento; lo ha cogido por sorpresa. Y, a juzgar por sus últimos mensajes, estaba intentando con todas sus fuerzas que no te vieras involucrada en este asunto.

—¿Que no me viera involucrada? ¿Y por eso mi padre le pidió a usted que fingiera ser Cassie y me enviara mensajes en los que decía que tenía miedo de que la mataran?

—En defensa de tu padre, debo decir que él no tuvo nada que ver con ese último mensaje; se me ocurrió a mí. —El doctor Simons inspira hondo y se frota la frente—. Ahora me doy cuenta de que fue demasiado aterrador. Pero, en ese momento, estabais en la carretera y necesitábamos que estuvierais aquí, fuera de peligro, lo antes posible. Podría haberlo hecho de una forma muy distinta. Ahora caigo. Deberías preguntarle a tu padre por ello. Cuando sepa lo de ese mensaje no va a alegrarse en absoluto.

Cuando saco el móvil, veo que hay cobertura y un nuevo mensaje de mi padre.

«Lo siento —dice—. Por todo.»

Noto que se me para mi estúpido corazón. ¿Es posible que no odie a mi padre después de todo? Supongo que, en parte, espero no odiarlo. Lo espero más de lo que jamás habría imaginado.

«¿Dónde estás?», contesto en lugar de llamarlo. Temo que si de verdad hablo con él, me ponga furiosa otra vez. De que acabe estropeando todas las excusas que el doctor Simons se ha esforzado tanto en ponerme para salir en su defensa. «¿Cuánto vas a tardar en llegar?»

«Todavía me quedan un par de horas —es su rápida respuesta—. He tenido que parar un rato. Te prometo que te lo explicaré todo en cuanto llegue. Pero le puedes preguntar al doctor Simons lo que quieras. Puedes confiar en él. Me alegro mucho de que estés bien. Te quiero, Gatita. Besos, papá.»

«Gatita.» Un apodo de los libros que me encantaban de niña sobre una gata que supera sus miedos echándole valor y con la ayuda de sus leales amigos. Hacía años que mi padre no me llamaba así. Debe de sentirse realmente mal.

«Vale», respondo. Y eso es todo. Porque me da igual que me llame cosas bonitas, no estoy lista para perdonar nada.

—¿Has podido localizarlo? —me pregunta el doctor Simons.

Asiento en silencio.

—En estas últimas semanas, tu padre se había planteado advertiros a ti y a tu hermano sobre esas personas de North Point. Aunque no tenía ningún motivo para creer que la amenaza que suponían fuera ni creíble ni inminente, al menos para vosotros dos. Y, en tu estado, no quería preocuparte más de lo necesario.

«En tu estado.» Es la expresión que ha usado mi padre. Por lo visto es así como habla de mí con sus amigos. Justo cuando estaba pensando que existía una posibilidad de perdonarlo, va y me demuestra que es un auténtico gilipollas.

Me cruzo de brazos e intento no parecer cabreada. Porque estoy cabreadísima con mi padre, no con el doctor Simons. Además, ser brusca con él no va a ayudarme a conseguir lo que quiero: información.

—¿Y quién demonios es la gente de North Point?

—Es una empresa de defensa. Tiene fuertes vínculos con el ejército, son gente con mucho dinero. Y, por lo visto, con una determinación inquebrantable. Quieren tener acceso sin restricciones a determinados aspectos de la investigación de tu padre.

—¿Así que ellos son esa amenaza de la que todos hablan? —pregunto.

El doctor Simons asiente en silencio.

—Pero, para ser sinceros, no tenemos ningún motivo para creer que ya nos han localizado. Toda nuestra actividad se desarrolla bajo estrictas medidas de seguridad.

Visualizo la cara roja de Doug, la forma en que me miraba en la cafetería como si quisiera verme muerta, la manera como nos persiguió por el bosque, con tanta ligereza a pesar de lo mucho que sangraba. No me da la impresión de que la presencia del doctor Simons y de Quentin vaya a ser de ninguna ayuda si nos encuentran. Y si ya lo han hecho en una ocasión, ¿quién dice que no serán capaces de repetirlo?

—En realidad podrían estar más cerca de lo que usted cree.

El doctor Simons abre los ojos exageradamente.

—¿A qué te refieres?

—Se nos averió el coche, y pedimos a una pareja que nos llevara en el suyo. —Tendré que hablar deprisa si quiero contar toda nuestra historia—. Cuando nos dimos cuenta de que fingían llevar un bebé intentamos escapar. El tío, que se llama Doug o eso dijo, atacó a Jasper, así que yo tuve que... Bueno al final escapamos, pero por los pelos. —No me veo capaz de contar la parte de la puñalada. Sobre todo porque el doctor Simons ya se ha referido a mi «estado».

—Desde luego podrían ser ellos. Sabíamos que, si se daba la ocasión, podrían intentar raptarte para obligar a tu padre a que colaborase con ellos. Por eso nos corría tanta prisa conseguir que llegaras hasta aquí —explica el doctor Simons en voz baja. Luego me mira con sus ojos marrones con expresión de tristeza—. Y yo no estaría tan seguro de que hayáis tenido que pedirles que os llevaran por casualidad. Esta gente es tremendamente inteligente. Y están bien preparados.

Cierro los ojos y recuerdo algo de pronto.

—Estuvimos los dos en el supermercado durante unos minutos y ellos estaban afuera —digo mientras imagino que podrían haberle hecho algo al coche para que no arrancara—. Pero cuando nosotros llegamos, ellos ya estaban en la gasolinera. ¿Cómo sabían que íbamos a parar allí?

—Seguramente estaban interceptando los mensajes enviados por Cassie. Gracias a la labor del Nivel 99 eso no volverá a ocurrir. Las indicaciones que ella os daba contenían la información suficiente para que ellos predijeran adónde ibais a parar. A lo mejor tenían compañeros situados en diferentes posibles ubicaciones.

Parece que han hecho bien al quitarle el móvil a Cassie. Sí que estaba poniendo en peligro a alguien: a nosotros.

—Pero ¿por qué han traído a Cassie a este lugar? ¿Y por qué mi padre se comportó por teléfono como si no tuviera ni idea de dónde estaba Cassie? Fingió que yo era la única que lo sabía. Que tenía que decírselo.

—Te prometo que todo cuanto ha hecho tu padre ha sido para protegerte, para mantenerte al margen de todo esto, que podía convertirse en una situación muy peligrosa. Creo que él sospechaba que estabas recibiendo mensajes falsos de alguien que no era Cassie. Recuerda, ni siquiera nos dimos cuenta de que ella tenía el móvil. No teníamos motivos para creer que estaba enviándote mensajes. Estoy seguro de que también le preocupaba dar demasiados datos por teléfono. Sabíamos que nuestras comunicaciones habían sido interceptadas. Hasta ahora no han sido seguras. Tu padre no podía arriesgarse a revelar demasiada información por una línea intervenida.

—Esto sigue sin tener ningún sentido —afirmo. A lo mejor algunas partes sí lo tienen, pero no en conjunto—. ¿Y por qué les interesa tanto la investigación de mi padre? A nadie le ha importado jamás.

El doctor Simons frunce el ceño.

—¿Tu padre ha tenido la oportunidad de hablarte de los Extraños?

—Sí, bueno... No, en realidad no. —Porque la verdad es que fue Gideon quien me lo explicó. ¿Por qué iba a decir que mi padre ha sido sincero con algo?—. Son los casos que se salen de lo normal.

El doctor Simons asiente en silencio.

—Esa es una descripción bastante ajustada. Los Extraños son un grupo de sujetos de estudio que demostraron tener la capacidad de percepción emocional extraordinaria sin necesidad de recurrir a ningún tipo de información visual o auditiva —dice—. En otras palabras, fueron capaces de interpretar las emociones de otras personas con los ojos vendados y con auriculares que los aislaban del ruido. No eran muchos. En realidad, fueron el resultado accidental de la investigación de tu padre en la que se utilizaba la privación auditiva y visual de la prueba para conseguir un control estadístico. Tu padre estaba estudiando las implicaciones de una discusión en directo sobre la percepción emocional. Jamás imaginó que habría ciertos individuos con percepción emocional que no implicara la mediación de la vista o el oído. Sin embargo, el hecho de haberlos descubierto podría tener profundas implicaciones.

—¿Cómo que profundas? —Trago saliva con dificultad en un intento de que el estómago no se me salga por la boca.

—Bueno, por ejemplo, el Servicio de Inteligencia de la Marina estadounidense lleva años intentando aplicar la intuición al combate, y un descubrimiento así podría resultar crucial para esa investigación —responde—. Supongo que el interés de North Point en los Extraños es parecido. Su objetivo final sería usar las habilidades de esos sujetos para desarrollar una especie de estrategia militar o tecnología innovadora.

—Entonces ¿por qué esa gente no realiza el estudio por su cuenta y encuentra a sus propios Extraños?

—No lo han conseguido. Como los Extraños fueron un descubrimiento fortuito y no pretendido del estudio de tu padre, su existencia solo se reconocía en una nota al pie del anexo con los datos.

—¿Y eso quiere decir...? —pregunto.

—Que fueron una casualidad —contesta—. Solo conocemos a tres valores atípicos hasta ahora. Hay que subrayar que los tres estaban por debajo de la edad mínima media exigida para participar en un estudio así. Todos tenían menos de dieciocho. Dos de ellos fueron incluidos porque los parámetros del estudio no fueron gestionados de forma adecuada por el investigador ayudante de tu padre.

¿Todo esto es culpa del doctor Caton por algún error que cometió?

Eso explicaría por qué mi padre estaba tan enfadado con él.

—¿Se refiere al doctor Caton? —digo.

—Exacto. —El doctor Simons inspira con fuerza y apoya las manos sobre la mesa como si pretendiera dejar muy claro lo que se dispone a decir—. Y como North Point ha sido incapaz de repetir el estudio, parece que su única salida es intentar localizar a tu padre. No solo sabe que la edad del sujeto es un factor clave que es común a todos los valores atípicos, lo saben varias personas, incluido yo mismo, sino que él es el único que conoce los nombres reales de los valores atípicos.

Y percibo en su mirada que ese es el dato que más le está costando revelar. Que ese es el detalle fundamental.

—Un momento, así que ¿de verdad quieren dar con mi padre?

Asiente con la cabeza.

—Sí, eso creemos. Pero, como ya he dicho, estamos tomando todas las precauciones posibles. Acabamos de ser conscientes de ello. En cuanto lo supimos, se marchó de casa.

—Estupendo —digo en voz baja. Porque no me siento en absoluto más tranquila—. ¿Y qué pasa con Gideon? Si quieren a mi padre, y han venido a por mí también irán a por él y está en casa solo.

—Gracias al trabajo del Nivel 99 para interrumpir las comunicaciones de North Point, no tenemos razones para creer que nadie vaya a vuestra casa —responde el doctor Simons—. Pero, como precaución extra, el agente Kendall también ha hecho que un amigo de la policía de Boston vigile vuestra casa mientras no está tu padre, solo por si acaso.

—Ah —digo, y me siento todavía peor por haberme largado.

Mi padre tenía razón al intentar que regresara.

—¿Sabes? Cuando tú y yo nos conocimos —prosigue el doctor Simons para cambiar de tema porque seguramente yo he puesto cara de estar a punto de tener un ataque de nervios—, Gideon y tú no debías de tener más de cinco años. Tus padres vinieron de visita a California, y creo que fuisteis a Disneylandia después, ¿no? —Cuando levanto la vista él está sonriéndome con amabilidad—. Aunque claro, supongo que, si tienes algún recuerdo de ese viaje, será sobre Mickey Mouse y no sobre mí.

No recuerdo haber conocido al doctor Simons. Pero mi foto favorita de mi madre es de ese viaje, estaba muy joven y feliz, llevaba trenzas y las manos metidas en los bolsillos de un peto. Además sí que tengo un recuerdo: mi madre y yo cerca de los montes de Carmel, perdidas en un mar de perritos de la pradera. Mi madre, que siempre estaba tan tranquila y relajada, salió chillando y corriendo cuando los animalitos empezaron a sacar sus cabecitas por sus decenas de agujeros. Y yo estaba ahí plantada, incapaz de moverme.

—Verás, Wylie —dijo mi madre después de aquello, agotada y jadeante de tanto reír—. Existen muchos tipos de valentía.

¿De verdad recuerdo eso? ¿O es solo una historia que a fuerza de obligarla a contar he hecho mía? En la actualidad, todo lo importante relacionado con mi madre me parece un recuerdo dentro del recuerdo que está a punto de hacerse trizas y desaparecer.

—Ni siquiera recuerdo Disneylandia —admito cuando me doy cuenta de que el doctor Simons está esperando una respuesta.

—Bueno, es que eso fue hace mucho tiempo y tú eras muy pequeña. —Sin embargo, parece un poco decepcionado. Toma aire e intenta quitarle importancia, luego apoya las manos sobre la mesa.

Tiene los dedos rechonchos, como una hilera de salchichas de las gordas—. Quiero asegurarme de que estás completamente a salvo en este lugar, Wylie. No quiero que tengas ningún motivo de preocupación. —Nerviosa, quiere decir; que no hiperventile, que no vomite, que no me desmaye—. Como ya he dicho, hemos aumentado las precauciones. Cassie también estará segura aquí.

Cassie. Sí claro, me había olvidado por completo de ese asunto. La han traído aquí de forma intencionada.

—¿Qué quiere decir con que Cassie estará segura? Ha dicho que había tres Extraños, ¿verdad? Ha explicado de forma específica de dónde salieron: de la mala gestión del doctor Caton.

Eso deja al tercer Extraño sin explicación.

—¿Quién es el tercero? —pregunto al tiempo que se me acelera el pulso.

Esa estúpida prueba de mi padre en el laboratorio del sótano de casa. Lo rápido que mi padre nos informó a todos de que habíamos obtenido los tres una puntuación por debajo de la media. Cómo se enfadó cuando Cassie insistió en conocer los detalles, con la esperanza, aunque poco probable, de poder ser una especie de Cenicienta que todavía no hubiera encontrado su zapato de cristal.

—Sí, Cassie es la tercera Extraña. Pero, teniendo en cuenta las circunstancias, debemos tener mucho cuidado con la forma en que se lo contamos, Wylie —admite el doctor Simons, y queda claro que es una confesión que temía realizar—. No quiero asustarla. Ya fue bastante malo tener que traerla aquí de esta manera. Habría sido mucho mejor que tu padre la trajera en coche, pero teníamos pruebas de que estaban vigilando sus movimientos, y luego supimos que habían intervenido el móvil de Cassie. Sin embargo, me preocupa cómo pueda sentirse ella. Para cualquiera sería algo inesperado, pero si además descubres que eso te pone en peligro... Podría resultar en extremo desconcertante.

—¿En peligro? —repito, con una voz no mucho más alta que un susurro—. Creía que querían a mi padre.

—Sí, pero sin duda preferirían lograr aislar a un Extraño. —Aislarlo. Como una enfermedad. O como al animal débil de una manada—. Wylie, percibo que estás disgustada y tienes todo el derecho a estarlo. Esto debe de ser demasiada información para que cualquiera la asimile —prosigue el doctor Simons mirándome directamente a los ojos—. Pero tú estás a salvo. Cassie está a salvo. Y también tu padre. Después de lo que le ocurrió a tu madre... Te aseguro que nadie corre ningún riesgo.

«Después de lo que le ocurrió a tu madre.» Siento que de repente me arden las mejillas. «Bum, bum, bum», se me dispara el corazón.

—¿A mi madre?

Ya estamos. Se disparan todas mis alarmas mentales a la vez, se oyen tan alto que necesito taparme los oídos.

—Wylie, siéntate —dice el doctor Simons—. Todo va a salir bien. Pero tienes que estar tranquila.

No me he dado cuenta de que me he levantado, pero cuando miro hacia abajo, veo que estoy de pie al otro lado del banco. Y ahora Quentin y Cassie han aparecido por detrás de mí. Cassie está a solo un par de pasos de mí, con los brazos cruzados con fuerza. Parece como si hubiera perdido otros dos kilos. Como si estuviera evaporándose. Pronto no será más que vapor, un recuerdo. Igual que mi madre.

—¿Qué pasó con mi madre? —Me tiembla la voz. ¿O estoy temblando yo? Sigo con los pies plantados en el suelo, pero he empezado a tambalearme con los latidos de mi corazón.

—Esa gente pagará por lo que le hizo, Wylie —dice el doctor Simons—. Tu padre se asegurará de que así sea.

20

«¿Qué le hicieron? ¿Qué le hicieron? ¿Qué le hicieron?» Es un pensamiento lacerante que me resuena en la mente con un doloroso aullido. Y ya estoy en movimiento, intentando huir de él.

Aire. Necesito aire. Y necesito escapar de estas personas. Alejarme de esas palabras que resuenan en mi cabeza. Unas palabras que en realidad nadie ha dicho, pero que yo ya sé que son ciertas. «La muerte de mi madre no fue un accidente.»

Transcurrido un segundo, ya estoy fuera, en la oscuridad. Corriendo por la hierba húmeda en dirección a los árboles.

—¡Oye! —me grita Stuart desde mi izquierda cuando paso junto a la cabaña donde estábamos al principio—. ¡¿Adónde narices crees que vas?!

Stuart. Stuart con su arma. Pero no me detendrá, no me disparará. Ahora lo sé. Porque soy la hija de mi padre. Y no importa cuánto lo odie en este momento, estas personas son sus amigos. Ellos me protegerán. Deben hacerlo. Protegerme de todo este desastre que él ha provocado. ¿Qué le hicieron a mi madre? ¿Qué le hicieron a mi madre? ¿Qué le hizo él a mi madre? Esa es la verdad. Porque si lo que le ocurrió a mi madre tiene que ver con todo esto —con su investigación—, entonces su muerte es, sin duda, culpa de mi padre.

Mis pies se mueven tan deprisa que apenas tocan el suelo. Tan deprisa que me da la impresión de que podría volar.

—¡Oye! —vuelve a gritarme Stuart, pero su voz no es más que un eco que me llega con el viento.

Aunque nadie me detenga, ¿adónde me dirijo? No puedo dejar a Cassie atrás, no puedo dejar a Jasper. De todas formas, no hay ningún lugar seguro. Ningún sitio sin mentiras. «No fue un accidente. No fue un accidente.»

Pero cuando por fin me adentro en el bosque, no puedo seguir pensando en eso. No quiero pensar en otra cosa que no sea en huir, que es lo único que me parece correcto. «No fue un accidente.» No paro de pensarlo de forma obsesiva mientras voy pisando las hojas húmedas, haciendo crujir las ramitas caídas. Sin embargo, todavía puedo oír la voz de mi padre: «Ocurren cosas trágicas a personas hermosas». Lo dijo una vez, sentado en el borde de mi cama un par de semanas después de la muerte de mi madre. Como si nadie fuera culpable de su muerte. Salvo que sí había un culpable: él y su maldito trabajo.

Cuanto más corro y me adentro en el bosque, los pies me resbalan y tropiezo con las raíces, las ramas y las piedras. Como me ocurrió cuando Jasper y yo escapábamos de Doug. No obstante, ahora me siento peor, más desvalida. Porque, vaya donde vaya, la verdad acabará atrapándome.

Pero sigo adelante, intentando escapar de la imagen del coche de mi madre girando sobre sí mismo sobre esa oscura placa de hielo. ¿Habría hielo siquiera? ¿O la empujó otro coche a ese quitamiedos? ¿De verdad su coche ardió de repente después del impacto o alguien le prendió fuego para rematar el trabajo? ¿Vio ella lo que iba a ocurrir? ¿Estaba asustada?

Deseo salir volando por los aires como lo hizo ella. Deseo caerme y golpearme la cabeza. Quedarme sin recuerdos por el golpe. Darme un buen porrazo y extinguirme. Para no tener que estar dándole vueltas siempre a lo mismo, sabiendo que ella podría haberse salvado.

—Eso es ridículo —dijo mi madre. Estaba a medio camino de la escalera, subiendo desde el laboratorio de mi padre en el sótano, en su última noche—. Esconder la cabeza en un agujero no es una alternativa esta vez, Ben.

Eran las nueve de la noche, pero solo había pasado una hora desde su última discusión. Después de cenar se habían retirado a rincones separados. Sin embargo, en ese momento retomaron la discusión. Fue un reinicio mucho más intenso de lo habitual. Como si fuera lo que fuese que subyaciera bajo la superficie durante semanas por fin estuviera a punto de entrar en erupción.

Gideon y yo estábamos juntos en la cocina, pero, como siempre, él no estaba escuchando la pelea. Yo, en cambio, estaba conteniendo la respiración, sujetando con fuerza una de las galletas con pepitas de chocolate de mi madre —de las que siempre preparaba cuando volvía a casa de algún viaje de trabajo— con una mano y la botella de leche con la otra. Contenía la respiración, con miedo de que esa vez mi madre y mi padre acabaran finalmente separándose. Se hizo el silencio, y entonces mi padre debió de decirle algo a mi madre. Estaban demasiado lejos y no pude oírlo.

—¡¿«Todas las precauciones»?! —le gritó mi madre desde la escalera—. ¿Estás escuchando lo que dices, Ben? ¿De verdad te das cuenta de cómo ha sonado? No eres un científico, eres un robot. —Se hizo otro largo silencio—. No, esto no es tan sencillo, ya no. Y me da igual que sea tu estudio y que tú seas el que tiene toda la información. Lo que yo opine todavía importa.

Cuando escuché a mi madre pisar con fuerza el último escalón, incliné el cartón de leche sobre mi taza, para intentar parecer ocupada. Una pequeña cantidad de leche cayó al fondo de la taza, porque el envase estaba casi vacío.

—¡Vaya!, ¡qué fastidio! —exclamó Gideon y apareció a mi lado con un vaso lleno de leche en una mano y una galleta en la otra—. Parece que alguien tiene que ir a comprar más leche.

—Ya iré yo —dijo mi madre y entró como una exhalación en la cocina con una sonrisa del todo falsa. Estaba furiosa con mi padre.

Se le veía en los ojos.

—No pasa nada —dije—. Ni siquiera quiero leche.

—No me importa —repuso mi madre, me puso una mano en el brazo y sonrió. Pero, al acercarse vi que estaba triste—. Me vendrá bien tomar un poco el aire. Y tener unos minutos para estar sola.

Una hora más tarde, estaría sola para siempre.

—¡Wylie! —Sigo corriendo, pero ahora oigo una voz detrás de mí. No está muy lejos. Distraerme pensando ha hecho que frene un poco.

He dejado que alguien se acerque.

Intento correr más deprisa, con más ganas. Pero en cuanto acelero, se me engancha el pie con algo: una raíz, una rama caída. El pie queda atrapado, tropiezo y todo mi cuerpo sale despedido por el aire. Transcurrido un segundo, siento un intenso dolor en las palmas de las manos y me arde la rodilla izquierda.

—¡Wylie! ¿Estás bien?

Me sujeto la rodilla, y me doblo de dolor. Maldita sea. Qué estupidez. Ahora he tenido que parar. Sigo viva. Sigo despierta. Sigo aquí. Ahora jamás conseguiré las respuestas por las que estaba corriendo. Jamás conseguiré llegar a ella.

—¿Estás bien? —Es Quentin. Está acuclillado junto a mí.

—Estoy bien —respondo con los dientes apretados. Por suerte no son heridas profundas, solo tengo arañazos y un montón de tierra pagada a mi piel. Y mucha vergüenza. ¿Cómo puede haberme mentido tanto mi padre?—. Solo necesitaba un poco de aire.

—Y una buena carrera —agrega con calma mientras sigue acuclillado a mi lado. Pero no como si necesitara o quisiera una explicación—. ¿Te has hecho daño?

Las manos me arden todavía más e incluso siento el bombeo de la sangre en la rodilla, pero no estoy sangrando.

—Estoy bien —repito, y me siento dolorida y avergonzada.

—Estaba llamándote a gritos —explica Quentin, que sigue junto a mí en el suelo. Parece confuso—. No es en absoluto seguro estar aquí fuera, en el bosque. Enviamos a un grupo al exterior cada pocas horas para comprobar si hay alguien; pero no somos precisamente expertos en proteger el perímetro. —Echa un vistazo a su alrededor, a lo más profundo del bosque—. Esa gente sí está preparada.

—Sí, ya lo sé. Créeme —digo—. Y no hacía falta que salieras corriendo tras de mí.

A pesar de lo amable que parece Quentin, no le he pedido que me rescatara. Una parte de mí incluso desea que North Point me borre del mapa de una vez y así dejaré de sufrir. Porque he sobrevivido a medias al hecho de que mi madre se haya matado en un accidente, pero no sobreviviré si descubro que mi padre podría haberlo evitado.

—Lo siento. —Quentin mira a su alrededor, y luego me mira antes de que por fin me ponga de pie—. Por lo de tu madre, por todo esto. Me da la sensación de que te has visto involucrada sin esperarlo, y eso es un asco.

—Es un asco. Eso es exactamente —digo y seguramente con un tono demasiado sarcástico. Nada de esto es culpa de Quentin. Pero es que ahora no puedo tener esta conversación, ni fingir que él está consiguiendo que me sienta mejor.

—Supongo que decir que es un asco es ser demasiado fino. —Sacude la cabeza—. Oye, mi padre murió cuando yo tenía diez años, y eso acabó más o menos con todo. O eso hubiera querido yo. Incluso en la actualidad es como si todo el color hubiera desaparecido del mundo. —Parpadea mirándome y luego vuelve a mirar las hojas. Aunque sé exactamente qué quiere decir: el mundo se desplazó para siempre de su eje—. En cualquier caso, no estoy diciendo que entienda cómo te sientes, porque odio cuando la gente dice eso. Pero puede que te entienda un poco más que la mayoría.

Entonces se oye un fuerte ruido, a cierta distancia, bosque adentro.

—¿Qué ha sido eso? —pregunto con el corazón desbocado porque ha sonado como un tiro.

—Mmm... No lo sé. ¿Unos cazadores tal vez? —Pero Quentin parece nervioso—. Deberíamos largarnos de aquí, solo por si acaso. —Se oye un nuevo restallido en la distancia, esta vez, más alto—. Vamos.

Quentin se agacha y me ayuda a levantarme. Mientras lo sigo entre los árboles de vuelta a la cabaña principal, me preparo para un nuevo restallido, pero solo oigo el crujido de las hojas bajo nuestros pies.

—Pero no ha sido la gente de North Point —asegura Quentin cuando por fin salimos de entre los árboles.

—¿Cómo lo sabes?

—Porque seguramente no habrían fallado —dice con una sonrisa de medio lado—. Además, debería darte las gracias porque esta pequeña excursión me ha enseñado algo importante sobre mí mismo.

—¿El qué?

Se vuelve para mirarme.

—Que no me crezco ante el peligro.

—¿Qué le pasó a tu padre? —pregunto en cuanto estamos cruzando la zona de hierba hacia la cabaña.

Porque ya sé que no todos los huérfanos son fruto de lo mismo: una enfermedad, una historia de consumo de drogas, años de distanciamiento antes de la muerte. El sufrimiento puede ser una bomba o una herida que va abriéndose con el tiempo. O, en mi caso, un invierno nuclear.

Y una cosa no es necesariamente más dura que la otra. En realidad, eso es mentira. Son mis ganas de ser educada. Creo que lo que me ocurrió a mí —de repente, sin oportunidad de despedirme, ni posibilidad de prepararme— es peor. Y ahora parece ser que podré experimentar el «placer» de sentir que mi madre ha muerto dos veces: primero, por una mentira y, ahora, por la verdad.

—Estaba en una tienda, a la vuelta de la esquina, cerca de nuestro piso en Dorchester —contesta Quentin—. Un atracador entró en el establecimiento y empezó a golpear al viejo que trabajaba allí. Mi padre se metió en medio y recibió un disparo en el cuello. —Quentin sacude la cabeza y mira al suelo—. ¿Quieres saber lo peor?

—Sí —digo con tanto entusiasmo que parece que me alegre al enterarme de que hay algo peor.

—Fue a esa tienda a comprar zumo de naranja para mí.

Se me ponen los pelos de punta.

—¿Qué acabas de decir?

Levanta la vista de las hojas.

—Que había ido a comprarme zumo de naranja.

—Cuando mi madre tuvo el accidente había salido a comprar leche para mí.

—¿En serio? —Pone cara de no creerme.

—¿No lo sabías? —pregunto y empiezo a tener mis sospechas—. ¿El doctor Simons no te lo había contado?

—No —responde, y me da la sensación de que es él quien cree que estoy inventándome lo de la leche—. Y tampoco sabe lo del zumo. Es algo de lo que nunca hablo.

Ambos permanecemos callados mientras seguimos caminando e intentamos procesar la coincidencia, que resulta al mismo tiempo espeluznante y reconfortante.

—Siento lo de tu padre —digo cuando por fin llegamos a los escalones de la entrada de la cabaña principal—. Aunque el hecho de que yo lo sienta no ayuda mucho. Lo sé por propia experiencia.

—Por lo general, te daría la razón. —Quentin me mira como si esto también fuera una novedad para él—. Pero esta vez sí que ayuda en cierta forma.

21

La cabaña principal está abarrotada de personas y es un hervidero de actividad cuando entramos, aunque ya son las cuatro de la madrugada. Al mirarlos, de pronto siento que estoy cansada, como si la carrera hubiera acabado con la dura coraza de pánico que estaba encubriendo mi agotamiento total.

Sin embargo, las personas que están en la cabaña ni siquiera piensan en dormir, lo cual confirma todavía más la gravedad de la situación. Se trata de hombres y mujeres de entre veinte y sesenta años, agrupados en pequeños equipos —la mayoría formados por dos miembros—, que están hablando y revisando documentos. Hay un chico alto y delgado con una sudadera de Harvard marrón, sentado junto a una chica guapa de melena lacia y tocada con una boina violeta. Mucho más al fondo, de pie y apoyadas contra una pared, hay dos mujeres de la edad de mi madre, con los mismos pantalones negros de yoga y chalecos de forro polar de idéntico color. En la mesa que tengo cerca hay un hombre y una mujer de pelo canoso. Y Miriam está en un rincón apartado, organizando la mesa del café. Son diez personas en total, contando a Quentin y a Stuart. El doctor Simons, gracias a Dios, no está. No estoy lista para volver a hablar con él, sobre todo si piensa sacar de nuevo el tema de mi madre.

—¿Lleváis mucho tiempo planeando esto? —pregunto. Si es

así, a mi padre se le da muy bien lo de ocultar cosas, mejor de lo que jamás habría imaginado.

—El doctor Simons me llamó hace un par de días y me preguntó si podía cogerme unos días libres. No sé cómo habrá sido en el caso de los demás. —Quentin señala al tipo con la sudadera de Harvard y a la chica con la boina violeta—. Creo que Adam es quien se crio aquí y conocía al agente Kendall. Adam está sacándose el doctorado de neurociencia cognitiva en Harvard. Su novia, la que lleva la gorra violeta, se llama Fiona. Estoy bastante seguro de que llegaron hace al menos una semana.

—¿Y quiénes son ellas? —Señalo a las dos mujeres que llevan el forro polar.

—Beatrice y Gladys están en las facultades de Smith y Williams, respectivamente. Creo que Beatrice en realidad es una antigua novia del doctor Simons. —Por último, Quentin señala al hombre y a la mujer un poco más mayores—. Y ellos son... —Titubea un segundo, como si estuviera intentando recordar—... Robert y Hillary. Él es profesor de psicología en... —Vuelve a hacer una pausa y entorna los ojos—... la Universidad de Boston, creo, y no estoy muy seguro en el caso de ella. Es demasiada información para retenerla toda.

—¿Qué están haciendo? —Parecen muy concentrados en su trabajo: toman notas, estudian gráficas. Adam y Fiona tienen un portátil abierto delante de ellos y Robert y Hillary, otro.

—Redactan el borrador de un protocolo de investigación para la siguiente fase del estudio de tu padre, creo —dice—. Sé que eso es parte del trabajo. Si tu padre logra dar con la relevancia de los Extraños y lo hace público, las empresas como North Point se quedarán fuera.

—¿Y todos vosotros estabais dispuestos a venir hasta aquí para estar con un montón de desconocidos e incluso a arriesgar vuestra vida por el proyecto? —pregunto y no de forma muy agradable. No entiendo por qué estoy molesta con todos ellos de pronto. Supongo que me parecen incitadores de lo ocurrido. Sin su ayuda, mi padre podría haberse visto obligado a contar la verdad.

—Yo tuve mis dudas, no te creas —admite Quentin y se pone a la defensiva—. Pero por la forma en que el doctor Simons me expuso la situación, me pareció importantísimo proteger a tu padre y su investigación. Sobre todo, protegerla de esos gilipollas que quieren sacarle partido con fines bélicos.

—Entonces ¿estás aquí porque eres un pacifista? —Ahora sí que he quedado yo como una gilipollas. Y a lo mejor lo soy. Jamás he tenido tanto espacio mental en mi abarrotada cabeza para defender una causa.

Él se cruza de brazos.

—¿Y tú eres antipacifista?

—No. —Niego con la cabeza—. Por supuesto que no. —Realmente he sonado como una niña caprichosa y egoísta—. Es que me parece que es arriesgar demasiado por una idea.

Quentin se encoge de hombros.

—Algo tiene que importar —dice—. O acabará sin importarnos nada.

Contengo el impulso de estremecerme.

—Mi padre siempre dice eso mismo. —O eso creo porque todo está empezando a parecerme un *déjà vu*.

—¿De verdad? —dice Quentin y sonríe—. Apuesto a que decir lo mismo que tu padre ahora mismo no contribuye a que te guste más.

Me encojo de hombros.

—No exactamente, pero...

—¿Estás bien? —me pregunta una voz a mi espalda.

Cuando me vuelvo veo a Cassie y, durante un segundo, me siento aliviada. Sin embargo, ella vuelve a estar blanca como el papel, como estaba cuando la vi por primera vez en la cabaña. Una Extraña. Supongo que es posible. Jamás habría descrito a Cassie como alguien con una habilidad especial para interpretar las emociones de los demás, aunque eso tal vez explique por qué se ha metido siempre en tantos líos.

—En realidad, debería ir a contarle al doctor Simons lo de los disparos que acabamos de oír —dice Quentin—. Chicas, ¿queréis que os traiga algo de comer? No hay nada muy especial, pero sí tenemos algunas patatas fritas, barritas de cereales y otras cosas para picar.

—Claro, gracias —acepto, y me sorprendo a mí misma porque de verdad tengo hambre.

—Genial —dice Quentin y parece aliviado de tener algo que hacer—. Volveré enseguida.

—¡Me he preocupado tanto cuando he visto que salías corriendo! —comenta Cassie en cuanto él se va y tira de mí para darme un fuerte abrazo—. Siento muchísimo todo lo que ha pasado.

—No eres tú quien debería disculparse, sino mi padre —replico cuando ella por fin me suelta.

—Pero fui yo la que quiso hacer esa estúpida prueba —dice Cassie y parece muy disgustada consigo misma. Por lo visto, cuando yo he salido huyendo hacia el bosque el doctor Simons le ha contado que ella es una Extraña—. Nada de todo esto habría ocurrido si no hubiera convencido a tu padre para que nos la hiciera.

—Vale, lo de hacer la prueba fue culpa tuya. —Sonrío al tiempo que le apretujo el antebrazo—. Pero mi padre debería haberte hablado sobre los resultados. Sin duda alguna tendría que haberte dicho que... —Me muevo por la habitación en lugar de decir lo más evidente: que un grupo de locos podrían ir tras ella—... iba a pasar todo esto.

—Sí —dice Cassie—. Supongo que sí.

—Un momento, ¿dónde está Jasper? —pregunto, y de pronto me doy cuenta de que hace mucho que se ha marchado.

Cassie tiene la cara desencajada y los ojos anegados en lágrimas cuando se vuelve hacia mí. Le ha contado lo del otro chico. Y no ha ido bien. Por supuesto que no.

—¿Qué ha pasado?

—Tenías razón —consigue decir por fin. Parece realmente destrozada—. No debería habérselo contado. Se ha enfadado muchísimo. —Inspira con fuerza y mira al techo—. Y luego se ha marchado.

—¿Qué quieres decir con eso de que se ha marchado? —pregunto al mismo tiempo que siento, contra toda lógica, que la abandonada soy yo.

—Se ha ido —responde ella y hace un gesto señalando el bosque.

—¿De verdad? —¿Realmente tengo la sensación de que debería haberse despedido de mí o algo así?

—Sí. De verdad —dice, y pone una mirada que parece decir: «Era mi novio. Y soy yo la que tiene que estar disgustada». Y tiene toda la razón.

Ahora miro por la ventana y constato que todavía es de noche.

—¿A pie? —pregunto—. ¿Se ha ido andando?

—Supongo que sí —suelta Cassie y se cruza de brazos. Está a la defensiva, enfadada. Disgustada—. No estaba muy interesado en darme explicaciones.

Hace un rato Quentin no quería que cruzáramos la pequeña zona de hierba entre las cañas sin «tomar precauciones», ¿y ahora Jasper acaba de largarse para adentrarse en el bosque? Además, hemos oído unos ruidos que podrían haber sido disparos.

—Pero no es seguro —comento y percibo que Cassie ya está molesta.

—¿Puedes dejar de obsesionarte con Jasper, Wylie? —me dice con brusquedad—. Olvídalo. No es asunto tuyo.

—Vale. —Me ruborizo. Porque tiene razón al decir que estoy obsesionada. Y Jasper era su novio, no el mío.

—Ha estado bien que saliera corriendo a buscarte —afirma Cassie con tono neutro y señala con la cabeza en dirección a Quentin. Ahora él está ayudando a Miriam a doblar servilletas, y va asintiendo con amabilidad mientras ella le ordena cosas. Lo ha hecho, seguramente, para que Cassie y yo podamos hablar.

—Sí —digo—. ¿Sabes? A su padre también lo mataron.

—¿De veras? —pregunta y ahora sí que parece molesta. ¿Tal vez sean celos? Aunque no parece exactamente celosa. Sin embargo, con todo lo que le ha ocurrido a la vez, ser secuestrada en la calle, poseer un don especial, ser perseguida por unos locos por ese supuesto don especial, que Jasper la haya dejado... A lo mejor tiene derecho a sentirse como le dé la gana.

Por eso quiero conseguir que se sienta mejor, pero ni siquiera sé por dónde empezar.

—Jasper volverá, Cassie —digo, aunque no sé si es cierto—. Te quiere de verdad.

Sin embargo, el que Jasper quiera a Cassie como lo hace tiene una parte negativa. La perfección no se doblega jamás. Se parte en dos.

Ella asiente en silencio, pero no parece muy convencida.

—Sí, puede que sí.

—Oye, mirando el lado positivo de todo este asunto. Podría decirse que eres una vidente.

Utilizo ese término aunque sé que a mi padre le molestaría mucho si se enterase. A lo mejor lo he dicho precisamente por eso.

Cassie asiente y esboza una sonrisa forzada.

—Seguro que sí. Una vidente de tomo y lomo. Es una lástima que no supiera predecir todo esto.

—Entonces ¿de verdad que no...? No sé. ¿De verdad no sentiste nada? —pregunto.

—Nada de nada. —Se encoge de hombros y desvía la mirada hacia Quentin cuando él se nos acerca—. Pero da igual, ¿quién sabe? Ahora mismo no tengo la sensación de saber gran cosa.

—¿Va todo bien? —pregunta Quentin cuando por fin se planta delante de nosotras.

Me pasa una bolsita de frutos secos para picar, que yo abro de inmediato. Veo que tengo más hambre de la que creía en cuanto como algo.

—Sí, estamos bien —responde Cassie con frialdad y sin mirarlo—. Gracias.

—Sí, salvo por el hecho de que Jasper se ha marchado —digo. Cassie me mira de golpe con cara de enfado. Me preocupa tanto Jasper que he tenido que mencionarlo, aunque eso provoque que Cassie se enfade conmigo—. ¿Podría salir alguien a buscarlo? ¿Asegurarse de que está bien?

—Él no quiere que nadie vaya a buscarlo, Wylie —dice Cassie. Y, sin duda alguna, ahora parece más enfadada—. Quería largarse.

—A lo mejor alguien podría llevarlo en coche al pueblo —comento—. Estar en el bosque no es seguro, ¿verdad? —Miro a Quentin para que confirme lo que digo.

—Desde luego que podemos ir a buscarlo —dice él—. Pero no podemos llevarlo en coche. No tenemos ningún vehículo cerca.

—¿No tenéis coche? —pregunto. Eso no puede ser cierto.

Quentin niega con la cabeza.

—Es culpa del doctor Simons —responde y hace un gesto hacia el fondo de la sala—. Es otra medida de seguridad, algo relacionado con la vigilancia aérea. Pero, no te preocupes, aun así podemos encontrar a Jasper. A Stuart no se le dan bien muchas cosas, pero puede localizar cualquier cosa o a cualquiera. Volveré en cuanto hayamos echado un vistazo.

En cuanto Quentin se dirige hacia la puerta, miro a Cassie esperando encontrarme con su mirada. Sin embargo, ella está mirando en la dirección en que se ha marchado Quentin aunque no está fijándose exactamente en él.

—Sé que Jasper y tú habéis discutido, pero me preocupaba que...

—Da igual. No pasa nada —dice tan pronto como Quentin sale por la puerta—. Lo entiendo. —Al final mira en mi dirección, asiente un poco más con la cabeza, como si en realidad me entendiera—. De verdad, no pasa nada.

En ese momento me vibra el móvil en el bolsillo. Tiene que ser mi padre. «Por favor, dime que estás bien.» Es lo primero que pienso cuando saco el teléfono. Pero enseguida un segundo pensamiento sustituye al primero: «Eres un idiota». Tal como había imaginado vuelve a aparecer el número de mi padre en la parte superior de la pantalla.

«Creo que alguien está siguiéndome. Debo volver a cambiar de ruta. Sigo intentando llegar lo antes posible. Pero dile al doctor Simons que será bastante tarde. Ya se han puesto en marcha.»

—¿Es tu padre? —pregunta Cassie al tiempo que se acerca a mí y lee el mensaje por encima de mi hombro.

Asiento en silencio y contesto: «¿Estás bien?».

Y entonces espero un rato pero no recibo ninguna respuesta.

—Va a venir, ¿no? —Cassie se acerca aún más. Como si fuera a quitarme el móvil de las manos—. Tienes que decírselo. Necesita llegar.

—Estoy segura de que ya sabe...

—¿Va todo bien? —Es el doctor Simons.

Levanto el móvil para que lo vea.

—Mi padre quiere que le diga que «ya se han puesto en marcha». —Hablo con cierto retintín. No puedo evitarlo—. Lo que no suena muy bien que digamos.

El doctor Simons inspira con fuerza y se toma su tiempo para exhalar.

—No es la situación ideal, no —afirma con serenidad—. Sin embargo habíamos tenido en cuenta que algo así podía pasar y tenemos un plan. Esperaba que no fuera necesario ponerlo en práctica, pero estamos muy preparados para hacerlo.

De pronto, Cassie se deja caer con pesadez sobre uno de los bancos alargados. Tiene los hombros caídos y la cabeza colgando hacia delante.

—Cassie, ¿te encuentras bien? —Salgo corriendo hacia ella.

Sin mediar palabra, se recuesta sobre mí y me agarra, tira de mí hacia el banco para que me siente a su lado y hunde la cabeza en mi cuello.

—Todo va a salir bien —lo aseguro mientras le acaricio el pelo. No sé qué otra cosa hacer—. Estas personas están aquí para ayudarnos. Y mi padre no tardará en llegar. Estaremos bien. Tú estarás bien.

—Estoy asustada —dice entre susurros—. Muy, pero que muy asustada.

Estaría loca si no estuviera asustada. ¿Quién sabe qué hará la gente de North Point si le echan el guante? ¿Qué nos harán a todos nosotros?

—Tú asegúrate de que tu padre llega ahora, ¿vale? Prométemelo —me pide antes de soltarme.

—Lo haré. Te lo prometo —digo, aunque mi padre me acaba de decir que tardaría en llegar.

Cassie retrocede y se seca el rostro empapado de lágrimas. Luego se queda mirando al suelo durante un minuto como si estuviera planteándose algo. Al final empieza a asentir con la cabeza. Tengo miedo de preguntarle por su decisión.

—Volveré enseguida. —Hace un gesto para señalarse la cara llorosa—. Voy al baño.

—¿Estará bien? —me pregunta el doctor Simons mientras Cassie cruza la habitación y se aleja de nosotros.

—Eso espero —respondo—. No estaba precisamente bien antes de que todo esto ocurriera. Tendría que haber esperado a que yo estuviera con ella antes de revelarle que es una Extraña.

—Oh, sí, lo lamento, por supuesto que tenía que haber esperado —se disculpa el doctor Simons. Pero lo dice tan deprisa que en realidad no parece sentirlo en absoluto—. Esperaba poder arrojar algo de claridad sobre este asunto. Todavía hay que aclarar muchas cosas, hay muchísimos factores y diferentes grupos enfrentados.

—¿Grupos enfrentados? ¿A qué se refiere? —Porque me ha sonado a que ya hay una guerra en marcha. Aunque no sé por qué me sorprende que haya más cosas relacionadas con esta historia que aún desconozco—. Creía que solo había una empresa involucrada.

—North Point es, sin duda, nuestra preocupación más inmediata —dice—. Pero hay otros elementos en juego.

—¿Qué elementos? —pregunto con un tono cada vez más alto. No puedo evitarlo.

—Wylie, es necesario que mantengas la calma —me aconseja el doctor Simons, pero yo ya he perdido los nervios. Cuando miro a mi alrededor, tengo la sensación de que todo el mundo ha dejado de hacer lo que estuviera haciendo. Adam, Fiona, Beatrice y Gladys... todos se han vuelto para mirarme. ¿Es posible que haya estado desgañitándome y que no me haya dado cuenta?

—Como ya he dicho antes, sabemos que el gobierno también conoce la existencia del estudio y está interesado en la investigación de tu padre.

—¿El gobierno? —Estoy a punto de echarme a reír. ¿Lo había comentado ya el doctor Simons? A mí me parece que es la primera vez que oigo hablar del gobierno, pero ya dudo de todo.

Y esto es incluso peor: la mención del gobierno ha hecho que se dispare otro tipo de alarma.

Ocurrió un mes después del funeral, cuando yo todavía no estaba preparada para abrir la puerta. No lo habría hecho, pero el hombre que se encontraba en la escalera de la entrada echó un vistazo por la ventana y me vio. Y entonces me mostró su placa. DEPARTAMENTO DE SEGURIDAD NACIONAL. Era altísimo, con un pectoral hinchado como un palomo, un traje barato y gris, y unas gafas de montura metálica dorada que no le pegaban nada.

—Puedes comprobar mis credenciales —me soltó cuando vio que yo no le abría.

En ese momento metió su placa por la ranura de las cartas. Cayó al suelo con un sonoro golpe seco. Al recogerla vi que sí parecía real: desgastada y con una foto ligeramente anticuada. Y muy clara: Departamento de Seguridad Nacional. ¿Quién tendría eso si se tratara de algún tipo de estafa? Haberse presentado como agente de policía normal y corriente habría sido mucho menos complicado.

—Me gustaría hablar con el doctor Benjamin Lang, por favor. —me dice cuando por fin le abro la puerta y a mí me suena como la orden de un sargento.

—No está —consigo decirle, aunque enseguida me arrepiento y pienso que debería haberle mentido y haberle dicho que estaba duchándose o algo parecido.

—¿Cuándo tiene previsto regresar? —¿Tener previsto regresar? Era algo demasiado refinado incluso para un agente federal.

—Bueno... Yo... —«Dile que será dentro de mucho tiempo para que se olvide de entrar a esperarlo.»—. Podría ser dentro de muchísimo rato. —«Pero que no parezca que estás sola y desprotegida.»—. Pero mi hermano debe de estar a punto de llegar.

Puso cara de confusión —seguramente porque él no tenía ningún interés en mi hermano—, luego asintió con la cabeza como si estuviera haciendo un saludo militar y me entregó una tarjeta: DOCTOR FREDERICK MITCHELL, DEPARTAMENTO DE SEGURIDAD SOCIAL. ¿Su identificación no decía que era del Departamento de Seguridad Nacional? No tiene pinta de médico. Aunque tampoco parece un funcionario de ninguna clase.

Tiene más pinta de gigante intentando aparentar ser una persona normal.

—Esperaré afuera, en el coche.

Cuando, pasados unos minutos, eché un vistazo por detrás de la cortina vi que el doctor Frederick Mitchell estaba sentado en el asiento del conductor; no leía ni miraba el móvil. Solo estaba ahí sentado, mirando al vacío, como un robot.

Envié un mensaje a mi padre.

«Hay un doctor muy raro del Departamento de Seguridad Nacional o de la Seguridad Social. Suena todo muy confuso.»

«Ah, vale. Había olvidado que iba a venir. Lo siento. Llegaré pronto a casa.»

Y, como cabía esperar, mi padre invitó al doctor robótico confuso a entrar y lo llevó al sótano como si no hubiera nada raro ni en él ni en la situación. Intenté escuchar qué decían desde arriba de la escalera, pero su conversación quedaba amortiguada por el hueco de la escalera del sótano. Y yo ya sabía que mi padre no me iba a dar ningún detalle después. Desde el accidente, había dejado de contarme cualquier cosa que, teóricamente, pudiera estresarme, lo cual, por supuesto, solo contribuía a estresarme más.

—¿De qué iba todo eso? —le pregunté de todas formas, en cuanto el tío ese y su pecho de palomo se hubieron marchado saliendo con grandes zancadas por la puerta.

—Una revisión rutinaria por lo de la beca —respondió mi padre y se encogió de hombros con desinterés. Como si todo el asunto hubiera resultado ser mucho menos interesante de lo que él esperaba—. La burocracia que rige el mundo.

Me planteo contar al doctor Simons lo del hombre que fue a nuestra casa. Pero no quiero hacerlo. No quiero multiplicar las amenazas, no quiero seguir ampliando el círculo del peligro.

—Wylie, siento muchísimo que hayas tenido que enterarte de lo de tu madre de esta manera —se disculpa el doctor Simons—. Tenía la falsa impresión de que tu padre ya habría tenido la oportunidad de contártelo. Pero, aunque no lo haya hecho de forma intencionada, se trata de un error inexcusable. Espero que aceptes mis más sinceras disculpas.

Me encojo de hombros.

—No pasa nada —digo, aunque sí que pasa. Nada de todo esto está bien. Al menos todos los presentes en la cabaña principal han retomado sus asuntos. Me alegro de haber dejado de ser el centro de atención.

—También deberías saber que tu padre había empezado a barajar hace muy poco la posibilidad de que la muerte de tu madre podría no haber sido accidental. No es que haya estado ocultándotelo.

—Quiere decir que no me lo ha ocultado durante todo el tiempo —aclaro, y desvío la mirada.

¿Me interesa presionar al doctor Simons para que me dé más detalles de lo que le ocurrió a mi madre? Antes de poder decidirlo, la puerta de la cabaña vuelve a abrirse. ¿Quentin ya ha vuelto? ¿Se han esforzado realmente en encontrar a Jasper? Viene caminando a toda prisa hacia nosotros y veo que lleva algo doblado sobre el brazo. Me mareo cuando me doy cuenta de que es el abrigo de mi padre.

—Eso lo llevaba puesto Jasper —digo cuando llega hasta nosotros. Quentin frunce el ceño y mira el abrigo al tiempo que lo levanta. Está sucio y cubierto de hojas rotas pero lo peor es que una de las mangas está desgarrada—. ¿Dónde lo has encontrado?

—Stuart lo ha recogido en el bosque, no muy lejos de la carretera. —Levanta la vista para mirarme—. Ya no hace tanto frío afuera. A lo mejor, Jasper ya no lo necesitaba. —Sin embargo, eso no es cierto, además, no explica lo de la manga desgarrada. Percibo que Quentin tampoco lo cree.

Mientras pienso en la forma en que Doug tenía a Jasper retenido contra la pared, se me acelera el pulso.

—Tenemos que encontrarlo. Si esas personas que nos persiguen lo encuentran antes, lo matarán. —Miro al doctor Simons, luego a Quentin y de nuevo al primero. Ellos están mirándome como si yo estuviera exagerando. Pero ellos no vieron la mirada de Doug mientras sangraba apoyado contra la pared—. Hablo en serio. Matarán a Jasper.

—Wylie, espera un segundo —dice el doctor Simons, y me habla como si estuviera exagerando—. Jasper le dijo a Cassie que iba a marcharse. El hecho de que se haya ido no es en absoluto una prueba de que le haya ocurrido algo. Y gracias al Nivel 99 y al duro trabajo de todos los presentes, sabemos muchas cosas que me llevan a aconsejar tranquilidad. En primer lugar, según su propio protocolo, North Point no suele atacar a sus objetivos durante las horas de luz solar, y está a punto de amanecer. —Pero el doctor Simons sabe tan bien como yo que todavía queda mucho para que salga el sol—. Además, ¿por qué iba la gente de North a alertarnos de su presencia aquí llevándose a Jasper en vez de atacarnos a nosotros?

—No lo sé, ¿para asustarnos? Además, el mensaje de mi padre decía que ya estaban de camino. ¡Sabemos que están llegando! —grito, y eso me hace parecer loca de atar—. ¿Y qué pasa con Cassie? Ella es la que les interesaba. No podemos quedarnos aquí sentados a esperar que vengan a por ella. Deberíamos irnos. Todos. Ahora mismo.

—Podemos enviar a Stuart para que la vigile —propone el doctor Simons, y entonces matiza—. Desde una distancia respetuosa, por supuesto. Sin embargo, no podemos arriesgarnos a exponernos al peligro abandonando el campamento. Los vehículos están aparcados a casi un kilómetro y medio.

«¿Y de qué idiota ha sido la idea?», pienso, pero no soy capaz de decirlo.

—Lo que sí constituye un riesgo es estar aquí sentados esperando —digo, intentando con todas mis fuerzas volver a parecer tranquila, razonable. Me da igual cuántos títulos tenga el doctor Simons o cuánto sepa sobre la empresa esa de North Point porque yo miré a Doug a los ojos. No puede existir una idea peor que quedarse esperando en cualquier parte a que se presente para terminar con lo que empezó.

—A lo mejor Wylie tiene razón —dice Quentin—. Es decir, yo no soy un experto, pero creo que es más difícil dar con un objetivo en movimiento.

—O si usted quiere quedarse aquí, Cassie y yo podríamos irnos solas. Me manejo bien en el bosque. Las dos solas podríamos permanecer ocultas sin problemas incluso a plena luz del día. —Parezco muy segura, tanto que casi me lo creo yo misma.

—Como ya he dicho antes, tenemos un plan para que todo el mundo esté seguro en este lugar. Y no puedo permitir que te vayas, Wylie. No sin el permiso de tu padre. —El doctor Simons parece incómodo, pero decidido—. Mientras él no esté, yo soy tu tutor legal.

Cierro los ojos durante unos minutos. El doctor Simons no va a aumentar su amenaza a menos que yo lo obligue a hacerlo. Ni siquiera sé si es cierto, desde un punto de vista técnico, que él sea mi tutor legal. Tampoco estoy segura de si eso importa mucho cuando está en condiciones de decirme: «Intenta marcharte y te retendremos».

—Entonces, vamos a preguntárselo a mi padre —digo. Existe la posibilidad de que tenga el buen juicio de dejarme marchar llegados a este punto. Me lo debe.

«Cassie y yo necesitamos irnos —escribo—. Has dicho que se habían puesto en marcha. No es seguro que ella siga aquí. Podemos irnos a pie. Estaremos bien.»

«No», responde mi padre enseguida. ¿Todavía está parado? Antes había dicho que se había visto obligado a desviarse, pero me siento nerviosa de repente porque lo imagino escribiendo el mensaje mientras conduce. Estoy enfadada con él, pero no quiero que por culpa de estar escribiéndome mensajes se mate en un accidente de coche también.

«Allí estáis seguras. Si os vais del Campamento Colestah pondrás la vida de Cassie en peligro. Tenemos un plan. Por favor, esta vez escúchame. Haz lo que diga el doctor Simons.»

Me quedo mirando la respuesta de mi padre durante largo rato. Tengo muchas ganas de mandarlo a la porra. Pero la última vez que no le hice caso, Doug intentó matar a Jasper.

—¿Wylie? —me pregunta el doctor Simons con amabilidad pues llevo demasiado tiempo callada—. ¿Qué te ha dicho? —Él ya sabe la respuesta.

—Dice que es más seguro para nosotras que nos quedemos aquí. —Intento con todas mis fuerzas parecer convencida.

Quentin se adelanta y pone el abrigo de mi padre sobre la mesa antes de venir a sentarse a mi lado. Como si quisiera darme a entender que todavía está de mi parte, pase lo que pase. La expresión del doctor Simons se ha tensado, aunque está intentando no parecer molesto.

—Si todavía quieres irte, yo iré contigo —dice Quentin. Y me siento muy agradecida.

—¿Y si avisamos a la policía? —sugiero. Y no sé por qué no se me ha ocurrido antes. Ahora ni siquiera me preocupa poder acabar interna.

Sin embargo, una vez más, el doctor Simons está negando con la cabeza.

—Como ya has comprobado tú misma, el agente Kendall es el único miembro de la policía local en el que podemos confiar. Si alertamos a los demás de esa comisaría, tal vez nos expulsen de la propiedad. Técnicamente la hemos allanado. Y eso nos expondría a todos a un riesgo mayor.

—¿Y si llamamos al FBI o algo parecido? —sugiero.

—Sí, a los federales —dice el doctor Simons, pero con tono de reproche—. No es muy probable que las autoridades federales sean una parte desinteresada. —Así que, a pesar de lo que me dijo mi padre en aquella ocasión, quizá la visita de ese tipo de Seguridad Nacional no había sido algo tan rutinario al fin y al cabo—. Es evidente que no todos los organismos gubernamentales están involucrados, aunque no sabemos cuántas agencias están implicadas. Permitir que alguien sepa dónde nos encontramos en este momento constituye un riesgo demasiado elevado. Por no mencionar que North Point cuenta con unos recursos excepcionales. ¿Por qué crees que nadie acudió a la cafetería a investigar lo del apuñalamiento? Una empresa como North Point puede comprar su propia versión de la verdad.

El corazón se me acelera. Siento que me arde la cara.

—¿Sabe lo del apuñalamiento?

No sé por qué me sorprende. Si mi padre lo sabe, está claro que el doctor Simons también debe saberlo. Aun así, me siento muy expuesta. Y avergonzada. Echo un vistazo a mi alrededor en el interior de la cabaña para ver si alguien está mirándome. Solo me encuentro con la mirada de Miriam y, como siempre, ella me sonríe con calidez.

—Pues claro que lo sabemos, Wylie. En este mundo no hay secretos.

22

Pasan unos minutos de las ocho de la mañana cuando por fin salimos al exterior. Estoy en el porche de entrada de la cabaña principal. El sol ya ha salido del todo, pero el cielo está gris y las nubes bajas. El ambiente es húmedo y mucho más caluroso, además. Resulta que sí había un detallado plan de emergencia activo, y que la frase de mi padre, «Ya se han puesto en marcha», bastó para activarlo, aunque el abrigo de Jasper no haya provocado la misma reacción.

Sin dar muchos detalles, todo el mundo se ha dispersado para realizar sus tareas preasignadas. Se me ocurre preguntar por esos detalles a los demás, pero, hasta ahora, no he intercambiado más que algún saludo con ellos. Me parece mejor que siga siendo así, llamar lo menos posible la atención. Sobre todo ahora, cuando lo único que pretendo es matar el tiempo hasta que podamos escapar.

Porque he decidido que esta gente puede hacer lo que le dé la gana; Cassie y yo vamos a salir pitando de este sitio.

Veo que Adam y Fiona llevan unas palas por el camino. Gladys y Beatrice, Robert y Hillary van y vienen del bosque en la otra dirección, por detrás de las cabañas, están recogiendo palos y apilándolos en la parte central de la zona de hierba. Todos parecen muy tranquilos y concentrados, muy dispuestos y solícitos. Confiados. Desde luego que no parecen asustados ni aterrorizados, no da la impresión de que estén buscando una vía de escape. Es como si supieran los riesgos que conlleva acudir a este lugar para ayudar a mi padre y estuvieran dispuestos a pagar ese precio, sin importar lo complejo que pueda acabar siendo.

—¿Para qué son todos esos palos? —pregunto al tiempo que señalo a Gladys y Beatrice, cuando el doctor Simons se coloca junto a mí en el porche.

—No se trata de nada muy sofisticado, me temo. Unos cuantos fuegos controlados que nos darán la oportunidad de escapar por la parte trasera —dice—. Solo en el caso de que alguien acabe localizándonos, lo que, hablando claro, todavía no es una conclusión inevitable.

Al doctor Simons le cambia la cara cuando echa un vistazo en dirección a la cabaña en la que Jasper y yo estábamos al principio. Cuando me vuelvo, veo que Cassie se acerca hacia nosotros, cruzando la zona abierta de hierba. Se ha cambiado de ropa, lleva vaqueros, un jersey y un abrigo de lana más bien largo. Ninguna prenda pega mucho con la otra, pero en Cassie resulta una combinación elegante y de estilo desenfadado. Salvo por la extraña gorra de punto naranja que lleva en la cabeza. Es una prenda más típica de un cazador y desentona mucho con el conjunto. Eso no puede ser suyo de ninguna manera.

—Creía que Cassie había ido a echarse un rato —digo. Además, fue el doctor Simons quien me convenció de que no fuera detrás de ella cuando todo el mundo se fue a cumplir sus respectivas misiones.

—Sí, bueno, eso es lo que Stuart me había dicho. —El doctor Simons también parece confuso.

A medida que Cassie se acerca, veo que tiene una mirada extraña. Entonces me doy cuenta de que lleva un cigarrillo en la mano. Por primera vez no la juzgo. Si alguien me dijera que soy una Extraña, yo también podría empezar a fumar. Pero la forma en que Cassie tira el cigarrillo es muy rara. Como si no fuera del todo consciente de que lo tiene en la mano. Y, por detrás de ella, veo a

Stuart. Está en el exterior de la cabaña donde nos encontrábamos al principio. Inhala una profunda bocanada de su propio cigarro y tira el humo hacia arriba. Está muy lejos, pero me da la sensación de que lo hace por nosotros, porque quiere que sepamos que han estado hablando.

El hecho de que Cassie esté disgustada y confusa es comprensible. ¿Tan disgustada que ha llegado a hablar con Stuart solo para conseguir un cigarrillo? Esto es incluso peor de lo que había imaginado.

—¿Estás bien? —le pregunto cuando por fin llega hasta nosotros. Y deseo enseguida no haberlo hecho con tono de estar acusándola de algo—. ¿Dónde estabas?

—He ido a dar un paseo —contesta Cassie al tiempo que se cruza de brazos y desvía la mirada.

Antes parecía disgustada por el hecho de saber que es una Extraña y por todo lo ocurrido con Jasper, pero ahora, además, parece nerviosa y enfadada.

—Debes tener cuidado, Cassie —la advierte el doctor Simons, y me alegro de que sea él quien lo diga y no yo—. No es seguro que andes por ahí sola.

Cassie se queda mirándolo, y, durante un segundo, pienso que va a mandarlo a la mierda. En realidad, quiero que lo haga. Pero se limita a morderse el labio y a mirar hacia otro lado.

—Wylie, ¿por qué no ayudas a Cassie a llevar esos palos hasta el camino? Veréis a Fiona allí abajo, en el bosque. Vamos a usar la leña para construir una barrera protectora. Evidentemente, allí también hay leña, pero no suficiente. Por eso necesitamos más de la parte del bosque que queda por detrás de las cabañas —propone el doctor Simons—. Sería de ayuda si ambas echáis una mano. Además, creo que a todos nos conviene mantenernos ocupados.

Me dedica un gesto de asentimiento con la cabeza con el que me da a entender que cuide de ella. Me da una palmadita en el hombro con aire de abuelo antes de volver a entrar. «Lo hare —pienso—. Voy a cuidar de ella alejándola de usted ahora mismo.»

—Genial —murmura Cassie y sale caminando con grandes zancadas hacia la pila de palos situada en el centro de la zona de hierba sin tan siquiera mirarme.

—Todo va a salir bien, ¿sabes? —digo cuando he logrado alcanzarla. ¿He sonado creíble? Eso espero. Me vuelvo a mirar para asegurarme de que el doctor Simons se ha marchado, luego me acerco a ella y hablo en voz más baja—. Pero tenemos que irnos, Cassie, ahora. Debemos escapar a través del bosque. Esperar no es seguro.

Estoy a punto de añadir: «No es seguro para ti». Sin embargo, no quiero asustarla tanto.

—Coge algunos palos, Wylie —ordena Cassie—. Ya lo has oído. Deberíamos mantenernos ocupadas.

—¿Me has oído? —le pregunto. Está disgustada. Lo entiendo. Pero va a tener que recuperarse y centrarse en lo importante—. Tenemos que escapar de este sitio. Si vamos con cuidado, estoy bastante segura de que podemos lograrlo.

Cassie se detiene y se vuelve para mirarme directamente a la cara. Tiene una mirada que es una mezcla tóxica de miedo, rabia y tristeza.

—No —niega con los dientes apretados. Y luego se vuelve con los palos y se aleja.

—¡Cassie! —le grito, en realidad más dolida que enfadada.

Me quedo plantada en el sitio, mirando cómo se va. ¿Es que no confía en mí lo suficiente para escapar conmigo?

Al final doy un paso adelante y cojo algunos palos entre los brazos. Cuando por fin los tengo sujetos, esa imagen me recuerda a cuando salí del garaje de mi casa agarrando con fuerza todo lo que creía necesario para una acampada. Lo que me hace pensar de nuevo en Jasper. Ojalá Cassie no le hubiera contado nada. Porque ahora él podría convencerla para que nos fuéramos. Sé que lo haría.

Mientras avanzo por la carretera con los palos, percibo que alguien está mirándome. Me vuelvo esperando ver al doctor Simons, o, peor todavía, la mirada fisgona de Stuart puesta en mí. Pero se trata de Quentin, desde el fondo del alargado porche, con alguna herramienta que sujeta apoyada en el costado. Se me forma un nudo en el estómago cuando nuestras miradas se cruzan y él levanta una mano para saludarme; y entonces se oye la voz de alguien que grita desde el otro lado del patio.

—¡Ya lo sé! —Es Stuart gritando al doctor Simons, quien está negando con la cabeza y mirando al suelo—. ¿Cree que soy idiota o qué? ¡Joder!

¿El doctor Simons ha echado la bronca a Stuart por darle un cigarrillo a Cassie? Puede que sí, aunque parece que hay algo más. Y me da la impresión de que Cassie todavía está escondiéndose de mí. No parece imposible que ambos hechos estén relacionados.

Cuando miro de nuevo a Quentin, él sigue mirándome. Me marcho. Me siento incómoda pero no sé si porque hay algo entre nosotros o porque me siento incómoda en general. No estoy segura siquiera de poder distinguirlo.

Cuando por fin he recorrido media carretera, he perdido por completo de vista a Cassie. Tengo que mirar con detenimiento el bosque un par de veces antes de percatarme de un punto naranja brillante a la derecha. Se trata de esa gorra rara que llevaba Cassie.

—Ah, ahí estás.

Al volverme, Miriam está a mi lado. Y parece sorprendida de verme. Pero además, y resulta extraño, por lo visto soy exactamente la persona a la que estaba buscando. ¿De dónde ha salido? Hace un segundo estaba en lo alto del montículo organizando la comida. ¿No es así?

—¿Estaba buscándome? —pregunto.

Me sonríe con un brillo en la mirada que resulta al mismo tiempo tierno e irracional.

—Oh, no, cariño —responde. Me posa una mano fina como el papel en el codo y me da un apretón—. Pero ¿te encuentras bien?

—Sí, claro, ¿por qué? —¿Es que Miriam sabe algo que yo no sé? ¿Puede ver a través de mi interior un lento y tóxico funcionamiento de mis entrañas? Antes era enfermera.

—Es que pareces cansada, cariño. —Sonríe—. Y eres importante. Necesitamos que conserves tus fuerzas.

—¿Importante? —repito—. ¿Por qué?

«Porque necesitamos que cuides de Cassie», pienso.

—Está todo a punto de cambiar, y necesitaremos muchísima ayuda con la transición.

Se refiere a los Extraños. Al menos eso creo. Y yo debería sonreír y asentir con la cabeza y dejarla tranquila con su mente confusa y toda esa felicidad que irradia con su luz. Pero no me gusta la forma en que está hablando de la situación, como si estuviera en éxtasis. Porque estoy bastante segura de que el éxtasis empieza con todos muertos.

—¿La transición? —pregunto porque no puedo evitarlo.

—Oh, sí —afirma Miriam, y parece sorprendida al ver que nadie me lo ha contado—. Será el momento en que Cassie haya compartido todos sus dones con nosotros, y nosotros los hayamos compartido con los demás. Será un renacimiento para todos. Y debemos agradecérselo a tu padre.

¿Quién sabe? A lo mejor Cassie es la segunda Mesías y mi padre es un rey. Supongo que eso me convertiría en princesa. Ojalá siempre hubiera deseado serlo. Ojalá eso cambiara el hecho de que necesitamos salir pitando de este campamento.

—Claro, sí —digo, porque está claro que espera que le dé la razón.

Al oírlo, Miriam sonríe un poco más y se aleja. Cuando miro hacia abajo veo que las ramas que estoy sujetando están temblando. Porque nada de todo esto ha hecho que me sienta mejor. Solo ha servido para convencerme de que debemos irnos. Ya. Debo conseguir que Cassie lo entienda.

Sigo el puntito naranja de la gorra de Cassie por el bosque hasta que por fin llego hasta donde está, en compañía de Fiona. Hay una lata roja de gasolina en el suelo, entre las dos, y Cassie está sacudiéndose las piernas y el abrigo. Todo parece mojado y huelo a gasolina desde lejos.

—Lo siento muchísimo —le pide disculpas a Fiona, y resulta evidente que no lo hace por primera vez. Fiona se agarra la boina de pelo rizado por la punta como si fuera una tetera a punto de echar vapor de agua.

Vista de cerca es mucho más guapa de lo que me había parecido, tiene unos ojos marrones brillantes y pecas por toda la nariz. En realidad, a excepción de Miriam y de Quentin, no había estado tan cerca de ninguno de los demás. Todas las parejas se han mantenido distantes y separadas como islas de un archipiélago.

Fiona da un paso adelante, se quita la boina como si quisiera secar los vaqueros y el abrigo de Cassie con ella.

—No sé cómo ha podido pasar, Cassie. Soy una estúpida.

—No pasa nada, no pasa nada. —Mi amiga hace un gesto con la mano para apartar a Fiona. Aunque lo dice con voz llorosa.

—¿Qué ha ocurrido? —pregunto, todavía sujetando los palos con fuerza.

—He tropezado con esa piedra y la lata de gasolina ha salido volando —responde Fiona—. Ha sido una auténtica estupidez.

—Yo voy a... A secarme —dice Cassie.

—Cassie, puedes ponerte ropa mía —le ofrece Fiona—. Tengo una chaqueta en la bolsa roja de lona, en la cabaña donde estábamos.

—Sí, gracias —acepta Cassie cuando parte en dirección a la carretera.

—Te acompaño. —Sonrío a Fiona al dejar los palos—. No te preocupes. Ha sido un accidente.

—Pero es que parecía muy disgustada antes de que ocurriera.

—Fiona parece dolida—. Debe de estar muy abrumada. Emocionada, pero abrumada.

—Creo que está más abrumada que emocionada.

Fiona asiente en silencio y sonríe. Se trata de una sonrisa hermosa y serena. Puede que incluso demasiado serena teniendo en cuenta las circunstancias.

—Pero, en cuanto nos marchemos de aquí, cuando todo esto acabe, entenderá lo increíble que es. Va a suponer un nuevo principio para todos.

—Cassie, espera —la llamo cuando llegamos al final de la carretera, pero ella no se vuelve ni disminuye la velocidad. En realidad, me da la sensación de que acelera—. Cassie, venga ya. ¡Espera!

Al final se detiene, está dándome la espalda, con los hombros caídos en esta mañana gris y neblinosa. Tengo que correr un poco para alcanzarla, le pongo una mano en el brazo cuando por fin llego hasta ella para que no vuelva a marcharse.

—Tenemos que irnos, Cassie. Ahora mismo —le susurro junto a la mejilla, pero ella sigue sin mirarme—. Creo que esa gente, los de North Point, podrían haber cogido a Jasper. Quentin ha encontrado su abrigo en el bosque. —Me preocupa que eso la haga sentir culpable y que la culpabilidad ya se haya sumado al remolino que la agita por dentro; al fin y al cabo, ella es la causante de que Jasper se haya marchado. Sin embargo, me preocupa más lo que le ocurrirá a ella si Cassie no reacciona y no se da cuenta del peligro que corre—. Después podrían venir a por ti.

Se vuelve para mirarme, no parece impresionada por lo que acabo de decirle sobre Jasper ni sobre ella. Parece más bien derrotada. Como si ya se hubiera rendido.

—Tendremos que cruzar el bosque, pero será mejor que quedarse aquí esperando —sigo aunque ella continúe sin decir nada. Al menos está escuchando. Esta es mi oportunidad de convencerla—. Conozco el bosque. Mi madre me llevaba siempre, ¿recuerdas? Además, se me dan bastante bien las situaciones de emergencia. Funciono mucho mejor en esos momentos que en circunstancias normales.

—No es que no quiera irme contigo —responde Cassie, y con la misma mirada perdida—. Pero es que no quiero... No me iré, Wylie. Y punto. Ellos tienen razón. Es demasiado peligroso.

—Cassie, creo que no deberíamos escuchar...

—Wylie, ¿no me has oído? —Se acerca a mí de nuevo, con la mirada encendida y llena de rabia—. Porque de verdad tienes que escucharme. No vamos a ir a ninguna parte. —Y entonces se vuelve—. No vuelvas a sacar ese tema. Tú consigue que tu padre llegue a este lugar, ¿vale? Tengo que ir a cambiarme. Ahora vuelvo.

Cassie se marcha a toda prisa, en dirección a una de las cabañas, donde seguramente está la ropa de Fiona. Mientras veo cómo se aleja, me asalta el pánico, y hace que afloren mis sentimientos de dolor. ¿Y ahora qué?

Cuando vuelvo a levantar la vista, veo que Quentin todavía está trabajando en algo delante de la cabaña principal y cruzo la zona de hierba en su dirección.

—¿Va todo bien? —me pregunta al verme llegar—. Me ha parecido que estabais algo tensas.

—Cassie está asustada. No es difícil de entender.

—Ah, bueno, esto es un asco para ella, claro —dice Quentin mientras revisa un cable dentro de una caja negra de plástico con la que está trasteando—. Ser una Extraña sería algo muy guay si el mundo no fuera un lugar tan desastroso.

Es un lugar que necesita ser reiniciado, eso es cierto. Eso me recuerda la palabrería filosófica de Fiona y Miriam bajo el efecto de una especie de éxtasis.

—¿Fiona es profesora? —pregunto, porque, por su forma de hablar, no parecía científica.

—Eso creo. ¡Ay! —Quentin retira el dedo de golpe y se lo chupa como si se hubiera pinchado—. Creo que es profesora de arte o algo así, creo que enseña dibujo figurativo. ¿Por qué?

Me mira con gesto interrogante y se recoloca las gafas sobre la nariz. Es un empollón de tomo y lomo, pero en el buen sentido.

Me encojo de hombros.

—Por nada en especial. —Parece una estupidez preocuparse ahora por Fiona o por Miriam y de cómo hablan ambas sobre el tema—. Es que me cuesta mucho creer que mi padre haya hecho todo esto sin habernos avisado.

—Estoy seguro de que no pensaba que iban a ir así las cosas. —Ahora es Quentin quien se encoge de hombros—. ¿Cómo iba a saberlo? Es como si hubiera descubierto un pequeño desgarrón en el tejido del mundo, que incluso podría no ser tal si se mira de cerca —dice—. Yo tampoco iría diciéndolo para ahí hasta no estar seguro de las implicaciones que conlleva. Y ahí tienes a esos chalados de esa empresa intentando echarle el guante. Además, no hay nadie que sepa con certeza de qué se trata exactamente, ni qué significa.

—Al menos mi padre debería haberle contado a Cassie lo de los resultados de su prueba —digo—. Ella habría tenido tiempo para asimilar la idea de que puede hacer eso antes de que... Bueno, ya sabes, antes de tener que salir corriendo para salvar su vida por culpa de su don.

—Tienes toda la razón. —Quentin levanta las manos—. Hablando en plata: estoy de tu parte, no de la de tu padre. Y, si yo fuera Cassie, de ninguna manera me quedaría esperando aquí sentada. Da igual lo que digan los demás. —Me alivia que él haya sacado de nuevo el tema de que está de mi parte.

—Acabo de decirle a Cassie eso mismo. —Levanto la vista para mirarlo—. Pero no se lo cuentes al doctor Simons, ¿vale?

Pone los ojos en blanco.

—Es mi profesor, no mi sacerdote, ¿vale? No tengo por qué confesárselo todo.

—Lo siento, es que yo... Sé que el doctor Simons opina que es demasiado peligroso que nos vayamos, pero es que quedarnos aquí a esperar sentadas...

—¿Es una locura? —Quentin asiente en silencio—. No te preocupes, tu secreto está a salvo conmigo.

La forma en que lo dice me hace sentir un poco ridícula. Como si fuera una niña pequeña que espera a que le den permiso. Tengo dieciséis años, no seis. ¿Y qué va a hacer el doctor Simons? ¿Atarnos? Por otra parte, ya nos tuvieron encerrados en una cabaña durante un tiempo. Con todo, tiene que haber un límite en lo que quieran hacer.

—De todas formas, da igual. —Hago un gesto hacia el lugar al que se ha marchado Cassie—. Ella no quiere irse.

—¿De veras? —Quentin parece confuso—. ¿Es porque no quiere marcharse sin Jasper? Porque al parecer él sí ha logrado escapar.

—¿Cómo lo sabes? —Siento una punzada en el estómago. Y no es de alivio precisamente.

—El agente Kendall ha llamado al doctor Simons y le ha dicho que la camioneta en la que llegasteis ha desaparecido. —Quentin se frota la frente—. Ahora que pienso, supongo que eso no prueba que Jasper esté bien, aunque es una buena señal.

—Ah, sí —digo. Sin embargo, no me siento más tranquila—. Se lo diré a Cassie. Pero no estoy segura siquiera de que el motivo sea que esté preocupada por Jasper.

—Si puedes convencerla para que se marche, me uniré a vosotras. Es decir, si tú quieres.

—Gracias. —Y de verdad que aprecio su ofrecimiento—. Creo que voy a darle un par de minutos para que se tranquilice. Luego intentaré volver a hablar con ella. —Me acerco hacia la cosa cuadrada y negra en la que ha estado trabajando Quentin—. Por cierto, ¿qué es eso?

—Una batería de coche que intento convertir en un generador portátil, por si se cargan nuestro generador, que ya resulta medio inútil.

—Eso es impresionante.

—Lo sería —dice con una sonrisa— si de verdad consigo hacerlo. Tuve un accidente el verano siguiente a la muerte de mi padre. Estuve en cama durante semanas, y aproveché para aprender por mi cuenta un montón de cosas sobre ingeniería. —Quentin se pasa una mano por el pelo y la deja apoyada en la nuca—. En cualquier caso, había olvidado que entonces solo tenía diez años, por eso nada de lo que aprendí fue muy complejo. Además, en realidad no se me daba muy bien.

—¿Qué tipo de accidente fue? —le pregunto porque tengo un especial interés en ese tipo de cosas.

Quentin se sube la pernera del pantalón para enseñarme una cicatriz de al menos unos quince centímetros de largo, que le sube desde el tobillo hasta la pantorrilla.

—En realidad creyeron que iba a perder el pie. Pero, después de tres operaciones, está como nuevo, al menos para alguien que no es nada deportista.

Un accidente de coche. Es lo primero que se me ha ocurrido, por supuesto.

—¿Qué ocurrió?

—Bueno... Esto... —No quiere contármelo. Lo que me hace tener unas ganas locas de saberlo—. Tenía un montón de fobias de pequeño, y empeoraron muchísimo cuando murió mi padre. En cualquier caso, se suponía que mi abuelo era un tío de esos muy de la vieja escuela. Un día, en el centro comercial, decidió que iba a «curarme» de mi miedo a las escaleras mecánicas. —Quentin inspira con fuerza e intenta sonreír tímidamente, como si fuera una anécdota divertida. Pero lo cierto es que no lo es—. Y yo no pensaba bajar sin discutir. Se me engancharon los pantalones y la escalera se me tragó la pierna derecha.

No puedo evitar soltar un suspiro ahogado. La imagen es terrorífica.

—Sí, no hay nada como experimentar que tu peor miedo se haga realidad.

No puedo creerlo cuando lo dice. Un *déjà vu*, y por segunda vez. Pero en esta ocasión recuerdo que fui yo la que dije exactamente lo mismo —«Nada como experimentar que tu peor miedo se haga realidad»—, durante mi última sesión con la doctora Shepard. Porque la muerte de mi madre había sido mi peor miedo de toda la vida, y Quentin tiene razón. El hecho de que tu peor miedo se haga realidad sume al mundo en una oscuridad especial. Y estoy bastante segura de que se queda así para siempre.

Sin embargo, estando aquí, en medio de este campamento abandonado, de pronto me siento un poquito mejor. Porque, por primera vez desde que mi madre murió, me parece posible que alguien vuelva a entenderme. Quizá no de la forma en que ella lo hacía. Además, ni siquiera tiene por qué ser Quentin siquiera, ni tampoco hoy. Pero quizá sí ocurra algún día. Quizá algún día.

—¿Y qué hay de ti? —me pregunta Quentin—. ¿Algún talento de infancia oculto que sea más real que mi habilidad para construir aparatos?

Durante un segundo me quedo totalmente en blanco, como si nunca hubiera hecho nada interesante en toda mi vida.

—Antes hacía fotos —contesto por fin.

—¿Hacías? —pregunta Quentin.

—Sí, bueno, mi madre era fotógrafa. Así que...

—Lo entiendo. —Quentin asiente en silencio, y le agradezco que no me obligue a decir que volver a coger una cámara ha sido imposible desde que ella falleció—. Oye, ¿quieres entrar a beber algo? —Da un golpecito a la superficie de la caja negra que tiene delante con sus alicates—. Me vendría bien tomarme un descanso antes de seguir con esto.

—Sí —digo, a mí también me vendrá bien tomarme un descanso antes de seguir con todo—. Eso sería genial.

23

En el interior vacío de la cabaña principal, Quentin tira su chaqueta sobre una de las mesas al tiempo que se dirige hacia la nevera. Yo echo un vistazo rápido a las pilas de documentos que están en la otra punta: fotocopias de diferentes informes con preguntas y respuestas, instrucciones para la realización de pruebas, protocolos de formación... Voy leyendo en diagonal las hojas, identificando textos que me resultan familiares. Alguno se parece a la prueba que mi padre nos hizo, otros son un tanto distintos. Mi padre jamás dijo nada sobre un protocolo de formación. Así que, al final, tal vez Gideon tenía razón: a la gente sí le puede enseñar.

Quentin se acerca y se sitúa junto a mí sujetando una Coca-Cola. Es un alivio sujetarla con la mano, fría y sólida. Como la reliquia de una antigua civilización perdida. Con todo, mientras Quentin y yo miramos las pilas de impresos, siento una creciente presión en pecho.

—¿Qué crees que le harán a Cassie si la encuentran?

—No lo sé —responde Quentin con la mirada fija sobre la mesa—. A lo mejor, el doctor Sim...

—Venga ya, ¿qué crees tú? —insisto—. No hace falta ser científico para tener imaginación.

Quentin se queda mirándome, se vuelve y se encoge de hombros.

—Quieren aprender todo cuanto puedan —contesta al final—. Para ver si logran averiguar cómo interpreta las emociones de los demás. Si no lo hace a través de la vista o el oído, ¿cómo lo consigue? Seguramente también le harán resonancias magnéticas funcionales, y esa clase de pruebas. Quieren aprender a ser Extraños, ¿no?

—¿Aprender? —pregunto.

Se encoge de hombros.

—El ser humano es capaz de aprender cualquier cosa, ¿no? Es decir, no todo el mundo llegará a ser un virtuoso del chelo, pero la mayoría de las personas son capaces de aprender a tocar ese instrumento bastante bien si le ponen ganas. Quizá hay muchas más personas con el mismo potencial que Cassie, y solo necesitan ayuda para aprender a activarlo.

—Sí, quizá —digo—. O a lo mejor es algo más parecido al baloncesto. No importa lo mucho que practiques, la mayoría de las personas jamás lograrán meter el balón.

—También quieren averiguar cuántas personas más son como Cassie. ¿Cuántas personas participaron en el estudio de tu padre? ¿Trescientas? Si encontró tres casos extraños, es un uno por ciento de su estudio. Si ese porcentaje relativo es aplicable al resto de la población, podrían ser decenas de millones de personas.

La tensión del estómago se intensifica un poco más. Porque ¿qué ocurrirá si el escaneo que lleve a cabo North Point del cerebro de Cassie no funciona? Los imagino abriéndole el cráneo, enchufando monitores a la parte blanda de su cerebro y manteniendo su organismo vivo gracias a una serie de tubos. Me estremezco de forma exagerada.

—Oye, todo va a salir bien —dice Quentin, poniéndome una mano en el brazo—. Te lo prometo.

Me vuelvo, a punto de recordarle que nadie puede prometer algo así, cuando oímos un revuelo a nuestras espaldas. Las puertas se abren de golpe, y una multitud entra a toda prisa. Y llevan algo. No, a alguien. Es Fiona.

—¡Tumbadla, tumbadla! —ordena Adam. Está como loco mientras alguien retira un mantel de golpe de una mesa y la tumban sobre él, con cuidado, en el suelo.

—Con cuidado, con cuidado —pide el doctor Simons. Parece mucho más viejo y frágil, tiene el pelo rizado alborotado y despeinado, está de pie a un lado, como si estuviera demasiado asustado para ayudar. La situación no resulta especialmente reconfortante.

—Estoy bien, de veras —dice Fiona e intenta incorporarse—. No hay para tanto.

—¿Que no hay para tanto? ¡Es una bala, Fiona! —le chilla Adam—. ¡No te incorpores!

—¿Qué ha pasado? —Quentin sale corriendo hacia donde está tumbada Fiona.

—Adam —habla Fiona jadeante. Habla resollando y con voz aguda. Está dolorida, aunque finge no estarlo—. De verdad, estoy bien.

—¡Le ha pegado un tiro en la pierna, joder! —grita Adam a Quentin.

Como si fuera él quien lo hubiera hecho.

Un tiro. Una bala. Cassie. ¿Dónde está Cassie?

Miro a mi alrededor, pero ya sé que no está con ellos. No debería haberla dejado sola, ni siquiera un segundo. Ni siquiera para que se tranquilizara. Tengo el corazón desbocado cuando me dirijo hacia las puertas, pero debo ir con cuidado. No puedo arriesgarme a que me detengan justo ahora. Iremos directamente hacia el bosque por detrás de las cabañas. En la dirección contraria a la que se encontraba Fiona cuando le han disparado. Y yo dirigiré la huida. Y Cassie me seguirá. Y sobreviviremos.

—¡¿Dónde está Miriam?! —grita Adam sin dirigirse a nadie en particular—. Tiene que echar un vistazo a la pierna de Fiona. —Esta es mi oportunidad. Sé que lo es.

—La he visto fuera antes. —Ahora avanzo rápidamente hacia la puerta—. Iré a por ella.

Lo que, desde un punto de vista técnico, es cierto. La he visto fuera hace un rato.

—Iré a mirar en la parte de atrás —dice otro.

—Vamos, tumbad a Fiona en el sofá del despacho —ordena Adam sin levantar la vista—. Podemos ponerle la pierna en alto.

Se me acelera más el pulso cuando llego a la puerta. Lo más probable es que Cassie se encuentre en la cabaña más alejada, en la que Fiona ha dejado su ropa. Está justo en línea recta al cruzar la zona de hierba. Aguanto la respiración, pero nadie me detiene para que no salga por la puerta.

Ya en el exterior, miro a derecha e izquierda mientras me dirijo hacia la escalera de entrada a la cabaña. Las nubes han adquirido un terrible tono negro violáceo, y tengo una sensación espantosa de que estoy siendo observada mientras cruzo a toda prisa el descampado de hierba. Como si hubiera docenas de personas de North Point ahí fuera, acechando en el bosque. Matando el tiempo hasta que caiga la noche. Pero no veo a nadie. Ni siquiera a Stuart.

—¡Wylie! —Cuando me vuelvo, Quentin está bajando a toda prisa la escalera detrás de mí—. Hemos encontrado a Miriam. Está dentro. —Me ha pillado. ¿Y ahora qué?

—Ah —digo. Mentir. Estoy segura de que debería hacerlo. Me gusta Quentin, y antes se ha ofrecido a venir con nosotras, pero no me puedo arriesgar a cambiar de opinión por el hecho de que a Fiona le hayan disparado en la pierna—. Solo quería ir a buscar a Cassie a la cabaña principal para que esté con todos nosotros. Había ido a cambiarse de ropa.

—Ya la han trasladado. La han llevado a donde estamos todos. Es la casa más segura. —Señala en dirección a la cabaña en la que nos encontrábamos al principio. Está a oscuras. No se ve ni un alma—. Stuart se encarga de la vigilancia.

Vuelvo a mirar.

—No lo veo. No veo a nadie.

—Bueno, eso es lo interesante, ¿no? —dice Quentin—. Que

nadie sepa que está ahí. Allí está más segura que en cualquier otro sitio. Es decir, si no atraemos la atención hacia ese punto.

Y se me acaban los argumentos. No tengo otra alternativa que descartar todas mis dudas y confiar en él.

—Cassie y yo tenemos que irnos —digo—. Ahora mismo.

—Estoy de acuerdo —dice Quentin sin dudarlo, y siento un alivio tan grande que me entran ganas de ponerme a llorar. Ni siquiera va a obligarme a convencerlo—. Pero no es buena idea que os vayáis solas. Déjame ir a por la chaqueta y el móvil y me voy con vosotras, ¿vale?

Me vuelvo para mirar la cabaña a oscuras. Pienso en salir corriendo hacia ella, a por Cassie. Pero necesitaré a Quentin para que me ayude a tratar con Stuart. Y lo cierto es que estoy preocupada. ¿Y si logro sacar a Cassie de ahí y me derrumbo? ¿Y si escapar con ella corriendo por el bosque es más de lo que puedo aguantar en mi «estado»? ¿Y si mi padre tiene razón?

—¿Puedes darte prisa? —le pregunto.

—Sí, siempre que tú entres conmigo —responde—. Porque no es seguro que te quedes aquí fuera esperando. Además, todo el mundo se preguntará dónde estás. Confía en mí, resultará menos sospechoso.

Asiento en silencio y lo sigo. Entrar. Ir a por Cassie. Salir. Paso a paso.

Cuando volvemos a entrar, no se ve a nadie, solo el mantel lleno de sangre y hecho un bulto en el suelo con unas cuantas gasas manchadas junto a él. Sin embargo, se oyen unas voces airadas en el fondo. O una sola voz airada, más bien: la de Adam. Está gritando cuando Miriam sale llevando una bandeja con lo que parece material médico. Como de costumbre, va hablando sola. No mira en nuestra dirección, ni siquiera parece percatarse de nuestra presencia. Tiene expresión de reproche. De no estar sujetando la bandeja, habría estado agitando un dedo con gesto moralizante.

—¿Es grave? —le pregunta Quentin desde donde nos encontramos, en el otro extremo de la habitación.

—¡Oh, no os había visto! —Se sobresalta, como siempre.

—Miriam, ¿Fiona va a recuperarse? —Quentin parece tener ahora mucha menos paciencia con la incapacidad de la mujer para concentrarse, algo que sin duda resulta comprensible.

—Oh, sí, eso creo. —Miriam agita la mano—. No es más que un rasguño —dice con un tono que solo una enfermera de guerra que ha estado en el campo de batalla podría usar—. Unos cuantos puntos y se pondrá bien.

—¿Puedes venir? —Alguien a quien no vemos llama a Miriam desde el fondo. Es una voz que no reconozco. Pero creo que ya la he oído antes. Aunque estamos demasiado lejos para poderlo asegurar—. Creo que te necesitamos de verdad.

La voz se oye más cerca ahora, aunque todavía está amortiguada por el pasillo. Y con un timbre titubeante, como si fuera alguien que no está muy seguro de qué lugar ocupa.

La cabeza me da vueltas intentando ponerle cara, y por el esfuerzo me quedo sin aire en los pulmones. Cuando el hombre en cuestión por fin da unos pasos hasta hacerse visible, me siento tan mareada que se me nubla la visión. Sin embargo, soy capaz de distinguir el tamaño y la forma de este individuo que es más corpulento y más alto que los demás. Un individuo al que ya he visto antes.

«No.» No quiero estar viéndolo. Cierro los ojos. Espero mantenerlos cerrados el tiempo suficiente para que vuelva a aclarárseme la visión. Para que ese hombre desaparezca. No obstante, cuando los abro, él sigue ahí. Y ahora lo veo con toda nitidez. Mucho más nítido de lo que me gustaría.

—¿Hola? —el hombre llama a Miriam con cautela. Luego le hace un gesto con la mano, como si no estuviera seguro de si ella es sorda—. Te están llamando.

En el momento en que agita la mano tengo clarísimo de quién se trata. Porque entonces lo veo. El vendaje tapa justo el sitio donde le di la puñalada.

Doug.

El corazón me late desbocado. Al volverme, Quentin sigue mirando en dirección a Miriam. «Es él. El tío de North Point que nos atacó», grito en silencio mientras lo miro de perfil. Miriam debe de haberlo dejado entrar sin que los otros lo hayan visto. Dios sabe qué mentira le habrá contado a ella. Se acabó el tiempo que teníamos de preparación para la llegada de la gente de North Point. Ya están aquí.

¿Tendrán ya a Cassie? No debería haber vuelto a entrar. No debería haber escuchado a Quentin, aunque solo quisiera ayudar. Debería... Doug querrá volver a hacerme daño. Sí. Será lo que primero que querrá hacer.

—Ya voy, ya voy —dice Miriam a Doug gritando y frotándose sus dedos huesudos—. Solo necesitaba un poco de agua caliente para calentar estas manos antes de poner los puntos. Si no lo hago, ¿quién sabe con qué cicatriz podría acabar la chica?

—Es él —consigo susurrar al final—. El tío al que apuñalé. Tenemos que ir a por Cassie. Ahora.

Contengo la respiración y espero a que Quentin se vuelva, me coja de la mano y salgamos corriendo. Pero tiene la mirada clavada en Doug. Con expresión tensa y totalmente inmóvil.

¿Está enfadado? ¿Es eso? A lo mejor va a abalanzarse sobre Doug en lugar de salir corriendo hacia el otro lado. Pero sé que Doug es más fuerte de lo que parece. Más fuerte que Jasper. Y, desde luego, más fuerte que Quentin.

Al volver a mirar, ya es demasiado tarde. Doug está mirando directamente hacia nosotros. A mí. Además, me ha reconocido. No me cabe ninguna duda. Incluso avanza unos pasos y se detiene en el centro de la habitación. Con los puños cerrados a ambos lados del cuerpo, como si estuviera listo para atacar.

Y, durante los interminables y paralizantes minutos que siguen, la última gota de oxígeno queda consumida en la sala. Los pensamientos van y vienen como el rayo de mi mente. Todo va demasiado deprisa para ser una idea fija, demasiado rápido para entenderlo.

De todas formas, solo se me ocurren preguntas. ¿Qué ocurrirá si Quentin va a por Doug? ¿Doug estrangulará a Quentin como hizo con Jasper? ¿Irá a por Miriam? ¿Va armado? Debe de ir armado. Trabaja para una empresa contratista de defensa, es un antiguo militar. ¿No lo comentó alguien? Debe de llevar una pistola, tal vez dos, como mínimo. Y, de ser así, ¿cómo lograremos sobrevivir cualquiera de nosotros?

Y Cassie. Está demasiado lejos para avisarla. Demasiado lejos para salvarla. ¿Cuánto tardarán en encontrarla? ¿En hacerle daño? ¿En abrirle el cerebro? Es decir, si es que no lo han hecho ya.

Me pregunto qué sentiré cuando Doug me clave un cuchillo en la mano o tal vez en el cogote. Porque recuerdo su mirada de odio en la cafetería mientras estaba clavado a la pared manchada de sangre. Querrá venganza: ojo por ojo, diente por diente. Pero, ahora mismo, Doug está ahí parado, mirándome con los ojos abiertos como platos. Somos cazador y presa. Congelados en ese momento donde todavía existe la posibilidad de sobrevivir.

«Corre. Ve a buscar a Cassie.» Pero ya estoy demasiado mareada. Un solo paso, y podría caer redonda al suelo.

Al final, es Miriam quien rompe con la quietud. Se queda mirando con los ojos entornados a Doug, que sigue en el centro de la habitación. Está claro que a ella le llama la atención el hecho de que ese tipo tan agradable esté mirándonos así a Quentin y a mí. Porque yo ya sé lo agradable que puede aparentar ser Doug cuando quiere. Una persona totalmente distinta a la que es en realidad. Además, estamos hablando de Miriam, que, ya de por sí, vive en una neblina de recuerdos a medio formar. Seguramente se dedica a fingir que conoce a la gente porque ellos parecen conocerla.

Miriam se acerca caminando a Doug, se queda contemplando su cara de perfil con mirada de relajada confusión. «Apártate de él, Miriam —pienso—. No es quien crees que es.» Sin embargo, tengo miedo de hablar. De hacer cualquier cosa que pudiera provocar que Doug ataque a Miriam. Es demasiado vieja. No haría falta hacerle gran cosa para dañarla, ni siquiera para matarla.

—Mira, me he confundido. Wylie no estaba fuera como te he dicho, está aquí. Habría jurado que... —Miriam señala con uno de sus dedos doblados en mi dirección y luego agita una mano—. Bueno, da igual. Wylie, este es Doug. Él y su mujer, Lexi, han estado ocupados con un recado desde que llegaste. Tenían muchas ganas de conocerte. —Y, dicho eso, da una palmadita a Doug en su enorme brazo y desaparece por el fondo con la bandeja de material para dar puntos de sutura.

Un recado. Miriam conoce a Doug. No es en absoluto un desconocido que ha llegado hasta aquí por accidente. No es un desconocido. El mundo se repliega, los rincones se oscurecen cuando me vuelvo hacia Quentin: «¿Qué? ¿Por qué?».

Quentin sigue mirando directamente a Doug durante unos segundos agónicos e interminables.

—Wylie —dice Quentin cuando por fin se vuelve hacia mí. Tiene los ojos brillantes, las manos levantadas como si yo fuera una fiera a la que intentara contener. Sin embargo, su tono de voz es tan tranquilo que resulta terrorífico—. Puedo explicártelo.

24

Quentin conoce a Doug. Doug intentó matarnos.

No necesito saber nada más. Tengo que salir de la cabaña principal. Encontrar a Cassie. Ahora.

Me vuelvo de golpe y salgo disparada hacia la puerta con el corazón desbocado. Llego en cuestión de segundos pero se me resbala la mano al ponerla sobre el pomo de la puerta una y otra vez. Por fin logro sujetarlo bien y tiro de él, pero la puerta no se mueve. Entonces veo una mano muy por encima de la mía que está impidiendo que se abra. Es la mano de Doug. Tengo la venda justo delante. A escasos centímetros de mi cara. Cierro los ojos, me preparo para sentir dolor. Para notar el impacto de su puño en la nuca. Un cuchillo que se me clave en la carne.

Pero nada de eso ocurre. Solo el fuerte latido de mi corazón y toda la sangre que se me sube a la cabeza.

—¿Por qué no nos sentamos todos un rato a descansar? —dice Quentin, situado no muy lejos por detrás de mí—. Sobre todo, antes de que los demás regresen y las cosas se compliquen más todavía.

Su voz suena del todo distinta, transmite más sensación de control. De una persona más mayor. ¿O son solo imaginaciones mías? Poco a poco retiro la mano del pomo. ¿Qué alternativa tengo? Al hacerlo, Doug baja los brazos y retrocede.

Cuando por fin me vuelvo, Quentin también parece diferente. El chico tierno y con aspecto de empollón ha desaparecido. Y, en su lugar, hay un hombre adulto. Es un hombre que parece mucho más alto y fuerte. Como si no se hubiera sentido inseguro en toda su vida. ¿Quién coño es?

Quentin se quita las gafas, que al parecer no necesita, y las deja en la mesa.

—Doug, quizá te gustaría empezar diciéndole algo a Wylie.

Doug se queda mirándome un minuto.

—Lo siento —dice al final y se cruza de brazos. Como un niño que no lo siente en absoluto—. Lexi y yo... —Y señala al fondo de la habitación, como si ella estuviera allí—... Solo intentábamos traerte aquí para ponerte a salvo. Como nos había pedido Quentin.

—¿No trabaja para North Point? —le pregunto a Quentin, porque me niego a hablar con Doug.

—No, no. North Point es una amenaza real contra la que debemos combatir, pero Lexi y Doug trabajan para mí —explica Quentin, con una mirada que expresa que eso debería aliviarme—. Los contraté para garantizar que llegaras hasta aquí segura. —Mira de pronto a Doug—. Desde luego que no era mi intención asustarte. Fue algo desafortunado e inaceptable. Aunque, en defensa de Doug, debo decir que no tiene mucha experiencia en este tipo de encargos. Tu padre ha subestimado la cantidad de personas que solo están motivadas por el dinero. Sin ánimo de ofender. —Quentin dirige estas palabras a Doug, quien lo mira como si pudiera matarlo en ese mismo instante—. El agente Kendal también trabaja a cambio de dinero, aunque, en honor a la verdad, debo decir que todavía no estoy convencido de que su motivación sea exclusivamente económica. Siempre he creído que hay algo más y más complejo que subyace en él.

—Quiero ver al doctor Simons —digo.

Es imposible que Quentin esté de acuerdo con todo esto, ¿le parece bien que intentaran matar a Jasper? No. No lo creo. Y me da igual lo que diga Doug, eso es lo que intentó hacer en la cafetería.

Quentin inspira con fuerza y se frota la frente.

—Sí, pero necesito que antes me escuches, Wylie. —Se acerca a una de las mesas—. Por favor, siéntate un minuto. Cuanto antes pueda aclararte la situación, antes podrás volver a ver a Cassie.

Me tiemblan las manos y se me acelera el pulso. Pero me dirijo hacia la mesa. Porque necesito que al menos crean que estoy colaborando. Que estoy escuchando. De no ser así, no volverán a bajar la guardia.

Consigo sentarme frente a Quentin mientras Doug regresa, poco a poco, al fondo de la habitación a montar guardia. Va mirando hacia atrás para comprobar que no se acerca nadie. Los demás no deben de estar enterados de «esta situación», sea cual sea. Está claro que el doctor Simons la desconoce y también mi padre. ¿Mi padre todavía está en camino? ¿Va a caer de lleno en la trampa? ¿Quién sabe qué le harán en cuanto llegue?

—Sin duda alguna son personas agradables. —Quentin hace un gesto hacia el fondo; se refiere a los demás—. Aunque me costó entenderlos cuando los encontré. Miriam, por ejemplo, no es exactamente predecible. —Lanza un suspiro—. Sin embargo, como grupo resultaron mucho más fiables. Vine hasta aquí y me presenté al doctor Simons, quien me contó que era amigo de tu padre. Tres breves reuniones más y... —Chasquea los dedos—... La gente está loca porque alguien los siga. Quieren creer. Está en nuestra naturaleza humana. Piensa en lo que ha supuesto para ti: Harvard. Bastó la mención de que Adam es profesor allí y su sudadera. Dos datos independientes y la gente acepta conclusiones de otra forma imposibles de verificar.

—Adam no es profesor de Harvard —replico.

Quentin niega con la cabeza.

—Adam trabaja en el servicio de asistencia al cliente en Best Buy, pero se le dan de maravilla los ordenadores.

Tiene razón. Me he creído todo lo que me ha dicho Quentin sobre Adam. No he llegado a preguntarle nada a él. Y, en cuanto me tragué lo de Adam, me creí todo cuanto oí sobre los demás.

—¿Quiénes son? —pregunto. Porque ahora me queda claro que no son amigos de mi padre.

—La parte «espiritual» de su grupo me ha resultado mucho menos molesta de lo que había imaginado. Necesitaba que El Colectivo me aportara una especie de contexto importante —responde—. Pero me han dado una idea de la clase de grupos que estarán interesados en la investigación de tu padre, Wylie. El Colectivo es inofensivo, pero los otros grupos no lo serán. Es precisamente esa la razón por la que debemos estar preparados.

El Colectivo. El Colectivo. El Colectivo. «La Espiritualidad de la Ciencia», lo veo ahora en el folleto verde que nos metieron por debajo de la puerta. Pero he confiado en Quentin por el doctor Simons. Él era quien sabía un montón de cosas sobre mi padre e incluso sobre mí: nuestro viaje a California, lo de mi ansiedad. No obstante, ya empiezo a sentir que el suelo sobre el que me encuentro empieza a resquebrajarse. Un brecha en los datos, el Nivel 99. ¿Podrían haber obtenido toda esa información de los correos electrónicos de mi padre?

—Ese hombre no es el doctor Simons, ¿verdad? —pregunto. La última vez que lo vi era una niña. Incluso las fotos que he visto de él son de hace un montón de años. He creído que era el doctor Simons por su aspecto, pero también por lo que sabía. Y porque mi padre me ha dicho que confiara en él.

Quentin niega con la cabeza.

—Se llama Frank Brickchurch. Es un gran actor, muy bien pagado, aunque con una carrera bastante irregular. Por supuesto que le facilité suficiente información, aunque ha tenido que improvisar mucho —dice, tranquilo. Cuando levanta la vista de la mesa frunce el ceño como si estuviera arrepentido—. Siento todo este secretismo, Wylie. Pero necesitaba que tuvieras tiempo de conocerme. Sin que te distrajera cualquier idea preconcebida que pudieras tener.

«¿Preconcebida?»

—¿Quién eres? —le pregunto.

—Soy una persona muy interesada en la investigación de tu padre —dice mirándome con esperanza. Como si se alegrara de haber llegado a esta parte—. Y me preocupo mucho por tu padre, como mentor y como amigo. Lo he dejado todo para estar seguro de que estaba protegido, de que su investigación consigue el reconocimiento que se merece. He mentido sobre algunas cosas, pero jamás sobre eso.

La expresión de su rostro es al mismo tiempo tan sincera y terrorífica que me pone los pelos de punta.

—¿Quién eres? —vuelvo a preguntar—. ¿Dónde está Cassie?

—Cassie está bien, te lo prometo —contesta Quentin—. Está a salvo en la cabaña, como ya te he dicho.

—¿Y qué pasa con mi padre? —No me creo que él sepa nada de todo esto, ni del Colectivo, ni de Quentin—. ¿De verdad está en camino?

—Sí, por supuesto —me asegura Quentin, y parece encantado de decírmelo—. Debería llegar muy pronto, Wylie. Y, cuando llegue, espero que él también demuestre una mentalidad abierta.

—No va a aceptar todo esto.

—Creo que sí lo hará —afirma Quentin con tranquilidad—. Advertí a tu padre que sus datos y sus correos electrónicos no estaban seguros, que habría gente que querría usar su investigación con fines negativos. Sin embargo, no quiso saber nada sobre los detalles prácticos ni sobre las consecuencias. Quería que su ciencia fuera algo puro. Pero el mundo en que vivimos no es así, Wylie. Como su ayudante en la investigación, sentí que mi misión era hacerle ver la realidad. Pero me despidió antes de tener la oportunidad de conseguirlo.

Su ayudante en la investigación. El suelo se inclina con fuerza hacia la derecha. Quentin es el doctor Caton. «Fanático. Inestable. Irracional.» De vez en cuando, mi padre lo definía de esa manera.

—Mi padre te despidió —señalo.

Quentin frunce el ceño y asiente con la cabeza.

—Y al principio me quedé destrozado. Para mí tu padre era

una persona muy especial. A mi padre no lo mataron mientras me compraba zumo de naranja, pero sí que murió hace mucho tiempo. Reconozco que tu padre era para mí una especie de padre adoptivo. De la misma manera que él ve al doctor Simons, supongo. Y creía que él sentía lo mismo por mí. Además, llegó a compartir cosas personales conmigo, anécdotas tuyas y de Gideon. Por eso sé que te llamaba Gatita cuando eras pequeña. Tu padre y yo estábamos muy unidos. O eso creía. Admito que no me sentó bien que dejara claro que yo no era más que un empleado para él.

Inspiro con fuerza y lanzo un suspiro tembloroso.

—Quiero ver a Cassie.

Debo concentrarme en eso. En ella.

—Sí, te llevaremos con ella —dice Quentin, pero no hace ningún movimiento para levantarse—. Aunque hay algo más que debes saber antes, Wylie.

Entonces pone una expresión especial. Es una especie de excitación, aunque difícil de definir.

—Es sobre lo que te he contado, lo de que mi padre estaba muerto, sobre mis miedos y la historia de la escalera mecánica. Todas esas cosas eran ciertas, aunque no los detalles, por supuesto. Pero siempre he sufrido de ansiedad, igual que tú. Eso es algo que compartimos —expone. Y a mí se me revuelve el estómago, porque es cierto. Sí que compartimos algo—. Y ahora, todo aquello contra lo que hemos luchado tú y yo durante nuestras vidas puede convertirse en un don increíble, Wylie. Si tu padre no atiende a razones, lo demostraré con mi propia investigación. Sin embargo, no es tan fácil contactar con sujetos de estudio una vez que ya no estás relacionado con una universidad, con cualquier universidad, algo que tu padre se ha esforzado para que así sea. —Tensa la mandíbula, aunque percibo que intenta controlar la ira—. Pero nada de eso importará si cuento con tu ayuda. Tú puedes desbloquearlo todo.

Asombro. Por fin me doy cuenta de que es eso lo que percibo en sus ojos. Y lo siente por mí. Y es asqueroso.

—No —susurro, y me tapo los oídos con las manos. Como si

eso pudiera detener el tren que viene directamente hacia mí a toda máquina. Como si eso pudiera evitar que Quentin me cuente lo que quiere que yo sepa.

—Hay algo más que tu padre no te ha contado. —Quentin prosigue y planta las manos sobre la mesa al tiempo que me mira con intensidad a los ojos. Como si estuviera a punto de revelarme un secreto. El que de verdad tengo que saber—. Cassie no es la Extraña, Wylie. La Extraña eres tú.

La sangre se agolpa en mi cabeza. Me sujeto a ambos lados del banco para no caerme.

—No —repito en voz más alta. Y no paro de negar en silencio. Sacudo la cabeza con fuerza. No puedo parar.

—Es difícil de creer, lo sé —dice Quentin con voz suave, casi parece que lo sienta de verdad—. Pero tu padre intentaba protegerte, Wylie. Estoy seguro. Sin embargo no se dio cuenta de que tendría que pagar un precio muy alto.

25

Todavía oigo un pitido en la cabeza cuando Doug me lleva por la zona de hierba hacia la primera cabaña en la que estuvimos al principio. Me sacan de la cabaña principal porque he dejado de responder. Antes de que los demás aparezcan y vean que algo va muy mal. Antes de que algunos de los miembros del Colectivo puedan intervenir. Como si yo fuera capaz de protagonizar una rebelión cuando lo único que puedo pensar es: «Extraña, Extraña, Extraña».

Sin embargo, consigo caminar en esta mañana gris para cruzar la hierba húmeda. Porque me llevan junto a Cassie. O eso dicen. Y yo sigo intentando concentrarme en esa idea. En llegar hasta ella. En irnos de aquí. No estamos lejos de la cabaña a la que nos dirigimos y Doug todavía no ha dicho nada sobre el hecho de que yo lo apuñalara. Aunque, con la forma tan brutal con la que me agarra el brazo, sobran las palabras.

—¡Eh! —nos grita alguien cuando estamos a medio camino de la zona abierta de hierba.

Doug me aprieta el brazo con más fuerza, tanta que yo hago una mueca. Pero, cuando se vuelve, ve que solo es Lexi dirigiéndose hacia nosotros.

—Maldita sea, Lexi —espeta Doug al tiempo que echa un vistazo a su alrededor. Allí estamos a la vista de todos, en el espacio abierto, a plena luz del día—. Quentin no quiere que los demás se enteren de que estamos trasladándola.

—Oh, lo siento —se lamenta ella, y entonces se da cuenta de que Doug me lleva sujeta por el brazo.

Parece incómoda. En realidad, parece algo más que incómoda. ¿Lo «percibo» porque tengo una especie de percepción sensorial especial? No creo. Solo he sentido algo más que me diferencie de la gente normal: ansiedad.

—Me alegro mucho de que estés bien, Wylie —dice Lexi.

—Ella me apuñaló, ¿recuerdas? —dice Doug con rabia—. Deberías estar preocupada por mí, no por ella.

—Solo te apuñaló porque estaba muerta de miedo. Porque seguramente sabía que algo no encajaba. —Lexi se queda mirándome en busca de una confirmación. Cree que ocurrió así porque mi condición de Extraña me hizo clavarle ese puñal en la mano a Doug. Él no le ha contado que estaba estrangulando a Jasper con el brazo.

—Ya hablas como uno de ellos, Lexi —la acusa Doug—. No me vengas con tonterías.

—Son gente muy agradable. —Lexi parece ofendida en nombre de los demás—. Además, Quentin no es uno de ellos, y él cree en Wylie.

—Por favor, él es peor que todos los demás —protesta Doug—. Hemos venido para hacer un trabajo, Lexi, ¿recuerdas? Para cobrar un cheque. No te dejes confundir por toda esta mierda.

—Iban a desahuciarnos de casa cuando Doug conoció a Quentin en un bar. —Lexi se queda mirándome, avergonzada—. Hizo falta que perdiéramos los ahorros de toda una vida para darnos cuenta de que a la gente no le interesan las barritas energéticas para perros. Qué idiotez. Nosotros ni siquiera tenemos perro.

—¿Tenéis siquiera un bebé? —pregunto.

Lexi se rodea el cuerpo con los brazos y asiente con la cabeza.

—Delilah. Tiene ocho meses. —Llega incluso a sonreír tímidamente, aliviada tal vez porque ha demostrado no ser una mentirosa en todo. Aunque también está asustada. Asustada ante la posibilidad de no poder regresar con su bebé. Eso sí lo percibo. Me llega desde ella en oleadas.

—Está con mis padres este fin de semana. Ella no tenía por qué sufrir nuestro... Este no es lugar para un bebé.

—Esta chica no tiene por qué conocer la historia de nuestra vida, Lexi —le suelta Doug—. Acabemos con esto de una vez para poder largarnos de aquí con lo que nos deben.

—Supimos que sabías lo del bebé cuando Jasper se refirió a Cassie con otro nombre... Victoria, así la llamó. —Da igual lo que haya dicho Doug, Lexi no puede evitar hablar conmigo. No puede evitar intentar que yo la perdone. Sabe que lo que han hecho no está bien. Desea no haber estado involucrada—. Pero nos daba miedo que te escaparas por el bosque y te lastimaras. Por eso Doug fue al baño a ver cómo estabas. Pero las cosas se nos fueron de las manos.

—¿Se os fueron de las manos? —A lo mejor, si logro que Lexi y Doug discutan, Cassie y yo podemos aprovechar la discusión para escapar—. Doug estaba estrangulando a Jasper. Por eso lo apuñalé.

Lexi se vuelve, con los ojos como platos, en dirección a Doug y reduce el paso.

—Tú me dijiste que él te había atacado.

Doug me clava los dedos en el codo. Pero no es más que su fuerza bruta. Algo que confirmará lo que estoy diciendo.

—Lexi, estaban intentando escapar —explica Doug, molesto—. Debíamos asegurarnos de que Wylie llegaba hasta aquí, ¿verdad? Por cierto, fuiste tú la que dijo que convencerías a Wylie de que se subiera al coche sin Jasper, ¿recuerdas? Ese era tu trabajo. —Doug ha levantado la voz y Lexi evita mirarlo—. Pero ¿qué pasó? Que allí estaba el chico, en el coche. Y uno de los dos debía hacer algo. Yo solo intentaba que fuera Wylie la única que nos acompañara; intentaba encargarme yo de todo, como siempre hago.

—Está bien —dice Lexi en voz baja y mirando al suelo.

No son un frente unido. ¿Lo sé porque soy una Extraña? ¿De verdad es posible que esa sea la explicación de mi terrible máquina mental de reacción exagerada? ¿Que se trate del estruendo de los sentimientos de los demás en mi cabeza y no de mis propios monstruos?

No.

Sí.

No lo sé.

—Bienvenidos otra vez —dice Stuart cuando por fin llegamos a la cabaña. Exagera de forma teatral sus gestos mientras sujeta la escopeta con una mano y retira el cerrojo de la puerta con la otra para invitarme a entrar—. Se alegrarán de tener compañía. Se sienten un poco violentos los dos solos.

¿Qué dos? La única persona que veo es a Cassie, apoyada contra la pared situada frente a la puerta, y consigue parecer guapa, de algún modo, envuelta por la luz tenue que entra por las ventanas. Pero se rodea con los brazos su cuerpo frágil como si estuviera preparándose para recibir un golpe.

—Lo siento, Wylie —susurra con la voz temblorosa.

—Nada de todo esto es culpa tuya —le digo. Cuando me dirijo hacia ella, la puerta se cierra y suena el pestillo echado con fuerza.

—Yo no avanzaría más. —Es otra persona la que dice eso. Me detengo antes de llegar a Cassie. Cuando me vuelvo, veo a Jasper sentado entre las sombras de la pared del fondo.

—¡Jasper! —Siento un alivio tan repentino que corro hacia él. Como si así ya estuviéramos salvadas. Pero entonces le veo la cara en la penumbra: amoratada e hinchada, con un corte en la ceja—. ¿Qué te ha pasado?

—Doug —dice. Hace un gesto para señalarse la cara—. Me ha hecho probar algo más que sus puños esta vez.

—¿Por qué no se han limitado a dejarte marchar? —Es una señal terrible, lo sé. Para todos nosotros—. Ni siquiera sabías nada.

—Porque no quería irme —contesta—. Cuando Cassie me contó que... —Se le corta la voz como si no fuera capaz de terminar la frase—... Estaba cabreado y necesitaba tomar el aire, pero no pensaba irme. ¿En medio de todo este follón? De todas formas, Doug salió de la nada. Y acabó lo que había dejado a medias en aquel baño.

—Menudos cabrones —susurro. Jasper hace una mueca cuando me acerco y le miro la cara de cerca.

—Parece más grave de lo que es realmente —comenta Jasper, pero no resulta en absoluto convincente—. ¿De verdad creías que iba a largarme sin despedirme siquiera?

Miro en dirección a Cassie. No quiero delatarla, pero fue ella quien me lo dijo. Me lo repitió varias veces. A lo mejor deseaba que Jasper se fuera.

—Debo de haberlo malinterpretado.

—Al parecer, por aquí hay muchas cosas que se malinterpretan. —Jasper lanza una mirada airada en dirección a Cassie—. ¿Por qué no se lo cuentas, Cassie? Cuéntale a Wylie todas las malas interpretaciones que ha habido.

Eso no ha sonado bien. Suena a que hay más de lo que yo sé.

Cassie cierra los ojos y apoya la cabeza contra la pared, luego la mueve de atrás hacia delante.

—Si yo hubiera sabido... —Se le quiebra la voz.

—Había otro tío. Yo tenía razón —dice Jasper cuando Cassie se queda en silencio—. Y, no veas, ha escogido a un auténtico ganador.

Vale. Sí que sé lo del otro tío. A lo mejor nada de lo que me diga será una novedad para mí. Pero ya tengo el estómago encogido. Y no es porque sea una de esas Extrañas. Es porque conozco a Cassie. Y, con ella, siempre hay que esperar algo peor.

—¿A qué se refiere Jasper? —le pregunto.

—Lo conocí tal como te conté —empieza a decir. Y habla en voz muy baja—. Todo eso era verdad. Entró en el Holy Cow mientras yo estaba trabajando, pidió un batido de chocolate y se sentó en la barra. Hablamos durante un rato.

—Eso ocurrió mientras ella y yo salíamos juntos, por cierto —interviene Jasper al tiempo que se levanta y me pasa por delante para ir a mirar por la ventana. Iluminado por la luz grisácea, su rostro tiene un aspecto mucho peor. Cassie cierra los ojos y deja la cabeza agachada—. Perdón, puedes seguir. —Le hace un gesto con la mano y luego me mira—. Tú espera, esto se pone mucho más interesante.

—No fue hasta que él...

—Espera, ¿quién es él?

Porque resulta evidente que ese es el detalle fundamental.

Cassie abre los ojos y levanta la cabeza para mirarme.

—Quentin —responde entre susurros mientras las lágrimas por fin van cayéndole por la cara—. Conocí a Quentin. —«No», pienso. Pero soy incapaz de vocalizarlo. «No.»

Quiero taparme los oídos. Quiero salir corriendo.

—Alucinante, ¿verdad? —dice Jasper, quien sigue mirando por la ventana. Pero esta vez es su voz la que se quiebra, no la de Cassie.

—Al principio, él fingió que era una coincidencia que nos hubiéramos conocido. Y más adelante reconoció que había ido a buscarme. Quentin me contó que tu padre lo había despedido porque no estaban de acuerdo en lo de ocultarme los resultados de la prueba. Quentin decía que él quería que tu padre me lo contara —explica y parece destrozada—. Supongo que... No sé por qué le creí. Pero es que parecía que conocía muy bien a tu padre... Y me dijo todas las cosas que yo quería oír, que me estaba subestimando y todo eso. Que tenía un don.

—Un don. —Jasper resopla asqueado, con la mirada clavada en la ventana.

—Puedes enfadarte —prosigue Cassie—. Los dos tenéis derecho a odiarme. Deberíais odiarme. Porque soy una egoísta y una idiota y he cometido un terrible error. Pero os juro que fue él quien me obligó a enviaros los mensajes de móvil...

—Un momento, ¿qué? —pregunto al tiempo que se me dispara el corazón. «No, Cassie. No.»—. ¿Has estado ayudándolo? ¿Él te pidió que nos enviaras esos mensajes? ¿No te quitaron el móvil?

Ella niega con la cabeza.

¿Cómo ha sido capaz? Arriesgarse de esa manera... Ponernos a todos en peligro... ¿Y por un tío que ni siquiera conocía?

—Un momento, ¿también escribiste aquello de «esta gente va a matarme»? —le pregunto—. ¿Ese mensaje lo enviaste tú?

Cassie asiente en silencio.

—Por el amor de Dios, Cassie —sigo hablando. Estoy tan furiosa que me quema la garganta. Y quizá ella tenga razón, a lo mejor sí que la odio un poquito—. ¿Cómo has podido? ¿Un tío cualquiera te cuenta un montón de locuras y tú vas y lo crees?

—¿Y tú no lo hiciste? —Se queda mirándome con severidad durante un segundo. Toma una bocanada de aire y vuelve a agachar la cabeza—. Quiero decir que Quentin es convincente, ¿verdad? Y no dijo nada acerca de que necesitaba a tu padre hasta que llegamos aquí. Y no habló de ti como un medio para llegar a él. Además, Quentin hablaba todo el tiempo como si todo lo que hacía fuera para proteger a tu padre. —Se queda callada durante un segundo, como si estuviera reviviéndolo todo mentalmente—. Aunque sí me hizo una pequeña prueba en el coche. Seguramente fue el momento en que se dio cuenta de que tu padre había cambiado nuestros resultados. Que la Extraña eras tú y no yo. No me lo contó hasta más tarde, cuando vosotros ya habíais llegado. En el coche intentó ocultármelo, pero por la forma en que me miraba después de la prueba... Como si yo le asqueara un poco.

—Un momento, entonces ¿fuiste tú la que lo ayudó a traernos aquí? ¿A propósito? —pregunto porque sigo sin poder creerlo—. ¿Nos enviaste esos mensajes diciendo que estabas asustada y que necesitabas ayuda porque él te pidió que lo hicieras?

—Sí —contesta, y las lágrimas hacen que su expresión de horror resulte más evidente. Hace un gesto con la mano hacia Jasper, hacia la cabaña—. Todo esto es culpa mía. Pero, te lo juro, Wylie, yo no sabía que tú eras la persona a la que realmente quería hasta que ya fue demasiado tarde. Al principio dijo que no eras más que un medio para conseguir que tu padre viniera. Sin embargo, en cuanto Jasper y tú estuvisteis en la cabaña, todo cambió. Fue el momento en que me contó que tú eras la Extraña. Y dijo que os mataría a los dos —a los dos Extraños— si no lo ayudabais. Me dijo que te convenciera.

—¿Que lo ayudemos a qué? —le pregunto.

—A hacer lo que hacéis —responde.

—Pero, ¡si yo no sé hacer nada!

—Ya lo sé, ya lo sé —dice Cassie y parece preocupadísima—. Pero él cree que también es un Extraño. Está convencido de que solo necesita «desbloquear su potencial». Lo sé porque fue lo que me dijo cuando yo creía que era la Extraña. Y no una Extraña cualquiera, sino *la* Extraña. Que era lo más alejado de la verdad. Y lo peor de todo era lo halagada que yo me sentía. —En ese momento lo único que siento es que se me parte el corazón cuando me mira—. Me prometió que si lo ayudabas, él te dejaría ir. Que nos dejaría marchar a todos. Y yo creí que era cierto o, al menos, esperaba que lo fuera. Pensé que, a lo mejor, podrías practicar unos cuantos «ejercicios de entrenamiento», como los que él hizo conmigo, que eran algo parecido a la prueba de tu padre, y que con eso bastaría. Pero después, cuando fui a buscar la ropa que Fiona me prestó, me quedé sola en la otra cabaña. Y decidí echar un vistazo a las cosas de Quentin y ver si podía averiguar en realidad qué planeaba. Entonces vi toda una serie de instrumental en una bolsa que tiene debajo de la cama. No sé con seguridad para qué es, pero, en cuanto lo vi me entró muchísimo miedo porque pensé que en realidad no te iba a dejar marchar. Aunque hicieras todo lo que quería. Supe que teníamos que escapar. Pero ya era demasiado tarde. Stuart me pilló mirando el instrumental y me encerró otra vez aquí.

—¿A qué instrumental te refieres? —pregunta Jasper.

—Una especie de instrumental médico o algo así —contesta Cassie en voz baja—. Sea lo que sea que tenga planeado Quentin, no es una simple prueba de preguntas y respuestas. Tal vez empiece así, pero no es así como terminará.

—Pero ¿cómo voy a enseñarle a hacer algo que yo misma no sé cómo hacer?

—No puedes —dice Jasper—. Por eso hay que largarse de aquí.

—¿Qué pasa con mi padre? ¿Qué pasará cuando llegue? —pregunto a Cassie—. ¿Y North Point existe siquiera? Alguien ha disparado a Fiona.

—No lo sé —reconoce Cassie, y se abraza a sí misma con más fuerza—. Quentin dejó de contarme cosas en cuanto llegasteis. A lo mejor fue él quien ordenó a Stuart que disparase a Fiona, no lo sé. Pero desde el principio parecía preocupado por que alguien supiera que estábamos aquí. A lo mejor esa preocupación también era fingida, o es posible que alguien venga a buscarnos.

—Ha sido una gran estupidez confiar en él, Cassie —dice Jasper con un tono frío y cortante, evitando mirarla—. Ha sido una estupidez como una casa, joder.

Cassie lo mira con cara de desesperación.

—Tienes razón. Tienes toda la razón —admite. Entonces veo que le cambia la expresión del rostro, ahora parece decidida—. Pero voy a solucionarlo. Lo prometo.

—Genial —dice Jasper—. Me quedaré aquí sentado, esperando.

En ese momento recuerdo el panel de contrachapado del rincón. ¿Jasper ya ha olvidado lo cerca que estamos de escapar? Muy pronto dejará de importar quién se equivocó, quién mintió sobre qué y a quién. Porque seremos libres.

—Un momento, ¿qué pasa con...? —Me dirijo hacia el fondo de la cabaña con el corazón desbocado, hasta el lugar donde pasamos tanto rato desenroscando los tornillos.

Pero Jasper ya está negando con la cabeza. Pone cara de sentirlo por mí.

—¿Cómo que no?

Se acerca hacia mí en silencio, saca todas las tuercas y retira la plancha.

Y yo solo soy capaz de quedarme mirando. Hay un agujero en la pared de la cabaña, el agujero por el que metí la mano. Es incluso más alto que la plancha. Sin embargo, es mucho, muchísimo más estrecho. Lo bastante grande para parecer una salida, pero no para serlo en realidad.

Levanto la vista para mirar a Jasper con los ojos como platos.

—Ya lo sé —afirma—. Menuda mierda, ¿no?

—Al final volverán —digo—. Si Quentin cree que me necesita tanto, no se limitará a dejarme aquí.

—Sí. ¿Y cómo vamos a escapar si él está aquí? —pregunta Cassie.

—Se nos ocurrirá alguna manera de hacerlo.

Porque no me hace falta ser una Extraña para tener la certeza de que nuestras vidas dependen de la posibilidad de salir por esa puerta.

Durante las largas horas siguientes se nos ocurren una infinidad de planes, ninguno con posibilidad de tener éxito. Al menos a nosotros nos parece que han pasado unas cuantas horas. Nos han quitado todos los móviles, así que no tenemos ni idea de qué hora es. Y el día está tan gris que no resulta fácil ver la posición del sol. No obstante, da la impresión de que ha pasado mucho tiempo. Al final, nos limitamos a ir lanzando ideas al azar para ver cómo se esfuman en el inútil éter. Volvemos a registrar la cabaña en busca de otra vía de escape, pero Jasper y yo ya lo habíamos hecho antes. No hay nada más que encontrar. Jasper me pasa las barritas de cereales y el agua que Quentin dejó aquí la primera noche que estuvimos en este sitio. Lo último que me apetece es comer o beber. Pero Jasper tiene razón. Deberíamos hacerlo mientras podamos. Por si encontramos una forma de huir.

Tras ese instante, llega el silencio y, a continuación, el miedo.

Al final vamos quedándonos todos dormidos. O Jasper y yo debemos de haberlo hecho, porque ambos nos despertamos sobresaltados al oír un ruido en la puerta. Cuando miro a Cassie, sé, por la cara que tiene, que no ha pegado ojo.

En el momento en que la puerta se abre, vemos a Lexi entrar con cara de sueño y tristeza. Lleva unos botellines de agua en las manos.

—Hola —saluda en voz baja y casi con optimismo. No sé cuánto tiempo habremos dormido, pero está mucho más oscuro. Todavía no es noche cerrada, aunque falta poco. Alargo una mano y cojo una lámpara de queroseno, y Jasper hace lo propio con otra que tiene cerca—. Siento haberos despertado. Se me ha ocurrido que necesitaríais un poco más de agua, por si acaso.

Pero no es la razón por la que está aquí. Ha venido para hacer preguntas. Está preocupada por su destino, por el de su bebé. No confía en que Doug tenga la situación bajo control.

—Quentin os está mintiendo —digo. Me llega una mezcla de emociones caóticas de Lexi. Intento centrarme, encontrarle algún sentido. ¿No es eso lo que debería ser capaz de hacer una Extraña?—. Va a matarnos. Debéis saberlo.

—No, no lo hará —replica ella, aunque no parece muy segura.

—Sí, sí lo hará. Ese es su auténtico plan. Conseguir lo que quiere y luego matarnos. ¿Y crees que confiará en vosotros para dejaros marchar después de eso? —pregunto—. ¿Qué pasará con tu bebé si no volvéis a casa? Yo sé lo que es enfrentarse a la experiencia de crecer sin madre. Y mi madre tuvo un acc... Tú puedes salvarte.

Lexi niega con la cabeza, mira con desesperación a la puerta volviéndose hacia atrás. Entonces siento una vibración de angustia: la suya, no la mía. Debo utilizarla como sea.

—No puedes ayudar a Quentin solo porque Doug te lo diga. Escucharlo hizo que te metieras en toda esta mierda desde un principio —digo con la esperanza de que sea suficiente para que ella cambie de opinión. Lexi es una persona problemática, pero Doug es malo—. ¿De verdad quieres arriesgarte a no volver a ver a tu hija solo por él?

—Oh, Dios mío... —Lexi se tapa la boca con una mano y se

queda blanca como el papel. Tiene cara de que la hayan despertado de golpe—. Lo siento, debo irme. Ahora mismo. —Ya está cerca de la puerta—. Tengo que volver a casa con mi hija.

—Pero antes tienes que ayudarnos —digo—. Lo único que tienes que hacer es distraer a Stuart unos minutos, asegurarte de que la puerta sigue abierta y sin cerrojo.

—No, no, no creo que pueda...

—Tienes que hacerlo —insisto—. O serás responsable de lo que nos ocurra. Y no podrás culpar a Doug. Ya no. Si nos matan, será culpa tuya. ¿Cómo podrás vivir con la conciencia tranquila? ¿Cómo podrás ser una buena madre para tu hija? Nosotros también somos hijos de alguien.

—Es imposible que esto funcione —dice Cassie en cuanto Lexi se ha ido sin dejar de prometernos entre sollozos que hará lo que le hemos pedido, que intentará apartar a Stuart de la puerta—. ¿Has visto lo nerviosa que estaba? Va a derrumbarse. Seguramente se lo contará a su marido.

—Gracias por los ánimos, Cassie —espeta Jasper—. ¿A ti se te ocurre algo mejor? Ya que, para empezar, eres tú la responsable de que estemos en esta situación de mierda.

Cassie cierra los ojos y niega con la cabeza.

—No —dice en voz baja, y se deja caer en el sofá—. No se me ocurre nada mejor.

—Genial —prosigue Jasper y aprieta los dientes—. Mira el lado positivo, al menos te sentirás especial.

Tiene derecho a estar enfadado. Yo también estoy enfadada con Cassie. Aunque hay una parte de mí que se siente mal por ella. Cassie es como es. Ella no puede cambiar de forma de ser al igual que yo no puedo hacerlo.

En ese momento se oye un nuevo ruido en la puerta. Es el cerrojo que vuelve a abrirse. Aunque el movimiento es demasiado rápido para que sea Lexi.

Cuando por fin se abre la puerta, Quentin asoma la cabeza. Inspira con fuerza y exhala con las mejillas hinchadas al tiempo que entra. Vuelve a parecer distinto. No es el chico adulto y nervioso que conocimos al llegar, pero sí se ve bastante parecido. Incluso ha vuelto a ponerse las gafas.

Cassie tenía razón, es difícil que el plan funcione estando él en la cabaña. Y no hay forma de decirle a Lexi que espere a que él se haya marchado. Tendremos que escapar de todas formas si ella consigue volver a retirar el cerrojo, lo que significa que hay que conseguir mantener a Quentin alejado de la puerta.

—Me alegro de que alguien os haya traído agua. —Se acerca y coge uno de los botellines que ha dejado Lexi y se queda mirándolo en silencio. Me preocupa un instante que vaya a decirnos que sabe que Lexi ha accedido a ayudarnos. Que Doug ya se la ha cargado.

—¿Eras tú el que dejaba los muñecos en la puerta de nuestra casa? —pregunto al tiempo que me dirijo al fondo de la cabaña con la intención de que Quentin me siga, distraído por la pregunta. De una forma u otra, debemos alejarlo de la puerta. Además, supongo que los muñecos eran cosa suya porque empezaron a aparecer justo después de que mi padre lo despidiera.

—¿Muñecos? —repite Quentin, confuso, y parece sincero—. Me temo que no sé nada sobre esos muñecos. Pero no me sorprende que alguien quiera amenazaros, Wylie. Esta situación es un asunto muy complejo, y es mucho más que dos científicos con perspectivas filosóficas distintas. Hay muchas fuerzas en juego.

—¿Mi padre va a venir? —pregunto y me apoyo en la pared tras haberme alejado, como si nada, lo máximo posible de la puerta—. Y esa gente de North Point no existe, ¿verdad?

—La respuesta a ambas preguntas es que sí —dice Quentin, pero no como si quisiera convencerme de nada. Es más, pasa caminando por delante de mí y se adentra aún más en la cabaña. Llega más hasta el fondo de lo que yo habría deseado—. Ahora bien, tu padre no siempre compartía toda su información conmigo. No, claro que no. De ser así, yo habría sabido desde un principio que había cambiado tus resultados por los de Cassie. —Hace una pausa como si esperase que yo dijera algo—. Y es cierto que he tenido que emplear algún ardid para hacerlo venir. Sí, así es. Pero llegará pronto, Wylie. Y no te llames a engaño, North Point es algo muy real. Y, al igual que El Colectivo, no son más que el principio. Estamos en el ojo del huracán.

Quentin se dirige hacia la pared, al sitio de donde sacamos el panel de contrachapado. Dándonos la espalda, mira el alargado agujero de la pared. Me sitúo entre Quentin y la puerta. Entre él y mis amigos. Porque quien le interesa soy yo. A lo mejor es así como se supone que debo terminar, como debe terminar esto que soy. Tengo que creer que daré con la forma de huir. Si no es ahora mismo —saliendo por esa puerta con Jasper y Cassie— quizá sea más tarde. Y, si no puedo hacerlo, me da la sensación de que estará bien de todos modos. Porque quizá ya no sepa quién soy. Pero sí sé una cosa: para mí se acabó lo de tener miedo.

—Deja que Cassie y Jasper se vayan y haré lo que quieras —digo.

—Wylie. —Cassie habla con voz temblorosa. Entiende qué estoy haciendo. Entiende que planeo sacrificarme para que ellos puedan escapar.

—Te enseñaré todo lo que quieras —prosigo a medida que voy acercándome a Quentin. Me sorprende lo convencida que parezco, como si de verdad creyera que soy capaz de enseñar algo a alguien. Pero me resulta más difícil mantener la compostura en cuanto Quentin se vuelve y me atraviesa con la mirada. Hasta ese momento no he sentido el peso de su vacío. Su interior está hueco. Su corazón es un acantilado. Y yo estoy a punto de caer por ese abismo.

—No puedo dejar que se marchen, Wylie —declara con tranquilidad, como si fuera sencillamente una triste realidad. Una realidad que tanto él como yo debemos aceptar—. Ahora no. —Levanta la cabeza, mira distraídamente la carretera, el bosque—. De todas formas no sería seguro... No, estando North Point en camino.

—¡Venga ya! —grita Jasper—. ¡No hay nadie en camino!

—Ojalá fuera así, créeme —dice Quentin con una relajada sacudida de cabeza—. Algunos de ellos ya han llegado. Fiona tiene una herida de bala que lo demuestra. —Pero, por la forma en que lo dice me hace pensar que, posiblemente, Cassie tuviera razón: Quentin también ha sido responsable de eso. Se vuelve y se agacha en cuclillas junto al estrecho agujero en la pared de la cabaña—. Siempre he pensado que solo hay algo peor que no tener una vía de escape, y es creer falsamente que la tienes.

Oigo un tenue sonido junto a la puerta, y puede que la voz de Stuart, ¿estará hablando Lexi? Jasper tose para disimular el ruido. Lexi está haciendo lo que prometió, está apartando a Stuart de la puerta. Es el momento. No podemos esperar más. Esta es nuestra oportunidad. Quentin sigue acuclillado, mirando de cerca la grieta rectangular de la pared. Está lo bastante distraído para despistarlo unos segundos. Me vuelvo hacia Jasper y Cassie.

—Vamos —les digo moviendo los labios—. Ahora.

A lo mejor logro ser lo bastante rápida para seguirlos antes de que Quentin me eche el guante. ¿De verdad lo creo? No, en realidad no. Pero alguien tiene que huir. Además, una parte de mí murió el día que falleció mi madre. A lo mejor es una señal de que ha llegado la hora de que la otra parte también deje este mundo.

Lo que sucede a continuación sucede muy deprisa. Y nada de ello es lo que yo creía. Nada es como yo quería.

La puerta de la cabaña no se abre de golpe. No veo ni a Cassie ni a Jasper desaparecer en la oscuridad de la noche. Cassie es quien se mueve primero y muy rápido. Pero no hacia la puerta como se suponía que debía hacer. En lugar de eso, se echa a un lado y agarra una de las lámparas. Transcurrido un segundo la lanza por los aires, y esta se hace añicos al caer al suelo entre Quentin y yo.

Y pienso: «¿Qué? ¿Por qué?».

Quentin por lo visto ha pensado lo mismo porque se levanta. Todos nos quedamos mirando el montoncito de cristales rotos y la pequeña y ridícula llama azul prendida en el centro.

—¿Qué coño haces? —pregunta a Cassie, prácticamente riendo.

Jasper es el siguiente en hablar. Porque tampoco lo entiende.

—Cassie, ¿qué estás...?

Pero entonces ella se vuelve de golpe hacia donde estoy yo, me pone una mano en el centro del pecho y tira de mí. Con fuerza. Yo me tambaleo hacia atrás y percibo cierto tufo. Los vaqueros y el abrigo que no ha llegado a cambiarse todavía están empapados de gasolina.

De pronto lo entiendo todo.

—¡Cassie, no!

Pero es demasiado tarde. Lo que ocurre a continuación es lento y terrible. Es imposible creerlo aunque esté mirándolo directamente. Mirándola.

—¡Largaos! —grita Cassie de nuevo al tiempo que se lanza hacia la llama y el borde del abrigo se prende fuego.

—¡No! —Corro hacia ella. Pero su cuerpo ya está envuelto en llamas. Y está... Ella está tan caliente... Lo noto incluso a metros de distancia. Noto que se me queman las pestañas a medida que me acerco. Me pongo las manos delante de la cara. Pero no sirve de nada. Ya me queman las palmas.

Lo peor de todo es el silencio. El silencio de Cassie. Lo único que se oye es el crepitar de los objetos ardiendo. Cassie no grita. No habla. No se mueve. Es prácticamente como si ella hubiera logrado escapar de algún modo, como si se hubiera ido flotando con la nube de humo que asciende hacia el techo. Pero, de pronto, cae de rodillas al suelo.

—¡Stuart! —grita Quentin cuando, además de los papeles que tiene a un lado, empieza a quemarse el sofá del otro lado. Está rodeado por las llamas.

—¡Oh, mierda! —exclama alguien desde detrás de la puerta. Stuart pasa corriendo y agarra una manta para ahogar el fuego.

Y entonces alguien tira de mí hacia atrás, me aparta del humo y me lleva hacia la puerta. Yo pataleo, lucho por zafarme.

«Tenemos que hacer algo. Tenemos que salvarla», pienso, aunque sé que ya es demasiado tarde.

—¡Vamos, Wylie! —Es Jasper gritándome al oído. Está sacándome al exterior. Su voz suena aguda y en tensión, como si fuera un niño muerto de miedo—. ¡Tenemos que irnos!

26

Una vez fuera, corremos. Hace frío, está oscuro y el aire huele a quemado. A carne quemada.

Y a muerte. Cassie está ardiendo. El olor sale de mí. Me rezuma de los poros. Tengo una fuerte arcada mientras atravesamos la negra oscuridad, y la hierba húmeda en dirección al bosque, que se ve incluso más oscuro. Esta noche no hay luna ni estrellas. Como si el universo se hubiera replegado. Tengo lágrimas en los ojos y me quema el pecho mientras corremos. «No —vuelvo a pensar—. Eso no acaba de ocurrir.» Nada de todo esto es real. Y de pronto me pesan mucho las piernas, me pesan demasiado para seguir moviéndome.

—Venga, vamos. —Jasper tira de mí porque yo he ido frenando—. No podemos parar.

Tiene razón. Ella ha muerto para que nosotros pudiéramos escapar. Y todavía tenemos que avisar a mi padre. No sé qué creerá él. De qué lo habrán convencido Quentin y el supuesto doctor Simons. Ni por qué cree que va a venir a este lugar. Pero estoy segura de que no saldrá vivo. Cuando por fin llegamos a los árboles, me vuelvo una vez más, todavía con la esperanza de que hayan sido imaginaciones mías. Pero la cabaña refulge con un tono naranja en la distancia.

—No mires —me ordena Jasper, más para sí mismo que a mí—. Será peor. Vamos.

No obstante, me resulta difícil correr, apenas puedo tomar aire porque estoy llorando muchísimo. ¿Estoy llorando? Tengo la cara empapada y me arde la garganta. Pero estoy totalmente atontada, y me cuesta incluso más correr por el bosque porque es de noche. A pesar de ello, Jasper y yo ya hemos hecho esto antes. Podemos hacerlo. Tendremos que hacerlo. Y ya oímos las voces de quienes nos persiguen. Da la impresión de que son muchos, aunque podría ser el eco de solo unos pocos. Seguro que Doug es uno de nuestros perseguidores.

—Mira. Por allí —dice Jasper después de un rato tras un tramo de palos, hojas y más oscuridad. Veo la silueta de su brazo señalando hacia delante. Y, a lo lejos, se ven unas lucecitas, tal vez sea una casa—. Tiene que ser un camino particular. Y ese camino tiene que llevar a una carretera.

¿Salvados de nuevo por unas luces en el horizonte? Aunque esta vez están muchísimo más lejos. Porque seguimos corriendo, durante un tiempo que parece eterno, corriendo lo más rápido que podemos en la oscuridad, que no parece lo bastante rápido. En realidad no nos lleva a ninguna parte. No nos acercamos a las luces, que, llegados a un punto, desaparecen por completo. Y, todo el tiempo, yo voy preparándome para el ataque de la voz que nos persigue. Para que alguien me agarre por el brazo. Para recibir un disparo. Pero no ocurre nada de eso en esa eternidad larga y horrible más que el intenso latido de mi corazón.

Al final —horas más tarde, minutos, una vida después— salimos del bosque y llegamos al borde de la carretera. La casa todavía se encuentra a cierta distancia. Y la carretera que tenemos delante está oscura y es angosta. Totalmente en silencio. Echo un vistazo a derecha e izquierda. No se ve ni un coche. Nada. Ni nadie. En ningún lugar. Pero Jasper tiene razón. Debemos seguir avanzando. La parada será solo de un minuto, porque tengo el pecho a punto de explotar.

Más tarde ya llegará el momento de sentirse triste por Cassie. Más tarde me sentiré triste para siempre. Sin embargo, ahora mismo debo seguir adelante. Necesito seguir adelante. Los dos tenemos que seguir adelante antes de que nos pillen. Debemos avisar a mi padre.

Vuelvo a mirar a derecha y a izquierda en la carretera oscura y silenciosa. ¿Hacia dónde vamos? ¿Hacia dónde será más rápido conseguir un teléfono, llegar a un lugar desde donde podamos llamar a mi padre? O a la policía. A algún policía que no sea el agente Kendall. ¿Al FBI? ¿Cómo se les llama?

—¡Me cago en la puta! —susurra Jasper de pronto con los ojos como platos, igual que yo—. Está muerta de verdad, ¿no?

Como si alguien acabara de contárselo. Como si acabara de darse cuenta de lo ocurrido.

—Sí —afirmo—. Pero tienes razón. Teníamos que irnos. No podíamos hacer nada para salvarla.

—Me cago en todo... Me cago en la puta —repite y se presiona el vientre con los brazos como si fuera a vomitar—. ¿Oíste lo que le dije? He sido muy cruel. Y será lo último que le haya dicho. La última cosa que le haya dicho nadie.

—Ella sabía lo mucho que la querías —le digo. Y es que él tiene que mantenerse firme. Si Jasper se derrumba demasiado cerca de mí, absorberé todo su desmoronamiento.

De pronto, se ve el parpadeo de una luz en la carretera, a lo lejos. Como una estrella fugaz. Desaparece tan deprisa que bien podría habérmelo imaginado. Estoy viendo cosas que quiero ver. Pero entonces reaparece. Es pequeña, pero, poco a poco y a ritmo constante, va creciendo. Son los faros de un vehículo. Transcurrido un minuto, queda fuera de toda duda.

—Alguien se acerca —digo.

Jasper inspira con fuerza, se cruza de brazos y me rodea para mirar.

—Pero podrían ser ellos. Quentin o incluso Doug.

—Pero ellos vendrían desde el otro lado, ¿no?

Aguanto la respiración a medida que se aproximan las luces, suplicando no haberme equivocado. Porque solo puedo pensar en el arma de Stuart. Y en qué aspecto tendrá mi padre con ella pegada a la nuca.

—Es un camión —dice Jasper—. Pero va demasiado rápido. Es imposible que nos vea.

Jasper tiene razón, el camión viene tan deprisa que los faros se ven cada vez más y más grandes. Cuando hace solo unos segundos parecía estar a kilómetros de distancia. «Se parará. Se parará. Me verá.» Una suposición, una esperanza, puro instinto. Intuición. Si soy como dicen que soy, tendré razón, ¿verdad? «No se trata de percepción extrasensorial.» Tengo esas palabras metidas en la cabeza. Las palabras de mi padre.

—¡Wylie! —oigo que grita Jasper cuando me lanzo a la carretera—. ¿Qué coño estás haciendo?

«No pasa nada —me digo a mí misma—. Así es como muero.» Pero no creo que así se acabe todo. Aunque, mientras estoy ahí, en medio de la carretera, agitando los brazos por encima de la cabeza, una parte de mí desearía que fuera así. Y Jasper estaba en lo cierto, el camión no va a frenar. Los faros están más cerca. Se proyectan sobre el asfalto y los árboles. Me ciegan mientras agito los brazos. «Así es como muero.» Es un recuerdo y un deseo.

—¡Wylie! —vuelve a gritar Jasper.

Al volverme, tiene el rostro iluminado y corre hacia mí a toda prisa, como el deportista que es. Sin embargo, yo ya sé que no hay tiempo de que haga nada que no sea morir junto a mí. Así que cierro los ojos y me enfrento a las luces que se abalanzan sobre mí. Y ruego no haberme equivocado.

Y, si me he equivocado, que al menos Jasper no muera.

Veo la luz por debajo de los párpados. Es tan intensa que, durante un segundo, me pregunto si no estaré muerta ya. No obstante oigo en ese momento un chirrido ensordecedor junto con un olor a goma quemada sobre el asfalto. Al abrir los ojos, veo a Jasper a mi lado, con la cara vuelta hacia un lado y los hombros encogidos, como preparándose para el impacto. Cierro los ojos una vez más. Hasta que solo oigo el silencio.

Cuando por fin vuelvo a mirar, el camión ha pasado por nuestro lado y se ha detenido, casi en el bosque que está al otro lado de la carretera. Parpadeo mirándome las manos. Todavía las tengo. Todavía estoy de una pieza. Seguimos vivos. Trago una bocanada de aire mientras Jasper y yo nos miramos con los ojos como platos.

—¡Me cago en Dios! —grita el conductor cuando da la vuelta al camión para ponerse por delante. Es un hombre corpulento con una espesa barba negra, lleva una camisa de franela azul y una gorra de béisbol de John Deere. Coloca una mano en la rejilla de ventilación del camión y se lleva la otra al corazón—. ¿¡Qué coño hacen dos críos en medio de la puta carretera?! Casi os mato. —Luego se mira los brazos y las piernas para asegurarse de que no está herido—. Yo podría haberme matado. Por no hablar de mi camión. —Retrocede para echarle un vistazo—. Me he quedado a menos de un metro de ese árbol, joder.

—Por favor, necesitamos ayuda. —Sueno demasiado ansiosa. Como si fuera alguien problemático, alguien que ya está metido en un buen lío. Alguien que va colocado de meta, tal vez. Si conoce la zona, eso será lo que piense—. Necesitamos usar su móvil.

—¡Joder, no! —Ya ha retrocedido para volver al asiento del conductor—. Sacad el culo de la carretera o juro por Dios que os atropellaré.

Está cabreado. Pero además está nervioso; él lo está, yo no. Aunque hace un día lo habría confundido con mis propios nervios, ahora creo que se trata de sus sentimientos. Le preocupa meterse en un lío. Nada muy grave, nada relacionado con un cadáver en el camión ni algo por el estilo, sino algo que se supone que no debería estar haciendo: conducir por esa carretera, engañar a su mujer, trabajar fuera de su turno para recuperar horas. Sea lo que sea, está mintiendo a alguien sobre algo.

—Ahora vamos a usar su móvil o llamaremos más tarde a su empresa y les contaremos dónde lo hemos visto. —Retrocedo y finjo mirar el número de la empresa en el lateral de la cabina, y luego el número de matrícula. Pero no memorizo ni uno ni otro—. Este camión es demasiado grande para circular por una carretera tan estrecha. De ninguna manera debería estar aquí.

—¿Ah, sí? —pregunta con enfado—. Me importa una mierda lo que hagas. —Salvo que resulta evidente que sí le importa, y mucho—. No hay cobertura en ninguna parte, joder. Aunque te dejara el móvil no te serviría de nada.

Pero no ha vuelto a entrar en el camión. Está tan preocupado que no quiere marcharse con mi amenaza pendiente.

—Entonces llévenos en el camión. Solo hasta la gasolinera más próxima. Pediremos el teléfono a otra persona cuando lleguemos.

—En mi puta vida voy a...

—O haremos esa llamada —repito—. Y todo el mundo sabrá lo que ha estado haciendo.

Y sé que estoy pisando un terreno muy delicado al decirlo. Pero el conductor tensa la mandíbula y entorna un poco más los ojos, como si de verdad estuviera tragándose mi amenaza.

—Está bien —accede—. Pero iréis en el tráiler, joder.

Jasper y yo vamos sentados en silencio en el interior del oscuro y gélido tráiler. Con la espalda pegada a la pared, los pies metidos bajo una pila de palés de plástico cargados con cajas de galletas saladas y patatas fritas, y las oímos golpear de izquierda a derecha cada vez que pasamos por un bache.

Viajamos durante más rato del que había imaginado. Mucho, muchísimo más de lo que parece necesario. Quizá una hora. Al final empiezo a preguntarme si de verdad nos estará llevando a una gasolinera. ¿Y quién sabe si este camionero no será otro amigo de Quentin, como el agente Kendall? ¿O si lo que tiene que ocultar es mucho más terrible de lo que yo creía? Algo por lo que le valga la pena deshacerse de nosotros. Sigo teniendo la sensación de que mis pensamientos no son mucho más que suposiciones.

Aunque yo tenga razón al creer que está haciendo algo que supuestamente no debía, una cosa es saber lo bastante para amenazar a alguien y otra bien distinta es saber qué te ocurrirá cuando lo hagas. Estoy respirando con dificultad cuando el camión por fin frena de sopetón y Jasper se acerca para sujetarme de la mano.

—Vamos a conseguirlo —dice apretujándome los dedos. Habla en voz baja y con tranquilidad, pero está demasiado oscuro para verle la cara—. Y tu padre estará bien. Lograremos avisarle a tiempo. Sé que lo conseguiremos.

No hemos podido salvar a Cassie, así que lo salvaremos a él. Jasper no lo dice, pero es lo que siente. Es lo que quiere creer. Salvo que no lo cree en realidad. Puedo sentir que no lo cree. Jasper tiene miedo de que mi padre esté dirigiéndose hacia una trampa, que a lo mejor ya haya caído en ella. Y yo también. En realidad estoy aterrorizada. Pero estoy intentando con todas mis fuerzas dejar ese sentimiento de lado, no permitir que el pánico me domine. Porque ahora mi padre me necesita. Necesita que no tenga miedo.

Jasper y yo todavía estamos sujetándonos de las manos cuando oímos un ruido en la parte trasera del tráiler, están retirando el cerrojo. Transcurrido un segundo, la puerta en forma de cortina se levanta con un gran estruendo.

Todavía es de noche. Esperaba que fuera de día, aunque sé que eso habría sido imposible. Quedan varias horas para que amanezca, toda una noche que se prolonga de aquí a mañana. Sin embargo, el amanecer podría haber sido una prueba de que todo va a salir bien. Aunque otra parte de mí crea que ya es tarde para que todo salga bien. Cassie está muerta. Nada puede cambiar eso.

—Ahora sacad el culo de aquí antes de que alguien os vea —dice el camionero mientras agita la mano para que nos movamos. Al menos estamos en un área de descanso para camiones como le pedimos—. Y más os vale no haber pillado ninguna galleta salada, joder.

Bajo del camión y oigo el rumor conocido del tráfico de la autopista a última hora de la noche. El aparcamiento está prácticamente en silencio. Un par de conductores están llenando el depósito de sus coches, hay camioneros charlando con un café en la mano.

Trabajadores, unas cuantas familias que entran y salen de un edificio.Vida. Como si nada hubiera cambiado. Y me pregunto, por un segundo, si realmente ha sido así, si podríamos haberlo imaginado todo.

No, no debería permitirme hacerlo. Imaginar que Cassie está viva. Será peor tener que recordar que está muerta. Que todo esto sí ha pasado. Ya lo sé. Cassie y mi madre están muertas, y yo estoy sola. No sé qué haré sin ellas. No puedo ni imaginar cómo sobreviviré. Pero debo centrarme en el aquí y el ahora. Tenemos que avisar a mi padre. Asegurarnos de que no va al Campamento Colestah. Que no va al lugar al que su supuesto viejo amigo, el doctor Simons, lo ha convencido de que acuda. Porque aunque podría estar lo bastante enfadada con mi padre como para no importarme lo que le ocurra, solo puedo pensar en lo mucho que necesito que sobreviva.

En el interior de la zona de servicio, hay una mujer en una mesa cerca del McDonald's con una niña adormilada en brazos. La mujer, que está intentando que la pequeña coma algo más, levanta la cabeza para mirarme en cuanto entro. Como si hubiera activado alguna alarma. Lo hace por esa preocupación tan típica de las madres. Por su niña. Por mí. Es difícil saberlo.

Sin embargo, me dirá que sí cuando le pida el móvil. Tengo esa certeza. Hará todo lo posible por ayudar. Con todo, sujeta a su pequeña con más fuerza cuando me acerco a ella. Se inclina más sobre la niña. No la culpo. Me imagino el aspecto que debo de tener. Agotada, mugrienta, cubierta de hollín. Tengo pinta de mentirosa. Porque esa es la cruda realidad: mi verdad se ha convertido en la suma de muchas mentiras.

—Por favor, ¿podría prestarme el móvil? —le pregunto—. Es una emergencia. He perdido el mío y tengo que llamar a mi padre.

—Mmm... Claro —dice, aunque claramente nerviosa. Cuando me pasa el móvil empujándolo sobre la mesa a toda prisa para que yo lo coja, mira de soslayo a su hija, que está sentada a solo unos centímetros de mí.

—Gracias. —Me alejo, y así parece que la mujer se relaja un poco—. Me daré prisa.

Espero que no se fije en mis manos temblorosas mientras marco el número de móvil de mi padre. Me alejo un poco más. No demasiado, para que no crea que voy a robarle el teléfono, pero sí lo suficiente para que oiga cada palabra descabellada que estoy a punto de decir. Sin embargo, se me para el corazón cuando me salta el buzón de voz de mi padre. No llega a oírse ni un solo tono de llamada. ¿Estará cerca del campamento? ¿Ya ha empezado su cuenta atrás?

—¿Estás bien? —dice la mujer, de una forma muy parecida a como hizo Lexi—. ¿Necesitas ayuda?

Cuando levanto la vista, ella está mirándome. «Sí —quiero decir—. Necesito mucha ayuda.»

—¿Puedo hacer solo una llamada más? —le pregunto cuando vuelvo hasta ella—. A mi casa. Mi padre tiene el móvil apagado.

—Claro. —Se coloca a la pequeña sobre la otra pierna, mira en dirección a Jasper, y luego al guardia de seguridad que está junto a la puerta. Sabe que hay muchas cosas que estoy callándome. Lo percibe. Quizá porque es una buena persona. O, a lo mejor, porque es una Extraña. Y a lo mejor ni ella misma lo sabrá jamás—. Adelante.

Solo tengo una oportunidad más; una oportunidad más de llamar antes de que ella insista en pedir «ayuda». Gideon es mi única alternativa. Siento la cara muy caliente cuando marco el número de mi hermano deseando poder contactar con él. Tengo esperanzas de que haga exactamente lo que es necesario.

—¿Diga? —responde Gideon antes de poder alejarme de nuevo para que no me oigan.

—Gideon, soy Wylie. Tienes que escucharme —digo, y se me quiebra la voz. Pero no puedo derrumbarme, todavía no—. Tienes que llamar a la policía de Boston. Contarles algo que le ha ocurrido a papá. Que tiene problemas. Alguien... —¿Qué puedo decir que no parezca una locura? ¿Algo que Gideon pueda contar a la policía para que salgan a buscar a un hombre adulto que se ha ido hace solo unas horas?—. A papá lo han secuestrado en Boston. Un hombre con una pistola se lo ha llevado en su coche. Me ha llamado una vez. Ha dicho que estaban en el Campamento Colestah, en Maine.

No tiene mucho sentido, aunque tampoco es una mentira tan descabellada. Al bajar la vista, la mujer con la pequeña está mirándome con la boca abierta: ha escuchado lo de la pistola, lo de la poli. No la culpo. Pero tengo que acabar antes de que me pida el móvil. Antes de que se vaya para alejarse de mí.

—¿De qué narices estás hablando? —pregunta Gideon—. ¿Y dónde estás? —Ahora parece realmente preocupado—. No puedes largarte así como así sin decir nada a nadie. ¿De quién es el móvil desde el que me llamas? ¿Y qué quieres decir con eso de que papá...?

—¡Gideon! —le grito demasiado alto. Ni siquiera soy capaz de mirar a la mujer. Sujeto el teléfono con fuerza para que nadie pueda arrebatármelo—. Por favor, limítate a escucharme. Tengo que devolver el móvil. Tú llama a la policía. A la de Boston. Diles que localicen el coche de papá en Maine, en algún punto de la autopista entre Newton y el Campamento Colestah en Maine. Si no lo hacen, le ocurrirá algo horrible.

—¿Por qué no hablas tú con papá?

—Es que no puedo hablar con papá, Gideon. Ese es el problema. No contesta al teléfono. Necesita nuestra ayuda.

—Sí, bueno, salvo que sí puedes hablar con él. Lo tengo sentado a mi lado.

27

Envían a la policía. A todas clase de policía, a todos los lugares. Al campamento. Hasta nosotros. Incluso a buscar al agente Kendall, aunque no logran encontrarlo. La policía estatal. Y también el FBI, porque Quentin se llevó a Cassie más allá de la frontera entre estados. No cuento los detalles a mi padre por teléfono, solo lo suficiente para que lo entienda. Para que sepa que ha ocurrido algo horrible y que Cassie ha muerto. Y que la policía local que está cerca del campamento no es de fiar. Y me dice lo bastante para saber que él no envió ninguno de esos mensajes que recibí tras nuestra discusión cuando estábamos en el supermercado de la gasolinera. El hecho de que me apareciera su número de teléfono en lugar de su nombre en mis contactos fue una señal, pero no de lo que yo creía. Y los mensajes que sí envió, los mensajes de voz que dejó —sin que mi padre lo supiera— fueron bloqueados para no llegar siquiera a mi móvil. ¿Quién sabe si el Nivel 99 sabía de verdad a quién estaba ayudando o por qué? Sin embargo, por lo que parece, hicieron un trabajo excelente.

Me hace falta mucho poder de convicción para que mi padre se quede en casa. Lo único que quiere es salir corriendo y comprobar si me encuentro bien. Quiere verlo con sus propios ojos. Y yo me siento mucho más agradecida por ello de lo que jamás habría imaginado. Aunque todavía me asusta que Quentin pueda estar buscándolo. Cuando se me quiebra la voz al suplicarle que no venga, por fin me entiende.

Karen, no obstante, no puede escoger. Ya viene de camino.

Jasper y yo no hablamos mucho durante el viaje de regreso a casa, una vez más, en la parte trasera de un coche patrulla. Aunque este es más antiguo y está más destartalado, nos da una sensación de mucha más seguridad. Estábamos en el motel del área de descanso respondiendo las interminables preguntas de un interminable número de agentes: policía de carretera, inspectores y, por último, el FBI. Cuando ya llevamos una hora en el coche de regreso a Newton, el sol por fin empieza a salir, el cielo sobre los árboles está cubierto de volutas arremolinadas de tonos rosados y violetas. Al quedarme dormida unos minutos sueño con fuego, con Cassie en llamas, y me despierto de golpe con un grito ahogado que despierta a Jasper. La agente de policía que va en el asiento del copiloto vuelve ligeramente la cabeza, pero en realidad no me mira.

—Estás bien —me dice, con tono neutro y firmeza. Muy profesional—. Ahora estás a salvo.

Pero no me consuela. Porque no me siento segura. Quizá jamás me sentiré así.

—¿De verdad crees que eres una Extraña? —me pregunta Jasper.

—No lo sé —respondo, y es la verdad. Sí que han ocurrido cosas que parecía que yo sabía, incluso desde el momento en que Jasper y yo nos fuimos de casa: el bebé inexistente de Lexi y Doug, el viejo que accedió a darnos las llaves, ese camionero que se tragó mi amenaza... Pero hay muchas otras que no he sido capaz de predecir: quién era Quentin, lo que haría Cassie—. A lo mejor sí que soy una Extraña. A lo mejor no.

—¿Estarás bien? —me pregunta.

—No lo sé —repito obligándome a esbozar una tímida sonrisa—. Puede que sí. Y puede que no.

Porque esa es la verdad. Aunque también es cierto que me siento mucho menos aterrorizada que hace unas horas. ¿Es porque ahora tengo una explicación de mi forma de ser? ¿Me he librado de la prisión de la ansiedad gracias a ese secreto? No lo sé. Ahora creo que ya no sé nada, salvo que necesito llegar a casa y ver a mi padre.

Jasper alarga de nuevo la mano para apretar la mía. Pero esta vez no me la suelta. Sin embargo, vuelve a dormirse con los dedos entrelazados con los míos.

—Te llamaré —me anuncia cuando por fin paramos delante de mi casa, pasados unos minutos de las siete de la mañana. Me suena raro y extraño, como si fuera el final desastroso de una primera cita aún peor. Jasper también lo sabe. Pero al menos es una frase, y mucho mejor que decir la verdad: «Nos vemos en el funeral de Cassie». Ninguno de los dos quiere pensar en eso.

—Gracias —digo a Jasper cuando la agente me abre la puerta trasera para que baje del coche. Y lo que he dicho suena también raro. Pero también es cierto. De no haber sido por Jasper, me habría quedado en esa cabaña con Cassie. Habría dejado que me consumieran las llamas.

—Gracias a Dios que estás bien —dice mi padre mientras me abraza con fuerza y me hace entrar. Me achucha con la intensidad que había necesitado sentir desde el accidente de mi madre. Esperaba sentirme más enfadada al verlo. Sentirme furiosa con él por lo que me ha ocultado. Sin embargo, en este instante, nada de eso importa tanto como el hecho de que él esté bien. El hecho de que no lo haya perdido a él también.

Intento hablar, pero en lugar de hacerlo rompo a llorar, sollozando y moqueando de una manera que no sabía que había estado conteniendo. Noto que Gideon está mirándome apoyado contra la puerta de la cocina. Parece preocupado cuando por fin me aparto de mi padre limpiándome la cara.

—¿Qué ha ocurrido? —me pregunta, y lo dice con cierto retintín, como si yo fuera la culpable de que Cassie no haya regresado a casa.

—Vamos a ir poco a poco con las preguntas, ¿vale? —sugiere mi padre con amabilidad—. Vamos a dar a Wylie la oportunidad de recuperarse.

—Hice todo lo que pude —digo a mi padre mientras Gideon se marcha al comedor. Lo afirmo aunque me parece una mentira. Sobre todo porque lo es.

—Sé que lo hiciste, cariño. —Mi padre vuelve a rodearme con un brazo, y me parece un gesto muy natural y positivo—. Todo el mundo lo sabe.

No es hasta mucho tiempo después, cuando ya me he lavado la cara y me he cambiado de ropa y he intentado, una y otra vez, frotarme la piel y el pelo hasta que ese terrible olor a humo y muerte se esfume, después de que mi padre me prepare una tostada y un té y me haga beber dos vasos de agua, cuando por fin empiezo a contarle todo. O, mejor dicho, lo que sé, que tal vez, aunque no estoy segura, es mucho, muchísimo menos que todo.

—No debería... —Niega con la cabeza, parece dolido. Durante un segundo, creo que por fin voy a verlo llorar—. Tenías derecho a conocer tus resultados. Me equivoqué al ocultártelos. Ahora lo entiendo. Pero, por favor, quiero que sepas que lo hice para protegerte. Ocurra lo que ocurra quería tener... Quería tener una oportunidad.

—¿Una oportunidad de qué?

—¿Quién sabe hasta dónde nos llevará esto? Aunque tú ya has visto cómo han reaccionado hasta ahora... Quentin y El Colectivo. Además, hay muchas más personas involucradas que no conozco. No puedo controlar qué pasará si no está en mis manos.

—Ya no está en tus manos. Quentin, o el doctor Caton, se llame como se llame, lo sabía todo. Creo que es él quien pirateó tu sistema informático.

Mi padre niega con la cabeza.

—No, él no lo sabía todo. Me di cuenta de que parte de los datos de la investigación y mi correo electrónico personal habían quedado comprometidos. De lo que no me di cuenta fue de que también habían intervenido mi móvil, seguramente usando un dispositivo rudimentario para descifrar el código de identificación único, y así poder escuchar mis llamadas. Y desde luego no me di cuenta de que estaban enviándote todos esos mensajes de texto después de que tú y yo habláramos cuando estabais en la gasolinera. Manipularon mis palabras y las utilizaron en tu contra para que sonara todavía peor. Debieron bloquear los mensajes siguientes y las llamadas accediendo a tu móvil o a los servidores centrales, porque parecía que entraban y salían todos. Nunca dejé de buscarte. Necesito que lo sepas. —Niega con la cabeza—. En cualquier caso, he seguido investigando sobre el estudio, y he descubierto cosas que el doctor Caton desconoce. En realidad, es lo único que he hecho desde entonces, basarme de forma exclusiva en los Extraños. Llevé a cabo una segunda fase del estudio por tu madre. Fue algo rápido y bastante básico, pero localicé más Extraños. Más o menos entre el mismo porcentaje de participantes. No hay ninguno ni de lejos tan dotado como tú, no obstante. Existe un rango de habilidad entre los Extraños, ahora lo sé. Y aunque todavía no creo que alguien que no nace con ese don pueda llegar a ser un Extraño como quería demostrar el doctor Caton, sí que creo que los Extraños pueden mejorar sus habilidades.

—¿Y por qué pareces tan preocupado, papá? —pregunto—. Ya sabes que verte preocupado no es lo que más me conviene.

—No estoy preocupado, pero te mentiría si no admitiera que he estado inquieto. Y, a partir de ahora, quiero ser sincero contigo... Tan sincero como sea posible.

—Vale, pero si crees que esto me tranquiliza... No está funcionando.

—Bueno, como ya sabes, solo había tres Extraños entre el primer grupo de participantes: en realidad había dos, porque tú no formabas parte del estudio en sí. Sospeché de inmediato que el fenómeno estaba fuertemente relacionado con vuestra edad. Vosotros erais más jóvenes que el resto de los participantes.

—Sí, el doctor Simons, o quienquiera que fuera, dijo que todo estaba relacionado con nuestra edad y que esos tres, o dos, supongo, tenían todos menos de dieciocho años.

—Los dieciocho años no serían un límite claro; los cambios de la edad son muy diversos y específicos de cada individuo. Tal vez sea algo relacionado con la estructura cerebral o la conectividad. Ambos factores son muy dinámicos en la adolescencia. Y es posible que, sea cual sea, ese factor cerebral que permite poseer esa percepción emocional no visual ni auditiva desaparezca en la vida adulta porque ha permanecido inactivo.

—¿Permanecer inactivo? Empiezo a perderme.

—Se atrofia, deja de funcionar y se pierde —me aclara—. Por la falta de uso. A estas alturas son todo especulaciones. Una teoría. Todavía no sé qué provoca el fenómeno, solo sé que existe. Tal vez haya existido siempre y se ha pasado por alto porque es muy fugaz. Tal vez sea algo nuevo. Queda muchísimo trabajo por realizar. Pero creo que existe una posibilidad de que los Extraños aprendan a usar esas habilidades perceptivas aumentadas para cultivarlas como otra capacidad cualquiera y de esa forma conservarlas en la vida adulta. Y es posible que se convirtieran en habilidades más amplias y consolidadas. Eso podría llevarnos a descubrir una intuición auténtica, verificable científicamente, y con una utilidad legítima.

—Bueno, vale, eso suena bien —digo—. Pero ¿cuál es la parte que te preocupa?

—Tendré que realizar pruebas formales a gran escala, con un grupo de estudio mucho más numeroso. Y, como ya he dicho, desconocemos la causa. Podría tratarse de algo distinto a las estructuras cerebrales... La genética, por ejemplo. Tu madre nunca quiso someterse a la prueba, pero tenía una inteligencia emocional muy desarrollada. Además está tu abuela...

—¿Crees que ella...?

—No lo sé —responde enseguida porque quizá se ha dado cuenta de que no debería haber mencionado a mi abuela. Su historia precisamente no tuvo un final feliz—. La socialización podría ser el factor crucial. O tal vez haber una mutación viral implicada, aunque no parece que eso lo explicara todo en este caso. Por otra parte, no hemos incluido la orientación sexual ni el género, ni la identidad de género como factor de estudio para analizar su influencia en el resultado. Como ya he dicho, el muestreo es demasiado pequeño en cualquier caso para obtener conclusiones definiti...

—Papá, para —lo interrumpo—. Por favor. Suéltalo ya. ¿Qué ocurre? Porque sé que estás dando rodeos para no ir a la parte importante.

—Al parecer existe una importante disparidad entre géneros, Wylie.

—¿Y qué significa eso? —pregunto.

—Los Extraños, los más habilidosos y los menos, hasta ahora, son todos chicas —declara—. Incluso en las segundas pruebas.

—Vale —digo con parsimonia—. Me parece bien. Primera mitad del partido para las chicas.

—Pero si esta habilidad es exclusiva de las mujeres, los hombres, todos los hombres, quedarían al margen. Como ya he dicho, todavía no sabemos hasta dónde podría evolucionar esta habilidad.

—Supongo que si se convierte en algo muy gordo, a los tíos les fastidiará de verdad —digo, y no intento mofarme de ello. Pero es que todavía no entiendo adónde quiere ir a parar mi padre, o quizá no quiero saberlo. Sin embargo, el miedo que veo en sus ojos está matándome. Solo quiero que deje de parecer tan preocupado—. Deberán admitir que las mujeres somos diferentes.

—Durante generaciones, algunos hombres han afirmado que aquello que hacía diferentes a las mujeres también las hacía inferiores. ¿Y yo voy a darles munición?

—¿Somos más débiles porque podemos hacer algo que ellos no pueden hacer? —pregunto—. Eso no tiene sentido.

—Muchas de las creencias populares no tienen sentido, Wylie. —Niega con la cabeza—. Eso es lo que puede convertir este mundo en un lugar tan tremendamente trágico.

Trágico. «No fue un accidente.» Esa frase me viene a la cabeza de pronto. He intentado borrar la conversación sobre mi madre con Quentin, sobre el accidente de mi madre, repitiéndome que fue otra de sus mentiras, pero ahora solo puedo pensar en eso.

—El doctor Caton y el falso doctor Simons me dijeron que lo que le ocurrió a mamá no fue un accidente. —Entrelazo las manos sobre el regazo para no tener que verlas temblar—. Me contaron tantas mentiras que no estoy segura de si...

Pero mi padre ya tiene los ojos llorosos.

—Si me lo hubieras preguntado hace un par de semanas, sin duda te habría dicho que fue un accidente. Ahora ya no lo sé. —Sonríe, pero es una sonrisa terrible. Y, por primera vez, veo caer auténticas lágrimas de sus ojos—. Iba al volante de mi coche y era de noche. A lo mejor alguien la confundió conmigo.

—¿Quién? ¿El doctor Caton? —pregunto.

Niega con la cabeza y se seca las lágrimas.

—No lo creo. Creo que él me quería vivo para demostrarme que tenía razón.

—Pues ¿quién?

Me mira con incomodidad. Como si fuera la última cosa que quisiera contarme.

—Sinceramente no lo sé.

—Entonces ¿qué es todo eso de «la otra gente» de lo que no paraba de hablar Quentin?

—Me gustaría decirte que se lo inventó todo. Créeme que me gustaría. Pero esta investigación tiene amplias consecuencias. Podría ser muy valiosa para un gran número de personas. Tanto buenas como malas personas. —Se queda mirando al suelo un rato—. Tu madre quería que te comentara tus resultados tras la prueba.

Pensaba que merecías saberlo, que estabas en tu derecho. —Inspira con fuerza—. No le hablé de tus resultados hasta un mes después de haberlos obtenido, después del día de Acción de Gracias. Entonces tuvimos una discusión que duró hasta el accidente. Seis semanas desperdiciadas. Una de las cosas que siempre me reprocharé será no haberla escuchado. Ella tenía razón. Siempre tenía razón en todo. Evidentemente no debería haber registrado tus resultados. Pero el científico que llevo dentro... —Vuelve a sacudir la cabeza—. Tenía tantas dudas que al final los cambié por los de Cassie. Recuperé el buen juicio unos días después y los borré todos. Pero entonces ya era demasiado tarde: los piratas informáticos ya habían accedido al sistema y habían robado los datos.

—¿Sabías desde el primer momento que la desaparición de Cassie tenía que ver con todo esto?

Niega con la cabeza una vez más.

—No, no lo sabía. Pero mientras Karen estaba en casa, el doctor Simons llamó y me contó que ese amigo suyo que nos había estado ayudando con el asunto de la ciberseguridad le había informado de otro intento de acceso fraudulento a nuestros datos —dijo—. Parecía una coincidencia significativa, pero no relacioné ambas situaciones. Jamás se me ocurrió pensar que el doctor Caton pudiera constituir una amenaza.

En ese momento pienso en la última vez que mi padre y yo hablamos por teléfono. Recuerdo que yo estaba en la gasolinera y le grité que ojalá hubiera sido él quien conducía esa noche en lugar de mi madre. Que, básicamente, deseaba que estuviera muerto. Hago un mohín al recordarlo.

—No lo decía en serio. Lo que te dije sobre el accidente. De verdad.

—Ya lo sé. Y yo siento haberte amenazado con llamar a la doctora Shepard. Pero en cuanto te oí decir que tenías noticias de Cassie y que ibas a por ella... Me asustó que todo pudiera salir muy, pero que muy mal. Además, no querías decirme dónde estaba.

—Porque todavía no sabía nada —me justifico—. Yo... Yo solo

quería ser una buena amiga. —Sacudo la cabeza y vuelven a brotarme las lágrimas.

Mi padre alarga una mano para cubrir la mía.

—Ya sé que tenías tus razones, y esto no es culpa tuya, Wylie. Es culpa mía. Intenté todo cuanto pude para encontraros. Llamé a la policía, pero me hicieron incluso menos caso que a Karen cuando reconocí que te habías marchado por voluntad propia, y me dejaron claro que no pensaban ir a perseguirte. Así que pensé de inmediato en mi único plan alternativo. La doctora Shepard. Por supuesto, yo no envié esos mensajes que decía que ya la había llamado y que ella había informado a las autoridades de que eras un peligro. Jamás habría hecho algo así. Aunque ni siquiera debería haberlo sugerido —dice, y parece triste—. No tengo excusa, pero me aterrorizaba que te ocurriera algo. Deberías haberme visto aquí intentando localizar tu móvil. Me arrepentí de no haber activado el localizador en tu teléfono nuevo; estaba trabajando para descubrir otra forma de localizarlo, pero no llegué muy lejos. —Mi padre alarga la otra mano y me sujeta del cuello, con los ojos vidriosos y apoyando la frente sobre la mía—. Me alegro tanto de que estés bien...

Su frente todavía descansa sobre la mía cuando suena el timbre. Pienso en el momento en que Karen se presentó en nuestra puerta. Fue hace solo dos días, pero parece que fue hace un siglo.

—Espérame aquí —me ordena mi padre—. Ya voy yo.

Oigo cómo va hasta el recibidor y abre la puerta. Oigo una voz, pero no sé qué dice. Luego habla mi padre.

—¿Sí, en qué puedo ayudarle? —Habla como si en realidad no quisiera ayudar. La otra persona debe de decir algo más, algo que sigo sin descifrar—. ¿No puede esperar? —pregunta mi padre, esta vez enfadado de verdad—. Está agotada.

Hablan de mí, por supuesto. Me he levantado para ver quién es, qué está pasando. Porque estoy preocupada. Y no porque sea una Extraña —mi padre tendrá que contarme muchas más cosas para poderlo creer—, sino porque cualquiera que estuviera en mi situación se sentiría así.

—Me temo que no puede esperar, doctor Lang. —Oigo decir a alguien con tono severo y muy oficial al llegar al recibidor—. Hay una serie de preguntas que necesitamos hacerle a su hija. Por desgracia, el tiempo es crucial.

—Ya ha contado a la policía todo lo que sabe —objeta mi padre mientras yo intento ver quién hay al otro lado de la puerta. Aunque todavía no estoy del todo segura si quiero saberlo.

—Lo entiendo y lo siento, señor —dice otra persona, con educación aunque con contundencia—. Pero su hija va a tener que presentarse una vez más ante el Departamento de Seguridad Nacional. —Cuando por fin logro ver algo por detrás del brazo de mi padre, que sujeta con fuerza la puerta, distingo a seis agentes delante del porche. Son hombres blancos corpulentos y muy serios. Llevan impermeables a juego con unos emblemas dorados enormes en el pecho. Parecen idénticos a pesar de ser físicamente muy diferentes.

—¿Wylie Lang? —me pregunta uno de ellos. El más alto del grupo. Está sonriéndome. Tiene los dientes grandes y demasiado blancos.

—¿Han encontrado a Cassie? —pregunto. Porque, sí, todavía hay una pequeña parte de mí que espera que ella siga viva.

—Me temo que sí, señorita —responde otro. Es el más musculoso, tanto que parece un marine—. Muerta en la escena que usted describió. Junto con todos los demás miembros del grupo: El Colectivo.

—¿Cómo? ¿Están todos muertos? —exclamo, y se me acelera el pulso. Pienso en Fiona y en Miriam. Y en Lexi, con su bebé esperándola en casa. Tal vez no sean inocentes, no del todo. Pero ninguno de ellos merece estar muerto—. ¿Cómo han muerto?

—El doctor Quentin Caton —contesta un tercer agente—. Creemos que él ha sido el autor.

—¿El autor de qué? —Porque existen muchas posibilidades.

—Múltiples heridas de bala, parecen hechas con un arma automática —explica el agente, como si yo tuviera que saberlo—. No tenemos ninguna razón concreta para creer que alguno de los miembros de El Colectivo o el doctor Caton hayan podido huir. De hecho, parece la escena de un suicidio colectivo. Aunque tendremos que esperar a la identificación oficial de los cuerpos para estar seguros, así como al resultado de los informes forenses.

—Pero eso no tiene ningún sentido. Solo tenían un arma. Y era una escopeta vieja.

—Bueno, quizá tuvieran un arsenal que tú no viste —sugiere el agente más delgado, como si yo fuera idiota al creer que sé cuántas armas tenían en realidad. Y a lo mejor sí que lo soy, pero todo esto sigue sin encajarme.

«A menos que los otros de verdad hayan llegado hasta allí. —Pienso a continuación—. Que hayan llegado y los hayan matado a todos.»

—¿North Point, los contratistas de defensa? ¿Puede que fueran ellos?

—¿North Point, señorita? —pregunta el agente más bajo, tiene el pelo tan rubio que es casi albino. Lo dice en plan: «Maldita niña tonta».

—Son contratistas de defensa —aclaro, y al mismo tiempo deseo no haberlo comentado. Porque suena a estupidez. Aunque también es la única explicación que tiene sentido—. Querían hacerse con la investigación de mi padre.

Los agentes intercambian miradas ceñudas. El regordete ya está tecleando el nombre en la pantalla de su móvil.

—Así que North Point, ¿eh? —dice en voz alta—. Bueno, con ese nombre hay una iglesia, una empresa que fabrica puertas de vidrio, otra de soluciones digitales... Sea lo que sea eso. Nada relacionado con defensa.

—Y conocemos bastante bien a los distintos contratistas de defensa —apunta el delgado. Mira a sus compañeros, que asienten en silencio—. Jamás hemos oído hablar de North Point.

—Pero lo investigaremos, por supuesto. Nos encantaría hablar más de ello, señorita Lang. —Vuelve a ser el más alto. El que tiene los dientes grandes. Se acerca un paso hacia mí—. Nos encantaría darle un informe completo y escuchar cualquier teoría que usted pueda tener. Solo queremos que nos acompañe y responda a un par de preguntas más. Le prometo que no tardaremos mucho.

Antes de poder responder, me vibra el móvil una vez y luego otra dentro del bolsillo: son dos mensajes distintos, los dos seguidos. Luego entra un tercero antes de poder sacar el teléfono. Cuando lo hago, tengo tres mensajes de texto de Jasper y todos con la misma pregunta.

«¿Hay unos hombres que parecen agentes en tu casa?»

Me vuelvo de espaldas a la puerta para teclear la respuesta.

«Sí. ¿Por qué?»

La respuesta de Jasper llega de inmediato. Y es una sola palabra.

«Corre.»

Agradecimientos

Gracias a mi incansable y tenaz editora, Jennifer Klonsky, por darme la oportunidad de publicar y tener una fe y paciencia sobrehumanas. Te agradezco tus contribuciones a este libro, que han sido innumerables. Me siento agradecida no solo por tus magníficos consejos editoriales, sino por tus claras críticas y tu agudo sentido del humor. Gracias también a Catherine Wallace y a Elizabeth Lynch por vuestra constante ayuda.

Mi más profundo agradecimiento a Suzanne Murphy y a Susan Katz por conseguir que esta serie haya visto la luz, y a Kate Jackson por ayudarme a conseguir que siga creciendo.

Gracias al dedicado y profesional equipo de marketing de HarperTeen: Diane Naughton, Elizabeth Ward, Kara Brammer y Sabrina Abballe, así como a los increíbles creativos que forman parte de ese equipo: Colleen O'Connell, Margot Wood, Nina Mehta y el equipo de marketing para colegios y bibliotecas: Patty Rosati y Molly Motch. Gracias también a mis fantásticas publicistas: Cindy Hamilton y Gina Rizzo.

Muchas gracias a todos los que han creado unas imágenes tan maravillosas: Barb Fitzsimmons, Alison Donalty, Alison Klapthor, y, especialmente, a Sarah Kaufman.

Gracias al inteligentísimo y devoto equipo de ventas de HarperTeen: Andrea Pappenheimer, Kerry Moynagh y Kathy Faber.

Gracias también a Jen Wygand, Jenny Sheridan, Heather Doss, Deb Murphy, Fran Olson, Susan Yeager, Jess Malone y Jess Abel, así como a Samantha Hagerbaumer, Andrea Rosen y Jean McGinley.

Gracias a todos los profesionales comprometidos de la dirección editorial de HarperTeen: Josh Weiss, Bethany Reis, y a mi editora, Valerie Shea.

Muchas gracias a mi fabulosa agente, Marly Rusoff, y a Michael Radulescu y Julie Mosow. Y debo toda mi gratitud a la infatigable Gina Iaquinta. Gracias también a Lynn Goldberg, Kathleen Zrelak, Shari Smiley, Lizzy Kremer y Harriet Moore. Y a la siempre maravillosa Claire Wachtel.

Muchas gracias a los expertos que tuvieron la generosidad de responder mis preguntas o de orientarme para poder consultar con otros profesionales: doctor Marc Brackett, Ann Enthoven, doctora Cassandra Gould, Wendy Green, doctora Allyson Hobbs, Leslie Lewin, doctor John D. Mayer, doctora Rebecca Prentice, doctora Susan Rivers, Kate Rozen, doctor Peter Salovey, y doctor Matt Wall. También estoy en deuda con el increíble trabajo de Roxane Gay.

Infinitas gracias a amigos y familiares: Martin y Claire Prentice, Mike Blom, Catherine y David Bohigian, Cindy Buzzeo, Cara Cragan y Michael Moroney, la familia Cragan, la familia Crane, Joe y Naomi Daniels, Larry y Suzy Daniels, Bob Daniels y Craig Leslie, Diane y Stanley Dohm, Elena Evangelo y Dan Panosian, Dave Fischer, Heather y Michael Frattone, Tania Garcia, Jason y Jessica Garmise, Sonya Glazer, Jeff Johnson, David Kear, Merrie Koehlert, Hallie Levin, John McCreight y Kim Healey, Brian McCreight, la familia Metzger, Jason Miller, Tara y Frank Pometti, Stephen Prentice, Motoko Rich y Mark Topping, Jon Reinish, Bronwen Stine, la familia Thomatos, Meg y Charles Yonts, Denise Young Farrell y Christine Yu. Gracias a los baristas del Starbucks de Park Slope por tratarme como una empleada honoraria. Y un agradecimiento muy especial a la maravillosa Kate Eschelbach por haberse encargado de vigilar el fuerte.

Mi más sincero agradecimiento a mi primera lectora, Megan Crane, a Nicole Kear, responsable de analizar a diario lo escrito, y a Victoria Cook, quien avivó la llama de una pequeña chispa hace ya años.

Gracias a mi hija Emerson por inspirarme cada día con su ingenio y su determinación. Y a mi hija Harper por ser el recuerdo viviente de lo que supone ser amable y valiente a partes iguales. Muchas gracias a mi marido, Tony, por los meses de cargar con casi todo el peso de la crianza de nuestras hijas y por hacerme reír siempre, después de hacerlas reír a ellas. Jamás podría haberlo hecho sin ti, jamás habría querido hacerlo sin ti. Y a los tres, gracias por darme siempre la bienvenida a casa.